Riches et coupables

Nancy Geary

Riches et coupables

ROMAN

*Traduit de l'américain
par Maryse Leynaud*

Albin Michel

© Éditions Albin Michel, 2006
pour la traduction française

Édition originale :
REGRETS ONLY
© Nancy Whitman Geary 2004
Tous droits réservés.

*À la mémoire de John W. Geary
et de G. Willing Pepper.*

1

Vendredi 20 décembre
19 h 35

La boue et la neige fondue sur le parquet ne semblaient gêner personne. Hommes et femmes se pressaient près du bar, coude à coude, et se partageaient les sièges autour des quelque vingt tables de jardin dépareillées. Les énormes patères d'étain accrochées aux murs en plusieurs endroits ne suffisaient pas à recevoir toute la population de manteaux, et beaucoup s'entassaient en vrac par terre. Le bourdonnement d'une douzaine de conversations animées, et une odeur de bière, de fumée et de laine mouillée emplissaient l'air. La chaleur des corps et de plusieurs radiateurs bruyants avait embué les vitres, masquant toute vue sur Rittenhouse Square. On était vendredi et le week-end était déjà bien entamé à l'Arche.

De son siège, Lucy apercevait Sapphire derrière le bar, occupée à verser, mélanger au shaker ou à la cuiller, décorer et rincer, tout en décochant les plaisanteries joyeuses qui faisaient sa renommée. Ses doigts couverts de bagues semblaient danser entre les verres, bouteilles, tranches de citron et cerises au marasquin tandis que, pour enivrer ses fans, elle fabriquait ses potions colorées. Elle était si rapide que personne n'arrivait à voir exactement quels ingrédients elle utilisait pour ses spécialités. Ce soir-là elle s'était teint les cheveux en orange vif et portait des lentilles de contact vert émeraude. Fréquemment, elle se détournait de son public pour comptabiliser les consommations dans la vieille caisse enregistreuse. Bien que les conversations de la foule assourdissent le bruit, Lucy imaginait les *clang* du tiroir qui s'ouvrait pour recevoir les billets. Sapphire déposait la monnaie directement dans la main des clients, espérant peut-être que ce contact physique lui vaudrait de plus gros pourboires.

« Comment ça se fait que tu aies atterri ici ? », demanda Jack Harper, avant de boire une gorgée de sa bière pression.

Au son de sa voix, Lucy reporta son attention sur son compagnon, qui paraissait déconcerté et mal à l'aise dans son fauteuil en fer. Il devait être la personne la plus âgée de la salle, ses tempes grises soulignaient ses quarante-huit ans. De taille et de stature moyennes, il se plaignait depuis peu de son tour de taille qui s'épaississait. « Trop de paperasses, avait-il maugréé la veille, ce n'est pas comme à mes débuts, en ce temps-là le capitaine voyait bien qu'on était plus utiles dans les rues. Un crime, ça ne se résout pas derrière un bureau, bon sang, mais les bureaucrates des Affaires internes ont l'air de l'avoir oublié. On finira tous obèses, en tout cas ceux qui ne le sont pas déjà. » Bien qu'il ait ôté sa cravate en sortant du commissariat, sa chemise blanche et son pardessus camel tranchaient sur les tenues essentiellement noires des autres clients.

Lucy suivit son regard vers une table ovale en face du bar, où sept hommes et femmes, minces et pâles, serrés les uns contre les autres, fumaient et buvaient une mixture bleue dans des verres à martini. L'un des hommes avait plusieurs anneaux d'or en piercing au sourcil. Une femme portait un corsage qui avait plutôt l'air d'un soutien-gorge. De temps en temps, l'un d'eux levait les yeux sur la série de dessins au fusain accrochés aux murs, désignait quelque chose avec beaucoup d'enthousiasme, puis revenait à leur conversation.

« Tu m'as bien eu, détective O'Malley, poursuivit Jack. Tu fraies avec des créatures qui se réfugient dans leur cercueil pendant la journée, alors que je t'avais classée dans la catégorie des adoratrices du trèfle et de la Guinness brune. Après tout, tu descends en droite ligne d'un commissaire divisionnaire de Boston. »

Lucy éclata de rire.

« Mes ancêtres, bien qu'éminemment respectables j'en suis sûre, auraient plutôt servi de modèle au bon vieux père Michael, qui arrêtait les voitures pour laisser des canetons traverser Beacon Street, répondit-elle, faisant allusion à un livre pour enfants très connu. Mais j'ai bien eu ma part d'heures au pub, si c'est le sens de ta question. Le matin, rien de tel que l'odeur de la stout sur tes vêtements et la sciure sous tes semelles pour bien démarrer la journée.

— On peut extirper la femme d'Irlande, mais impossible d'extirper l'Irlande de la femme.

— Quelque chose comme ça. »

Ils éclatèrent de rire ensemble. Malgré leur différence d'âge de presque vingt ans, Lucy avait l'intuition que cette association allait marcher. Elle appréciait l'attitude décontractée de Jack.

« Sérieusement, comment est-ce que tu as découvert cet endroit ? Tu n'habites pas dans ce quartier, si ?

— Je ne devrais peut-être pas l'avouer, mais je ne suis pas très loin – mon appartement est au-dessus du magasin d'alimentation diététique à l'angle de Walnut. J'ai envisagé de déménager pour me rapprocher de vous tous, à Torresdale ou Fox Chase, mais ici le loyer est correct. » Elle but une gorgée. « Je dois être la seule détective de la section criminelle à habiter en centre-ville.

— C'est quand même drôlement pratique. Encore que je ne sois pas sûr d'aimer le bistrot du coin. » Il parcourut la salle du regard, visiblement sceptique.

« J'ai découvert cet endroit récemment, pourtant j'étais passée un million de fois devant. Cet automne, j'ai vu une affichette dans la vitrine qui annonçait une lecture. Un livre sur la vie dans un harem.

— Dans un harem ?

— C'était une Marocaine qui partageait son mari avec huit ou neuf autres femmes. Il leur avait fait des enfants à toutes, et elles élevaient ensemble toute sa progéniture. En tout cas, je me suis dit que c'était intéressant – intrigant, plutôt – et je suis venue l'écouter.

Elle a parlé de la difficulté d'élever des enfants qui n'étaient pas les siens, mais ceux de l'homme qu'elle aimait. Les jalousies, les rivalités, elle a été très franche sur ses sentiments. Depuis on peut dire que je suis devenue une habituée, surtout pour les soirées littéraires, parce qu'on ne sait jamais ce qu'on va apprendre. Et puis ils font aussi des présentations d'art plastique, ajouta-t-elle en désignant de la main les dessins sur les murs. En général, c'est le jeudi, ce soir, ce doit être quelque chose de spécial. L'exposition change toutes les semaines à peu près, je crois qu'ils ont des liens avec le Réseau des Artistes Créatifs, mais je n'en suis pas sûre. En tout cas, je me sens bien ici.

— Comme dans un wagon à bestiaux, rétorqua Jack en fronçant les sourcils.

— D'habitude, ce n'est pas si bondé. » Elle regarda autour d'elle et haussa les épaules. « Peut-être que l'artiste a beaucoup d'amis.

— Avec de telles œuvres, il doit en avoir besoin », remarqua Jack en lui passant une affichette rouge. LES DOUZE VISAGES DU SUICIDE : AUTOPORTRAITS DE FOSTER HERBERT. POUR LES TARIFS, S'ADRESSER AU BAR.

Lucy eut un frisson. Ces dessins au fusain de visages tristes au regard fixe et vide étaient poignants. Elle n'avait pas besoin de lire le titre de la série pour comprendre que l'artiste était torturé par des démons intérieurs, qu'il souffrait – comme tant d'autres. Tout comme avait souffert Aidan, son frère.

Bien que dix ans aient passé, elle se rappelait encore leur dernière conversation. « Tu connais Dubuffet, le peintre français ? » avait-il demandé. Elle connaissait. « J'ai lu une interview où il expliquait qu'il était capable de voyager dans la folie et de revenir. Son art, ses visions venaient de ces voyages. Et je n'arrête pas de me dire, comment est-ce qu'il faisait pour revenir ? Je suis dans un endroit horrible mais je ne peux pas revenir. » Ces paroles lugubres résonnaient encore dans sa tête.

« Je suppose que tu ne vas pas acheter un de ces dessins pour décorer ton salon. » La voix de Jack interrompit ses pensées.

Elle s'essuya les yeux en hâte et détourna la tête, espérant qu'il ne remarquerait pas les larmes qui perlaient. S'il les vit, il eut le tact de ne pas faire de commentaires. En revanche il posa la main sur l'avant-bras de Lucy.

« Parlons de choses plus gaies, dit-il en levant son verre pour trinquer avec elle. A toi. Félicitations pour avoir survécu à ta première semaine, détective. »

Lucy sourit pour le remercier et avala sa bière. Elle sentit le liquide frais et mousseux, apaisant, dans sa gorge. Elle avait survécu à ses cinq premiers jours à la section criminelle de la police de Philadelphie. Après deux années au bureau des narcotiques, elle était passée détective et avait travaillé trois ans dans le district Sud avant d'être promue, si intégrer une brigade où les victimes ne survivaient jamais pouvait être considéré comme une promotion. Faisant équipe avec le détective le plus expérimenté du service, elle avait réussi à résoudre sa première affaire – un contrat exécuté sur le propriétaire d'un réseau de jeux – dans les vingt-quatre heures suivant le crime. Jack s'était montré patient et consciencieux dans ses explications ; de son côté, il avait paru quelque peu amusé par l'enthousiasme de Lucy.

Bien qu'au cours de ses années dans la police elle n'ait guère fraternisé avec ses collègues et ait évité les festivités bien arrosées organisées tous les ans au Club ukraino-américain, elle avait accepté la proposition de son nouveau partenaire d'aller prendre un verre pour fêter la rapide résolution de son premier « job », comme on appelait chaque enquête sur un meurtre. Elle savait que, contrairement à beaucoup de ses anciens partenaires, il était heureux en ménage et fier de ses deux fils ; une bière après le travail n'était qu'une façon de faire démarrer leur collaboration sur des bases amicales. De plus il lui avait laissé le choix du lieu et avait accepté sans rechigner de s'aventurer au-delà des bars avoisinant la Maison ronde, comme on appelait le commissariat situé à l'angle de la 8e et de Race Street.

« Ce doit être le peintre, dit Jack avec un signe du menton en direction de la porte. Le plus triste, c'est qu'il ressemble beaucoup à ses tableaux. »

A travers la foule, Lucy apercevait un grand adolescent vêtu d'un tee-shirt bleu marine qui flottait autour de lui et d'un blue-jean taché de peinture. Il avait le teint pâle, les traits tirés, des yeux noirs entourés de cernes sombres. Appuyé au mur, il parcourait la salle d'un regard absent. Son visage aurait tout aussi bien pu être un treizième portrait.

Pendant qu'elle le regardait, un homme aux cheveux bruns, épais et bouclés, pourvu de lunettes à monture métallique, s'approcha de lui, dit quelque chose, éclata de rire, puis lui passa le bras autour du cou, l'attira vers lui et lui embrassa le sommet du crâne. L'artiste parla, l'homme sourit, laissant apparaître ses dents blanches, et fit mine de lui envoyer un coup de poing sur le crâne. L'adolescent riposta en agrippant sa chemise ample, et tous deux trébuchèrent en arrière. L'homme lui chatouilla les côtes, ce qui le fit sourire. Cet homme paraissait familier à Lucy – peut-être l'avait-elle déjà vu au bar – et l'échange empreint d'une douceur fraternelle et joueuse lui fit regretter avec encore plus d'acuité l'absence d'Aidan. Combien de fois avait-elle chahuté avec son jumeau ? Il était bien plus grand et bien plus fort qu'elle, et aujourd'hui encore elle sentait la pression sur ses poignets quand il finissait inévitablement par la clouer au sol pour la chatouiller jusqu'à ce qu'elle crie grâce.

Jack saisit l'affichette et fit mine de la relire. « Le poids de l'entourage, la drogue. Ça devient vraiment difficile pour les gosses. Je plains les parents de ce type. Je me suis toujours demandé ce que je ferais si un de mes fils souffrait de troubles mentaux. Je ne m'en sortirais sans doute pas très bien », dit-il, comme s'il se parlait à lui-même. Il finit sa bière et lécha la mousse sur sa lèvre supérieure.

« Une autre ? offrit-elle. C'est ma tournée. »

Il consulta sa montre. « Non, merci. Sarah m'attend pour dîner. » Il se leva, glissa la main dans son portefeuille et laissa tomber un billet de dix dollars sur la table. « On pourra peut-être t'inviter à la maison un de ces jours. La bière est moins chère, et mes gosses seront ravis de rencontrer un flic qui a de jolies jambes. » Il lui fit un clin d'œil. « Bon week-end, O'Malley.

– Toi aussi. A lundi. »

Lucy le regarda se frayer un chemin dans la foule et disparaître derrière la porte au moment où entrait un couple coiffé de toques cosaques en fourrure. Elle soupira et s'appuya contre le dossier de son siège. Son verre était vide mais elle n'avait aucune raison particulière de partir. Elle avait annulé son rendez-vous plusieurs jours auparavant. Encore une soirée de conversation forcée pour essayer de mieux se connaître, pleine de silences pénibles et de sourires figés qui vous engourdissent la mâchoire, quel intérêt ? Elle préférait rentrer, enfiler un pyjama de flanelle, mettre une bûche dans le poêle à bois qui chauffait son deux-pièces, et s'installer pour lire avec Cyclops, son lapin, endormi sur les genoux. Mais qu'elle commence sa lecture à sept, huit ou neuf heures n'avait guère d'importance. Le délai n'affecterait que le nombre de chapitres qu'elle pourrait lire avant que la fatigue se fasse sentir.

A certains moments, en particulier les soirs d'hiver comme celui-ci, elle regrettait la communauté de Sommerville, dans le Massachusetts, qu'elle avait abandonnée en décidant de rester à Philadelphie après avoir décroché son diplôme. Au cours de son enfance, dans la maison où son père était né, elle n'avait jamais connu un moment sans visiteurs – un parent, un ami ou un voisin venu pour quelques instants de fraternisation, c'est-à-dire l'échange des derniers ragots contre une tasse de thé et une part de gâteau. Même lorsqu'elle avait commencé à avoir des petits amis, les moments de gêne étaient rares avec deux frères dans les parages pour aider à briser la glace, et peu d'instants de solitude étant donné le flot constant d'adolescents, garçons et filles, qui défilait dans la maison. La prière d'avant dîner, par laquelle son père remerciait le Seigneur de tous ses bienfaits envers la famille O'Malley, était le seul moment de silence dont Lucy se souvenait. Avec cette éducation, elle s'était adaptée sans mal aux chambres partagées du lycée ; contrairement à certaines de ses camarades, le manque d'intimité ne l'avait jamais gênée. Il lui avait fallu des années pour se rendre compte qu'elle préférait souvent la solitude, se débrouiller seule plutôt que subir une conversation assommante et oiseuse. Pourtant elle se demandait si la bonne personne pourrait un jour mettre fin à son isolement récent et choisi.

Elle ramassa son manteau, gagna le bar et posa les coudes sur le comptoir d'acajou.

« Salut, dit Sapphire d'une voix basse et voilée. Qu'est-ce que je vous sers ?

– Une bière. Pression, s'il vous plaît. » A côté d'elle, une femme se leva de son tabouret et Lucy s'y jucha en hâte.

Sapphire plaça devant elle un verre d'où un peu de mousse s'échappait lentement sur le côté. « Vous devriez jouer ce soir, ma belle, parce que vous devez être en veine. Un endroit où poser son cul, c'est pratiquement impossible à trouver ici.

– J'achèterai un billet de loterie en rentrant chez moi.

– Prenez-en un pour moi aussi », dit Sapphire en allant servir le client suivant.

La bière était fraîche mais pas assez, Lucy repoussa son verre. Visiblement la consommation était en hausse ce soir, et le nouveau fût n'avait pas été réfrigéré assez longtemps. Elle prit une profonde inspiration, savourant la fumée des cigarettes autour d'elle, tandis qu'un nouveau souvenir d'Aidan s'imposait à son esprit. La proximité des fêtes de Noël soulignait son absence.

« Puis-je me présenter ? »

Il avait la voix vibrante d'un présentateur de radio. Elle se retourna et vit l'homme aux lunettes et aux cheveux bouclés qu'elle avait remarqué plus tôt avec l'artiste. Il avait le visage rectangulaire, des yeux d'un bleu profond, et des pommettes saillantes. « Archer. Je m'appelle Archer Haverill », annonça-t-il en tendant la main.

Elle la lui serra en se présentant elle-même. Sa paume était grande et chaude, les petits doigts de Lucy semblèrent disparaître sous les siens.

« Enchanté », dit-il avec une légère inclinaison de tête. « Je ne vous demanderai pas si vous venez ici souvent puisque je le sais. Je vous ai vue à plusieurs lectures récemment.

– Ça m'a beaucoup plu.

– J'en suis ravi. Vraiment. Parce que je me demande toujours, quand je lis des ouvrages et quand je demande à un auteur de venir parler, si quelqu'un écoute et partage mon enthousiasme. C'est si difficile de prévoir les réactions des gens.

– C'est vous qui choisissez ? »

Il lui lança un regard interrogateur, puis expliqua : « C'est mon bar. Archer. L'Arche. Vous y êtes ? »

Lucy se sentit rougir.

« Désolée, je n'avais pas fait le rapprochement.

— Alors je suppose que, bien que je sois là pratiquement tous les soirs, je n'ai pas fait grosse impression. » Il joignit les mains. « Peut-être que je devrais me teindre les cheveux, moi aussi. Visiblement, j'ai besoin de me faire remarquer.

— Ou servir au bar. Ça aide. » Elle se demanda si elle devait avouer qu'il lui semblait familier ou qu'elle l'avait observé un peu plus tôt. Non, décida-t-elle. Ça ne valait pas la peine d'être mentionné. Elle ne savait pas si son humilité était tout à fait sincère, et elle ne se sentait pas d'humeur à attiser le feu de l'arrogance masculine dans le cas contraire. Mais il y avait quelque chose de plus que son beau visage, quelque chose dans son attitude qu'elle trouvait attirant, et elle n'avait pas envie que la conversation en reste là.

« C'est aussi vous qui choisissez les tableaux ? demanda-t-elle.

— Oui. Qu'est-ce que vous dites de ces autoportraits ?

— Douloureux. Ils ne me lâcheront pas, répondit-elle. Je ne suis pas critique d'art, mais je crois qu'ils sont bons. C'est stupéfiant ce qu'on peut faire avec un fusain.

— Il m'avait envoyé des diapos mais elles ne rendaient pas justice à son travail. Mon impression a complètement changé quand il a apporté les dessins. C'est un gosse génial, bourré de talent, mais il me laisse un peu perplexe. C'est lui qui a eu l'idée du titre. Bien entendu, j'avais déjà accepté d'exposer ses œuvres, quand j'ai réalisé que je pourrais avoir des problèmes parce qu'il est mineur – seize ans, incroyable, non ? – mais il vit pratiquement ici depuis deux jours et pour l'instant, pas une goutte d'alcool. Je crois que je suis tranquille.

— Je ne vais pas vous dénoncer.

— Merci, c'est gentil », sourit Archer. Il s'interrompit, la dévisagea comme pour prévoir sa réaction, puis lui demanda d'une voix qui paraissait réellement timide : « Je peux vous offrir un verre ? »

Lucy s'apprêtait à répondre quand elle sentit une vibration dans sa poche. Son biper. Elle avait dû oublier de l'éteindre en quittant le commissariat. Elle n'était plus de service, mais sa brigade manquait de bras pendant les vacances. Le lieutenant Sage avait dû décider de rappeler quelques-uns de ses détectives au repos. Elle aurait aimé l'ignorer, mais elle sortit quand même le BlackBerry de sa poche et lut le message : *Homme noir de dix-neuf ans. Multiples coups de couteau. Rivalités entre gangs ? Victime décédée à son arrivée à l'hôpital Thomas-Jefferson.*

« Désolée, je ne peux pas. Peut-être une autre fois ? » ajouta-t-elle avant de pouvoir s'en empêcher. *Lucy O'Malley*, entendit-elle, *comment oses-tu lui faire des avances ?* Elle se représentait Mme O'Malley, un tablier à carreaux noué serré autour de la taille, en train de l'admonester, le doigt pointé devant elle. *Une jeune fille convenable attend une proposition en bonne et due forme.* Même à une soirée Sadie Hawkins en troisième, une de ces soirées où c'est aux filles d'inviter les garçons, sa mère lui avait fait entrer dans le crâne que ce n'était pas son rôle de faire des avances.

« Un patient ? interrogea Archer.
— Non, je ne suis pas médecin.
— Qu'est-ce que vous faites ? » Il semblait déçu.

« Je suis flic. Section criminelle. » Ses nouvelles fonctions sonnaient étrangement à ses oreilles. Le changement était encore pour elle difficile à croire.

« Vous ? » Il éclata de rire. « Alors ça, c'est une première. Avec votre physique, pourquoi diable avoir choisi ce métier ?
— Qu'est-ce que c'est censé vouloir dire ? » Elle éprouva une flambée de rage. Combien de fois avait-elle entendu des commentaires méprisants sur sa profession d'officier de police ? La litanie d'insultes – la conviction que comme tous les fonctionnaires elle se tournait les pouces en attendant la retraite, les accusations voilées de corruption, comme si elle ne pouvait pas s'offrir un pull en cachemire avec un salaire de flic, les remarques malveillantes insinuant qu'elle essayait juste de se trouver un Tarzan à épouser – lui faisait voir rouge. Elle ne passait pas son temps à s'empiffrer de beignets, son unique activité illicite consistait à traverser en dehors des clous. Elle travaillait plus dur et plus longtemps que presque toutes les personnes qu'elle rencontrait. Descendre d'une lignée de bons flics honnêtes était pour elle source d'une immense fierté. De toute façon, qu'est-ce qu'il en savait, ce propriétaire de bar branché ?

« C'est juste... vous n'avez pas l'air... », bégaya Archer. Il la regarda de haut en bas. « Vous n'avez pas le genre. »

Elle s'apprêtait à lui expliquer que mesurer un mètre cinquante-huit et peser 48 kilos n'avait rien à voir avec ses compétences pour enquêter et arrêter des trafiquants de drogue, des violeurs, et maintenant des assassins, mais elle se ravisa. Une explication donnerait l'impression qu'elle était sur la défensive, et elle ne l'était pas du tout.

« Apparemment, j'ai choisi ce métier pour les mêmes raisons qui poussent quelqu'un comme vous vers l'industrie de l'hospitalité », rétorqua-t-elle, soulagée de ne pas lui avoir donné à penser qu'elle était sensible à son charme. « Pour aller contre ma nature. »

Sur ces mots elle descendit de son tabouret, fourra le BlackBerry dans sa poche et boutonna son manteau. En s'éloignant, elle crut l'entendre crier : « Il y a un poète formidable qui vient jeudi soir. Huit heures. Vous accepterez peut-être un verre ? »

Mais elle n'écoutait pas vraiment.

2

*Samedi 11 janvier
21 h 17*

Foster détestait l'odeur putride de sa propre sueur. C'était une chose de transpirer après une activité physique – il avait joué dans l'équipe de hockey sur gazon et faisait encore de la musculation de temps en temps – l'exercice lui procurait une sensation de purification, de purge. Mais ce soir, assis derrière l'écurie, ce qu'il éprouvait était bien différent. Malgré le vent glacial, sa chemise collait à la peau moite de ses aisselles et de son dos. La sueur perlait sur son front, sa lèvre supérieure, derrière ses genoux. Même ses orteils glissaient dans ses Adidas. Ses synapses s'emballaient sous l'effet de l'angoisse et de la peur. Il lui fallait se débarrasser de sa chair mouillée et s'enfuir, abandonner le corps qui le torturait et l'âme qui le tourmentait. Heureusement, c'était exactement ce qu'il allait faire.

Il changea de position et sentit une pierre pointue s'enfoncer dans son coccyx, lui envoyant une douleur fulgurante dans la colonne vertébrale. Respirer à petites goulées rapides calma la douleur, mais il ressentait encore un élancement. Il croisa les jambes devant lui et se laissa aller contre le mur peint en rouge.

Il entendait les chevaux à l'intérieur, Fern et Jumpstart, qui s'ébrouaient et se déplaçaient à pas lourds dans leur box, se préparant au sommeil. Le cheval de dressage était noir avec des balzanes blanches, l'autre – un alezan – était à la retraite depuis des années mais restait dans la famille comme animal de compagnie. C'étaient des animaux majestueux et loyaux à qui, aussi loin qu'il pouvait se souvenir, il avait toujours donné des carottes. Bien qu'il n'ait jamais lui-même fait d'équitation, il aimait sentir leurs lèvres douces frotter contre sa paume ouverte. Il espérait que la détonation ne les effraierait pas.

Il leva les yeux vers le croissant de lune qui illuminait quelques cirrus éparpillés dans le ciel obscur. En dehors de l'agitation des chevaux et du bruissement de petits animaux, la nuit était silencieuse. Il fit courir ses doigts sur le barillet du calibre .38, puis enferma le court canon d'acier dans sa paume tout en agrippant la crosse de l'autre main. Il s'était donné du mal pour se procurer cette arme qui valait cinq cents dollars et qu'il avait payée plus de mille. Il lui avait fallu beaucoup de persuasion et encore plus de dessous-de-table, mais finalement le commerçant barbu en blouson de pêche avait accepté de passer outre la date de naissance sur son permis de conduire et de falsifier son âge sur le formulaire d'achat. Pour une liasse de billets, il était passé de seize à vingt-six ans, d'un trait de stylo. Il était beau, le contrôle des armes dans l'Etat de Pennsylvanie.

Il pressa la détente, n'entendit rien sinon un claquement sourd dans la chambre vide. Il devait encore insérer la balle qu'il avait choisie, une semi-wad-cutter qui, selon l'article qu'il avait lu, était conçue pour assurer une pénétration maximale. Etant donné la cible qu'il voulait atteindre, il pouvait négliger la portée. Il frissonna et pressa à nouveau la détente. *Snap.*

Fermant les yeux, il écouta le bruit de sa respiration et sentit son cœur battre la chamade dans sa poitrine. Pour la première fois il se demanda qui le trouverait. Au moins ce ne serait pas Avery, sa sœur jumelle. La protéger était tout ce qui comptait à ses yeux, mais il n'avait pas de raison de s'inquiéter. Elle était retournée en pension la veille, dimanche. Les vacances de Noël étaient terminées et, avec sa mère, ils l'avaient raccompagnée à Garrison Forrest, dans le Maryland, à temps pour l'appel de dix-neuf heures.

De sorte que son corps serait découvert, sans nul doute, par l'un de ses parents, s'il pouvait les appeler ainsi, et ils ne le trouveraient peut-être pas avant la lumière du matin. Ils étaient partis un peu vers sept heures pour un dîner dans la ville voisine de Villanova. Sa mère portait un tailleur-pantalon en gabardine grise avec une veste en fourrure, cadeau de Noël de son mari. Depuis la fenêtre de sa chambre, il avait regardé son père lui ouvrir la portière côté passager, éclairant l'intérieur cuir de la Lexus. Avant de s'installer sur son siège et de boucler sa ceinture, elle avait abaissé le pare-soleil pour vérifier son maquillage dans la glace et appliquer un soupçon de rouge supplémentaire sur ses lèvres minces. Foster avait suivi des yeux les feux arrière jusqu'à ce que la berline vert foncé disparaisse dans le virage de la longue allée.

A cette heure-ci, la réception devait battre son plein chez Bonnie et Hugh Pepper, leurs amis intimes. Bien qu'il n'ait jamais assisté à aucun de ce que sa mère appelait « des dîners décontractés », il supposait que Mme Pepper ignorait le vrai sens du mot. Il suffisait de voir la fête de Noël qu'elle avait organisée moins d'un mois auparavant pour les plus dignes représentants de la Main Line, ce secteur riche et huppé de la banlieue ouest de Philadelphie, et leurs enfants adolescents. La grande maison arborait des bouquets en couronne à chaque fenêtre éclairée. Un énorme sapin chargé de guirlandes électriques et de décorations victoriennes emplissait le vestibule. Avec sa famille – oui, il pouvait les désigner ainsi, maintenant que leur relation était sur le point de s'achever – il avait erré de pièce accueillante en pièce accueillante, se joignant à des bribes de conversation joviales, admirant les nombreuses cheminées crépitantes, mangeant des coquilles Saint-Jacques enrobées de bacon, et du céleri au foie gras. Devant le Steinway ébène, son père et sa mère avaient chanté des chants de Noël, bras dessus, bras dessous. *Oh, Emmanuel...* A l'écart de la foule, Avery lui avait passé un bras autour du cou. « C'est Noël, je suis là pour trois semaines complètes. Ton exposition commence la semaine prochaine. Tu ne peux pas être heureux ?

– Et toi ? avait-il demandé au lieu de répondre.

– Mes problèmes ne sont rien comparés aux tiens. » Elle avait souri, lui avait gaiement ébouriffé les cheveux, et s'était remise à chanter juste au début du refrain.

Le dîner de ce soir chez les Pepper finirait tard, inclurait plusieurs bouteilles de vins différents, plus du champagne pour le dessert. Pourtant, quand ils rentreraient, son père insisterait pour qu'ils prennent un dernier verre avant de se coucher. Ils ne penseraient pas à regarder dans sa chambre, ne se rendraient pas compte qu'il ne dormait pas dans son lit, ne regardait pas la télévision dans le petit salon. Ils se réveilleraient le lendemain matin, gagneraient la cuisine d'un pas mal assuré pour boire leur café et manger leurs tartines, et ne commenceraient les recherches qu'en voyant qu'il ne descendait pas pour la messe de dix heures.

Il plongea la main dans sa poche et en sortit les balles.

Il tâta les cylindres de métal, imaginant les dommages potentiels. Les balles étaient fraîches dans sa paume, il les fit rouler les unes contre les autres comme s'il s'agissait de dés porte-bonheur. Son grand pari serait un succès.

Il avait l'impression d'avoir préparé ce moment toute sa vie. Chaque matin qu'il avait vécu, couvertures remontées sur la tête, esprit encombré d'images de longues lames d'acier lui découpant le visage ou lui déchirant le ventre, chaque journée où il arrivait à peine à se concentrer, chaque après-midi passé dans sa chambre, paralysé, à se demander s'il pourrait convaincre son corps de coopérer suffisamment pour gagner cahin-caha la salle de bains, chaque soirée passée à s'agiter sur son matelas en sachant que le don du sommeil était encore à des heures de lui, avaient mené inexorablement à cet instant. Les séances de cinquante minutes, trois fois par semaine, avec le Dr Ellery n'avaient fait qu'empirer la situation. Les antidépresseurs et anxiolytiques qu'il prescrivait lui rendaient la vie encore plus pénible. Tricycliques, inhibiteurs sélectifs de recapture de la sérotonine, benzodiazépines – il avait tout essayé en dosages et combinaisons variés avec pour seul résultat d'ajouter bouche sèche, trouille et impuissance à la liste des maux qui le torturaient. Ses parents avaient dépensé des milliers de dollars dans des expériences non remboursées qui lui donnaient l'impression d'être encore plus monstrueux et isolé qu'auparavant. Quel jeune garçon américain de seize ans ne peut se procurer au moins le plaisir, le soulagement de la masturbation ?

Cette pensée le fit rire à nouveau, plus fort cette fois. Mais il n'avait pas à s'inquiéter. En dehors de la bonne, il était seul dans un terrain de plus de trois hectares. Et elle était certainement en train de regarder la télévision, en souhaitant que Johnny Carson, son animateur préféré, revienne à la place de Jay Leno. Elle, au moins, avait quelque chose à souhaiter.

Il inséra trois balles et contempla le barillet ouvert, désormais à moitié plein. Un Titan à trois yeux, qui aujourd'hui forgerait la foudre pour lui et non pour Zeus, et qui le regardait. Il fit tourner le barillet et le referma. Il pouvait échouer une fois, mais trois balles devraient suffire.

« Est-ce que tu te rappelles la première fois que tu t'es senti déprimé ? » Cette question lui avait été posée si souvent qu'il en perdait le compte. Il n'avait jamais pu répondre. Pas de moment précis, pas de vie sans ou avant.

« Certaines activités te procurent-elles un soulagement ? » avait demandé le docteur Ellery lors de leur premier entretien. Il avait cru que le hockey pourrait le sauver, mais avait dû quitter l'équipe au bout de trois semaines. Il n'était pas assez fiable, il manquait des parties entières, ou s'équipait mais se retrouvait incapable de jouer, de respecter les règles ou même de reconnaître ses coéquipiers. Il ne lui restait que la peinture. Et il avait prouvé son insuccès dans ce domaine. Son unique exposition s'était achevée fin décembre. La seule vente – sans aucun doute un achat du riche propriétaire du bar, saisi de pitié – lui avait rapporté quatre cents dollars, à peine de quoi couvrir les frais d'encadrement.

Il saisit le .38 dans sa main droite et le dirigea vers sa poitrine. La taille de l'arme l'obligeait à plier le poignet d'une façon peu naturelle, et il espérait que le recul ne ferait pas dévier la balle. Sinon, il lui faudrait tirer encore, perspective qui ne lui souriait guère. Il savait qu'il avait la force nécessaire et les munitions adéquates, mais se demandait s'il saurait viser convenablement en étant déjà blessé.

« Avery. » Il prononça le nom de sa sœur à haute voix, en la revoyant telle qu'elle était la semaine précédente – sa silhouette haute et mince dans un blue-jean moulant, avec un pull rouge vif à col cheminée, et une doudoune verte, ses longs cheveux tombant librement sur ses épaules. Pourquoi avait-elle décidé d'aller en pension ? Pourquoi n'était-elle pas restée à la maison avec lui ? Il n'avait pu s'empêcher de pleurer à l'idée de son départ prochain. Malgré son besoin désespéré de se confier, de lui dire tout ce qu'il pensait et ressentait, il ne pouvait parler. Elle l'avait senti, avait accroché ses doigts aux siens, et l'avait entraîné dans ce champ ; leurs bottes faisaient craquer les brindilles gelées et les petites plaques de glace. Elle s'était arrêtée pour ouvrir de l'ongle une gousse de laiteron desséchée, repoussant la peau grenue et exposant ce qui restait du duvet blanc à l'intérieur. « On va faire comme si c'était le printemps en janvier », avait-elle décrété. Puis elle avait soufflé doucement, pour faire s'envoler l'amas de graines ratatinées. « Fais un vœu. »

Il avait souhaité qu'elle ne parte pas. Et comme c'était un rêve impossible, il avait souhaité qu'on ne ressente pas de chagrin là où il allait. Elle seule lui manquerait.

Avec la force et la puissance d'un mantra, il croyait à l'existence d'un lien spécial entre jumeaux. Toute leur vie, ils avaient eu la capacité, si rare, d'éprouver les sentiments de l'autre, de se sentir reliés d'une façon qui n'exigeait aucune explication. Il avait été au courant des premières règles d'Avery avant même qu'elle lui en parle. Elle n'avait pas besoin de rougir au seul nom d'Andrew Witherspoon pour qu'il sache qu'elle était amoureuse du capitaine du club de débats. Lui seul pouvait prévoir ses crises de rage. Et elle l'avait interrogé sur ses cauchemars de noyade avant qu'il les avoue à qui que ce soit.

Maintenant il se demandait comment elle survivrait sans lui. Il n'aurait pas pu continuer sans elle. Mais là encore, il ne pouvait continuer seul. Point. Serait-elle prête à sacrifier sa vie pour que tous deux puissent rester ensemble ? Il payerait volontiers le prix qu'avait payé Pollux pour demeurer éternellement auprès de Castor, son défunt jumeau – passer la moitié de chaque année dans le royaume d'Hadès. Six mois aux Enfers paraissait un prix raisonnable pour l'union éternelle. Mais en même temps, il voulait qu'Avery poursuive son chemin, soit heureuse, se fasse une vie, fonde sa propre famille.

Il secoua la tête. Mieux valait ne pas penser à elle maintenant. C'était trop douloureux, trop perturbant. Il avait écrit tout ce qu'il avait besoin de lui dire et avait posté la lettre plus tôt dans la journée. Elle la recevrait lundi, mardi au plus tard. A ce moment elle aurait été informée de sa mort. Et en lisant ce qu'il avait écrit, elle saurait pourquoi.

En resserrant sa prise sur le revolver, il se rendit compte que sa main tremblait. Du poignet gauche il essuya la sueur sur son front. Les muscles de son visage se tendirent quand il plissa les yeux par avance. Il se dit qu'il était temps de réciter un *Notre-Père*, quelque chose d'à la fois solennel et sacré, mais les paroles qu'il avait dû apprendre par cœur à l'école religieuse, qu'il prononçait chaque semaine à l'église épiscopale, lui échappaient maintenant.

Pourquoi ses parents l'avaient-ils laissé ignorer son identité ? Pourquoi ne lui avaient-ils pas dit dès le début qu'il avait été adopté ? Peut-être qu'alors il aurait compris pourquoi sa vie, sa famille ne semblaient pas lui correspondre. Peut-être qu'il aurait pu s'accepter. Peut-être qu'il aurait trouvé du réconfort dans les paroles du Dr Ellery qui expliquait que la dépression a des racines génétiques et chimiques, qu'il subissait des symptômes hors de son contrôle. Mais comment pouvait-il comprendre, alors que la famille Herbert semblait une forteresse de santé mentale ? Comment aurait-il pu ne pas se sentir un monstre, alors que pendant plusieurs jours il se retrouvait incapable de quitter sa chambre ? Son père ne manquait jamais une seule heure de travail, sans parler d'un voyage d'affaires ou d'un rendez-vous avec un client, sous prétexte qu'il ne s'en sentait pas le courage. Sa mère ne déclinait jamais une partie de tennis, n'oubliait jamais les réunions de son club de jardinage, et ne s'endormait jamais aux réunions de parents d'élèves ou aux pièces de théâtre scolaires. Elle s'était trouvée à l'arrêt d'autobus à l'heure exacte pour l'attendre chaque jour pendant toute sa scolarité. Voilà ce qu'on appelle la stabilité.

« Leur seul souci, c'était ton intérêt. Ne t'imagine pas que ces décisions étaient faciles à prendre, avait déclaré le Dr Ellery. Faith et Bill t'aiment. Ils voulaient vous donner la meilleure vie possible, à toi et à ta sœur, pour que vous vous sentiez en sécurité. » Il y avait une chance sur mille pour que cela se produise.

Il leva le revolver et se colla le canon contre la poitrine. La simple pression du métal sur sa peau était douloureuse. Il attendit. Le battement en lui s'accéléra. Il pourrait peut-être, par un effort de volonté, provoquer une crise cardiaque grave, et ainsi mourir de cause apparemment naturelle. Mais son cœur maintenait son rythme forcené, il n'était pas prêt à abandonner. S'il voulait mettre fin à sa vie il devrait presser la détente.

Tout au long de la nuit précédente il avait étudié les possibilités – la partie du corps à viser : tête, bouche, poitrine. Quand les premiers rayons de soleil traversèrent sa fenêtre, il choisit la poitrine. Une balle dans le cœur. C'était un choix quelque peu impulsif, mais il fallait bien qu'il se décide à un moment ou un autre. Le cœur paraissait la cible la plus radicale. Il ne voulait pas se retrouver dans un état végétatif permanent à cause d'un coup mal calculé dans la tête. Et bouffer le canon d'un revolver lui semblait particulièrement grotesque, comme dernier geste.

Ayant pris sa décision, il avait survécu à la journée sans changer d'avis.

Il respira profondément, puis relâcha son souffle bruyamment. Il regretta de ne pas avoir de cigarettes. Alors qu'il n'avait jamais été fumeur, il mourait d'envie de sentir ce qu'il imaginait être le goût de la nicotine, l'effet calmant d'une Camel sans filtre.

Il plaça son index sur la détente et la pressa légèrement. Allez Foster. Vas-y. Finis-en. Tu as fait tes adieux.

Puis il appuya.

La détonation lui fit exploser le tympan. Il sentit un liquide chaud lui couler dans le cou avant même d'éprouver la douleur atroce, la sensation de chaleur intense, de déceler l'odeur de sa propre chair brûlée. La force du coup de feu l'avait fait tomber sur le côté, dans l'herbe. Bras gauche coincé sous son corps, il ne pouvait bouger. Le sang jaillissait de sa poitrine en une gerbe écarlate. Il toussa mais aucun son ne sortit de sa gorge. Luttant sans succès pour respirer, il sentit une brise légère, mais le froid qu'il éprouvait en dedans n'avait rien à voir avec la température extérieure.

Ne lutte pas, se dit-il. C'est ce que tu voulais. C'est ce que tu veux. Et de toute façon il est trop tard pour changer d'avis.

Jumpstart hennit, mais le son familier lui parut venir de très loin. Il avait les yeux fixés sur la nuit, qui lui semblait une image indistincte en gris et doré. Il avait laissé tomber son revolver quelque part, et sa main droite était parcourue de spasmes. Il tâta ce qui restait du devant de sa chemise, maintenant imbibée de sang. Il n'avait plus d'air dans les poumons.

Il balaya du regard le ciel, vers le nord, dans l'espoir d'apercevoir une dernière fois les Gémeaux, sa constellation préférée, mais les étoiles tournoyaient, échappaient à son regard. Les jumeaux stellaires – le rectangle que formaient Gamma Geminorum, Mekbouda, Wasat, Pollux, Castor et Mebsouta – restaient cachés. Je vous en prie, supplia-t-il, sans savoir à qui il s'adressait. Laissez-moi vous voir. Montrez-moi que vous êtes là. Montrez-moi que vous êtes réels.

Il eut un hoquet. Son corps se crispa en un spasme douloureux. Puis tout devint noir.

3

Lundi 13 janvier
16 h 12

David Ellery ferma la porte de son bureau, tira les stores, s'assit dans son fauteuil ergonomique et frappa du poing le sous-main vert forêt sur son bureau. Une partie de lui avait envie de pleurer, mais il n'avait pas pleuré depuis cinquante ans et n'allait pas commencer maintenant. Un demi-siècle auparavant, sa mère avait accidentellement écrasé son teckel avec sa Cadillac décapotable. Lui n'avait que huit ans, mais il se rappelait encore ce qu'il avait ressenti en tenant l'animal inerte dans ses bras, en comprenant qu'il ne respirait plus. Ce jour-là, ses émotions avaient échappé à son contrôle et il s'était juré que cela n'arriverait plus jamais. Il avait survécu à la fac de médecine, à la mort de son père, à l'internat de psychiatrie et à un divorce, le tout sans verser une seule larme. Il lui faudrait maintenant ajouter la perte de son premier patient en trente années de pratique à la liste des infortunes qu'il avait affrontées et vaincues dans sa vie professionnelle et personnelle.

« Comment est-ce que ça a pu arriver ? Pourquoi est-ce que vous ne l'en avez pas empêché ? » avait hurlé Faith Herbert au téléphone, d'une voix hystérique. « Vous auriez dû le sauver. C'était votre travail. Vous nous aviez dit que vous pouviez l'aider. Nous vous faisions confiance ! »

Il avait essayé de lui parler, de comprendre ce qui s'était passé, mais ses paroles étaient incompréhensibles. Sanglots, hoquets et quintes de toux avalaient toutes ses explications, toutes ses précisions. Il avait seulement compris que Foster était mort, et que la famille Herbert l'en tenait pour responsable.

Après un temps qui lui parut interminable, Bill avait fini par prendre le combiné à son épouse. Il parlait d'une voix sourde et contrôlée, bien que David crût y déceler un tremblement léger. Rien de surprenant. D'après leurs quelques rencontres, et ce que Foster lui avait dit de William F. Herbert Jr., il était peu probable que cet homme expose sa vulnérabilité. Tout chagrin, colère ou autre émotion extrême qu'il pouvait ressentir serait caché soigneusement derrière les pierres de son manoir.

« Nous voulions vous informer de la mort de Foster, avait dit Bill. Il s'est tiré une balle dans la poitrine. La police nous dit que la mort est survenue aux alentours de neuf heures samedi soir. Nous ne l'avons trouvé qu'hier en fin d'après-midi.

— Est-ce que je peux faire quelque chose ? avait demandé David.

— Non, nous nous débrouillerons tout seuls.

— Vous pourriez peut-être venir. Nous pourrions parler », avait-il insisté. Foster était son patient depuis près de deux ans. Ils avaient passé ensemble cinquante minutes, trois fois par semaine, plus d'interminables soirées au téléphone quand Foster, saisi d'angoisse ou de dépression, appelait sans rendez-vous. Il le voyait le samedi soir quand il avait besoin d'une séance supplémentaire. Il avait consulté le pédiatre de Foster et plusieurs psychopharmacologues en s'efforçant de trouver la bonne combinaison d'antidépresseurs. Il s'était évertué à trouver des traitements pour un adolescent qui, il l'avait compris très vite, avait de graves problèmes. Il n'existait rien qu'il n'eût tenté, et il n'appréciait pas qu'on insinue le contraire.

« La police essaiera peut-être de vous contacter, avait prévenu Bill, ignorant les propositions de David. Faith et moi vous demandons de ne rien dire. Nous voulons préserver notre vie privée. Nous voulons protéger la mémoire de Foster. C'est déjà affreusement douloureux, inutile que nos difficultés deviennent publiques.

— Voudriez-vous que je rencontre sa sœur ? Ce doit être extrêmement pénible pour elle. » Bien qu'il n'ait jamais rencontré la jumelle de Foster, David avait suffisamment entendu parler d'elle et de la nature de leur relation pour savoir que l'annonce de sa mort devait être un violent traumatisme. La perte d'un frère est un événement douloureux, la perte d'un jumeau pouvait s'avérer dévastatrice. Une étude sur les vrais jumeaux montrait que, si l'un se suicidait, il y avait 40 pour cent de risques que l'autre fasse au moins une tentative, lui aussi.

Et d'après ce qu'avait dit Foster, sa sœur avait ses propres difficultés. Il avait souvent parlé d'un incident particulièrement troublant, où sa sœur était entrée dans une rage incontrôlable contre leur père, parce qu'il avait oublié la fête des Mères. Ses cris, pleurs et protestations avaient duré plus d'une heure. Elle avait même jeté par la fenêtre les clubs de golf de son père avant la fin de sa tirade. Ce genre de scène était peut-être une simple crise d'adolescente mais, vu son lien génétique avec Foster, peut-être pas.

Après un silence, Bill s'était raclé la gorge.

« Avery était à l'école quand c'est arrivé. Elle n'a pas été prévenue. Faith et moi irons la voir ce soir.

— Je vous conjure d'envisager au moins la possibilité d'une aide professionnelle. Je pourrais...

— Docteur Ellery, l'avait interrompu Bill, je ne veux plus que vous parliez à aucun des membres de ma famille, et encore moins à ma fille. Si nous vous devons encore quelque chose, veuillez envoyer votre note d'honoraires à mon bureau. Ma secrétaire veillera à ce qu'elle soit réglée rapidement. Maintenant je dois m'excuser. Au revoir. » La communication avait été interrompue.

David scruta les diplômes et certificats sur les murs, dans leurs cadres en érable moucheté, puis le divan de cuir confortable et le fauteuil club dans lequel il passait ses journées à aider des personnes souffrant de toutes sortes de problèmes émotionnels – névroses, dépressions profondes, angoisses, troubles de la personnalité et de l'humeur, et même dysfonctionnements sexuels. Il avait traité des dizaines d'hommes et de femmes au cours de sa carrière, dont beaucoup avaient interrompu leur thérapie parce qu'ils se sentaient – et d'un point de vue clinique, allaient – mieux. Il avait obtenu le succès : ses anciens patients, ses titres honorifiques, le crédit de recherche substantiel qui lui avait été alloué, et la Jaguar garée dehors en témoignaient. Et pourtant ce suicide venait prouver qu'il avait échoué, et de façon spectaculaire.

Qu'avait-il négligé ? Bien que Foster ait parlé de se suicider, la menace ne lui avait jamais paru vraiment sérieuse. Les références étaient sporadiques ; il n'avait pas de plan. *Vous auriez dû le sauver.*

Il enfouit son visage dans ses mains. La pression dans sa tête était intense. Il n'aurait jamais, jamais, dû accepter comme patient ce jeune homme qui avait vu trois thérapeutes différents avant que les Herbert s'adressent à lui et le supplient de s'en charger. Mais il s'était laissé tenter par l'espoir de réussir là où personne n'avait réussi, et par l'offre de Bill de payer une fois et demie son tarif habituel. Sa propre arrogance et 225 dollars de l'heure, même si Foster ne venait pas à son rendez-vous, l'avaient convaincu.

Un coup frappé à la porte l'interrompit dans ses pensées. En levant les yeux, il se rendit compte qu'il n'avait aucune idée du temps écoulé depuis l'appel fatidique de Faith. Le soir tombait. Qui était encore là ? Son bureau faisait partie d'une suite où travaillaient trois thérapeutes qui partageaient un service de secrétariat, bien que la seule employée de ce service – Betty Graham – fût absente, soi-disant à cause d'une série d'allergies saisonnières. Il avait si souvent entendu ses excuses et la liste de ses problèmes supposés que ses mensonges l'ennuyaient, mais elle était trop compétente, quand elle venait travailler, pour être renvoyée. Nancy Moore, la sociothérapeute, avait abandonné ses lundis de travail pour passer plus de temps avec sa famille. Il ne pouvait donc s'agir que de Morgan Reese, travaillant tard comme d'habitude.

« David », appela-t-elle à travers la porte en frappant encore, plus fort cette fois. L'inquiétude voilait ses intonations d'ordinaire mélodieuses. « David, je peux entrer ? »

Il saisit en hâte un mouchoir en papier dans la boîte qu'il gardait pour ses patients et se moucha au moment où la porte s'ouvrait. Il fit tourner son fauteuil et vit Morgan sur le seuil. Elle avait des cheveux brun roux rassemblés en une natte épaisse, des yeux bleus, une peau lisse et pâle en dehors des cernes sombres qui paraissaient sa marque de fabrique. Il n'avait jamais connu personne qui maintienne un rythme professionnel aussi soutenu – ses patients, pour l'essentiel des enfants et des adolescents, dix heures par jour, souvent six jours sur sept, un poste de recherche à plein temps pour l'étude d'un quelconque désordre affectif de la petite enfance, plus une chaire à la Faculté de médecine de Pennsylvanie. Malgré ce qui devait être un épuisement chronique, elle ne paraissait jamais manquer d'énergie ou de concentration.

« J'ai appris pour le jeune Foster. Je suis navrée.

– Je n'arrive pas à y croire, franchement », dit-il. Puis il saisit les implications de sa remarque. « Tu l'as appris ? Comment ?

– Aux infos, tout simplement. »

Mais elle n'avait pas la télévision dans son bureau. Et il ne confiait jamais le nom de ses clients.

Son visage devait laisser paraître sa perplexité car elle expliqua : « Le présentateur de la radio a précisé qu'il était suivi par un psychiatre et... il a donné ton nom. » Puis elle s'approcha de lui et posa la main sur son épaule. « J'imagine ce que tu traverses. Tu veux en parler ? » Ce contact physique lui parut bizarre. Ils étaient collègues depuis près de dix ans, entretenaient d'amicales relations professionnelles, mais rien de plus. Même après la fin de son mariage il ne l'avait jamais invitée à sortir. Bien qu'il la trouvât séduisante, elle lui paraissait inapprochable.

« Qu'est-ce qu'ils ont dit d'autre ? » Il éprouvait un sentiment proche de la panique, il avait les mains moites. Comment avait-on pu mentionner son nom publiquement ? Comment une chaîne de radio avait-elle osé diffuser cette information ? Et si ses patients avaient écouté la même émission ?

« Pas grand-chose. Aucun des parents n'a voulu faire de commentaires.

– Alors qui a dévoilé mon nom, mon implication dans cette affaire ?

– Tu sais comment ça se passe, répondit-elle avec un haussement d'épaule. Les dossiers médicaux sont censés être confidentiels, mais ils ne le sont jamais. Dieu seul sait à quoi la police a accès.

— Et les médias veulent un responsable. Même ses parents me tiennent pour responsable, pourtant ils sont bien placés pour savoir que j'ai fait tout mon possible pour l'aider », dit David. Il sentait la colère monter en lui. Il avait besoin de se reprendre.

« Je suis sûre que tu as fait de ton mieux. Il y a des limites à ce que peut faire un psychiatre. Tu n'as pas besoin de moi pour le savoir.

— J'apprécie ce vote de confiance », fit-il en se forçant à sourire.

Morgan fit un pas de plus vers lui.

« Après coup, on a tous tendance à regretter certaines décisions, personnelles et professionnelles, mais il faut compartimenter. Je serais la première à admettre que j'ai du mal à gérer les questions de distances et de limites. Comme si aller à la fac de médecine pouvait nous apprendre à ne rien ressentir. Mais quand le pire arrive, tu n'as pas d'autre choix que de te rappeler ta formation. Sinon le suicide de ce gamin va te détruire, toi aussi. »

Il ferma les yeux. Il écoutait le son de sa voix, mais ignorait ses paroles. Il savait qu'elle essayait de le réconforter et aussi qu'il aurait dû se concentrer sur Foster, sur la tragédie d'une vie interrompue, mais il se préoccupait davantage du scandale qui éclaboussait son nom, sa réputation. Il lui fallait se construire une défense face aux accusations qui ne manqueraient pas d'être portées contre lui. Il devait rassembler ses supporters, parmi lesquels Morgan, afin que sa carrière ne souffre pas d'événements hors de son contrôle. A part enfermer Foster dans une unité d'isolement et le faire disparaître dans le monde secret des cliniques psychiatriques privées, personne n'aurait pu faire plus pour le maintenir en vie.

« Je ne sais pas quelles mesures prendre maintenant. J'ai offert d'aider la famille. Ils refusent de me parler. Est-ce que je préviens mon assurance professionnelle ? »

Elle pencha légèrement la tête de côté, étudiant sa question. « A ton avis, qu'est-ce qui s'est passé ? »

Il réfléchit un moment, choisit ses mots avec soin. « Foster souffrait d'un grave trouble dépressif chronique et possédait peu de mécanismes de défense. Article 296.3X », précisa-t-il en se référant au *Manuel de diagnostics standard*. L'abréviation clinique – son code professionnel – lui rappela qu'il était payé pour savoir. Et il savait. Il avait consacré sa vie à comprendre les fonctionnements de l'esprit. « Il acceptait mal les médicaments. On a essayé toute une série de combinaisons, on ajustait les dosages en permanence, mais il refusait souvent de suivre les prescriptions ; alors, sauf par des analyses de sang quotidiennes, il était impossible de savoir si nous avions obtenu les niveaux thérapeutiques voulus.

— Est-ce qu'il avait arrêté ses médicaments ces temps-ci ?

— Je ne sais pas. Il avait annulé ses trois rendez-vous de la semaine dernière. Il avait une bonne voix au téléphone, et je n'ai pas insisté parce que son explication me paraissait plausible, compte tenu de son histoire. Sa sœur jumelle était revenue à la maison pour les vacances de Noël, et il disait qu'il voulait passer son temps avec elle. Je les savais très proches.

— Une jumelle ?

— Oui. D'après ce qu'on m'a dit, le lien entre eux était comparable à ce que racontent les livres sur les jumeaux monozygotes, les vrais jumeaux. Un attachement surnaturel, presque un sixième sens concernant l'autre. Le plus inouï c'est que, d'après Foster, ils avaient tous deux un lentigo derrière l'oreille gauche. Cette similarité physique l'obsédait.

— Ah bon, fit-elle en fronçant les sourcils.

— Je ne peux pas prétendre en savoir beaucoup sur les lentigos, mais ça paraissait quand même bizarre.

— Ce sont de petites taches cutanées, un phénomène dermatologique courant dans la population en général, mais la plupart des médecins te diront qu'il est statistiquement très improbable d'en trouver au même endroit chez des faux jumeaux. Ton instinct était donc juste. C'est très inhabituel. »

Morgan ne laissait jamais de le surprendre. Existait-il le moindre détail médical qu'elle ignore ? Pas étonnant qu'une part considérable de la faculté de médecine, de même que la quasi-totalité du département de psychiatrie, la porte aux nues.

« En tout cas, quand sa sœur est partie en pension l'automne dernier, Foster est tombé dans une spirale infernale, reprit David. Il se sentait abandonné. A mon avis, les parents ne lui ont tout bonnement pas offert le soutien dont il avait besoin après le départ de sa sœur, alors qu'ils devaient bien le savoir... »

Morgan s'assit dans le fauteuil à haut dossier devant le bureau, elle était plus petite qu'il le croyait, plus délicate. Elle joignit ses doigts osseux sur ses genoux. « Tu t'inquiètes pour la sœur.

— Je ne l'ai jamais vue, alors d'un point de vue professionnel, je ne peux pas être formel. Mais si j'étais son père, je m'inquiéterais. Tu connais les études sur les jumeaux.

— Oui, mais il y a une grande différence, psychologiquement, entre les jumeaux monozygotes et les hétérozygotes. D'après mes souvenirs, personne ne prétend que le risque de suicide ou de tentative de suicide soit plus élevé chez les vrais jumeaux que chez les faux », remarqua Morgan.

On pouvait lui faire confiance pour se rappeler les détails cliniques.

Elle s'interrompit un instant, puis pencha la tête : « Pourquoi est-ce que tu t'inquiéterais pour la sœur ? »

Il haussa les épaules. « Elle a l'air instable, voilà tout. Ce n'est probablement rien. Elle a seize ans, elle est en pension, elle affirme son indépendance. Une dose de bravade fait partie de tout processus de détachement. Mon inquiétude – pour autant qu'elle soit justifiée – se veut plus générale. C'est un traumatisme terrible pour toute la famille.

— Et les parents cherchent sans doute quelqu'un à blâmer en ce moment, le coupa Morgan. Imagine ce qu'ils subissent. Mais ça ne veut pas dire que, quand la fumée se sera dissipée, ils te mettront réellement en cause. Tous ceux qui te connaissent pourront témoigner de ton dévouement envers tes patients.

— Que Dieu t'entende », dit David en se levant. Il gagna la fenêtre, ouvrit le store et contempla la ruelle derrière l'immeuble. Un vieil homme emmitouflé dans plusieurs couvertures, le pauvre ivrogne qui venait pratiquement tous les soirs chercher des détritus recyclables, poussait son caddy rempli de boîtes de conserve vides. Le cliquetis des roulettes résonnait entre les murs.

« Tu as été surpris ? demanda Morgan.
— Totalement. Sinon j'aurais essayé de l'en empêcher.
— Est-ce que l'un des parents est dépressif ?
— On ne m'a rien dit dans ce sens, mais les enfants ont été adoptés. Si bien qu'on n'a aucun élément sur une possible prédisposition génétique. »

Quand il la regarda, Morgan s'était détournée. Elle paraissait s'intéresser soudain aux livres qui garnissaient une étagère à sa droite. Il l'observa ainsi quelques instants avant qu'elle s'en rende compte.

« D'ailleurs, je me suis demandé si l'adoption jouait un rôle, poursuivit-il. Les parents venaient de se décider à leur annoncer la nouvelle — après seize ans, et au moment de Noël en plus. Foster l'a très mal pris. »

Elle se leva brusquement.

« Est-ce que je peux faire quelque chose ? demanda-t-elle, toujours distraite.
— Non. Mais j'apprécie ta visite.
— Toi et moi, on ne se connaît pas très bien, mais si tu as envie de parler, ou si tu as besoin de quoi que ce soit, n'hésite pas. Si tu laisses un message ici, le service téléphonique me le transmettra — comme tu sais —, mais tu peux m'appeler chez moi. » Elle hocha la tête, s'inclina légèrement avec une solennité presque orientale avant de tourner les talons. « C'est une tragédie, mais tu n'y es pour rien », balbutia-t-elle, pour elle-même plus que pour lui, en refermant la porte.

David vérifia son programme du mardi puis fourra une liasse de paperasses dans sa serviette. Il n'était pas responsable du suicide de Foster. Il s'en sentait plus sûr après cette discussion avec Morgan. Si des reproches s'imposaient, il fallait les diriger contre les Herbert.

Peut-être devrait-il appeler les médias et faire un commentaire pour limiter les dommages éventuels. L'espace d'un instant, il se permit d'imaginer une tactique de ce genre, qu'il ne pourrait adopter en raison de ses obligations éthiques mais qui sur l'instant ne manquait pas d'attrait. Il mettrait une cravate rouge, qui confère de la crédibilité, et un costume sombre. Devant les journalistes et les caméras de télévision, il lancerait lui aussi sa petite phrase. « Il est bien triste que les parents d'aujourd'hui ne se sentent plus responsables de l'équilibre émotionnel de leurs enfants. Se contenter de signer un chèque à un professionnel ne suffit pas. Un enfant mérite d'être soutenu, aimé, guidé durant les vingt-trois heures qu'il passe chaque jour sans l'assistance d'un thérapeute chevronné. Une famille – des parents – peuvent seuls remplir ce rôle. »

Peut-être qu'alors Bill et Faith mettraient moins d'empressement à l'attaquer.

4

Mardi 14 janvier
2 h 18

Morgan se tournait et se retournait, incapable de dormir ou de se concentrer sur un des livres empilés près de son lit. Sa chemise de nuit en flanelle la grattait, elle l'ôta mais la remit quelques minutes plus tard quand la brise fraîche qui entrait par la fenêtre ouverte lui glaça le dos. Elle ouvrit les rideaux mais le ciel nocturne ne lui offrit aucun réconfort, alors elle les referma. Elle fut soudain envahie d'une sueur froide, et frissonna. Ses cheveux collaient à son cou et son visage. Elle ne pouvait penser à rien d'autre qu'à cet instant fatidique, seize ans, trois mois et deux jours plus tôt, quand elle était sortie de l'hôpital Our Lady of Grace, en sachant qu'elle ne verrait plus jamais ses deux bébés.

Le petit John Doe et la petite Jane Doe, comme on appelle tous ceux dont l'identité est inconnue. Deux kilos quatre cents grammes et deux kilos neuf cents grammes. Elle n'avait eu qu'un instant pour les tenir dans ses bras, tous les deux, dans la salle d'accouchement, le garçon du côté droit, la fille du côté gauche. Leurs visages rouges s'étaient empourprés encore davantage et ils s'étaient mis à hurler de toute la puissance si particulière des poumons de nouveau-nés. Leurs bras et jambes battaient l'air, ils gigotaient de toutes leurs forces, résistaient quand on tentait de les envelopper dans les couvertures rayées de l'hôpital, jusqu'à ce qu'enfin Morgan s'approche du lit et place les deux bébés côte à côte. Epaules et bras accolés, les deux petits s'étaient calmés. Dieu seul savait ce qui s'était passé entre eux, mais ils avaient semblé se rasséréner mutuellement, s'apaiser.

Dans la salle d'accouchement rudimentaire, personne n'avait fait les joyeux commentaires habituels. Le médecin, un généraliste qui avait parcouru plus de quatre-vingts kilomètres en voiture pour venir l'accoucher, avait procédé aux deux tests d'Apgar et dicté de brefs commentaires à une infirmière, pour le dossier. Il n'avait pas remarqué les lentigos derrière l'oreille gauche des deux jumeaux, pratiquement invisibles pour un œil non exercé. Les bonnes sœurs qui s'occupaient d'elle avaient paru accomplir leur tâche sans enthousiasme, et lui jetaient des regards froids en passant près de son lit. Elles savaient qu'elle avait décidé longtemps auparavant d'abandonner ses enfants, et leur désapprobation silencieuse était palpable. Un couple aisé de la Main Line de Philadelphie, dont l'identité ne lui avait pas été révélée, attendait en coulisse, s'apprêtant à prendre les bébés, les emmener et sans doute les baptiser. Les formalités administratives avaient été remplies un mois plus tôt. Le secret promis par son avocat s'était ébruité dans cet hôpital isolé qu'elle avait choisi, près de Los Alamos, au Nouveau-Mexique, mais il serait respecté à Philadelphie. Il le lui avait garanti.

Etait-ce possible ? Les jumeaux Herbert pouvaient-ils être ses enfants ?

Morgan se leva et, pieds nus, descendit l'escalier recouvert d'un tapis de laine à motifs géométriques. Elle avait vécu là ces douze dernières années. Cette maison était pour elle une source d'immense fierté, et soudain elle lui parut affreusement grande et vide, pleine d'échos dans la nuit. Quatre chambres, un sous-sol aménagé, c'était une maison conçue pour une famille, avec des enfants et des animaux, mais elle avait réussi à se persuader qu'elle était parfaite pour une personne seule qui recevait rarement, voire jamais. A quoi pensait-elle ? Quelle forme d'autopersuasion avait-elle utilisée ?

Elle traversa le vestibule sur la pointe des pieds et ouvrit la double-porte qui menait à la bibliothèque. Dans le noir, elle avança à tâtons vers son bureau et s'écroula presque dans le fauteuil rembourré. Elle alluma la lampe et sortit du tiroir du bas un album-photos relié de cuir bleu. Elle posa le gros volume sur ses genoux et l'ouvrit. *M. et Mme Walter Wallingford Reese sont heureux d'annoncer les fiançailles de leur fille, Morgan Adele, avec Roadman Carlisle Haverill.* L'annonce découpée dans un journal avait jauni, les coins en étaient déchirés. Au-dessus du texte se trouvait la photographie d'une jolie jeune fille de dix-neuf ans, à la coiffure apprêtée. *Morgan a fait son entrée dans le monde l'hiver dernier.* Sur la page suivante était collée l'invitation au mariage imprimée en relief, et un petit bristol annonçant la réception qui aurait lieu immédiatement après la cérémonie au prestigieux Club de l'Union League.

En feuilletant l'album, elle vit d'innombrables images d'une mariée à la robe rebrodée de minuscules perles. Sur chacune, son sourire paraissait prudent, réservé. Elle coupait le gâteau, dansait, discutait avec les invités, sans jamais regarder directement l'objectif. Mais sur chaque photo on voyait très nettement une tache sur sa robe de mariée – la marque noire qu'elle n'oublierait jamais. « Mais qu'est-ce que tu as fait ? » avait hurlé sa mère, au bord de l'hystérie. En attendant qu'on la mène à l'autel, elle avait été tentée par un plateau de cerises à l'alcool dans le vestiaire des dames. Juste une, s'était-elle dit. Mais quand elle avait mordu dans la friandise, le centre liquide avait malencontreusement coulé de ses lèvres sur sa robe. « Comment as-tu pu être aussi stupide ? Tous ces efforts, tout cet argent dépensé, et nous allons voir cette tache pour le reste de notre vie ! » C'étaient les derniers mots que lui avait dits sa mère avant qu'elle ne devienne une épouse.

Aimer et chérir jusqu'à la mort. Elle avait fait cette promesse solennelle mais avait été incapable de la tenir. On lui demandait trop. Son seul souvenir de cette période était l'impression que l'air manquait dans la maison, que chaque journée était une lutte pour ne pas étouffer. Après cinq ans de mariage, elle était partie, abandonnant derrière elle un mari stupéfait, au cœur brisé, et leur petit garçon qui ne connaîtrait jamais sa mère. C'était le premier – mais pas le dernier, loin de là – des actes totalement égoïstes qu'elle avait commis. Dix ans plus tard, alors qu'elle finissait son internat de psychiatrie, les jumeaux avaient résulté d'une liaison avec un homme qui avait omis de préciser qu'il était marié. Quel choix avait-elle ?

Elle referma l'album et remonta les genoux contre sa poitrine. Comment avait-elle pu croire qu'il serait possible d'oublier le passé ? Comment avait-elle pu espérer ne pas souffrir de ses choix ? Elle était capable de démontrer que ses décisions passées étaient ordonnées, rationnelles, qu'elles s'inséraient dans un projet plus large. Elle nourrissait des ambitions plus élevées que de s'occuper d'une maison ravissante, siéger aux conseils d'administration d'éminentes œuvres caritatives, et suivre sa voie toute tracée en tant que digne fille de Walter Reese et épouse de Rodman Haverill, et ces ambitions avaient guidé ses choix. Mais si elle s'autorisait des sentiments – de vrais sentiments – elle s'apercevait que sa ligne de conduite absurde la poussait à chercher l'enracinement dans un sol calciné. A quoi avait-elle réagi ? Que fuyait-elle ? Pour une psychiatre, une professionnelle ayant étudié les méandres des émotions, voilà qu'elle se retrouvait sans la moindre réponse, la moindre explication de son propre comportement. Elle avait abandonné trois enfants et l'un d'eux était mort. Aucun mot, aucune logique ne pouvait expliquer ce fait. La seule sensation qu'elle éprouvait était une douleur inimaginable.

Sur le dessus de la cheminée reposait le buste en marbre blanc d'un de ses ancêtres. Dans la lumière grise du petit matin, les yeux sculptés la dévisageaient. Durs. Accusateurs.

L'album tomba de ses genoux. Elle fouilla dans les papiers éparpillés sur son bureau jusqu'à ce qu'elle ait retrouvé le journal annonçant le suicide de Foster. Bien qu'elle ait étudié cette photo un millier de fois depuis qu'elle avait acheté le journal dans la soirée, elle avait besoin de regarder encore ce visage allongé, ces lèvres pleines, ce nez fin, ces grands yeux, ces traits qui ressemblaient tant aux siens. « Mon fils », murmura-t-elle dans la pièce vide. Elle répéta ces mots d'une voix tremblante. Qui aurait-il été ? Qui aurait-il pu devenir ? Aurait-elle pu le sauver ?

Soudain son estomac se retourna et elle se pencha en avant pour attraper la corbeille à papiers sous son bureau. Sa bouche s'emplit d'eau et elle tenta de toutes ses forces d'avaler ce qui ne voulait pas rester en elle. Toutes ses articulations lui faisaient mal, les muscles du bas de son dos se nouaient, ses entrailles semblaient prêtes à exploser. Ses doigts et ses orteils picotaient. La douleur dans ses yeux était lancinante. Elle s'allongea sur le tapis et se recroquevilla en position fœtale, étreignant ses genoux. Elle écouta le tic-tac de la pendule murale en ogive, les raclements d'une branche contre la fenêtre à vitraux, le craquement d'une latte du plancher à l'étage. Les bruits de sa maison semblaient s'amplifier en une cacophonie assourdissante. Elle aurait aimé pouvoir prier, demander à être éclairée, mais en tant que scientifique elle savait qu'aucune aide ne lui serait apportée. Elle devait décider elle-même de son sort, ce qui ne lui laissait qu'une réponse. Malgré le passage du temps, malgré la colère qu'elle avait sans doute causée, elle devait parler à ses enfants, au moins aux deux qui lui restaient. Peut-être pourrait-elle sauver quelque chose de ce naufrage affectif. Et sinon, l'échec serait son ultime punition. Si cela se produisait, si ses enfants la rejetaient, elle savait qu'elle n'aurait plus assez de courage et d'énergie pour continuer. Qu'elle eût accompli ce qu'elle visait presque trente années auparavant ne signifiait plus rien.

5

Jeudi 6 mars
18 h 45

« Vous êtes vraiment superbe, remarqua Archer en aidant Lucy à retirer son manteau.

— Merci. » Elle éprouvait un mélange de timidité et d'excitation, causé sans doute par l'étrangeté de cette soirée. Sa présence à l'Exposition florale de Philadelphie – événement mondain qu'elle ne connaissait que par les journaux – était vraiment inhabituelle. Une soirée de bienfaisance, pour elle, signifiait une soupe de poisson à l'Association des Vétérans de Sommerville, ou une tombola à la bibliothèque municipale. Un événement qui nécessitait l'achat des tickets à l'avance, et une tenue de soirée par-dessus le marché, était une nouveauté. Mais sa présence en tant que cavalière d'Archer Haverill était plus étrange encore. L'avait-il eue à l'usure ou son obstination l'avait-elle rendu plus séduisant ? s'était-elle demandé, en étudiant la liasse de feuillets roses sur son bureau qui portaient la mention « rappeler ». « Pourquoi ne pas voir ce qu'il veut ? Et si ça ne t'intéresse pas, donne-lui mon nom », avait proposé Janet, l'assistante administrative de la brigade des Homicides. Pour ne pas rencontrer Archer, elle avait évité son bar, manquant plusieurs lectures intéressantes et un concours de poésie début février. Mais quand les douze roses blanches étaient arrivées dans leur vase bleu cobalt, même Jack avait estimé qu'une réponse était indispensable. « Lâche du lest, O'Malley. Peut-être que tes superinstincts de détective se sont trompés. Qu'est-ce que tu risques ? »

Elle n'avait pas répondu à cette question, mais avait accepté de prendre un verre avec Archer un mardi, journée sans signification particulière dans le monde de la séduction. Ils étaient restés jusqu'à la fermeture de l'Arche, en partageant un cabernet de sa réserve personnelle, et il ne lui avait pas déplu du tout : poli, s'intéressant à son travail, intelligent et indiscutablement séduisant. Elle avait ri à ses histoires sur les propositions dingues qu'il avait écartées pour ses soirées littéraires – un essai sur une colonie de rongeurs vivant sous l'évier de l'auteur, les neuf cents pages de Mémoires d'une danseuse ratée incapable de faire le grand écart, un pseudo-recueil de poèmes, le même indéfiniment répété, avec un seul mot changé à chaque page. Il lui avait plu encore davantage en la ramenant chez elle, tout près, dans sa BMW marron qui devait dater de la présidence de Reagan. « Je n'arrive pas à m'en séparer », avait-il expliqué d'un ton d'excuse en lui ouvrant la portière. Elle avait admiré cette absence de prétention, ainsi que ce signe de fidélité. Ce n'est qu'en se récitant les mises en garde de sa mère qu'elle avait résisté à l'envie de l'inviter chez elle.

Elle arrivait à peine à son bureau le lendemain matin qu'il l'appelait pour l'inviter au vernissage de l'Exposition florale, suivi d'un dîner. « Je dois avouer que d'habitude, j'y vais avec mon père, dit-il. Alors je n'ai jamais fait très attention à l'orchestre. Mais on pourrait faire contre mauvaise fortune bon cœur. »

Tenue de soirée. L'invitation avait déclenché une violente crise de coquetterie qu'elle répugnait à avouer, même à elle-même. Après avoir essayé pratiquement tout ce que contenait sa penderie, elle s'était enfin décidée pour la robe longue bleu marine de demoiselle d'honneur qu'elle avait portée au mariage de son frère aîné. « Repasse bien le nœud derrière, avait conseillé sa mère quand elle l'avait appelée pour quêter quelque réconfort. Les hommes aiment les jolis derrières bien rembourrés, chuchota-t-elle comme si le téléphone risquait de dénoncer son blasphème auprès du pape. Le nœud donnera l'impression que tu en as un peu. »

Archer tendait leurs manteaux à l'employée qui tenait le vestiaire du Palais des Congrès de Pennsylvanie, prenait les tickets et glissait un pourboire de cinq dollars dans le pot de verre sur le comptoir. Il ajusta la ceinture de son smoking et fourra un mouchoir dans sa poche. Puis, se tournant vers Lucy, il lui offrit son bras. « Cette année, le thème s'inspire de l'Amérique latine – *fiesta de las flores.* Je pourrai peut-être emprunter une guitare à un musicien et vous chanter une sérénade. »

Dans la salle principale, ils se trouvèrent devant un village : une reproduction de Loiza, à Porto Rico, avec son église jaune ornementée. Une lumière chaude émanant des faux réverbères se reflétait dans un bassin rectangulaire entouré de jonquilles, de tulipes, de jacinthes et de lis, derrière lequel se dessinait une structure recouverte de lierre qui avait la forme d'un couple de danseurs. Une odeur suave imprégnait les lieux. Incroyablement romantique, se dit-elle en circulant parmi des hommes et des femmes élégamment vêtus qui se déplaçaient entre les plantes ou se rassemblaient en petits groupes.

« C'est stupéfiant, s'exclama-t-elle, incapable de refréner son enthousiasme. Si j'avais su que vous aviez tant de beauté à offrir, j'aurais accepté une invitation plus tôt. »

Archer sourit et lui serra le bras. « Il y a plus. Bien plus. Cet endroit est gigantesque. » Il sortit de sa poche un plan de l'exposition, le défroissa et y jeta un coup d'œil. « Vous voulez une sangria ? »

Elle fit oui de la tête et se laissa conduire vers un bar installé près d'une série d'arrangements floraux moins volumineux. Tandis qu'Archer se faisait servir, elle examina les compositions apportées par plusieurs clubs de jardinage de la région et divers fleuristes du centre-ville. Un ruban bleu liait un bouquet d'oiseaux de paradis, dans un vase recouvert de mousse.

« Le jury se réunira avant le dîner, expliqua Archer en lui tendant un verre. J'ai toujours pensé que la décision était aussi politique qu'esthétique, mais je suppose que ça ne distingue pas l'Exposition florale des autres institutions.

— Un vrai commentaire de cynique. » Elle tendit la main vers le ruban et le retourna pour voir si l'envers fournissait quelques informations. Il ne portait aucune inscription. « Qui élit le vainqueur ?

— Je ne sais pas exactement. Mais ce ne sont pas uniquement des experts en horticulture parce que mon père a fait partie du jury une année. Et il serait incapable de faire pousser un cactus dans le désert. Pour la défense de l'Exposition, je dois dire qu'il n'a pas été invité à recommencer. »

Elle rit, but une gorgée de la boisson sucrée. Se souvenant qu'elle était venue avec le billet de M. Haverill, elle demanda : « Pourquoi est-ce que votre père n'est pas venu ce soir ? Bien que je sois ravie d'être ici à sa place », s'empressa-t-elle d'ajouter.

Archer se tut un moment, il avait l'air de scruter quelque chose au-delà des yeux de Lucy. « Aujourd'hui est l'anniversaire du jour où ma mère l'a quitté. En général il ne sort pas. »

Sa tentative de bavardage poli avait échoué lamentablement. « Je suis vraiment désolée, je ne savais pas.

— Merci. Mais c'était il y a presque trente ans. Je n'ai aucun souvenir d'elle ou de la vie avec elle, je n'ai donc pas grand-chose à regretter.

— Vous ne l'avez jamais revue ? Elle est en vie ?

— Non, et très. Je crois avoir répondu dans l'ordre. » Il fit un pas en arrière, gauchement, comme s'il venait soudain de se rendre compte qu'il se tenait trop près d'elle. Comme s'il avait besoin de respecter une limite imaginaire, une distance convenable lors d'un second rendez-vous dans un lieu public. « Ma mère, si on peut l'appeler ainsi vu les circonstances, est une psychiatre assez renommée à la faculté de médecine de Pennsylvanie. Vous reconnaîtriez sans doute son nom. Les journaux ont beaucoup parlé d'elle ces derniers temps parce qu'elle est en lice pour la direction de la nouvelle clinique psychiatrique. »

Lucy hocha la tête. « La reine des psys. » Les informations sur le Centre Wilder remplissaient les colonnes financières et médicales de l'*Inquirer* depuis des mois. D'énormes sommes d'argent, dont l'essentiel provenait d'une grosse compagnie pharmaceutique des environs, avaient été déversées dans cet établissement médical privé et discret, à la pointe du progrès. Avec une salle de thérapie par électrochocs juste au-dessus du club de remise en forme et tous les services imaginables – depuis les analyses d'urine jusqu'à une balnéothérapie complète – assurés par des professionnels. L'établissement paraissait sortir d'un roman de science-fiction.

« Un sultan arabe a déjà réservé une place alors que la clinique n'ouvrira qu'au début de l'été. Apparemment, ses problèmes de santé interfèrent avec ses obligations diplomatiques, ajouta Archer en riant.

– On a lu le même article, dit Lucy, en se rappelant que plusieurs notables s'étaient inscrits pour plus de 2500 dollars par jour : en plus du sultan, la liste incluait un descendant des Habsbourg atteint de schizophrénie, le directeur financier d'une compagnie américaine de premier plan dont les crises soulevaient des difficultés légales, et une soprano du Metropolitan Opera incapable de sortir de son appartement depuis sept semaines. Lucy ne pouvait s'imaginer posséder autant d'argent, sans parler de s'offrir le luxe de le dépenser dans une tentative de compréhension de soi-même. Mais elle n'avait nul besoin d'imaginer le cauchemar de la maladie mentale. Elle l'avait côtoyé.

Un traitement adapté aurait-il pu sauver son frère ? *Un accident, un horrible accident* – ses parents s'étaient cramponnés à cette explication, avaient refusé toute autre hypothèse. Aidan avait lancé sa Jeep à 100 kilomètres-heure contre un camion en stationnement. « Il était tard, il pleuvait. Qui pouvait s'attendre à ce que la compagnie d'électricité gare ses camions sur la route après les heures d'ouverture ? Pourquoi est-ce que ce satané camion n'était pas sur le parking de la compagnie pour la nuit ? » avait dit son père. Mais elle s'était toujours interrogée.

« Je présume que la valeureuse Morgan Reese aura de quoi s'occuper si elle obtient ce poste, dit Archer d'un ton sarcastique. Bien que, d'après ce que j'ai lu, elle soit spécialisée en pédopsychiatrie, et que le centre ne doive pas attendre beaucoup d'enfants. Ça ne prend pas au moins une ou deux décennies pour se retrouver complètement à la masse ?

— Je ne sais pas. Je crois que ça nous est arrivé à chacun, dans le clan O'Malley, vers l'âge de six mois », répliqua-t-elle, désireuse de l'encourager dans sa tentative d'humour. Ce devait être intolérable de savoir que sa mère se trouvait tout près mais ne s'intéressait pas à lui. Qu'elle devienne pédopsychiatre ne faisait qu'ajouter à la douloureuse ironie de la situation. « Vous ne la voyez pas du tout ? » Elle lui prit la main et lui fit un clin d'œil. « Vous devez comprendre que c'est mon instinct qui me pousse à l'indiscrétion. Et aussi mon métier.

— Alors, Mademoiselle la Détective, je vais vous faire la réponse courte. Je l'ai vue de loin en loin pendant quelque temps, mais de façon très sporadique. Six mois passaient, puis je l'apercevais au bord d'un terrain de foot pendant un de mes matches, mais elle partait avant que je puisse lui parler à la fin de la partie. » Il se tut un moment puis reprit : « Vous aurez la version longue quand je vous connaîtrai mieux. Je ne veux pas vous faire fuir avec les détails ennuyeux.

— Je ne crois pas que ça arrivera », dit Lucy. Des images de sa propre mère apparaissaient dans son esprit : Mary O'Malley affublée d'un tablier taché, frictionnant le dos de Lucy avec des flocons d'avoine après sa varicelle ; cousant à la main la dentelle sur son aube de première communion et les perles sur ses gants blancs ; l'emmenant au centre commercial de Chesnut Hill pour acheter un soutien-gorge à balconnets ; lui faisant boire du thé chaud avec du citron et du miel quand son petit ami du lycée l'avait laissé tomber pour le bal de promotion. Depuis qu'elle avait quitté la maison de Sommerville, elles se parlaient presque tous les jours au téléphone. Une vie sans mère lui paraissait inconcevable.

— En tout cas, disons simplement qu'elle a brisé le cœur de papa, reprit Archer, visiblement désireux de clore le sujet. Le 6 mars est le seul jour où il se permet encore de pleurer son départ.

— Stupéfiant, marmotta-t-elle. Je ne pourrais jamais contrôler mes émotions comme ça.

— Vous n'êtes pas mon père, Dieu merci, devrais-je ajouter. Je le crois capable de contrôler la vitesse de croissance de la pelouse. La théorie du chaos est son pire cauchemar. » Archer porta son verre à ses lèvres et le vida. « Faisons le tour. Je n'en trouverai peut-être pas dans ce paradis tropical, mais je suis en quête de gui. »

Lucy lui lança un regard interrogateur.

« J'attends depuis bien avant Noël de pouvoir vous embrasser. » Il sourit et lui prit la main. « Si je trouve un beau bouquet de gui, ou quelque chose d'approchant, j'aurai peut-être une excuse pour embrasser la plus belle représentante de la police de Philadelphie. »

21 h 12

« Je ne crois pas que ce soit le bon moment pour cette conversation. Pas ici. Pas maintenant », chuchota Tripp Nichols en jetant un coup d'œil derrière Morgan Reese, cherchant sa femme dans la foule. Au loin il crut apercevoir le bleu turquoise vibrant de sa robe longue. Bien qu'il puisse supposer sans risque qu'elle était en grande conversation avec un des nombreux visiteurs de sa connaissance, il ne voulait en aucun cas qu'elle le remarque seul dans un coin avec une très belle femme, en particulier avec une femme dont les médias avaient récemment souligné la réussite professionnelle.

« Si tu m'avais rappelée, je n'aurais pas été obligée de te traquer à une fête de charité », répliqua Morgan.

Tripp ne répondit pas. Il ne pouvait nier que sa secrétaire lui avait consciencieusement transmis une douzaine de messages la semaine précédente, ou qu'il avait entendu sa voix sur sa boîte vocale et éprouvé des émotions mitigées, et de la crainte. Morgan était sortie de sa vie depuis presque dix-sept ans, et il avait vraiment fait de son mieux pour l'oublier. Même s'il avait échoué, il gardait ses pensées – et ses fantasmes – pour lui.

« Je suis avec ma *femme* », dit-il, bien que Morgan n'eût guère besoin qu'il le lui rappelle. C'était lui qui avait commis l'adultère. Il avait ôté sa grosse alliance en or et n'avait jamais fait la moindre allusion à la femme qu'il avait épousée cinq ans plus tôt, ou à leur petite fille, ou au bébé qui naîtrait quelques mois plus tard. Elle était interne et, parce que plus âgée, elle avait eu du mal à se faire des amis parmi ses condisciples. Mais sa ravissante silhouette était impossible à ignorer et il se fichait bien de savoir si elle avait quinze ou cinquante ans. Il avait fait tout son possible pour la séduire.

« Si c'est vraiment tellement important, je te rappellerai la semaine prochaine. »

Il commençait à s'éloigner quand il sentit la pression de ses doigts minces sur son bras.

« Je t'en prie, ne rends pas les choses encore plus difficiles. Je... je ne sais pas comment t'annoncer ça, sinon de but en blanc. Mais il faut que tu m'écoutes. » Elle desserra les doigts.

Il but une gorgée de vodka et sentit l'alcool lui brûler la gorge. Devant l'intensité du regard de Morgan, le tremblement de sa voix, il eut le pressentiment désagréable qu'il aurait besoin de quelques verres de plus d'ici la fin de la conversation.

« Je sais que ça fait longtemps », commença-t-elle.

Oui, se dit-il. Et à mesure que ses quatre mois avec elle s'étaient éloignés dans le temps, il s'était mieux rendu compte de sa chance d'avoir eu une liaison sans briser son mariage. Peu de choses échappaient à l'attention de Sherrill Bishop Nichols, mais il avait réussi à ne pas se faire pincer. Peut-être était-elle trop absorbée alors par sa fille ou la naissance prochaine de leur fils pour se soucier de ses retours tardifs du bureau ou ses week-ends de travail. Mais ces rencontres étaient une aberration. Il ne pouvait recommencer.

Et il ne voulait pas mettre en péril sa situation actuelle. Sherrill avait été un billet de loterie gagnant pour ce fils d'un agent immobilier de Baltimore. Son père avait stagné dans la classe moyenne en vendant des maisons de style ranch et des demeures coloniales divisées en appartements, avec des noms tels que Les Grands espaces ou Les Collines. Désormais Tripp habitait un manoir de dix-huit pièces à Haverford, avec une gouvernante à plein temps et un jardinier. Lui et son épouse se partageaient un entraîneur sportif deux fois par semaine. Sa secrétaire particulière payait l'assurance de sa voiture, allait chercher son linge chez le teinturier, lui rappelait son anniversaire, s'occupait des envois de fleurs hebdomadaires à sa femme, et de bouquets plus importants pour les grandes occasions. Il appréciait le confort qu'il avait obtenu en épousant une femme fortunée, peu exigeante en matière d'intimité, et qui ne réclamait jamais de conversations intellectuelles ou sentimentales. Tant qu'il s'habillait convenablement et l'accompagnait à une myriade de fêtes de charité et de réceptions, tant que leurs deux noms étaient accolés sur les cartes de vœux qu'ils faisaient imprimer avec les photos de leurs enfants souriants, tant qu'il ne l'embarrassait en aucune façon, il avait la vie facile.

« Je n'ai pas mis fin à ma grossesse, bredouilla Morgan comme si le poids de ses paroles la faisait chanceler.

– Quoi ? » D'instinct il parcourut à nouveau la foule du regard, à la recherche de la tache turquoise qui indiquerait l'approche de son épouse. *Je t'en prie, Sherrill, ne t'approche pas*, pensa-t-il, en sentant la sueur perler sur son front.

« Je t'ai dit que j'étais enceinte. Je t'ai dit, à l'époque, que c'était ton enfant.

– Mais... mais... », bredouilla-t-il, bien qu'il sût qu'elle avait raison. Il ne pouvait nier.

Il la voyait encore, assise en face de lui à cette table en Formica chez Eddie, devant une tasse de thé à la menthe tiède. Elle portait un pull bleu pâle et une jupe en flanelle grise. Des revues de psychiatrie, des journaux et des dossiers de patients s'empilaient à côté d'elle sur la banquette. Elle avait annoncé la nouvelle avec ce qu'il avait pris pour du désarroi. Elle avait expliqué combien elle tenait à finir son internat, à se constituer une clientèle, elle avait dit qu'elle n'était pas certaine d'être prête à changer ses plans. Une fois déjà elle avait abandonné son foyer parce qu'elle croyait en ce qu'elle faisait. « Tu m'as dit que tu avais fait une vasectomie », avait-elle ajouté.

Et alors il avait dû avouer son plus gros mensonge. Il ne s'était jamais fait opérer de quoi que ce fût. Elle craignait tant de coucher avec lui, de courir le moindre risque de tomber enceinte, qu'il avait inventé cette opération pour la rassurer tout en se donnant l'air plus libéré, plus égalitaire qu'il ne l'avait jamais été, même en rêve. Il ne pensait pas que cette relation durerait plus d'une nuit, ni même qu'il reverrait Morgan. Et le jeu en avait valu la chandelle. « J'ai une famille, avait-il dit. Je ne peux pas quitter ma femme. Je ne peux pas abandonner mes enfants. » Ses paroles avaient paru plus pitoyables qu'il n'aurait voulu.

Cette expression sur son visage – lèvres entrouvertes, tête penchée, narines palpitantes – il ne l'oublierait jamais. Etait-ce de la surprise ? De la colère ? de l'incrédulité ? Un moment avait passé, mais ensuite les yeux de Morgan s'étaient emplis de larmes. « Je regrette », avait-il ajouté. Il n'avait pas eu besoin d'en dire plus. Ils savaient tous deux, d'instinct, que ce qu'elle ferait au bout du compte n'avait aucune importance, parce qu'il avait pris sa décision.

Elle n'avait pas prononcé un mot. Elle s'était levée, avait rassemblé ses papiers en tas dans ses bras, et elle était sortie. Deux jours plus tard, il avait reçu une petite carte couleur crème sur laquelle elle disait simplement : « Comment pouvais-tu imaginer que je ne l'apprendrais pas ? Ou alors tu t'en fichais ? » Il n'avait pas de réponse. Il ne lui avait plus jamais adressé la parole et n'avait pas pensé au bébé un seul instant. Bien sûr qu'elle avait avorté.

« J'ai envisagé de garder les jumeaux, de les élever toute seule. » La voix de Morgan le ramena au présent. « Je me suis interrogée si longtemps que lorsque j'ai décidé que je ne pouvais pas les élever, il était trop tard. J'en étais au quatrième mois. J'avais vu leur cœur battre sur le sonogramme. J'avais vu une échographie où ils avaient presque l'air de se tenir la main. Les faire adopter paraissait la meilleure solution pour eux et pour moi. »

Il sentit le sang affluer vers sa tête. De quoi parlait-elle ? Elle avait donné le jour à des jumeaux qui étaient ses enfants ? Il existait dans le monde deux adolescents qu'il avait engendrés ? Que se passait-il ? Il était désorienté. Dix minutes plus tôt il discutait avec un vice-président de la banque PNC de la flexibilité idéale pour un driver sur mesure. « Ça dépend de la vitesse de votre swing, avait-il expliqué. C'est pour ça que la qualité coûte cher. On vous teste dans une soufflerie. C'est le fin du fin. » Près de lui, Sherrill parlait à l'épouse du vice-président, une décoratrice, d'un tissu de chez Brunswig et Fils avec des galons bicolores assortis dont elle envisageait de tapisser les fauteuils de la bibliothèque. Tout autour de lui s'échangeaient des conversations du même genre, du genre qu'il aimait, des conversations qui n'altéraient pas l'univers. Mais voilà que ce qu'il venait d'apprendre changeait le sien.

« Notre fille habite à Gladwyne. Elle s'appelle Avery Herbert. Mais... mais... Son frère est mort. »

Que se passait-il ? Tout cela n'avait aucun sens. Du coin de l'œil, il vit une tache turquoise. Une autre femme portait-elle cette même couleur, ou Sherrill était-elle en train d'approcher ? Les teintes de rose, rouge, orange, jaune, bleu et violet des robes, écharpes et fleurs l'assaillirent. Son cœur battait la chamade. Il lui fallait sortir d'ici. Malgré les proportions gigantesques de la salle, il se sentait devenir claustrophobe.

« Qu'est-ce qui lui est arrivé ? »

Elle se mordit la lèvre. « Suicide », murmura-t-elle, si bas qu'il crut avoir mal compris. Mais elle reprit : « Il s'est tué.

– C'est de la folie, balbutia-t-il.

– Si tu m'avais rappelée, nous aurions pu parler plus calmement, entendit-il. Je n'essaie pas de perturber ta vie. Mais j'ai éprouvé le besoin désespéré de découvrir Avery. De lui parler de moi, de nous, de lui dire qu'elle avait aussi des parents biologiques. »

Des parents. Des parents ! Sa fille Beth était en dernière année à Pine Manor. Elle allait entrer comme stagiaire à la Fondation Barnes. Il avait payé la caution de son trois-pièces. Le bail débutait au 1er juin. Tripp Junior était à l'Académie navale, où il apprenait la discipline et jouait au rugby. Il serait à la maison dans quelques semaines, pour Pâques. Ils iraient ensemble chez le concessionnaire Volkswagen pour lui acheter sa première voiture. Ceux-là étaient ses enfants. Ceux-là recevaient chacun 11 000 dollars par an nets d'impôts versés sur un compte d'actions. Ils apparaissaient à côté de lui et sa femme sur les photographies de famille qu'ils faisaient faire deux fois par an. Beth et Tripp Junior : il n'y avait de place pour personne d'autre.

« La fille sait qui je suis ? demanda-t-il.

– Non. Elle ne sait encore rien. Il reste quelques détails juridiques à démêler. Je ne veux pas me faire connaître avant que tout soit en ordre. Mais il n'y en a plus pour longtemps. Je crois qu'elle a le droit de savoir qui nous sommes.

– Pourquoi ? Si tu t'inquiètes tant, pourquoi avoir mis si longtemps ? »

Morgan s'empourpra. Malgré l'élégance de sa robe discrète, couleur taupe, la longue courbe de son cou orné d'un simple médaillon en or, sa coiffure nette, elle avait la même expression anxieuse et suppliante que ce jour-là dans le snack-bar. Un instant il ressentit de la compassion, l'envie de la serrer dans ses bras ou de faire un geste rassurant, mais c'était hors de question. *Cette femme est sur le point de détruire ta vie*, se rappela-t-il.

« J'ai fait des erreurs, des erreurs terribles. Mais maintenant il y a cette personne, cette jeune fille. Elle a perdu son frère. Peut-être qu'elle ne voudra pas entendre parler de toi ou de moi, mais je dois prendre le risque. »

Réfléchis, Tripp. Mais il n'arrivait pas à se concentrer. Il avait besoin de temps, pour préparer un plan, pour se protéger et protéger ses intérêts. Voir un enfant adulte apparaître, résultat de sa liaison, son seul faux-pas conjugal en vingt ans, il n'en était pas question. Sherrill ne comprendrait pas. Il pourrait aussi bien faire préparer ses bagages avant même de prononcer un mot. Le scandale, plus encore que la trahison, empêcherait toute possibilité de réconciliation.

Du coin de l'œil, il vit sa femme. C'était elle, aucun doute, non un tour que lui jouait son imagination, et elle allongeait le pas. Encore quelques secondes et il devrait affronter son pire cauchemar : présenter sa maîtresse à sa femme. Morgan lui lança un regard étrange mais il n'avait ni le talent ni l'envie d'interpréter son expression. Tout ce qu'il voulait d'elle, c'était qu'elle disparaisse en silence.

« Mon Dieu, le célèbre docteur Reese, s'extasia Sherrill en les rejoignant. Je n'aurais jamais pensé que la compagnie de mon mari puisse tenter une psychiatre aussi éminente. »

Tripp connaissait cette attitude : la tigresse qui donne à sa proie un sentiment de sécurité tout en préparant son attaque. Il aurait reconnu n'importe où ce sourire faux, yeux plissés, lèvres retroussées, grandes dents et gencives roses. Il retint son souffle.

« Appelez-moi Morgan, dit celle-ci en tendant la main avec grâce. J'y ai pris beaucoup de plaisir. »

Allait-elle le trahir sur-le-champ ?

« Morgan a eu la gentillesse de me donner des nouvelles fraîches d'un ami commun, expliqua-t-il avant qu'elle puisse en dire davantage – Paraissait-il suffisamment détaché, indifférent ? – C'est incroyable que nous ayons des relations communes. Les seuls médecins que je connaisse sont ceux qui me soignent, et je fais tout mon possible pour les éviter. » Il se força à rire. Tripp, le roi du commentaire spirituel, c'était un rôle qu'il connaissait bien.

« Le monde est petit, c'est bien ce que l'on dit ? demanda Sherrill sans espérer de réponse, en passant son bras sous celui de Tripp pour marquer son territoire.

– Et tant de choses peuvent se produire », ajouta Morgan en joignant les mains.

Il vit les yeux de Sherrill se braquer sur les doigts de Morgan et noter immédiatement l'absence de bague de fiançailles ou d'alliance. Elle était capable de déterminer le statut d'une personne au premier regard. Il avait eu de la chance que Morgan n'ait pas ce talent.

Pendant quelques instants, aucun des trois ne prononça un mot.

Après ce qui parut une éternité, Sherrill finit par rompre le silence. « Je ne voudrais surtout pas vous empêcher d'échanger des nouvelles de votre... ami. » Elle s'attarda sur le dernier mot, comme si elle doutait de l'existence de cette personne.

Tripp avait mal au cœur. Ce triangle devait se défaire au plus vite. Il entoura de son bras la taille de sa femme, sentit son épaisseur, le bourrelet sous la gaine amincissante. « Tu as visité ? s'enquit-il aimablement. L'exposition est magnifique cette année. D'aussi loin que je me souvienne, c'est la plus belle. »

Morgan comprit. Avec une légère inclinaison de tête en direction de Tripp, elle s'excusa.

« Nous aurons bientôt l'occasion de nous revoir. »

Pas si je peux l'éviter, se dit Tripp en la regardant s'éloigner dans la foule. Il sortit son mouchoir et s'épongea le front. Il avait l'impression de se réveiller d'un cauchemar et de devoir maintenant s'arranger avec les démons sortis de son subconscient. Révéler son identité, apprendre son existence à sa fille, il n'en était pas question. Pourtant cette brève rencontre avec Morgan avait suffi à le convaincre qu'elle était décidée. Aucun argument, aucune supplique même, ne la ferait changer d'avis. Existait-il un moyen ? Comment pourrait-il maintenir son passé à distance et préserver la vie à laquelle il tenait tant ? Il lui fallait une solution. Et vite.

22 h 44

« Nous sommes amis depuis longtemps, n'est-ce pas ? » demanda Dixon Burlingame d'une voix profonde, un peu rauque.

Ils étaient tous deux assis sur les marches du perron d'une des maisons portoricaines à façade crème qui constituaient le décor. Dixon était un homme trapu qui approchait de la soixantaine, avec une tignasse poivre et sel. Il avait desserré sa cravate et perdu un bouton de chemise au cours de cette longue soirée. David apercevait son maillot de corps blanc par l'ouverture. La musique salsa continuait en fond sonore, bien que la plupart des visiteurs soient partis.

« En effet. Je crois pouvoir dire que je ne connais personne depuis aussi longtemps que toi », répondit David. Ils étaient devenus amis au collège St. Mark, puis avaient partagé une chambre d'étudiants à Haverford. Pendant leurs années de célibat, ils avaient habité ensemble dans un appartement sur la 37ᵉ Rue Sud. David avait été témoin au mariage de Dixon, puis parrain de son fils aîné. Et depuis son divorce, David passait la soirée de Thanksgiving chez les Burlingame.

« Tu te rappelles cette rousse en troisième ? Ramsey Whitmore ?

— Celle qui avait des shorts si courts qu'on en était tout émoustillés ? rit David en revoyant la jeune fille.

— C'est ça. Tu te rappelles le conseil que tu m'as donné à son sujet ? Je n'oublierai jamais ce que tu m'as dit. Qu'elle était trop sexy pour un rondouillard de Pennsylvanie comme moi, dont aucun club de sport n'avait voulu. Tu m'as dit qu'il valait mieux que je protège mon ego en évitant de me mettre en position d'être repoussé. Qu'il valait mieux, à long terme, se concentrer sur les filles qui pouvaient dire oui. Un des meilleurs conseils que tu m'aies jamais donné. »

David sourit en se remémorant la conversation. Depuis, il donnait conseils professionnels et consultations médicales sur des sujets bien plus importants que la conduite à adopter envers la fille la plus populaire de la classe. Dixon était président d'AmeriMed, un des trois plus gros laboratoires pharmaceutiques d'Amérique du Nord, et il se fiait totalement à l'expertise et aux conseils de David depuis des années. David avait aidé Dixon à survivre à de nombreuses fusions et acquisitions, en l'informant des intentions du Bureau de Sécurité du Médicament, en traduisant en langage clair la terminologie savante des brevets, en lui signalant les secteurs de recherche potentiellement exploitables. Durant ce temps, Dixon avait fait de sa compagnie un roc et avait amassé une fortune en stock-options.

Et l'heure était enfin venue de récolter les fruits de ses efforts. Grâce au rôle joué par AmeriMed dans le développement de la nouvelle clinique, grâce à son pouvoir et son prestige dans les communautés médicales et financières, Dixon avait été nommé président du comité chargé de recruter le directeur du Centre Wilder, position qui garantissait pratiquement l'attribution du poste à David.

« Alors maintenant c'est mon tour d'être direct », annonça Dixon. Le souvenir de Ramsey n'était pas simplement la rêverie d'un homme vieillissant et un peu ivre. Il avait quelque chose à dire.

« Est-ce qu'il t'est arrivé de ne pas l'être ? demanda David avec bonne humeur.

— En fait, ce que j'ai à dire me rend malade, mais je suis coincé. » Il toussa. Les glaires roulèrent dans sa gorge. « Il faut que tu retires ta candidature pour la direction du centre.

— Quoi ? » David devait avoir mal entendu. Sa réputation dans la communauté médicale était bien établie. Et il avait tissé des liens serrés avec la faculté, ainsi qu'avec le Bureau de sécurité du médicament et l'Institut des maladies mentales. Savoir naviguer dans les méandres des diverses agences gouvernementales était un avantage clef pour diriger une clinique psychiatrique flambant neuve. Dixon avait tiré le meilleur parti de cette expérience. Et David pouvait prouver ses capacités en matière de récolte de fonds. Parfois il se demandait s'il n'aurait pas dû devenir commercial, tant il était doué pour convaincre les autres de lâcher leur argent au profit des causes qu'il soutenait. Mais surtout, il avait une connaissance parfaite des progrès pharmacologiques en matière de traitement des maladies mentales.

« Pourquoi est-ce que je devrais me retirer ?

– Pour ton bien. Tu n'auras pas le poste. Alors je préférerais que tu te retires avant de perdre. »

Ce n'était pas possible. Il était en tête de liste. Tous les journaux l'avaient dit. Le processus de sélection devait paraître équitable aux yeux du public, et au départ le comité avait inclus dans la liste de candidats un Afro-Américain et deux Juifs. Mais il avait survécu aux premières sélections. La course se jouait désormais entre lui et Morgan. Le fait d'être une femme risquait de jouer en sa faveur, mais elle ne pouvait gagner contre lui. Il était de loin le plus qualifié.

« Ecoute. » Dixon se pencha vers lui et poursuivit d'un ton de conspirateur : « Toi et moi, on sait bien que tu n'es pas responsable de ce qui est arrivé au gamin des Herbert. C'était une affreuse tragédie. Mais la presse... l'opinion publique... Le centre et ses investisseurs ne peuvent tout bonnement pas te nommer. Une clinique psychiatrique ne peut pas se permettre un suicide très médiatisé à son ouverture.

– C'est une blague. »

Dixon se leva.

« Suis mon conseil. Prends l'initiative. Plus tard, la situation pourra se débloquer. Plus personne ne se rappellera la mort du jeune Herbert. Tu n'es pas obligé d'être le premier directeur.

– Tu donnes le poste à Morgan ? »

Il hocha la tête. « Officiellement, il reste encore un autre candidat en lice, mais elle est sûre de l'avoir. La décision ne sera pas rendue publique avant un ou deux mois – fin mai si tout marche comme prévu. On voudrait que l'annonce coïncide avec l'ouverture du centre, et il reste encore quelques travaux sur les bâtiments et des détails administratifs à parachever, ce genre de choses.

– Elle soigne les enfants. » Sa voix semblait stridente, au bord de l'hystérie.

« Pas seulement. Son expérience est presque aussi variée que la tienne. Et elle a des références impeccables, des dizaines de publications, de l'expérience dans le domaine de la recherche. Et surtout, tout le monde la respecte. Elle a le comité à ses pieds. Cette femme connaît son boulot. Elle a des contacts incroyables. Entre ses relations personnelles et ses connaissances professionnelles, elle a accès à tout le monde, même à des gens pleins aux as. Et on en a besoin. Inutile de te dire que le poste de directeur est essentiellement politique. Elle ne verra pas de patients.

– Laisse-moi venir parler au comité. Donne-moi encore une chance. » Il détestait supplier, et détestait Dixon pour l'avoir forcé à supplier.

Dixon haussa les épaules, prit appui, et se releva péniblement. « Il est trop tard. La décision est prise. Sauf si Morgan refuse le poste, elle l'a. Je t'offre une porte de sortie. Si tu ne veux pas la prendre, ça te regarde. Mais en tant qu'ami, je te conseille de te retirer de la course. »

David se voûta. Il sentit la main de Dixon sur son épaule. « Appelle-moi la semaine prochaine. On ira déjeuner. A l'Union League, peut-être. »

David leva la tête. Il avait envie de hurler. Pour parler de quoi ? De ta trahison ? Du fait que je suis puni pour quelque chose qui ne dépendait pas de moi ? Des membres du comité qui sont trop lâches pour donner le poste au candidat le plus qualifié ? De mon meilleur ami qui cède à la pression des médias ? Il lui fallait toute sa maîtrise de soi pour ne pas balancer sa soupe de tortue à la figure bouffie de Dixon.

« Je suis désolé, mon vieux », conclut celui-ci.

Pas autant que moi, se dit David. Il pensa à Morgan dans son bureau, juste après la mort de Foster, à son inquiétude apparente, sa fichue compassion devant cette mauvaise publicité. Savait-elle alors que cette tragédie serait une aubaine pour elle ? Comment les médias avaient-ils appris que Foster était son patient ? Pas des Herbert, apparemment, qui n'avaient fait aucun commentaire dans aucun des journaux qu'il avait lus. *Tu sais comment ça se passe. Les dossiers médicaux sont censés être confidentiels, mais ils ne le sont jamais.* Il se rappelait les paroles de Morgan. Avait-elle pu fouiller dans ses dossiers ? Aurait-elle fait quelque chose de si contraire à l'éthique ? Avait-il été trahi d'abord par une collègue, puis par un ami, ou sa déception le rendait-elle paranoïaque ?

Il se frotta les yeux. Il était tard, et il se sentait fatigué. Au bout du compte, la vérité ne comptait pas. Le poste était à elle et non à lui. La seule façon d'éviter l'inévitable était de la convaincre de ne pas accepter. Et sauf à tuer Morgan, David ne voyait aucune stratégie qui pourrait atteindre ce but.

6
Dimanche 13 avril
16 h 15

« Lucy, tu pourrais m'apporter la sauce à la menthe ? Elle est dans le placard du cellier », cria Mme O'Malley avec un fort accent irlandais, tout en contournant une tonitruante partie d'osselets pour poser un saladier de purée fumante sur le buffet. Mains sur les hanches, elle étudia sa table prête pour le repas de Pâques. Elle amidonnait et repassait depuis des jours en prévision de cette réunion familiale annuelle. Les verres en cristal taillé avaient tous été lavés à la main, et le service en porcelaine de sa belle-mère était descendu du grenier pour l'occasion. Elle avait même ciré les chaises en merisier, bien qu'elle ait dû ajouter les sièges pliants en métal stockés à la cave pour plusieurs invités supplémentaires. Les magazines de décoration pouvaient bien insister sur la beauté visuelle de la table, elle s'était toujours davantage souciée d'hospitalité. Pas question de refuser quelqu'un un jour de fête.

« Est-ce qu'un de ceux qui fument pourrait m'allumer ces bougies ? », demanda-t-elle. Elle entendait des voix et des éclats de rire dans la pièce voisine, mais personne ne répondit.

« On croirait que je suis toute seule ici, avec tout ce que j'ai à faire », maugréa-t-elle.

Meghan, sa petite-fille de huit ans, lança l'osselet rouge en l'air et tenta de ramasser les autres, mais elle ne fut pas assez rapide. L'osselet rebondit sur le dos de sa main et roula sous la table. A quatre pattes elle le suivit et se cogna la tête pendant que sa sœur Tara riait sans pouvoir s'arrêter.

« Vous deux, vous avez exactement trente-sept secondes pour ramasser ces osselets, menaça Mme O'Malley en agitant l'index devant les deux petites. Ou sinon je vous botte les fesses, Pâques ou pas Pâques.

– Laisse tomber, maman, intervint Lucy en entrant dans la pièce avec un plat en cristal rempli de sauce à la menthe. Personne n'a jamais pris tes menaces au sérieux. De toute façon, poursuivit-elle en souriant, c'est ma faute. C'est moi qui les leur ai offerts.

– J'ai épousseté ta coupe de championnat d'osselets il n'y a pas longtemps », remarqua sa mère. Elle s'interrompit, apparemment perdue dans ses pensées. « D'ailleurs, il va falloir débarrasser ta chambre un de ces jours, si tu as vraiment l'intention de rester dans le Sud, ton père veut s'en faire un bureau.

– Il est à la retraite. Et la Pennsylvanie, ce n'est pas le Sud.

– Si tu le dis. C'est trop loin, c'est tout ce que je sais. Quitter sa famille n'apporte jamais rien de bon. En fin de compte, c'est tout ce qu'on a. Mais tu cherches l'aventure depuis le jour de ta naissance. » Elle reporta son attention vers ses petites-filles et haussa le ton : « Les filles, qu'est-ce que je vous ai dit à propos de ces osselets ?

– Tu te rappelles comme on aimait ce jeu, Aidan et moi ? »

Mme O'Malley se signa au nom de son fils décédé, mais ne répondit pas.

Pour Lucy, être à la maison signifiait retrouver Aidan. Ce n'était pas seulement à cause des rappels visuels – le portrait de groupe qui trônait dans un cadre en argent sur la cheminée ou le vélo de course qui prenait la poussière dans le garage. Chaque pièce contenait des souvenirs de jeux, d'histoires, d'événements quotidiens, ceux qui marquent le passage du temps en compagnie d'un frère. Elle entendait encore sa voix accusant tout le monde et personne de lui avoir pris sa cassette de Dire Straits. Elle revoyait l'angoisse sur son visage quand il était parti pour son examen d'algèbre, en quatrième. Combien de soirées avaient-ils passées côte à côte sur leur fauteuil-sac géant dans la cave, à regarder des rediffusions de *The Mod Squad*, série policière dont les héros étaient trois jeunes flics, deux garçons et une fille, en rêvant d'enquêter sous couverture ? « Hippies », décrétait Mme O'Malley chaque fois qu'elle voyait Linc, Pete et Julie sur l'écran. Mais pour Lucy et Aidan, ces trois-là étaient des modèles.

Elle ferma les yeux, en se représentant le visage de son frère gisant à la morgue. Aidan avait des entailles autour d'un œil et quelques bleus superficiels, rien d'aussi grave que l'hématome intra-crânien découvert à l'autopsie. Son frère lui avait téléphoné cet après-midi-là et avait demandé qu'elle le rappelle, mais le papier sur lequel sa compagne de chambre avait noté le message s'était envolé de son bureau et avait atterri sous le lit. Une brise venue de la fenêtre ouverte l'avait empêchée de recevoir ce qui était peut-être un dernier appel au secours. Plus de dix ans après, elle ne pouvait toujours pas voir le mot « Rappelle » sans sentir tout son être s'engourdir.

Le corps mince de son frère était allongé sur la table métallique, recouvert d'une bâche bleue. Il avait dix-huit ans. Elle s'était penchée pour le prendre dans ses bras, espérant désespérément qu'il réagisse, une pression, un frémissement, un infime mouvement de doigt. Mais le temps qu'elle arrive depuis sa chambre au lycée jusqu'à l'hôpital, près de dix heures s'étaient écoulées, une éternité depuis l'accident, et elle n'avait senti sous sa main qu'une chair froide, dure, inerte.

Le cliquetis des couverts sur un plateau l'arracha à son brouillard cauchemardesque. « Je vois que tu as retiré le plastique des canapés », la taquina-t-elle, cherchant dans la gaieté de la réunion à se distraire de ces souvenirs morbides qu'elle ne pouvait oublier. « C'est vraiment la fête. »

Enfant, elle s'offusquait toujours que sa mère garde sous protection les deux canapés et les trois fauteuils qui meublaient le salon du rez-de-chaussée. Mais l'enfance de Mme O'Malley en Irlande avait été frugale, et bien que, grâce au salaire de son mari, ils n'aient jamais manqué de rien, et qu'ils jouissent désormais d'une retraite confortable, le gaspillage et la négligence n'appartenaient pas à son vocabulaire.

« Attention à ce que tu dis, répondit Mme O'Malley, mi-figue, mi-raisin. Tu n'as jamais compris que les objets de luxe doivent durer. C'est un tissu de qualité. Un jour, tu auras ta propre maison, et tu verras.

– Tout est magnifique. Vraiment. Tu t'es surpassée. » Elle tendit le plat de sauce. « Je pose ça où ?

– Essaie de trouver de la place sur la table. » Mme O'Malley ouvrit un tiroir du buffet et fouilla dans les ronds de serviette, bougies à demi fondues et napperons, à la recherche d'allumettes. « On doit me croire folle, à parler tout le temps sans que personne m'écoute sauf moi-même. Est-ce que quelqu'un m'a entendue pour les bougies ?

– Peu probable », dit Lucy en riant. Une douzaine de personnes s'entassaient dans la cuisine carrée et débordaient sur la terrasse couverte, sans parler de la ribambelle d'enfants qui se faufilaient entre les jambes des invités, sur les meubles et en dessous. Son père présidait cette assemblée qui comprenait le frère de Lucy, Michael, sa femme Mary, plus les beaux-parents de Michael, un cousin veuf depuis peu, les voisins avec leur grand-mère de quatre-vingt-treize ans, une tante et son mari. Et au milieu d'eux elle avait laissé Archer Haverill, visage empreint de perplexité, un verre de sherry à la main.

Qui l'aurait cru ? Ils n'avaient pratiquement pas passé une nuit séparés depuis l'Exposition florale. « Le non-coup de foudre », aimait-il à lui rappeler.

Mais amener un petit ami à la maison était nouveau pour elle. Elle n'avait pas présenté à ses parents un seul ami depuis qu'elle avait déménagé en Pennsylvanie, et chaque année qui passait augmentait pour eux la crainte de la voir finir vieille fille. Une fois qu'elle avait mentionné Archer, sa mère ne risquait guère de le laisser filer. Même son père avait insisté. « Donne à ta mère un jour de paix, amène ce type, qu'elle puisse lui souhaiter la bienvenue, avait-il dit au téléphone la semaine précédente. Elle ne parle que de lui.

— Mais nous ne sommes pas ensemble depuis longtemps.

— Ta mère m'a dit qu'il répondait au téléphone chez toi à huit heures du matin. Ça veut dire que vous êtes ensemble depuis assez longtemps. »

Archer avait accepté son invitation sans hésiter. « Et ton père ? », avait-elle demandé. Il parlait peu de M. Haverill mais elle imaginait un vieil homme en gilet de laine dînant tout seul devant la télévision. Vendait-on des plats traditionnels de Pâques tout prêts ? Elle trouvait triste qu'il soit seul un jour de fête.

« Il ira déjeuner à son club, l'avait rassurée Archer. Ne t'inquiète pas. Mon père a été élevé chez les quakers. Je ne crois pas qu'il soit allé à une seule de leurs réunions en quarante ans, mais la doctrine qui interdit de célébrer les fêtes semble lui être restée. On fête à peine Noël. Pâques est un non-événement. »

Lucy déplaça la salière et la poivrière et posa la sauce à la menthe dans l'espace dégagé. Puis elle retourna dans la cuisine au moment où Mme O'Malley sortait le gigot du four dans un grand plat en fonte. L'odeur de l'ail et du romarin remplit l'air tandis que la cuisinière se frayait un chemin vers la desserte sous les exclamations des convives affamés.

« Dis à ton père que la fête est finie s'il ne rentre pas sur-le-champ se rendre utile ! » Elle brandit un grand couteau de cuisine.

Lucy sortit sur la terrasse, laissant par inadvertance la moustiquaire claquer derrière elle. Le bébé de Mary cracha sa tétine et se mit à pleurer. Archer et M. O'Malley se tournèrent vers elle.

« Une entrée pleine de délicatesse, comme toujours, remarqua son père.

— Oh, le vil caudataire », fit-elle, imitant le cousin de son père qui mettait ce mot à toutes les sauces. Elle n'en connaissait pas le sens exact, mais en aimait la sonorité. Elle se dirigea vers son père et le prit dans ses bras. « J'espère que tu n'es pas en train de le faire fuir.

— Au contraire, s'empressa de répondre Archer. Je ne crois pas avoir jamais passé une journée aussi agréable.

– Qu'est-ce qui t'a plu ? Les bouchons dans le tunnel Summer, la messe de deux heures en latin, ou l'encens qui brûle les yeux ? Il faut que je prenne note de ce que tu aimes. » Voir Archer heureux la rendait elle-même heureuse.

« Ce jeune homme m'explique quelle peste tu es. » Son père lui pinça la joue.

« Archer, qu'est-ce que tu lui as raconté ?

– Que ç'a été très difficile d'obtenir un rendez-vous. Qu'il m'a fallu prier, supplier, cajoler et te promettre la lune pour que tu acceptes d'être vue en ma compagnie. » Archer lui fit un clin d'œil, sachant que son récit n'était pas loin de la vérité.

« Tu vas t'intégrer sans problèmes si tu continues à inventer des histoires », répondit-elle. Se tournant vers son père, elle annonça : « Tu vas devoir découper le gigot. Maman a déjà sorti le couteau.

– Très bien. » Il fit un pas vers la porte mais se retourna vers Archer. « Mon conseil en ce qui concerne les femmes de cette famille, c'est de ne pas désobéir quand elles brandissent une arme. » Sur ce trait, il disparut à l'intérieur.

20 h 23

La plupart des plats avaient été débarrassés, les invités étaient partis, laissant la famille O'Malley encore attablée, trop repue et satisfaite pour se lever. Mme O'Malley sortit une nouvelle bouteille de Baileys et même Lucy, qui n'appréciait pas outre mesure la crème de whisky, en but quelques gorgées avec plaisir.

Sur ses genoux, Tara s'était endormie, tête penchée en arrière, bouche entrouverte, juste assez pour laisser un peu de bave couler sur l'épaule de sa tante. Bien qu'on lui ait proposé de l'aider à coucher la petite, Lucy avait refusé. Le petit corps dodu, le souffle tiède lui donnaient une sensation de chaleur et de confort. Elle regardait sa belle-sœur, à côté d'elle, nourrir le petit Aidan blotti dans ses bras. Il tétait avec vigueur, à un rythme soutenu. Elle voyait les ongles parfaits de ses petits doigts qui agrippaient le biberon, et sentait l'odeur émouvante du talc et de la crème pour bébé.

« Elle est faite pour la maternité, remarqua Michael à la cantonade. Si je dois ressortir à quatre heures du matin pour acheter du lait maternisé, moi je deviens fou. Mais Mary, elle, a une patience d'ange.

— Pas étonnant. Elle t'a épousé, intervint M. O'Malley.

— Je suis contente que tu reconnaisses enfin les nombreuses qualités de ta femme », intervint Mme O'Malley en sortant de la cuisine et en venant s'asseoir auprès de son mari. Elle retira ses chaussures, exposant les extrémités renforcées de son collant, posa les pieds sur le fauteuil vide à côté d'elle, et poussa un soupir de soulagement. « Dites-moi donc, comment en arrive-t-on à se faire appeler Archer ? » Elle prit le verre de Baileys de son mari et en but une bonne gorgée.

« Si tu laisses maman le cuisiner, tu ne vas plus le revoir, taquina Michael.

— Il a le droit de garder le silence s'il veut, rétorqua Lucy.

— Il faudra plus qu'une mère curieuse pour m'éloigner », dit Archer en posant la main sur la cuisse de la jeune femme.

« Tu vas me faire rougir, dit-elle en riant. Bien que la pudeur n'ait jamais fait partie de mes plus grandes vertus.

— Lucy O'Malley, je t'enverrais bien dans ta chambre si tu n'étais pas assez grande pour résister, s'indigna sa mère, mi-figue, mi-raisin.

— J'ai reçu le prénom de mon père, Rodman, continua Archer. Mais c'était trop pompeux pour moi. Ça veut dire "Homme célèbre" en allemand. Vous trouvez que ça me va ? demanda-t-il en souriant à Mme O'Malley. Enfin bref, j'ai choisi comme prénom Archer. A l'époque, je trouvais que c'était parfait. J'avais dix ans et je ne m'intéressais qu'aux arcs et aux flèches, aux cow-boys et aux Indiens. Ça m'est resté.

— Je vois. » Mme O'Malley paraissait un peu perplexe. L'échantillonnage des prénoms dans le monde des O'Malley, sept pâtés de maisons de part et d'autre de chez eux à Sommerville, n'était pas très étendu. Et personne n'était baptisé du nom d'un membre de la famille encore en vie. Cet honneur était réservé aux morts. « J'ai cru comprendre que vous vous intéressiez aux ornements de jardin, reprit-elle. C'est passionnant.

— Ça a commencé quand j'ai cherché des meubles pour le bar. Je voulais des petites tables – genre bistrot, mais plus solides – et j'en ai vu beaucoup en fonte, qui avaient servi dehors pour la plupart. Elles étaient magnifiques. La patine, les mousses, l'âge, chacune si différente des autres que j'ai pensé que ça donnerait de l'originalité à mon bar. Alors j'ai commencé à acheter des tables et des chaises. Ensuite je me suis intéressé aux abreuvoirs à oiseaux en pierre, aux statues, aux fontaines. Je suis à peu près sûr que j'ai enfreint les règles de sécurité contre l'incendie, encore que je ne devrais peut-être pas le reconnaître devant une telle famille.

— Enfreindre une règle, ça va. Mais vous ne devriez pas avouer que vous aimez la décoration. Ou faire les magasins, d'ailleurs, dit M. O'Malley en riant. Je vais devoir abandonner cette conversation scintillante. Mon épouse a décrété que je ne pouvais plus fumer le cigare dans la maison. Moi, je dis qu'il faut bien mourir de quelque chose, mais en signe de gratitude pour le merveilleux repas qu'elle a préparé, je vais sortir. » Il se pencha et embrassa sa femme sur le sommet du crâne. « Si quelqu'un veut m'accompagner... »

Archer s'empressa de se lever. « Très volontiers. J'ai quelques Macanudos dans mon manteau. Je n'étais pas sûr de trouver des amateurs. »

M. O'Malley donna une tape dans le dos d'Archer et sourit au groupe en s'éloignant vers la porte. Lucy les regarda sortir avec un mélange de ravissement et d'appréhension. Comment Archer pouvait-il être aussi à l'aise ? Elle crut entendre la voix d'Aidan comme s'il était assis à côté d'elle. « Détends-toi. Il est génial. »

21 h 15

Lucy attendait avec son torchon, appuyée au plan de travail. Mme O'Malley se tenait devant l'évier, munie de gants en caoutchouc jaunes. Elle trempait ses plateaux, saladiers et verres en cristal dans l'eau savonneuse, puis les frottait énergiquement avec une brosse dure et les rinçait sous le robinet avant de les passer à sa fille. C'était une scène familière. Malgré la fierté de ses parents devant la réussite de leur fille dans la police, c'étaient encore les femmes qui faisaient la vaisselle chez les O'Malley.

Lucy n'en était pas contrariée. Elle écoutait avec plaisir les voix d'Archer et de son père sur la terrasse couverte, et respirait l'odeur des cigares qui traversait la moustiquaire. Son frère et sa famille étaient partis, et elle était ravie de passer quelques minutes en tête à tête avec sa mère.

« Ton ami aurait plu à Aidan, remarqua celle-ci, comme si elle lisait dans ses pensées.

– Est-ce que la police a enquêté sur les circonstances de sa mort ? »

Elle entendit un fracas métallique, sa mère avait laissé tomber les couverts qu'elle tenait. « De quoi est-ce que tu parles ? » demanda-t-elle en cherchant sous la mousse les fourchettes, couteaux et cuillers qu'elle devait laver.

« Il n'y avait rien de douteux dans l'accident ? » C'étaient peut-être les quelques verres de vin et de Baileys qu'elle avait bus, ou la naissance de son neveu Aidan, ou son chagrin que son frère ne soit pas auprès d'eux aujourd'hui, ou, peut-être, sa promotion récente à la brigade des Homicides, qui la poussaient à formuler les doutes qu'elle nourrissait depuis des années.

« Je ne comprends pas ce que tu veux dire. Mais ton père a lu le rapport. Va le lui demander si tu as besoin de remuer tout ça. Ça aurait pu être écrit en espagnol, pour ce que je m'en souviens.

– Je pense souvent à ce qui s'est passé, à ce qui aurait pu se passer. Je n'ai jamais compris, répondit Lucy, et je voudrais vraiment comprendre.

– C'était il y a longtemps. Qu'il repose en paix », dit sa mère en se signant. Ses gants mouillés laissèrent des marques sombres sur sa poitrine et ses épaules. « Mais tu comprendrais si tu admettais que Dieu a un plan pour chacun de nous. Nous n'avons pas besoin d'en connaître les détails. C'est comme ça. »

Lucy n'avait pas l'intention de contester le catholicisme de sa mère. Une des images les plus claires de son enfance représentait sa mère à genoux devant un crucifix, récitant la litanie de ses prières quotidiennes. Mary O'Malley avait tenté de transmettre sa foi profonde à tous ses enfants. On récitait le Bénédicité avant chaque repas, on priait avant d'aller au lit, on obéissait au commandement Aime ton prochain, on allait au catéchisme, où les sœurs apprirent à Lucy à fabriquer un rosaire en enfilant des fruits secs sur de la ficelle de jardin, on se confessait tous les mois auprès du père Mac-Gregor. Lucy avait fait pénitence et reçu l'absolution pour des péchés tels qu'avoir embrassé Rory Pearson sur la bouche juste avant qu'il descende du bus, ou avoir menti sur son emploi du temps pour éviter un rendez-vous avec Monty Ernsberger, le fort en maths de quinze ans qui avait le bout des doigts jauni à force de manger des crackers au fromage. Quand elle venait voir ses parents, elle les accompagnait à l'église pour préserver l'harmonie familiale, mais les rituels n'avaient guère de sens pour elle.

« Aidan est rentré dans une voiture. En plein milieu de...

— C'était un camion. Un camion de la compagnie d'électricité. Ça aurait pu nous arriver à tous. Ce camion n'avait rien à faire dans la rue. Il n'y avait pas de triangle de signalisation, pas de cônes de travaux, rien. » Sa voix se fêla.

« Mais quand même, insista Lucy. Le jour se levait. Il aurait dû le voir. L'autopsie n'a décelé aucune trace d'alcool ou de drogue.

— Aidan ne se droguait pas. C'était un bon garçon, responsable. Tu le sais. Il avait plu pendant la nuit. Un accident est une affreuse tragédie. Mais on ne gagne rien à revenir sur les vieux chagrins. Pourquoi ne vas-tu pas rejoindre ton père sur la terrasse ?

— Si la vérité était complètement différente, tu ne voudrais pas le savoir ? »

Mme O'Malley se tourna vers sa fille. Ses lèvres tremblaient. « Je ne sais pas pourquoi tu remues tout ça après un agréable repas de famille, mais je ne rentrerai pas dans ton jeu. Si tu insinues ce que je crois, je ne t'écouterai pas. Mon fils n'aurait jamais fait une chose pareille. Marie pleine de grâce avait peut-être un plan pour mon garçon, mais il n'était pas un pécheur.

— Maman, ce n'est pas une question de péché. Je te parle d'Aidan. » Elle posa les mains sur les épaules de sa mère et la tint fermement. « Je te pose ces questions simplement parce qu'il ne se passe pas un jour sans que je me demande si j'aurais dû faire quelque chose pour l'aider. Je cherche des réponses. »

Sa mère secoua la tête et se retourna vers l'évier. « Je n'en ai aucune à te donner. Tu ferais mieux de laisser la mémoire de ton frère tranquille, et de trouver toi-même un peu de paix. » Elle passa les couverts à Lucy d'une main tremblante. « Je veux que cette conversation finisse. Tu dis des bêtises, ça n'a pas de sens. Enquêter ne ramènera pas ton frère.

— J'étais partie. Il était ici avec vous. Est-ce qu'il s'est passé quelque chose ? Est-ce qu'il avait l'air en forme ?

Mme O'Malley ouvrit le robinet. Le bruit de l'eau couvrit presque ses paroles. « Il allait très bien, très bien. Il avait un travail à mi-temps à la supérette. Il gagnait bien. Il suivait ses cours. Il s'était même acheté ce nouveau vélo de course, il est encore dans le garage, il s'en est à peine servi », dit-elle en ravalant ses larmes. Puis elle toussa pour se reprendre. « Et tu connais beaucoup de gens qui dépenseraient un argent durement gagné pour acheter quelque chose qu'ils n'auraient pas l'intention d'utiliser, hein ? Qu'est-ce que tu en dis ? C'est toi la détective. »

Lucy laissa tomber son torchon sur le plan de travail, passa derrière sa mère et lui entoura la taille de ses bras. « Excuse-moi. Je ne voulais pas te blesser ou te rappeler des événements douloureux, mais j'ai besoin de savoir. Et ce n'est pas parce que je pose des questions que je l'aime moins, lui murmura-t-elle à l'oreille.

— Parfois, l'ignorance est une bénédiction, Lucy, tu ne l'accepteras peut-être jamais, mais c'est la vérité de Dieu. Il y a des choses qu'il vaut mieux ne pas chercher à savoir. «

Lucy serra sa mère contre elle. Elle n'avait rien d'autre à dire, et ne voulait pas la bouleverser davantage. Mais malgré ses efforts, elle ne pourrait jamais accepter la philosophie de sa mère. Et elle s'étonnait d'être la seule à vouloir en savoir plus sur la mort de son frère, dans une famille de policiers.

22 h 09

A la porte de sa chambre, Archer serra Lucy contre lui. « Si je suis relégué dans la chambre d'amis, est-ce que j'ai quand même droit à un baiser ? » Il avait les yeux injectés de sang et son haleine empestait le cigare. « Est-ce que tu pourras au moins te faufiler jusqu'ici ? »

Lucy ne répondit pas. Malgré son âge, ses parents ne voulaient pas entendre parler d'un couple non marié partageant le même lit. Mais la maison O'Malley n'avait pas de véritable chambre d'amis, de sorte qu'Archer passerait la nuit dans l'ancien royaume d'Aidan. Bien que ses trophées sportifs du lycée, sa collection de cartes de base-ball et son poster d'Elle McPherson aient été enlevés depuis longtemps, les courtepointes bleu et brun couvraient encore les lits jumeaux. Quel que fût le désir de Lucy pour Archer, il n'était pas question qu'elle passe la nuit dans cette pièce.

Elle l'embrassa, sentit la douceur de ses lèvres et le charnu de sa langue. Puis elle s'écarta.

« J'ai passé une journée merveilleuse, dit-il. Merci de m'avoir invité. »

Lucy se força à sourire. Sa conversation avec sa mère consumait encore ses pensées. Elle savait qu'il devait être difficile sinon impossible pour une mère ou un père d'accepter que son enfant soit déprimé, malheureux, incapable de mener sa vie normalement, mais ce mur de silence la frustrait depuis des années. Elle s'était même demandé si ses parents avaient dû ignorer la question pour des raisons financières : les frais astronomiques d'une maladie mentale grave, pratiquement pas remboursés, que ses parents auraient été incapables de payer même avec un salaire de commissaire divisionnaire.

« Pourquoi est-ce que tu as fait ça ? demanda Archer. Oui – il hocha la tête en voyant son regard perplexe – ton père et moi, on a tout entendu. Les murs de cette maison ne cachent pas grand-chose, et une moustiquaire encore moins, expliqua-t-il. Ton père a essayé de détourner mon attention. Je crois qu'il avait de la peine pour ta mère, mais moi je me demandais quelle mouche t'avait piquée.

— Je suis censée me taire ? C'était mon frère, après tout.

— Non, je n'ai pas dit ça.

— Alors qu'est-ce que tu as dit ?

— Je sais que ton frère te manque, et je suis sûr que c'est encore pire les jours de fête. Ça l'était pour moi. Mais tu as une chance incroyable. Tu ne peux pas savoir à quel point.

— Qu'est-ce que tu veux dire ? »

Archer assura son équilibre en s'accrochant à la poignée de la porte. Quand il reprit la parole, sa voix était un peu pâteuse. « Je ne reconnaîtrais pas ma mère si je la croisais dans la rue. Elle ne m'a jamais fait cuire un plat de légumes, elle ne m'a jamais préparé de gâteau. Elle n'a jamais organisé de repas de Pâques. Bon Dieu, elle ne m'a jamais lu une seule histoire. »

Lucy lui prit la main.

« Vu sa place dans ma vie, elle aurait aussi bien pu être morte, mais elle ne l'était pas, et ça rendait la situation bien pire. Je me suis posé des tas de questions, je me demandais qui elle était, pourquoi elle était partie. Je me demandais si elle nous avait quittés à cause de mon père ou de moi, de quelque chose que j'avais fait. J'ai abordé le sujet avec lui encore et encore, mais il n'a jamais voulu en parler. Il faisait des allusions à elle et à des "problèmes". Rien d'autre. Il avait l'air aussi perplexe que moi. Et puis après toutes ces années elle a eu le culot de me déposer une lettre pour m'inviter à déjeuner. Elle l'a laissée à Sapphire. C'était absurde de penser que je pourrais m'asseoir en face d'elle et lui parler après tout ce temps de silence. Mais ce n'est pas la question. Mes relations avec ma mère n'ont pas d'importance. Rien de tout ça n'a d'importance, je te le raconte parce que je me dis parfois qu'on ne ménage pas assez ceux qu'on aime le plus. Ta mère t'aime, et c'est important. Ne la fais pas souffrir. »

Lucy écoutait Archer, et elle avait l'impression que le couloir étroit tournait autour d'elle.

« Ta mère t'a invité à déjeuner après tout ce temps ? Pourquoi tu n'as pas accepté ? Tu aurais pu l'affronter, essayer d'obtenir les réponses que tu attendais.

— C'est trop tard. Et comme je disais, ce n'est pas la question. Ce que je voulais te dire, c'est de chérir ta mère. Peut-être qu'elle ne peut pas supporter la vérité au sujet d'Aidan. Mais ça ne fait pas d'elle quelqu'un de mauvais. »

Lucy avait une boule dans la gorge. Elle savait que pour l'essentiel Archer disait vrai. Mais en même temps le lien qui unissait les membres de sa famille était basé sur la franchise, l'affrontement. Aucun O'Malley n'était assez subtil pour les allusions voilées.

« Tu fais tes propres choix, je respecte ça. Mais je ne suis pas comme toi. Je ne peux pas faire comme si tout allait bien quand ce n'est pas vrai. » Elle se pencha vers lui et l'embrassa sur la joue. « Va dormir. On doit rentrer à Philadelphie demain matin. Si ma mère te plaît tant, tu devrais donner une seconde chance à la tienne. Tu découvrirais peut-être qu'elles ne sont pas aussi différentes que tu le crois. »

7

Lundi 14 avril
11 h 05

Faith contemplait la cour pavée en appuyant le poing contre sa lèvre inférieure pour l'empêcher de trembler. Dès la fin des funérailles de Foster, elle avait su que ce jour arriverait. La seule question était quand. Allongée sur son lit, elle entendait les pas de Bill qui se dirigeaient vers la chambre des invités. Avec ses amies, elle avait envisagé la possibilité de se trouver un travail, à temps partiel peut-être, à la boutique de cachemire ou la papeterie de luxe de Bryn Mawr. Elle avait fait une demande de carte de crédit à son nom et pris rendez-vous avec un comptable. Mais malgré tous ces préparatifs, toutes ces prévisions, elle se sentait complètement perdue.

Elle avait essayé d'imaginer sa vie sans Bill. Elle avait eu tout le temps de réfléchir en errant de pièce en pièce, étiquetant meubles et objets – la commode en érable moucheté de la chambre des invités, le porte-parapluies en cuir du vestibule, la paire de bois d'élan dans la bibliothèque – mais rien ne l'avait préparée au spectacle du camion de déménagement qui était venu se garer dans l'allée un peu après huit heures du matin. Elle avait serré sa robe de chambre autour de sa taille, bu son café, et frissonné en regardant le camion bleu et blanc qui proclamait avec assurance : LA SECURITE. Quelle ironie. C'était ce qu'elle avait cru obtenir en épousant William G. Herbert, vingt-deux ans auparavant. Mais c'était le dernier mot qu'elle emploierait pour décrire la vie qu'elle avait vécue avec son futur ex-mari.

Les chevaux étaient déjà vendus – Jumpstart allait devoir recommencer à travailler dans un centre équestre et Fern était parti dans une écurie privée de Devon, acheté par une famille qui avait son propre entraîneur. La maison – son foyer – serait mise en vente la semaine suivante. La mandataire ultra-compétente avait préparé un dépliant en couleurs, et on attendait de nombreux amateurs pour cette propriété si désirable. Faith imaginait les couples circulant de pièce en pièce, commentant le nombre de salles de bains, les placards encastrés, la distribution, et la nécessité de repeindre l'écurie. Ils baisseraient la voix pour commenter la tragédie qui avait frappé les vendeurs. « Ils ont perdu un enfant », confierait peut-être la mandataire aux acheteurs éventuels. Ou, pour souligner l'urgence de la vente, elle pourrait souffler : « C'est un divorce. »

Faith frissonna. Les salauds. Le salaud.

La poignée de la porte tourna, la faisant sursauter. Bill entra dans la bibliothèque. Derrière lui, dans le vestibule, elle apercevait deux valises en cuir. Ses cheveux étaient encore humides de la dernière douche qu'il prendrait jamais dans cette maison, elle ne pouvait supporter l'idée de voir la buée sur la glace, si elle montait vérifier. Il n'avait pas besoin d'avancer vers elle, la seule pensée de son eau de toilette au bois de santal lui faisait mal. Il avait les joues creuses mais il avait toujours bonne allure dans son costume à fines rayures. Et bien que sa cravate jaune fût un rien trop claire pour la saison – c'était vraiment un modèle d'été – elle ne dit rien. Commentaires et critiques n'étaient plus de son ressort, elle devait l'accepter.

Il consulta sa montre – la montre en platine qu'elle lui avait offerte pour leur quinzième anniversaire, avec la date et leurs initiales au dos.

« Je vais au bureau, pour ne pas perdre toute la journée », annonça-t-il.

C'est tout ? s'étonna-t-elle. Comment se faisait-il qu'elle ait tant de peine à faire face, que chaque respiration lui coûte, alors qu'il partait au bureau d'un pas guilleret, rencontrait ses clients, travaillait pendant des heures qui chacune était facturée quatre cents dollars ? Pourquoi la vie continuait-elle pour une personne alors que l'autre s'effondrait ?

« Les déménageurs ont presque fini, il ne reste que quelques cartons de livres. Je leur ai déjà donné un pourboire, tu n'as pas à t'en occuper », ajouta-t-il, apparemment insensible aux larmes qu'elle sentait couler sur ses joues.

Elle se tourna vers la fenêtre et s'essuya les yeux.

« Faith. » Elle entendit sa voix mais ne trouva pas la force de répondre. Puis elle sentit le corps de Bill derrière elle, il posa la main sur son épaule. « Ça va ? »

Quelle question ! Comment pouvait-il le demander ? Elle n'avait rien vécu de normal depuis des semaines. Il n'y avait pas eu un jour au cours des trois derniers mois où elle n'avait pas repassé dans sa tête ses décisions, tous les événements, tout ce qui avait été détruit. Et elle était censée continuer à vivre alors qu'elle n'avait plus rien.

Pourtant, chaque fibre de son corps lui criait de l'étreindre et de ne plus jamais le lâcher, d'oublier les blessures et les reproches qu'ils s'étaient infligés, de chérir leurs souvenirs, mais elle ne pouvait pas. Même Avery, leur fille, la seule personne qui aurait pu les faire rester ensemble, était au courant de son infidélité.

Un soi-disant conseiller matrimonial avait rationalisé la conduite de Bill pendant que Faith hochait la tête, feignant de comprendre. « En réaction à un immense chagrin, un des partenaires cherche souvent à se réconforter dans les bras d'une personne étrangère. Votre mari avait besoin d'une distraction temporaire sans engagement. C'était une façon d'oublier. » Mais la « personne étrangère » s'était avérée n'être pas une étrangère. Ce n'était pas une rencontre d'un soir dans un bar, ni une hôtesse de l'air séduite lors d'un de ses nombreux voyages en avion à Boston. C'était une collègue de son cabinet, une élève de la faculté de droit de Yale qui avait obtenu son diplôme avec les félicitations du jury, qui se trouvait aussi avoir décroché un doctorat en biologie moléculaire, une avocate blonde qui avait presque quinze ans de moins que lui, qui serait bientôt partenaire de son cabinet. Et leur liaison n'avait rien de temporaire. Ils étaient amants depuis plus d'un an, depuis bien avant la mort de Foster. Bill avait eu le culot d'amener son épouse à la fête du cabinet alors qu'il couchait avec une autre femme, dont le bureau se trouvait juste au bout du couloir.

Il était trop tard. Elle et Bill ne pouvaient rester ici ensemble. Et pourtant aucun des deux n'imaginait recommencer ailleurs, dans un voisinage étranger.

« Non », répondit-elle. Le son de sa voix ne lui paraissait pas familier. « Ça ne va pas. Mais mon bien-être ne fait plus partie de tes préoccupations principales ces derniers temps, alors inutile de t'en inquiéter maintenant.

— Tu es injuste.

— Injuste ? Qu'est-ce que tu connais de la justice ? » Elle tenta d'empêcher sa voix de se briser. « Voir mon mari décider que quelques rendez-vous d'affaires valent vingt-deux ans de mariage. Voir une jeune femme séduire mon mari. Tout ce que j'ai construit, fait, aimé, a disparu. Alors ne m'accuse pas d'injustice. »

Bill fit un pas en arrière, surpris de sa franchise.

« C'est ce que tu voulais. Tu m'as demandé de partir. Tu n'étais pas obligée d'ajouter ça à tout le mal que j'ai fait.

— La décision te convenait parfaitement. »

Le silence de son mari confirma la véracité de son affirmation. Pour sauver les apparences, pour l'amour de leur fille, il aurait accepté de rester sous le même toit, de prétendre former une famille. Mais il voulait plus. Il était insatisfait. C'est pourquoi il avait pris une chambre à l'Apollo, sur Arch Street, trois fois en cinq jours, et était resté jusqu'au petit matin avec mademoiselle le docteur en biologie diplômée en droit, qui avouait probablement à ses amies qu'elle raffolait des parties de jambes en l'air dans des chambres bon marché et de la gymnastique insatiable des hommes d'âge mûr. Bien que les amies de Faith n'abordent jamais des sujets aussi sordides, elle savait que la jeune génération n'avait pas ce genre d'inhibitions et parlait sans retenue de ses aventures sexuelles. Faith frémit en les imaginant ensemble – elle dans ces dessous vulgaires qu'on ne trouvait même pas chez Nordstrom, et son mari haletant comme un chien enragé en ôtant son caleçon de chez Brooks Brothers. L'absence de restaurant dans l'hôtel rendait la chose encore plus insultante. Il ne pouvait même pas prétendre qu'ils étaient seulement allés prendre un verre.

De sorte que quand elle avait demandé le divorce, il n'avait été que trop heureux d'accepter. Même s'il était resté, elle ne se serait jamais sentie en sécurité. Elle se serait interrogée sur chaque dîner d'affaires, chaque changement de dernière minute exigeant sa présence en ville. Elle aurait craint de s'absenter de la maison, et savait qu'elle aurait fini par revenir en cachette plus tôt que prévu de chacune de ses sorties pour voir si une autre voiture n'était pas garée dans l'allée. Ce ne serait pas une vie.

« Comment oses-tu essayer de rejeter la faute sur moi ? Je ne te laisserai pas prétendre que ce qui arrive est ma décision. Est-ce que je suis censée faire comme si je ne connaissais pas l'existence de cette... cette... » Elle ne pouvait se résoudre à prononcer le nom de l'autre femme. « Il ne me reste peut-être pas beaucoup de motifs de fierté, mais ma fille ne verra pas sa mère subir d'autres humiliations.

— S'il est question de Foster...

— Foster n'a rien à voir là-dedans. Il est question de notre fille, notre fille qui est vivante, en bonne santé.

— Tu es forte. Tu as toujours été plus forte que moi. Je n'arrivais pas à supporter ce chagrin, cette douleur. » Faith planta son regard dans le marron profond de ses yeux. Elle savait qu'il avait souffert. La mort de Foster – la découverte de son corps presque dix-huit heures après qu'il se fut porté le coup fatal – les avait tous transformés, pour toujours. Elle avait cru qu'ils ne subiraient jamais de pire traumatisme. Et d'une certaine façon c'était vrai. Mais elle avait tenu le coup. Elle avait lu des monceaux de livres sur la mort, la perte d'un enfant, le deuil, des livres qui expliquaient quels discours tenir aux enfants survivants, aux voisins, aux amis. Elle avait écrit à Avery en pension tous les jours, et passé des heures dans les magasins pour assembler le parfait équipement de réconfort. Elle avait même essayé la méditation. Mais après une séance de yoga où le professeur lui avait demandé d'imaginer ses racines s'enfonçant dans le sol – tâche impossible puisque le cours avait lieu au troisième étage d'un centre commercial – elle avait abandonné ses efforts pour atteindre la paix spirituelle et concentré son énergie sur ce qu'elle connaissait : participation accrue aux activités de l'église épiscopale en entrant dans la guilde des fleurs, bénévolat à la maison des jeunes. Cet été, elle avait prévu d'intensifier ses exercices physiques en disputant des matches en simple, en plus des doubles, au centre de tennis féminin du Merion Cricket Club.

Puis, quand elle avait découvert l'infidélité de Bill, elle avait découvert du même coup ce que c'était que de souffrir vraiment. Et à ce moment-là, il ne restait aucune distraction à ajouter dans sa vie.

Ce n'était pas une question de chagrin ou de deuil. Les actes de Bill n'avaient rien à voir avec Foster. Elle avait envie de lui jeter la chronologie des événements à la figure, mais tout ce qu'elle trouva à répondre fut : « Je suis désolée. » Les mots sortirent sans intonation, sans le moindre sentiment. « Je suis désolée pour toi. » Et encore plus pour moi, n'eut-elle pas besoin d'ajouter.

Bill haussa les épaules et la regarda comme s'il se demandait qui elle était, ou peut-être qui elle était devenue. C'était le même regard surpris qu'elle lançait elle-même très souvent au miroir en se levant, parce qu'elle ne reconnaissait pas son reflet.

« Tu peux me joindre en laissant un message au bureau. Je te donnerai mon numéro dès que le téléphone sera installé. J'ai vu le service comptable et la moitié de ce que je touche te sera versé le premier et le quinze du mois. Ça devrait te permettre de te débrouiller jusqu'à... jusqu'à... »

Elle hocha la tête.

« Bon. » Quand il se pencha pour l'embrasser sur la joue, l'odeur familière du bois de santal lui emplit les narines. Elle ne pouvait plus bouger. Il partait pour de bon. Elle ne serait plus jamais capable d'entrer dans sa parfumerie habituelle sans fondre en larmes. Désormais leurs vies étaient séparées. Mme William Herbert n'existait plus. Dans ses rêves les plus insensés, en s'imaginant à quarante-trois ans, elle n'aurait jamais cru que ses amis seraient obligés d'inviter un homme seul pour elle lors des dîners.

Faith le regarda gagner sa voiture, qu'il avait garée sur la pelouse pour laisser le passage aux déménageurs. Malgré le poids de ses deux valises et de sa mallette, son pas était vif et rapide. Il déposa ses bagages dans le coffre, claqua le hayon et plia soigneusement son imperméable sur le siège passager. Avant de s'installer au volant, il ôta sa veste de costume et la déposa à l'arrière. Pas de changement dans les rituels. L'espace d'un instant, elle s'autorisa à se demander quand il rentrerait de ce nouveau voyage d'affaires. Jamais semblait impossible à se représenter.

Elle sortit de la bibliothèque et s'arrêta dans le vestibule. Sur la desserte un plateau d'argent recevait le courrier quotidien. L'esprit ailleurs, elle feuilleta la pile de factures et catalogues, jeta un coup d'œil à un énorme carton d'invitation pour une soirée de charité, à une lettre d'information aux membres de l'Union League. Qu'espérait-elle trouver ? Une solution à ses problèmes, une réponse à ses prières, une note écrite à la main par son mari lui expliquant qu'il avait inventé toute cette histoire sordide ? Qu'il avait créé de toutes pièces la petite demoiselle Wunderkind ? Existait-il seulement un groupe de mots capable de réparer les trous béants de sa vie ?

Elle avait la bouche sèche et s'apprêtait à aller chercher un verre d'eau dans la cuisine quand une enveloppe bleu clair attira son œil. Elle la prit et sentit la qualité du papier épais. La mention « M. et Mme William Herbert » était inscrite à la pointe feutre bleu foncé. L'adresse imprimée de l'expéditeur – une rue de Bryn Mawr – ne lui était pas familière. Sans prendre la peine de se servir de son coupe-papier en argent, elle déchira un coin de l'enveloppe et en sortit un unique feuillet.

> *Cette lettre vous surprendra certainement – vous choquera peut-être – mais j'espère que vous me comprendrez. Je suis la mère biologique des jumeaux que vous avez adoptés.*

Faith sentit ses genoux se dérober sous elle. Elle s'effondra dans un fauteuil et s'accrocha à l'un des accoudoirs pour se soutenir, les yeux toujours fixés sur la même phrase. Onze mots.

Ça ne pouvait pas être vrai. C'était impossible. Ce devait être quelque horrible gag, une blague dont elle ne comprenait pas l'humour. Elle sentit ses mains et ses pieds se glacer, un picotement dans sa colonne vertébrale. Elle avait du mal à respirer. Malgré les élancements dans sa tête, elle se força à se concentrer sur l'écriture nette, sur les phrases qui suivaient ce début peu prometteur.

Ayant appris la mort tragique de Foster, je ne peux plus garder l'anonymat. J'imagine que votre famille traverse une période douloureuse, mais je crois qu'il est temps qu'Avery en apprenne davantage à mon sujet. En tant que psychiatre, je comprends que ces révélations seront une épreuve pénible pour elle, et si elle refuse mes avances je respecterai sa décision. Mais je veux qu'elle comprenne pourquoi j'ai fait ce choix. Je ne recherche que son bien-être. Seize ans est une longue période, mais ce n'est pas une vie entière.

La signature était celle de Morgan Reese.

Faith laissa tomber la lettre comme si elle était saupoudrée d'anthrax et la regarda voleter un moment avant d'atteindre le sol. Elle connaissait ce nom.

Elle se leva et courut vers la salle à manger. Elle ouvrit à la volée les portes du cellier, traversa la cuisine et ne s'arrêta qu'en arrivant à la porte du débarras. C'était un espace rectangulaire au sol d'ardoise, la seule pièce de la maison dont la bonne ne s'occupait presque jamais. Des bottes de tailles diverses étaient alignées sans ordre le long d'un mur. Blousons et chapeaux s'entassaient sur des patères. Un jeu de croquet aux maillets de guingois sur leur support, des outils de jardinage rassemblés dans un seau, trois chaises longues pliantes, plusieurs sacs à provisions contenant les vêtements à donner à l'Armée du Salut, et la poubelle des magazines à recycler s'amoncelaient dans l'espace exigu. Elle se concentra immédiatement sur la poubelle et se mit à la fouiller. Elle jetait les journaux à terre, à la recherche d'un supplément du dimanche bien précis. Datait-il d'une semaine ou de deux ? Trois peut-être ?

Faith se rappelait avoir lu un portrait. Tous ceux qui s'intéressaient un tant soit peu au développement de la région suivaient la sélection des candidats à la direction du Centre Wilder. Ces dernières semaines avaient paru des articles sur tous les médecins ayant franchi les premières étapes. En buvant son café au lait et en mangeant ses deux tranches de pain complet tartinées de margarine et saupoudrées de cannelle, elle avait trouvé intéressant que, dans le long article qui récapitulait tous les succès, publications et postes de recherche prestigieux du Dr Reese, il ne soit pas fait mention d'un mari ou d'enfants. Mais elle avait mis cette anomalie sur le compte des sacrifices indispensables pour réussir ou de l'égoïsme qu'elle percevait en général chez les personnes sans enfant. Elle n'avait pas soupçonné un seul instant que cette inconnue avait résolu l'infertilité de Faith en faisant d'elle la mère de ses jumeaux.

Elle avait les mains noircies d'encre d'imprimerie quand elle trouva enfin l'article. Plusieurs ronds de café maculaient la une de la rubrique médicale, et les pages avaient été mal repliées. Mais le visage sur la photo était bien reconnaissable. MORGAN REESE, REINE DE LA PSYCHIATRIE, disait le gros titre.

Elle avait à peu près l'âge de Faith, elle était aussi mince qu'elle et très jolie. Elle examina la photo. Etait-ce un tailleur Chanel qu'elle portait ? Faith possédait elle aussi quelques tenues de grands couturiers, soigneusement rangées par saisons dans son dressing. Elle parcourut le texte qu'elle avait lu sans arrière-pensée au moment de sa parution. Elles venaient toutes deux d'une bonne famille de la Main Line, et avaient fait leur entrée dans le monde avec seulement quelques années d'écart. Elles avaient probablement de nombreuses connaissances en commun. Etaient-elles interchangeables, en dehors de la pile de références que l'une possédait et l'autre pas ?

Elle avait refusé de dire aux enfants qu'ils avaient été adoptés. Personne n'avait rien à y gagner. Ils formaient une famille. Mais Bill avait insisté, et elle avait fini par céder. Et voilà ce qui était arrivé. Malgré l'absence de nom, d'identité, de parent biologique cherchant à renouer le contact, c'était la plus grosse erreur qu'elle eût jamais commise. Et la plus coûteuse.

Comment cette femme osait-elle à présent entrer avec autant de désinvolture dans la vie d'Avery ? C'était Faith sa mère. Comment cette femme pouvait-elle essayer de s'immiscer entre elles, alors qu'elle n'avait jamais frotté de vaseline les petites fesses irritées, jamais passé tout un dimanche après-midi dans le jardin à examiner un ver de terre, ou trimbalé un groupe de fillettes pendant des heures, de l'école au cours de danse et au centre équestre, jamais veillé jusqu'au petit matin, assise au bord du lit, pour consoler et essuyer les larmes de désespoir ? Comment cette femme osait-elle essayer de réparer maintenant ? Le bonheur d'Avery, ses réussites, ses peines, ses succès et ses déceptions étaient les souvenirs chéris de Faith, et d'elle seule.

Elle n'eut pas la force de rester debout, alors elle s'agenouilla sur le sol, dans la fine couche de poussière, au milieu du désordre. Quelle serait la réaction d'Avery ? Serait-elle attirée par la réussite intellectuelle ? Et si un lien se forgeait entre elles instantanément ? Avery oublierait-elle les seize années durant lesquelles Faith avait pris soin d'elle et de son frère ? Le rôle de mère n'avait-il aucune valeur ?

Au cours des derniers mois, en se débattant dans le chaos qui avait tout explosé autour d'elle, elle avait puisé du réconfort en imaginant les moments passés avec sa fille, la seule constante qui lui restait : l'achat d'une robe pour le bal de promotion, un week-end dans une station balnéaire pour la fête des Mères, des dîners ensemble au club, l'été, la décoration de la nouvelle chambre d'Avery. Elle était sûre alors que trois mois de pure complicité à la fin de l'année scolaire suffiraient à lui faire supporter tout l'automne qui suivrait. Ces rêves si simples allaient-ils eux aussi voler en éclats ?

Elle se leva lentement, s'obligeant à en trouver la force malgré la faiblesse de ses membres tremblants. Reprends-toi, s'ordonna-t-elle. Elle n'avait peut-être pas les références du Dr Reese. Elle n'avait peut-être plus son mari à ses côtés. Mais elle était une mère, et une mère combative. Si la mort de Foster était un signe, il était là pour la pousser à protéger son enfant survivante d'une révélation si douloureuse.

Il était hors de question qu'apparaisse une deuxième mère.

8

Samedi 17 mai 16 heures

« Salut ! » Même au téléphone, la voix d'Archer était reconnaissable : pas trop profonde, avec des tonalités nasales et des inflexions mélodieuses. Le simple fait de l'entendre donnait à Lucy une sensation de chaleur. « Désolé de ne pas m'être levé en même temps que toi ce matin, dit-il.

— Ça va. » Elle sourit, se rappelant le spectacle de son long corps musclé, ses épaules larges, ses hanches minces, allongé sur son lit au cadre de fonte. Une de ses jambes pendait en dehors et il s'était mis un oreiller sur le visage pour se protéger du soleil matinal qui entrait à flots par la fenêtre. Elle avait planté un baiser dans son dos, passé la main dans les boucles épaisses au sommet de son crâne, mais il n'avait pas réagi.

« Cette lecture était géniale, mais je crois qu'elle m'a achevé », dit-il en référence au marathon de poésie qu'il avait organisé dans son bar le soir précédent. Lucy n'avait pas entendu sa clef dans la serrure, mais il s'était glissé dans son lit juste après quatre heures du matin, l'avait entourée de ses bras et de ses jambes et l'avait attirée contre lui. Dans son demi-sommeil, elle se rappelait la douceur de sa peau et une légère odeur amère de bière. Elle avait à peine conscience de sa présence quand il lui avait murmuré à l'oreille : « Si je promettais de te faire l'amour vingt-quatre heures d'affilée, tu renoncerais à une journée de travail ? » Puis il lui avait embrassé le lobe de l'oreille, déclenchant un frisson dans tout son corps.

Quelques heures plus tard, douchée et habillée, elle s'était occupée de son lapin tandis qu'Archer dormait paisiblement. Avant de gagner la porte, elle avait laissé son caleçon de coton blanc plié sur une chaise près du lit, du café dans une Thermos sur la table de la cuisine, avec le journal et un mot décoré d'un cœur rouge. En dessinant le cœur, elle s'était rendu compte qu'elle pourrait se faire à l'idée de vivre avec quelqu'un.

« C'est la lecture qui t'a épuisé, hein ? taquina-t-elle. Et moi qui me vantais d'être une amante géniale !

— Et tu l'es. Une vraie légende, répondit-il en riant.

— Le romantisme de la nuit disparaît dans la froide lumière du jour, et ta passion se change en un humour sadique qui n'amuserait pas un crapaud, psalmodia-t-elle d'une voix mélodramatique qu'elle rendait aussi rauque que possible.

— De quoi tu parles ?

— De rien. Comment on fait pour ce soir ?

— Mon père nous attend à sept heures. Et il aime...

— La ponctualité, coupa-t-elle. Tu me l'as déjà dit. Je ne serai pas en retard.

— Tu es sûre que ça ne pose pas de problèmes ? Enfin, à ton travail.

— Oui. J'en ai parlé au lieutenant et Jack a accepté de me remplacer », répondit-elle en minimisant la hauteur des haies logistiques qu'elle avait dû franchir pour se rendre disponible. Elle travaillait de seize heures à minuit et c'était son tour de s'occuper des nouvelles affaires. Ce qui signifiait qu'elle devait répondre au téléphone et se préparer à un éventuel appel du standard de la police signalant à la brigade des Homicides un nouveau meurtre. Mais elle avait fait assez d'heures supplémentaires au cours des derniers mois pour se gagner un peu d'indulgence auprès de son patron, et Jack avait accepté de prendre sa place devant le téléphone en tant « qu'éclaireur ». Elle pouvait y aller, à condition de garder son beeper.

« Je passe te prendre à six heures et quart. » Il envoya un baiser dans le combiné.

En raccrochant, elle éprouva un mélange de crainte et d'excitation à l'idée d'être présentée au père d'Archer. Il était étrange qu'en plus de deux mois, elle ne soit jamais allée chez lui, elle en avait conscience. Pour plus d'intimité, tentait-elle de se persuader. Et pour des raisons pratiques. Passer la nuit chez elle leur évitait de prendre l'autoroute 30 ouest ou le train de banlieue pour Devon. « Pourquoi s'imposer tout ce chemin juste pour faire demi-tour et revenir ? » expliquait Archer. Mais quand il rentrait le soir avec un plein sac de chemises Brooks Brothers parce qu'il n'avait plus rien à se mettre, elle se demandait s'il ne supportait pas ces inconvénients pour la tenir à l'écart. Ce soir, c'en serait fini des soupçons. Elle allait rencontrer Rodman Haverill. « Rod » pour les intimes. « Mais attends qu'il t'y invite avant de l'appeler comme ça », avait prévenu Archer en lui transmettant l'invitation.

— Moi aussi, on m'a appris les bonnes manières, avait répondu Lucy. Je ne ferai pas d'avances inconsidérées et je me tiendrai bien. »

Archer s'était excusé, l'avait serrée dans ses bras, et avait remarqué : « Ce que j'aime le plus chez toi, c'est que tu dis ce que tu as sur le cœur.

— Qu'est-ce que je pourrais en faire d'autre ? »

Cette réplique lui avait valu une nouvelle étreinte.

Elle ferma les yeux, essayant d'imaginer à quoi elle devrait s'attendre. Archer n'avait pas donné beaucoup de détails. Son père se promenait-il dans la maison en pantoufles de cuir comme le père de Lucy ? Ferait-il griller un énorme steak au barbecue ou aurait-il commandé à l'avance des plats chinois ? Malheureusement, elle ne disposait d'aucune information qui lui aurait permis de se faire une idée. Il lui faudrait aller contre sa nature et refréner sa curiosité pendant encore deux heures. De toute façon, se dit-elle, s'il ressemble à Archer, je vais l'adorer.

19 h 04

Archer conduisait en silence. Lucy regardait le paysage. Si loin à l'ouest de la ville, les maisons étaient plus dispersées. Chaque coûteuse demeure en pierre semblait disposer de plusieurs hectares de champs luxuriants. Par endroits l'herbe était vert émeraude, ailleurs elle était plus claire et semée de taches brunes ; on aurait dit un patchwork en camaïeu. Elle descendit sa vitre pour respirer l'air frais et la légère senteur de foin. Au loin, un cheval bai broutait.

Ils traversèrent un petit pont de pierre, et Lucy regarda en bas, le lit rocheux de la rivière et les sycomores élégants qui poussaient sur les berges humides. Archer bifurqua sur une route en lacet. La voiture parut sur le point de caler, puis gravit péniblement la côte. A gauche, des prés sans clôture descendaient en pente douce vers un étang entouré d'herbes hautes. A droite s'étirait une barrière noire surmontée de piques, derrière laquelle poussaient des hêtres et des bouleaux. Quand ils arrivèrent devant deux piliers en pierre portant l'inscription SUMMER HOUSE, il arrêta la voiture, prit un petit boîtier et pressa le bouton du milieu. La grille de fer forgé s'ouvrit en grinçant. Archer passa en seconde et s'engagea dans la propriété.

Lucy regardait l'allée bordée de pommiers qui menait à la demeure, une immense bâtisse en pierre, bordée d'une terrasse pavée d'ardoise.

« C'est quoi cet endroit ? demanda-t-elle. Un musée ? »

Archer secoua la tête.

« C'est ta maison ? » Elle avait déjà vu des maisons aussi grandioses, mais sans croire vraiment que de vraies vies pouvaient se dérouler à l'intérieur, sans parler de la vie de l'homme qu'elle fréquentait.

« En fait, j'habite là », répondit Archer en désignant un bâtiment plus petit avec des volets foncés, un auvent et une petite véranda sur un côté. Des joints blancs soulignaient les pierres et deux haies de buis taillés bas formaient un chemin jusqu'à l'entrée.

Cependant Archer ne tourna pas dans la direction qu'il avait désignée mais continua d'avancer vers la grande maison que Lucy avait remarquée. Montrant du doigt une rangée de fenêtres juste sous l'avancée du toit, Archer expliqua : « C'est là qu'on m'avait exilé quand j'étais plus jeune, ou plutôt, quand j'étais un fauteur de troubles. Maintenant je suis dans la maison des invités – ce que mon père appelle la cabane de jardin. Je ne sais pas si ça veut dire qu'il trouve que je me suis amélioré ou que je suis tout simplement incorrigible. » Il haussa les épaules.

« Je peux visiter ?

– Plus tard. On a déjà huit minutes de retard », ajouta-t-il avec un clin d'œil.

Tandis qu'Archer avançait la voiture, elle aperçut Rodman Haverill debout devant l'entrée. Il était grand, plus d'un mètre quatre-vingts, et mince. Il portait une chemise Oxford à rayures bleues et un nœud papillon, un blazer bleu marine et un pantalon gris. Ses mocassins acajou à glands étincelaient. Il souleva sa manche pour consulter sa montre, le message était clair, et elle entendit un soupir quelque peu exaspéré s'échapper des lèvres d'Archer avant qu'il passe au point mort et coupe le contact.

« Bonjour Archer. » Il salua son fils d'un signe de tête et tendit la main vers elle. « Mademoiselle O'Malley, je présume.

– Oui. Lucy. Appelez-moi Lucy. Je suis ravie de vous rencontrer. J'ai tellement entendu parler de vous, mentit-elle.

– J'aimerais pouvoir en dire autant. » Soit sa voix profonde possédait un léger vibrato, soit elle tremblait un peu. Plusieurs poils foncés sortaient de ses narines, et ses sourcils touffus faisaient une ombre sur ses lunettes à monture métallique. « Je ne surveille pas les allées et venues de mon fils, et il garde sa vie privée pour lui. Puis un jour il fait un petit discours sur la personne qu'il fréquente et voilà.

– J'essaierai de me distinguer », répondit Lucy, en entrant devant lui dans l'impressionnant hall ouvert sur deux étages. Un lustre pendait au milieu du double escalier. Un immense tapis d'Orient couvrait l'essentiel du sol de marbre, et un miroir rectangulaire dans un cadre noir rehaussait l'un des murs. En dehors de deux fauteuils Chippendale, la pièce était vide.

« Vous avez une très belle maison. » Elle entendit un léger écho.

« Merci. Elle me vient de la famille de ma mère. Quand la mère d'Archer et moi nous sommes mariés, mes parents nous l'ont donnée, et à mon tour je la donnerai à Archer et sa fiancée quand... »

Il s'interrompit pour s'éclaircir la gorge, mais Lucy n'attendit pas qu'il finisse la phrase qu'elle redoutait d'entendre – *quand il se mariera*. Sa mère ferait exactement le même genre de commentaire embarrassant. « On dirait vraiment un manoir anglais, dit-elle pour changer de sujet. Je suis allée dans les Cotswolds une fois, les maisons étaient très semblables. Mais plus petites, ajouta-t-elle en riant.

– Elle a été conçue par le cabinet Mellor et Meigs », répondit-il, ignorant apparemment sa petite plaisanterie. « On considère que Walter Mellor et Arthur Meigs ont joué un rôle clef dans la vogue américaine du style pastoral anglais, style très représenté dans les Cotswolds. Donc, vous avez raison. Ou vous avez une intuition merveilleuse, ou vous avez une meilleure connaissance de l'architecture que je n'aurais cru chez un... officier de police. » Il donna à Archer une tape dans le dos.

« On est toujours surpris de ce que savent les flics », répondit-elle.

Il lui lança un regard – sourcils froncés, bouche un peu serrée – qu'elle ne put déchiffrer. Puis, décidant apparemment d'ignorer sa dernière remarque, il poursuivit : « Je vous proposerais bien de vous faire visiter la maison, mais j'aimerais éviter de déchaîner la fureur de mon fils si tôt dans la soirée. Il dit que j'ai tendance à faire fuir les gens tant je les ennuie. Alors je propose que nous prenions un verre sur la terrasse. La soirée est douce et la vue sur le jardin vous plaira peut-être, encore qu'il ne sera au sommet de sa splendeur que dans un mois ou deux. »

Il ouvrit une large porte et les précéda dans un salon confortable rempli de fauteuils bordeaux trop rembourrés, galonnés de vert sauge. Les rideaux de la porte-fenêtre glissèrent sans à-coups sur leur tringle de bois sombre quand il les ouvrit pour dévoiler la terrasse pavée d'ardoise qui s'étendait sur presque toute la longueur de la maison. Ils sortirent. Sur une table en métal était posé un plateau contenant des carafes en cristal, un seau à glace en argent dont dépassait le col d'une bouteille débouchée, plusieurs verres, et une assiette de carottes en bâtonnets.

Archer offrit de faire le service tandis que M. Haverill se lançait dans ce qui devait être son discours standard pour les nouveaux venus, sur le terrain, la conception du site, les diverses rénovations entreprises au fil du temps depuis la construction de la maison. En l'écoutant, Lucy se demandait combien de petites amies avaient eu droit à ce monologue. Elle imagina une file de femmes aux cheveux coupés en frange sage, vêtues de twin-sets, élevées dans le culte de la grandeur de l'Amérique et qui faisaient du bénévolat à l'hôpital Pennsylvania. Les jeunes femmes qui l'avaient précédée connaissaient sans doute les règles du polo et les ingrédients des cocktails les plus chics.

« Pour ma grand-mère, cette maison était une œuvre sans cesse inachevée », déclara Archer en tendant à Lucy un verre de sancerre. Quand elle le prit, il articula silencieusement : « S'il pérore trop longtemps, on a d'autres bouteilles en réserve. »

« Archer a raison. Ma mère, Emma, espérait que ma femme aimerait elle aussi cette maison. Mais comme Archer vous l'a sans doute expliqué, les choses ne se sont pas passées ainsi. » La référence à Morgan parut changer sa façon de parler. Sa voix s'adoucit et le tremblement disparut.

« La mère de mon père était une perfectionniste, reprit Archer, et elle attachait beaucoup d'importance à certains détails : la haie de troènes devait faire exactement deux mètres, les abreuvoirs à oiseaux devaient être nettoyés le premier lundi de chaque mois. Après l'assassinat du Président, tous les rosiers ont dû être remplacés par la variété "John F. Kennedy" obtenue par Jackson et Perkins, expliqua Archer. Le jardinier qui ne suivait pas ses instructions à la lettre n'avait plus qu'à recommander son âme à Dieu. »

M. Haverill rit à la remarque de son fils, fit tourner le gin dans son verre et en but une gorgée. Les glaçons tintèrent. « Il manque un peu de tonic », dit-il en tendant son verre à Archer.

Pendant un moment on n'entendit que le bruit du gaz s'échappant de la bouteille de Schweppes que venait d'ouvrir Archer. M. Haverill se dirigea vers la table et prit un bâtonnet de carotte en plus du verre qu'Archer venait de remplir à nouveau. « Non contente d'être l'unique démocrate dans un bastion républicain, ma mère était peintre. Elle passait des heures devant son chevalet dans ce jardin, même quand les médecins lui ont ordonné d'arrêter. La station debout prolongée l'épuisait.

— Que peignait-elle ? demanda Lucy.

— Des natures mortes pour l'essentiel, quelques portraits. Elle était de l'école de Boston – réalisme et mise en avant des beautés de la nature. Elle avait l'habitude de citer Renoir : "Le monde est assez laid." Si vous voulez, vous pourrez voir quelques-unes de ses toiles après le dîner, mais ses plus belles œuvres se trouvent dans la salle à manger, vous aurez largement de quoi vous faire une idée.

— Formidable.

— Elle l'était, approuva-t-il, l'ayant apparemment mal comprise. La femme la plus formidable de tout Philadelphie. Vous ne pouvez imaginer le nombre de ses admirateurs. La barre était trop haute pour mon épouse. »

A cet instant, une petite femme en uniforme noir et tablier blanc apparut à la porte-fenêtre pour annoncer que le dîner était servi. M. Haverill ouvrit la marche jusqu'à la salle à manger – une pièce rectangulaire au parquet marqueté, pourvue d'une grande cheminée en marbre et d'une longue table d'acajou. Il tint la chaise de Lucy, puis prit place à un bout de la table pendant qu'Archer s'asseyait à l'autre. En se rapprochant légèrement de la table, elle se demanda comment elle pourrait se sortir de cette épreuve : dîner avec deux personnes assises à chaque bout d'une table de trois mètres. Pour parler à M. Haverill, qui ne l'avait toujours pas invitée à l'appeler Rodman, elle devrait se détourner d'Archer et vice versa. Ou alors elle pourrait ne regarder ni l'un ni l'autre et contemplerait le magnifique tableau d'Emma Haverill : un bouquet d'hortensias dans un pichet bleu cobalt, à côté d'un plateau de fruits et d'une pomme coupée en deux sur une nappe aux couleurs vives. De toute évidence, cette femme avait la passion du détail.

La domestique s'approcha à sa gauche avec un plat rempli d'une purée brun clair. « Purée de céleri ? » offrit-elle en rapprochant encore le plat brûlant. Lucy réussit à se servir plus facilement qu'elle n'aurait cru, étant donné qu'elle devait se tordre le dos pour éviter de se brûler et soulever le coude gauche pour obtenir un angle d'approche correct. Le processus se répéta pour les haricots verts, les choux de Bruxelles et le rôti de porc. Quand son assiette fut pleine, elle se sentit envahie d'un sentiment de triomphe. Pas une seule tache de graisse, de sauce ou autre n'apparaissait sur le set de table en dentelle blanche.

M. Haverill leva son verre. « A Dieu, à l'Amérique », dit-il avant de boire.

En buvant, Lucy eut la tentation de proposer qu'ils prennent des tables pliantes et aillent s'asseoir en rond dans le salon télé, pieds nus. Mais la maison ne devait pas comporter de salon télé, personne n'avait dû y marcher pieds nus depuis plus de dix ans, et l'idée d'une table pliante pour des repas sans cérémonie y était certainement blasphématoire. Elle envisagea de rendre l'invitation et faillit éclater de rire en imaginant son lapin s'approcher par bonds des chaussures de M. Haverill pour en grignoter les glands.

Le silence n'était rompu que par le bruit de l'argenterie sur la porcelaine. Puis M. Haverill demanda : « O'Malley, c'est un nom irlandais, je suppose. Votre famille est de Philadelphie ?

– Non. La famille de mon père vit à Sommerville, dans le Massachusetts, depuis des générations, et la famille de ma mère vient du comté de Cork, en Irlande.

– Comment est-ce qu'ils se sont rencontrés ? demanda Archer.

– Ma mère est arrivée à Boston à quinze ans, comme jeune fille au pair. Elle a rencontré mon père quand la famille pour qui elle travaillait a été cambriolée. Mon père était jeune policier à l'époque, c'est lui qui a pris l'appel et dressé une liste des objets volés. Il n'a jamais attrapé les voleurs mais comme il avait son numéro de téléphone, il l'a invitée à sortir. Ils se sont mariés six mois plus tard et le sont toujours depuis. Ça fait quarante et un ans.

– Ils sont catholiques », décréta M. Haverill.

S'il insinuait qu'ils étaient restés ensemble parce que l'Eglise interdisait le divorce, il ne pouvait être plus loin de la vérité. Le couple heureux que formaient ses parents était pour elle un motif d'immense fierté.

« Alliés historiques des quakers, en tout cas à Philadelphie, observa-t-elle pour changer de sujet. Comme vous le savez sans doute.

— Qu'est-ce que vous voulez dire ?

— La Société des Amis est venue au secours des immigrants irlandais parce qu'ils se sentaient proches des victimes de persécutions religieuses. J'ai lu quelque part que les quakers patrouillaient autour de la cathédrale St. Joseph pour empêcher les émeutiers anti-catholiques de la détruire. Et donc, même si ces deux religions sont très éloignées, elles se sont trouvé des points d'accord.

— Je ne savais pas que tu étais prof d'histoire », intervint Archer.

Lucy but une gorgée de vin. « Je suis fascinée par ceux qui protègent les autres quand ils n'y sont pas obligés légalement ni même moralement. On parle tout le temps des pompiers, et croyez-moi je les admire eux aussi, mais je pense aux étudiants blancs qui ont perdu la vie dans le mouvement pour les droits civiques, ceux qui ont abandonné leur propre confort, leur propre bien-être, pour agir selon leurs convictions. Je trouve cette attitude très noble, bien plus noble que la nôtre. Et les Quakers ont joué ce rôle pour les catholiques.

— Sont-ils nobles parce qu'ils ont de grandes convictions ou parce qu'ils les mettent en pratique ?

— Les deux, je crois. Il ne sert pas à grand-chose de croire à la justice, l'égalité, la liberté d'expression ou autre dans l'abstrait.

— Est-ce pour cela que vous êtes officier de police ? » M. Haverill coupa un morceau de viande, passa la fourchette dans sa main droite, mangea et posa sa fourchette à côté de son assiette. « C'est une quête de justice ? poursuivit-il avec une ironie évidente.

— En partie, je suppose, encore que vu l'histoire de ma famille, je manquais de modèles pour faire autre chose. Mais je n'ai rien d'un bon Samaritain. Je me fais souvent des reproches parce que je ne m'arrête même pas pour aider quelqu'un qui a un pneu crevé au bord de la route. Non, si je devais devenir ce genre de personne, ce serait en dehors de mon domaine professionnel.

— Et qu'est-ce qu'un détective est censé faire exactement ?

— On dit que la mission de la brigade des Homicides est d'entendre ce que les morts disent du fond de leur tombe. Mais je crois que si j'en arrive à discuter avec des voix, il sera temps pour moi de changer de métier. »

M. Haverill sourit et, pour la première fois de la soirée, Lucy se détendit. C'est à cet instant que le beeper accroché à sa ceinture vibra. Elle consulta sa montre : 23 h 32. Le numéro du téléphone portable de Jack s'affichait sur l'écran.

« Je suis désolée, je vais devoir m'excuser un instant. »

Croyant peut-être qu'elle voulait se repoudrer, M. Haverill désigna une porte fermée.

« En fait, j'ai besoin d'utiliser votre téléphone, si vous n'y voyez pas d'inconvénient.

— Vous en trouverez un dans la bibliothèque. C'est par là. » Il se leva et posa sa serviette.

« Je vais te montrer, intervint Archer. Excuse-nous. » Il inclina légèrement la tête en direction de son père.

Archer lui fit traverser le salon bordeaux où ils étaient passés plus tôt dans la soirée. Elle était contente qu'il l'accompagne. Le téléphone était dissimulé dans un petit placard qu'elle n'aurait jamais trouvé toute seule. Elle composa en hâte le numéro de Jack pendant qu'Archer attendait.

« Harper, répondit-il.

— C'est Lucy. Qu'est-ce qui se passe ?

— On a trouvé un cadavre. Une femme blanche. La cinquantaine. Ça a l'air d'un suicide.

— Où est-ce que je dois te retrouver ? »

Il lui donna une adresse sur Belmont Avenue. « Prépare-toi. C'est sur le terrain de golf, près du huitième trou, mais si tu me parles de birdie, j'explose. Ce n'est pas beau à voir. »

9

Dimanche 18 mai
0 h 03

Archer avait mis les essuie-glaces pour débarrasser le pare-brise de la brume épaisse qui flottait dans l'air. Lucy écoutait leur balayage cadencé et regardait la lumière des phares sur le paysage obscur.

« Ça doit être là, l'entendit-elle dire. En face. »

En levant les yeux, elle vit un clignotement de gyrophares bleus et rouges, et un groupe de voitures de police garées à des angles bizarres pour bloquer l'intersection de Belmont Avenue et Christ Church Lane devant l'entrée du terrain de golf public Fairmount. Un projecteur illuminait une étendue d'herbe et deux ambulances. Des dizaines de silhouettes allaient et venaient aux alentours de la zone éclairée.

Archer se rangea contre le trottoir.

« Merci de m'avoir amenée », soupira Lucy en descendant. Elle claqua la portière derrière elle, lui lança un baiser, puis écouta le bruit si particulier de sa BMW tandis qu'il repassait en seconde et s'éloignait. Un instant elle dut résister à la tentation de courir derrière lui. Elle avait envie d'être chez elle, au lit, blottie contre lui, de sentir son torse se soulever et s'abaisser au rythme de sa respiration, de l'entendre ronfler, de glisser une main entre ses cuisses et de s'amarrer à lui. Mais elle devait se mettre au travail. Elle inspira profondément et se tourna vers le lieu du désastre.

Un groupe de policiers s'agglutinait autour d'une grande pancarte blanche qui arborait le logo du club de golf. Plusieurs d'entre eux buvaient du café dans des gobelets en plastique, un autre tenait les quelques curieux à distance, un autre encore parlait dans sa radio. En passant, elle montra son insigne.

Un cordon de police jaune accroché à des poteaux de fortune délimitait un immense carré autour du huitième trou. La camionnette de la médecine légale était garée de l'autre côté de la barrière, portes arrière ouvertes. Homer Ladd, le légiste, se penchait sur le siège avant de son véhicule, rangeant sa trousse et vérifiant ses étiquettes pour s'assurer que tout ce dont il aurait besoin sur le terrain était bien là. Malgré l'heure tardive, sa soirée ne faisait que commencer.

Jack se tenait au bord du périmètre, un appareil photo autour du cou et un dictaphone à la main. Bien qu'habituellement il rabatte ses cheveux sur sa calvitie grandissante, aujourd'hui les mèches partaient dans tous les sens. « Désolé d'interrompre ton dîner.

— Le devoir, c'est le devoir, répondit-elle en le suivant vers le corps. Qu'est-ce qu'on a ? »

Une Mercedes au pare-chocs avant tordu était appuyée contre un gros érable. La portière côté conducteur était ouverte, les airbags s'étaient gonflés. Des éclats de verre provenant du pare-brise et des phares jonchaient l'herbe. Le toit et l'arrière de la voiture étaient cabossés, les feux arrière brisés, eux aussi. Franck Griffith, un des techniciens du labo, était accroupi devant la portière côté passager. Avec une pince, il attrapa un cheveu court sur le siège en cuir et le laissa tomber dans un sachet.

« Qu'est-ce que c'est ? » demanda-t-elle en se penchant sur son épaule. Un léger parfum floral emplissait l'intérieur de la voiture.

« Tu veux que je réponde au pif ? », demanda-t-il en haussant les épaules.

Non, alors il lui faudrait attendre jusqu'à ce que tous les indices aient été rassemblés et analysés pour obtenir des réponses définitives.

« Comment un choc à l'avant peut-il endommager le toit et l'arrière ? demanda-t-elle. On dirait que cette voiture a été martelée.

— Si tu me laissais un moment pour faire mon travail avant de commencer à exiger des réponses ou à en inventer toi-même ? », demanda Franck sans se retourner.

« Désolée. dit Lucy de mauvaise grâce en reculant de quelques pas. Que fait la section criminelle ici si c'est un suicide ? demanda-t-elle tout bas à Jack.

— Viens, dit-il en désignant du menton un bunker où l'on apercevait une silhouette recouverte d'une bâche. Je vais te montrer. »

Un ambulancier s'attardait, répugnant à admettre l'inutilité de sa présence malgré l'arrivée du véhicule de médecine légale. Deux flics en coupe-vent noir portant l'inscription SCÈNE DE CRIME en lettres blanches se tenaient à quelques pas. L'un d'eux prenait des notes dans un petit carnet à spirales. L'autre, un jeune policier qu'elle connaissait de vue mais dont elle ignorait le nom, fumait une cigarette sans filtre.

A leur approche, le fumeur écrasa son mégot et sortit de sa poche un gant de chirurgien, qu'il enfila en faisant claquer le latex. Il s'approcha de la bâche et la souleva. Une femme gisait sur le dos, talons aiguilles croisés au niveau des chevilles. Sa poitrine, ses bras et ses mains étaient couverts de sang. Un trou noir dans sa chair et des brûlures sur le tissu marquaient l'endroit où la balle avait pénétré, tout près du cœur. Son mascara avait coulé sur ses joues et son menton était taché de sang. Elle avait un œil ouvert, l'autre fermé. Son visage avait quelque chose de familier.

« Qui est-ce ?

— Elle s'appelle Morgan Reese. Elle est médecin. D'après son permis, elle habite à Bryn Mawr. »

Lucy porta la main à sa bouche pour étouffer un hoquet de surprise.

« Tu la connais ? » demanda Jack.

Elle secoua la tête, essayant de mettre de l'ordre dans ses idées. Morgan Reese. La mère d'Archer, l'amour perdu de M. Haverill.

Et Lucy allait devoir enquêter sur sa mort affreuse au milieu de la nuit. Elle ne pourrait conserver longtemps cette information pour elle, mais elle avait besoin de se reprendre avant de parler. Sa carrière aux Homicides démarrait à peine, elle ne pouvait pas s'effondrer devant un corps sous les yeux de son partenaire aguerri.

Heureusement, Jack n'insista pas. « La police a trouvé un revolver calibre .35 tout près du corps », poursuivit-il en désignant une marque blanche en forme d'arme à feu, tracée à la bombe dans l'herbe.

« La mort a été instantanée ?

— Elle était morte quand l'équipe de secours est arrivée. On suppose que la balle est entrée dans le cœur, ce qui veut dire une mort assez rapide — presque instantanée, selon l'endroit atteint — mais il faudra attendre l'autopsie pour avoir une réponse définitive. Elle a aussi une vilaine blessure à la tête — elle a reçu un coup violent. Quand je t'ai dit qu'on pensait à un suicide, on n'avait pas encore vu ça. Le coup a été porté du côté gauche, vers l'arrière. Difficile de croire qu'elle ait pu se faire ça toute seule.

— Qui a prévenu la police ?

— Une certaine Gertrude Barbadash. Elle a entendu le coup de feu », répondit-il en désignant derrière lui une maison jaune à bardeaux que Lucy n'avait pas encore remarquée. Nichée en retrait de la route, elle avait une longue terrasse couverte à l'avant et des volets noirs à toutes les fenêtres. « Ça s'appelle le Rabbit Club. Si j'ai bien compris, elle est gérante.

— Le Rabbit Club, le Club du Lapin ?

— C'est un club masculin. Un tas de types qui se retrouvent une ou deux fois par mois pour faire la cuisine. Très vieux Philadelphie, ajouta-t-il comme si cette expression clarifiait la situation. Barbadash s'en occupe. Le club lui laisse une chambre à l'étage. »

Lucy regarda la bâtisse et remarqua une petite lumière à une fenêtre du premier étage. Ce n'était pas un endroit très accueillant, mais le salaire était peut-être intéressant. Bien que la plupart des maisons sur South Concourse Drive et Parkside Avenue aient été réhabilitées, le voisinage de cette partie de Fairmount Park n'était pas des plus chics ; elle n'aimerait guère habiter toute seule dans une maison peu fréquentée au milieu d'un terrain de golf qui n'ouvrait que pendant la belle saison.

« Où est-ce qu'elle est maintenant ?

— Un ambulancier l'a emmenée aux urgences. Elle se plaignait de vertiges, expliqua l'agent de police. Elle est âgée et elle avait l'air bouleversée. »

N'importe qui serait bouleversé, se dit Lucy. L'âge n'y est pour rien.

« Qu'est-ce qu'elle a dit d'autre ?

— Pas grand-chose. Elle lisait dans sa chambre et elle a entendu une détonation. Elle a appelé la police mais elle avait trop peur pour regarder par la fenêtre.

— Et pour l'accident de voiture ? »

Il tira un calepin et feuilleta plusieurs pages. « Elle n'en a pas parlé. Elle a juste dit qu'elle avait entendu un "bang assourdissant" qui venait de "tout près". C'est tout ce qu'elle a dit. »

Il semblait vraiment étrange qu'elle n'ait pas entendu l'accident, le verre brisé, peut-être même une série de coups violents, à moins de cent mètres de chez elle.

« Qui a trouvé le corps ?

— L'agent Callahan. Lui et Mike Reggio répondaient à l'appel de Gertrude Barbadash. En passant dans Christ Church Lane, ils ont vu la voiture. Ils se sont arrêtés et ils ont commencé à fouiller les alentours. Et ils l'ont trouvée.

— Et pour la Mercedes ?

— Elle est enregistrée au nom de la victime. »

Lucy regarda Jack, qui fronça les sourcils. Il semblait perdu dans ses pensées.

« Alors qu'est-ce qui s'est passé ? » Un accident de voiture, une blessure à la tête, et une balle dans la poitrine. Quels qu'aient été les démons que Morgan Reese fuyait, ils l'avaient rattrapée.

« Tu en sais autant que moi. On n'a aucune tache de sang visible dans la voiture. On dirait que le coup sur la tête et la blessure par balle ont été infligés après l'accident.

— Comme j'ai dit à Harper, on a trouvé ça dans son sac », dit l'agent de police. Dans sa main gantée il tenait une feuille de papier bleu clair marqué des initiales M.A.R. dans le coin supérieur droit. A l'encre noire, presque illisibles, étaient écrits ces mots :

> *Ma très chère Avery,*
> *Je suis désolée de tout ce que je t'ai fait. Je ne voulais pas te blesser, ni toi ni personne d'autre. J'espère qu'avec le temps tu comprendras mes décisions et que tu trouveras dans ton cœur la force de me pardonner. Nous sommes tous imparfaits. J'étais peut-être plus imparfaite que d'autres, mais tu ne dois jamais douter de mon amour pour toi.*

« Et ça. » Il lui tendit un sachet hermétique contenant un flacon en plastique orange. Lucy réussit à lire qu'il s'agissait de Klonopin et que le médicament avait été prescrit à Walter Reese. L'anxiolytique avait été acheté dans une pharmacie de Bryn Mawr. Le médecin prescripteur était Morgan A. Reese.

« Qui est Walter ?

– Je ne sais pas. Son mari, un parent.

– Et vous avez sûrement remarqué ça. » L'agent se pencha et désigna une série de cicatrices partiellement dissimulées par le sang sur le poignet du Dr Reese.

Les trois traits rosâtres sur sa chair, dont aucun ne faisait plus de trois centimètres, étaient perpendiculaires au radius et au cubitus. Les cicatrices étaient révélatrices – d'un appel au secours, pas d'une véritable volonté de suicide. En tant que médecin, Morgan aurait su que si elle désirait vraiment mourir, des incisions sur les avant-bras avaient plus de chances d'endommager une grosse artère. Elle aurait aussi pu se prescrire de l'héparine ou un autre anticoagulant. Une incision parallèle aurait alors été fatale à coup sûr. Ce n'était pas ce qu'elle avait fait – ni à l'époque, ni maintenant – mais la personne inconnue qui lui avait défoncé le crâne voulait que sa mort passe pour un suicide. Peut-être même était-elle au courant de la tentative précédente et avait-elle parié dessus.

Jack fit un signe de tête pour indiquer qu'ils avaient fini d'examiner le corps. En se rabattant, la bâche dissimula le regard borgne, poignant, de Morgan Reese.

« Sa famille a été prévenue ?
- On n'a identifié personne. Son numéro de téléphone est sur liste rouge. »

Lucy attendit un instant pour rassembler son courage avant de prononcer les mots qui révéleraient son implication personnelle dans l'affaire. Faire cette confidence ne lui souriait guère, mais elle n'avait pas le choix. Elle prit le bras de Jack et l'entraîna à l'écart. Brusquement, elle ne se sentait plus professionnelle du tout. « Archer... mon petit ami... c'est sa mère, bredouilla-t-elle.

- Tu plaisantes ? »

Elle secoua la tête, elle aurait bien voulu que ce soit une plaisanterie.

Jack lui entoura les épaules de son bras. La force de son étreinte lui fit du bien. « Laisse-moi te ramener chez toi. Le lieutenant Sage pourra contacter sa famille.

- Ne me renvoie pas. Pas maintenant. » Elle voulait trouver les mots justes mais savait que sa voix soudain timide et ses yeux pleins de larmes révélaient ses efforts pour rester calme. « Laisse-moi finir ici. Laisse-moi rentrer au commissariat m'occuper de la paperasse.

- O'Malley, tu n'as pas besoin d'être héroïque. L'affaire peut être assignée à quelqu'un d'autre. C'est la mère de ton petit ami.

- Non, bredouilla-t-elle, ne fais pas ça. Je t'en prie. »

Elle ne connaissait pas assez bien Jack pour avouer ses véritables motivations : elle commençait à beaucoup aimer Archer et voulait en apprendre le plus possible sur sa mère. Elle n'avait jamais su ce qui était réellement arrivé à Aidan et, dix ans après, sa mort la hantait toujours. La vérité pourrait aider Archer et son père. Et au centre de ce qu'ils voudraient savoir, se trouvait l'identité de son assassin. Bien qu'elle eût la certitude qu'elle ferait son travail du mieux qu'elle pourrait, pour la première fois de sa carrière dans la police elle redoutait ce qu'elle pourrait découvrir.

« Je t'en prie, », répéta-t-elle.

Il soupira. « Bon d'accord. On a une tonne de boulot. Il faut s'y mettre.

8 h 12

Lucy gravit avec effort l'escalier étroit jusqu'à son appartement. Elle s'aidait de la rampe, avec l'impression que ses jambes ne pourraient supporter le poids de ce qu'elle s'apprêtait à annoncer. Archer l'avait déposée sur la scène du crime, sans imaginer la vérité. Il l'avait embrassée à quelques centaines de mètres du cadavre de sa mère. Il était probablement retourné chez elle et avait dû s'endormir paisiblement, sans même un rêve, peut-être, pour perturber son sommeil. Comment allait-il réagir ?

En arrivant sur le palier, elle fouilla son sac à la recherche de ses clefs. Il n'était que huit heures du matin et elle s'étonna d'entendre la radio. La bouilloire sifflait. Archer était déjà debout. Elle ne pouvait repousser l'inévitable.

Elle tourna la clef et ouvrit lentement la porte. Il se tenait devant la cuisinière, plongeait une cuillérée de miel dans une tasse fumante. Puis il reporta son attention sur la poêle en fonte devant lui et en remua le contenu avec une cuiller en bois. Tout en s'activant, il fredonnait l'air du CD de Beethoven. Depuis le seuil, elle discernait la démarcation entre son dos bronzé et ses fesses très blanches, révélée par le pyjama un peu lâche qui lui pendait sur les hanches. Les odeurs familières de son petit déjeuner – œufs brouillés, saucisses et pommes cuites – emplissaient la cuisine. C'était son rituel du dimanche matin.

Il l'aperçut. « Bienvenue. Tu dois être crevée. »

Elle fit oui de la tête, laissa tomber son sac, ôta sa veste légère et ses mocassins de cuir, et s'assit. Il avait fait du feu dans le poêle à bois. Plusieurs vieux numéros de *Granta* étaient empilés sur la table. Sans réfléchir, elle en prit un et scruta la couverture, une masse abstraite de couleurs et de visages.

« Je ne pensais pas avoir de la compagnie pour le petit déjeuner, alors je comptais lire. Mais c'est bien mieux comme ça. » Il sourit et posa une tasse devant elle. Un parfum de menthe s'en échappait. « Tu as faim ? »

Le grille-pain claqua. Il en sortit deux tranches de pain et les posa sans les beurrer sur une assiette. Puis il mit deux nouvelles tranches dans l'appareil. « Qu'est-ce qui s'est passé ? », demanda-t-il en soulevant la poêle pour déposer les œufs dans un plat.

Elle le regarda. Les larmes lui montèrent aux yeux.

Archer s'approcha d'elle et lui entoura le cou de ses bras. « Franchement, je ne comprends pas comment tu peux faire ce boulot, affronter la mort tous les jours.

— Ce n'est pas ça. Ce n'est pas mon travail. Ce n'est pas à cause de mon travail... C'est de toi qu'il s'agit. »

Il recula d'un pas. « Pourquoi ? qu'est-ce qu'il y a ? » Il secoua la tête. « Je sais que tu as été surprise en voyant mon père et la maison. J'aurais sûrement dû t'en parler. Ce n'était peut-être pas juste. Mais je ne voulais pas que tout ça prenne une importance que ça n'a pas pour moi. »

Elle secoua la tête. « Ça n'a rien à voir avec hier soir. Archer... » Elle prit sa main dans les siennes. « C'était ta mère. La victime, c'était ta mère. Elle est morte. »

Il s'affaissa jusqu'au sol, et s'assit en tailleur, la tête dans les mains.

« Je suis désolée.

— Comment c'est arrivé ? », demanda-t-il sans lever les yeux.

Lucy décrivit ce qu'elle avait vu et le peu qu'elle avait appris.

« Donc ce n'était pas un suicide ?

— Non, mais on croit que son meurtrier voulait donner cette impression. »

Il s'approcha d'elle et posa la tête sur ses genoux. Elle lui caressa les cheveux. Elle entendait la saucisse grésiller dans la poêle et sentait les pommes qui commençaient à brûler, mais elle ne bougea pas. En tant qu'officier de police, elle se sentait frustrée d'être auprès du fils de la victime sans pouvoir le questionner. Archer ne savait pratiquement rien de cette femme, en dehors de son nom. Il ne saurait pas qui était Avery, ou ce que pouvait faire le Dr Reese sur le terrain de golf, ou qui aurait eu une raison de la tuer. Elle était plus un mystère pour lui que pour quiconque. Et parce qu'il n'avait pas accepté son invitation à déjeuner, n'avait pas répondu à sa mère, il avait laissé passer toute chance d'entendre ce qu'elle pouvait avoir à lui dire. Lucy savait que ce fait le poursuivrait plus que le reste.

Au bout de quelques minutes, il se leva, retourna devant la cuisinière et coupa le gaz. Il s'appuya au plan de travail. « Je ne peux pas dire qu'elle me manque. Je ne l'aimais pas. Je ne la connaissais pas, récita-t-il comme s'il avait besoin de s'en souvenir, et pourtant je sens un vide. » Sa voix se fêla. « J'espère que ça soulagera un peu mon père. Depuis qu'elle est partie, il s'attend à la voir revenir. Maintenant au moins, il peut abandonner cet espoir et passer à autre chose. »

Lucy trouva l'expression dure, bien qu'elle l'eût entendue si souvent. *Passer à autre chose.* La confirmation de la mort d'un être cher permettait à la famille de passer à autre chose. Les amis et parents d'une personne disparue étaient soulagés quand on découvrait un cadavre, ou quand une personne mise en examen était condamnée. Elle n'avait jamais compris en quoi c'était plus facile que de vivre dans l'incertitude. L'incertitude permettait de conserver l'espoir. Mais elle savait, grâce à tout ce qu'elle avait lu et entendu, qu'une réponse définitive, même affreuse, était universellement mieux accueillie. C'était peut-être pour cette raison que la mort d'Aidan la hantait encore. Trop de questions restaient sans réponses, elle ne pouvait passer à autre chose.

« Est-ce que tu vas enquêter sur son meurtre ? » demanda Archer.

Elle fit oui de la tête. « Sauf si tu ne veux pas. Jack et moi sommes chargés de l'affaire, mais mon lieutenant m'en dessaisira si je le lui demande.

— Non. Je veux que tu t'en occupes. Mais je veux que tu me fasses une promesse.

— Tout ce que tu voudras, répondit-elle sans réfléchir.

— Ne me cache rien. N'essaie pas de me protéger, d'épargner ma sensibilité ou ma famille. Je veux tout savoir... tout. »

Elle frissonna, mesurant la difficulté de sa situation. Mais elle comprenait parfaitement ce qu'il éprouvait. C'était ce qu'elle-même avait demandé dix ans plus tôt, et elle ne l'avait jamais obtenu. « Je te le promets. »

10

10 h 13

Jack Harper attendait sur les marches de l'immeuble Joseph W. Spelman, un bâtiment lugubre en briques jaunes percé sur un côté de quelques fenêtres rectangulaires étroites, et qui abritait divers services du Département de Santé publique, parmi lesquels le service de médecine légale. Les mains dans les poches, il avait rabattu sa casquette de base-ball sur ses yeux et portait des lunettes noires. Le soleil flamboyant de ce dimanche matin n'avait aucune chance.

« Désolée d'être en retard », s'excusa Lucy en rentrant son chemisier blanc dans son pantalon kaki. Elle n'avait toujours pas dormi, à peine eu le temps de se doucher et de se changer avant de prendre le chemin d'University Avenue. Elle était restée dans la cuisine avec Archer jusqu'à la dernière minute, hésitant à le laisser seul avec Cyclops pour toute compagnie. Bien qu'elle n'ait pu se résoudre à lui dire qu'elle allait assister à l'autopsie de sa mère, il avait dû s'en douter, parce qu'il n'avait pas posé de questions.

« Ladd sera de mauvaise humeur, qu'on soit à l'heure ou non. Il n'a pas dû être ravi qu'on lui gâche son samedi soir, et maintenant on l'interrompt pendant son petit déjeuner. Au fait – il sortit de la poche de son blouson un sac en papier froissé – tu as mangé ? Je t'ai apporté un gâteau, au cas où.

— Merci, mais je ne suis pas sûre qu'il passerait.

— Encore quelques mois ici et ça ne te fera plus rien.

— C'est facile à dire pour toi. »

Lucy n'avait encore jamais assisté à une autopsie, et aurait été ravie de continuer à vivre dans l'ignorance. Elle avait le cœur bien accroché et avait vu assez de violence et de sang au cours des huit années écoulées, mais l'idée de regarder le corps de Morgan Reese ouvert, ses organes extraits et pesés, suffisait à lui retourner l'estomac plusieurs fois. Elle aurait préféré de loin étudier le rapport et les photos, puis discuter avec le médecin légiste – comme elle l'avait fait souvent – mais Jack avait insisté pour qu'ils assistent à cette autopsie-là en direct. La victime étant une femme blanche en vue, le lieutenant Sage ne manquerait pas de suivre leur enquête de très près.

« Et on ne sait jamais ce qu'on pourrait voir ou entendre qui n'apparaîtra pas dans le rapport », avait-il ajouté quand elle avait quitté le commissariat pour aller annoncer la nouvelle à Archer. « Je ne mets pas en cause l'intégrité des légistes, pas du tout. Mais ça m'est déjà arrivé de regarder quelque chose sur un corps, une marque, un bleu, qui sait, et de remarquer ainsi ce qu'aucune photo, aucun rapport n'aurait jamais pu m'apprendre. » Il avait souri et lui avait pincé la joue. « Je fais ce boulot depuis bien plus longtemps que toi. Laisse-moi faire semblant de savoir des choses que tu ignores, juste un petit moment, fais-moi ce plaisir. »

Elle avait accepté. Mais voilà qu'au pied du mur, sa bravade lui pesait.

« Tu es sûre que ça va aller ? », demanda Jack, lui offrant une dernière chance de changer d'avis. Elle hocha la tête.

« OK, la dure-à-cuire, on y va. »

Ils s'inscrivirent à la réception, montrèrent leurs insignes, signèrent le registre des visiteurs, reçurent de l'officier de sécurité l'autorisation de garder leurs armes. Lucy sur ses talons, Jack descendit un escalier en spirale jusqu'au sous-sol. Elle remarqua qu'il connaissait le chemin sans avoir à demander. Même après cinq mois aux Homicides, elle se sentait perdue dès qu'elle pénétrait dans les locaux de médecine légale. C'était peut-être l'odeur entêtante qui la désorientait – ce parfum unique que Jack décrivait comme « du lait tourné, en plus sucré ». Cette odeur de mort lui remplissait les narines.

« Au fait, dit-il en poussant la porte, les gars du labo ont découvert une balle dans le sol juste à l'endroit où on a trouvé le corps. C'est bien du calibre .35 La balle a l'air d'avoir traversé la poitrine en ligne droite. »

Ladd, debout devant l'évier en inox, se frottait les avant-bras. En les entendant entrer, il coupa l'eau, se sécha les mains et prit une paire de gants en latex dans une boîte près de l'évier.

« Commençons, marmonna-t-il. Ellie a déjà fait les examens préliminaires. »

Les examens préliminaires consistaient à prendre des photographies du cadavre vêtu, puis nu, avant le début de l'autopsie, à noter la forme des éclaboussures de sang, les accrocs et brûlures des vêtements, à pratiquer un examen externe du corps : hématomes, coupures, plaies. Du point de vue de l'enquête, ils constituaient souvent la partie la plus utile de l'autopsie.

Ellie Montgomery, une femme athlétique de petite taille, était la photographe du service de médecine légale. Elle avait pris ce travail pour financer sa carrière artistique, mais après plus de vingt ans dans le métier, la distinction entre les deux aspects de sa profession avait disparu. Sa réputation de perfectionnisme et de précision était connue dans tous les services de police. Bien qu'elle témoignât fréquemment aux procès si la défense ne s'opposait pas à l'utilisation de ses clichés comme pièces à conviction, l'intégrité de son travail n'avait été mise en doute qu'une fois. Cette affaire avait d'ailleurs fait d'elle une légende. A la barre des témoins, soumise à un feu roulant de questions par l'avocat de la défense, elle n'avait pas sourcillé, selon toutes les personnes présentes. « Mon travail est un art et je le prends très au sérieux. Ma fidélité ne va pas au système judiciaire. Elle va à ces corps, avait-elle expliqué. De plus, il est inutile de les modifier. Ils sont magnifiques tels quels. » L'avocat n'avait pas trouvé d'autres questions à poser, et était retourné s'asseoir, tête basse.

Debout dans un coin, elle chargeait son appareil numérique.

Le corps de Morgan Reese était allongé sur une table en inox – la salle, très grande, en contenait trois. Elle était nue en dehors de l'étiquette attachée à son gros orteil par un fil de fer. Près de la table, il y avait une desserte sur roulettes, couverte d'instruments chirurgicaux – plusieurs scalpels, écarteurs, curettes, pinces, et une scie – ainsi qu'un magnétophone et un bloc-notes. La peau de la morte paraissait teintée de violet sous les lumières fluorescentes, et ses yeux sans expression fixaient le plafond. Ainsi exposée, bassin et côtes saillants, elle paraissait encore plus petite que ne l'avait cru Lucy, la nuit précédente. Une partie de son sein gauche avait été arrachée par la balle, le mamelon et l'aréole très étendus paraissaient couvrir presque tout son sein droit. Ses cheveux poissés de sang lui collaient au crâne, ses mains étaient enfermées dans des sachets en plastique.

Lucy fit un pas en arrière, espérant que personne ne s'en apercevrait. Elle aurait bien aimé avoir une chaise à laquelle s'appuyer, mais elle n'en avait pas. « Dis-toi que ça te forge le caractère », disait toujours sa mère dans les circonstances difficiles. Elle se demanda si une autopsie pouvait avoir cet effet.

Ladd appuya sur le bouton « record » et commença ses commentaires d'une voix douce. « Morgan Reese. Cinquante et un ans. Femme de type caucasien. Un mètre soixante, cinquante-trois kilos. » Il tourna l'étiquette à son orteil pour lire son numéro de Sécurité sociale, puis fit lentement le tour de la table. « L'examen externe ne révèle aucune déformation osseuse. » Il appuya du pouce sur sa cuisse et relâcha. Lucy regarda la peau pâlir sous la pression et reprendre ensuite sa teinte violette. « On remarque une légère hypostase.

– C'est quand le sang descend dans les parties basses du corps », chuchota Jack.

Lucy se força à sourire pour montrer qu'elle lui était reconnaissante de sa traduction, mais Jack prit sa grimace pour un signe de nausée. Il s'approcha d'elle et lui étreignit le bras.

« Ça va ? »

Elle hocha la tête, tout en sachant qu'elle ne devait pas paraître très convaincante.

« Si quelqu'un a besoin d'un lavabo, c'est la porte près de l'évier, indiqua Ladd sans regarder son public. A un certain niveau, on s'habitue tous à ça, mais à un autre, jamais. Ce sont des êtres humains – des vies qui sont terminées. Cela nous met dans une position sacrée. » Il saisit le poignet droit de Morgan et le retourna. « Cicatrices perpendiculaires, lacérations apparemment auto-infligées. Etant donné la coloration et l'état du tissu cicatriciel, je dirais que ces blessures ont... disons, entre quinze et vingt ans. »

Il relâcha son bras et recommença l'opération de l'autre côté. « Hématome latéral sur l'avant-bras gauche semblant indiquer une position de défense. Gros hématome sur la joue gauche et autour de l'œil gauche. » Il gagna le bout de la table et souleva délicatement la tête de Morgan des deux mains. Il la tourna légèrement vers la droite et se pencha pour examiner la zone autour de l'oreille gauche. Il ferma les yeux. Lucy distinguait les mouvements de ses doigts sur le crâne. Au bout d'un moment, il tira quelque chose des cheveux et posa le fragment dans une cuvette en plastique. Puis il scruta le trou noirci dans sa poitrine, qui avait presque la forme d'une étoile. Tournant le corps sur le côté, il examina la blessure de sortie, notablement plus grande et d'où émergeaient des lambeaux de chair.

En le regardant manipuler le corps, Lucy eut un haut-le-cœur, sa bouche s'emplit de salive. Reprends-toi, s'ordonna-t-elle. C'est ton travail. Tu aurais pu rester dans la brigade des agressions, éviter la mort. Mais tu as voulu entrer aux Homicides, et voilà le prix à payer. L'image d'Archer avachi sur la table de la cuisine devant ses œufs intacts et ses toasts froids lui donna du courage. Il a besoin de ces réponses, se rappela-t-elle.

Ladd nota quelques mots sur son bloc-notes, indiqua la position des trous sur un schéma de corps féminin standardisé.

Quand il se retourna vers la table d'examen, Lucy se pencha pour voir ce qu'il avait fait. Sur le diagramme, il était clair que la balle avait suivi une trajectoire presque rectiligne, exactement ce qu'avait dit Jack au vu de la position de la balle retrouvée dans le sol.

« La balle a pénétré dans la poitrine sous la troisième côte. Elle est ressortie dans le dos avec un angle de vingt degrés. Tu as pris les pétéchies, Ellie ? demanda-t-il en désignant les minuscules traces d'hémorragie.

— Oui, et j'ai aussi une bonne photo de l'étoile, ajouta-t-elle en anticipant sa prochaine question.

— Abrasions nettes sur l'épaule droite », poursuivit-il. Il ôta les sacs en plastique qui protégeaient les mains de Morgan. « Résidus de poudre sur la paume et les doigts de la main gauche. Rien sur la main droite. »

Lucy lança un coup d'œil à Jack. La personne qui avait tué Morgan avait tiré à bout touchant. La blessure d'entrée en forme d'étoile prouvait un contact direct entre l'arme et le corps. Ce type particulier d'hémorragie ne pouvait provenir que d'une décharge de poudre brûlée sur la peau. Mais d'où provenait l'abrasion sur l'épaule ? Lucy se rapprocha et se pencha pour mieux voir ce qui apparaissait comme un rectangle rougeâtre, d'à peu près cinq centimètres de large et dix de long.

« Est-ce que ça pourrait être la marque de sa ceinture de sécurité ? demanda-t-elle en se rappelant l'accident de voiture.

— C'est possible. »

Elle fit le geste de tirer la sangle en diagonale sur son corps. « Ça veut dire que la ceinture passait sur son épaule droite et était fixée près de sa hanche gauche », marmonna-t-elle.

Ladd la fusilla du regard. Aucun doute, il n'aimait pas être interrompu dans son travail.

« C'est bien ça. »

Elle se tourna vers Jack.

« Ça veut dire qu'elle occupait le siège passager. Si elle avait été au volant, la marque serait de l'autre côté. C'est quelqu'un d'autre qui conduisait la Mercedes quand elle est rentrée dans l'arbre.

— Et maintenant, tu n'es pas contente d'être là ? », murmura-t-il.

Ensuite Ladd tenta d'ouvrir la bouche de Morgan, en vain, et fit bouger ses bras, ses mains, ses chevilles et ses pieds.

« La rigidité cadavérique est incomplète, déclara-t-il, ce qui confirme que la mort est survenue entre 21 heures et minuit. » Sur ces mots, il sortit de sa poche des lunettes couvrantes, les chaussa et se saisit de la scie. « Je suis prêt, Ellie. »

En trois pas, la photographe traversa la pièce et vint se positionner pour prendre des clichés du crâne que le légiste s'apprêtait à ouvrir. Accroupie, elle regarda dans le viseur.

Lucy recula et ferma les yeux. Elle n'avait pas besoin de regarder les opérations mécaniques. Elle savait ce qui se passait. A l'aide d'un scalpel, Ladd pratiquait une incision soigneuse sur le crâne, d'une oreille à l'autre, à l'arrière de la tête, puis détachait la peau de l'os et la tirait vers le visage. Avec une scie circulaire, il entaillait le crâne. Elle entendait le bruit grinçant et sentait presque la poussière blanche venir se poser sur sa peau. Elle frissonna à nouveau, puis décida qu'il valait mieux regarder. Son imagination lui jouait des tours. L'horreur de la réalité lui permettrait au moins de rester concentrée.

Le visage de Morgan était entièrement recouvert par ce qui ressemblait à un bonnet de bain bordeaux d'où sortaient des cheveux roux. Avec un petit ciseau, Ladd ouvrit le crâne et en ôta la partie supérieure. Quelques gestes précis et le cerveau de Morgan roula dans un récipient stérilisé. L'appareil d'Ellie commença à cliqueter.

« Hématome sous-dural. Important traumatisme. » Ladd se tourna vers son auditoire et soupira. « Cette femme a reçu une blessure à la tête causée par un instrument contondant. Avec le bleu sur son avant-bras, je dirais qu'elle a tenté de parer le premier coup, mais le second l'a atteinte sur le côté du crâne et l'a assommée. »

Il jeta un regard à l'écharde de bois dans son plat en plastique. Sans un mot il la saisit avec une pince, se dirigea vers un placard contre le mur du fond, et y prit un microscope. Il positionna l'écharde. Tout en regardant, il déclara : « On va examiner ce fragment plus en détail, mais je dirais que vous cherchez une batte de base-ball. Un vieux modèle, une Louisville Slugger. »

Lucy vit s'annoncer la perspective de longues heures passées à éplucher des reçus de vente dans les magasins de sport du voisinage, et les tableaux des équipes locales de base-ball, puis de rapprocher les listes ainsi obtenues des fichiers de la police. Comme elle était la plus jeune de l'équipe, cette tâche lui incomberait à coup sûr.

« Pourquoi avoir tiré sur elle ? Est-ce que l'hématome ne l'aurait pas tuée ? demanda-t-elle.

— On commence juste. Je répondrai à ces questions, mais tu dois t'armer de patience. On ne l'a même pas encore ouverte. »

Apparemment, ôter le cerveau ne comptait pas. La matinée s'annonçait longue.

14 h 51

Homer Ladd recouvrit le corps de Morgan, ôta ses gants et se dirigea vers l'évier pour se laver les mains. Le corps portait maintenant une incision en Y qui allait de chaque épaule à l'abdomen et descendait jusqu'à l'aine. Le cœur, les poumons, les reins et autres organes avaient été extraits, pesés, analysés et remis en place. Lucy s'attendait à ce que le corps humain fût un peu comme une valise parfaitement rangée dont le contenu pouvait être sorti mais serait impossible à remettre en place à la fin du voyage. Pourtant Ladd avait remis chaque organe à son emplacement exact. Dans quelques instants, un technicien emmènerait Morgan dans la pièce voisine pour la recoudre – elle serait présentable si la famille désirait assister à la mise en bière.

Ellie se dirigea vers la porte. « J'aurai des tirages dans une heure ou deux », promit-elle en sortant à toute vitesse.

Lucy et Jack suivirent Ladd hors de la salle d'autopsie, dans l'ascenseur et jusqu'à son bureau du deuxième étage. La combinaison d'une blessure à la tête et d'une blessure par balle avait rendu l'autopsie plus longue que d'ordinaire, et Ladd se laissa tomber dans son fauteuil, visiblement épuisé. Ils l'étaient tous. Mais l'enquête ne faisait que commencer. Maintenant ils étaient prêts à traiter les informations.

« La cause de la mort est un hémothorax dû à une blessure par balle dans la poitrine.

— Et le coup sur le côté du crâne ?

— On peut en général se remettre d'un hématome sous-dural. Le processus de drainage est relativement simple. Elle aurait pu souffrir d'amnésie, ou même de séquelles cérébrales, selon la rapidité de sa prise en charge et les soins reçus. Je ne peux me prononcer sur les effets à long terme, mais je peux vous dire qu'il était très peu probable qu'elle en meure. De toute façon, à ce stade, inutile de faire des hypothèses hasardeuses. Quelqu'un l'a assommée et ensuite, peut-être deux heures plus tard, elle a été tuée d'une balle dans la poitrine. »

Jack et Lucy échangèrent un regard. La situation était encore plus bizarre qu'ils ne le supposaient au départ.

« A mon avis, la blessure par balle était une tentative grossière pour faire croire au suicide. Le tueur lui a mis l'arme dans la main gauche après avoir tiré – c'est pourquoi on a trouvé des résidus de poudre sur sa paume. Vu l'emplacement de la blessure, il aurait fallu que Reese soit contorsionniste pour obtenir un tel alignement du poignet, de la main et de la poitrine. Et je ne parle pas du fait qu'elle était probablement inconsciente quand le coup a été tiré. » Il se frotta les yeux.

« Est-ce qu'elle était gauchère ? demanda Lucy. Parce que, si vous voulez que la mort passe pour un suicide, vous mettrez l'arme dans la main la plus probable. La plupart des gens sont droitiers. Sauf si vous savez qu'elle est gauchère, vous choisirez la main droite.

– Ou alors le tireur est gaucher, ajouta Jack. Si on se sert tout le temps de sa main gauche, on peut oublier qu'on fait partie d'une minorité.

– Là-dessus, je ne peux pas vous aider. Mais je peux vous répondre sur le premier point. Je suis presque certain que Morgan Reese était gauchère. Elle s'était taillé le poignet droit. De plus – il chercha dans ses notes – l'intérieur de son index gauche porte un gros cal, à force de tenir un stylo. »

Jack prit note mentalement. Puis il récapitula : « Donc, elle a un accident de voiture, descend, se fait assommer à coups de batte de base-ball, et ensuite elle se fait tirer dessus.

– Pour l'essentiel, c'est bien ça. Mais rappelez-vous qu'avant le coup sur la tête, il y a eu lutte. On a les bleus sur son avant-bras. Et les fibres sous ses ongles.

– Exact », marmotta Lucy, se rappelant les brins qu'il avait récoltés après avoir ôté les sachets de ses mains. Il avait pu les identifier comme des fibres de laine, mais sans préciser s'il s'agissait de laine d'agneau, de cachemire, de mohair ou autre. Le minuscule fragment allait devoir être analysé.

« La victime a pu agripper le bras ou le torse de son assaillant et lui arracher un échantillon de son pull.

– Mais à un moment on lui a tiré dessus, rappela Jack.

– C'est exact. La trajectoire de la balle indique que la victime était allongée et que le meurtrier s'est sans doute agenouillé près d'elle, lui a collé le revolver sur la poitrine, et a tiré. »

Lucy regretta la promesse faite à Archer.

« Et pour les médicaments, le flacon qu'on a trouvé dans son sac ?

– Il faudra attendre le rapport toxicologique pour savoir si elle en a pris elle-même.

– Qui est-ce qu'on cherche ? », demanda Jack.

Ladd se laissa aller contre le dossier de son fauteuil. « Vu l'angle des coups, cette personne est plus grande que la victime. Et les hématomes n'ont pas été causés par une mauviette de cinquante kilos. Elle a été frappée avec une force considérable.

– Un homme, donc ? demanda Jack.

– Est-ce qu'on n'est pas en train de tomber dans les stéréotypes ? », intervint Lucy. Le monde était rempli de femmes très robustes et la hauteur de référence n'était que d'un mètre soixante. Bien qu'elle-même fût très petite, cette limite ne pouvait exclure toute la population féminine.

« Elle a raison, approuva Ladd.

– Comme on l'a retrouvée avec une montre de valeur, je suppose qu'on peut écarter le vol comme mobile, ajouta Lucy.

– Je suis d'accord. Mais rappelle-toi que ton tueur n'est pas très raffiné d'un point de vue criminel. Cette affaire a toutes les caractéristiques d'un acte passionnel – pas très bien préparé et exécuté à la va-vite.

– De plus, le tueur connaissait sa victime, rappela Jack.

– Et pour la chronologie, le temps écoulé entre la blessure à la tête et le coup de feu ?

– Tout ce que je peux vous dire, c'est qu'il s'est écoulé du temps. Je ne sais pas pourquoi il y a un écart de presque deux heures.

– Et personne ne l'a trouvée entre-temps. C'est ça le plus bizarre. Dans quel endroit est-ce qu'on peut rester inconscient, en sang, sans être remarqué, pendant près de deux heures ? s'étonna Jack.

– Apparemment en plein Philadelphie », répondit Ladd.

Le cerveau de Lucy débordait d'hypothèses. A quoi était dû cet intervalle de temps ? Le tueur avait-il changé d'avis, paniqué, éprouvé des remords ? Peut-être l'explication était-elle très simple : le tueur pouvait n'être pas sûr d'avoir achevé sa victime. Peut-être était-il allé chercher le revolver entre-temps pour finir son travail. Mais n'aurait-il pas pu avoir une certitude en prenant le pouls de Morgan ? Et ayant constaté qu'elle était toujours en vie, pourquoi ne lui avait-il pas asséné sur-le-champ quelques coups supplémentaires ? Le tueur avait-il vraiment cru que la mise en scène du suicide couvrirait son crime ? Ou alors... ou alors... peut-être...

« Ils auraient pu être deux ?

– Deux tueurs différents ? »

Elle fit oui de la tête. « Un joueur de base-ball et un tireur. »

Le médecin légiste soupira. « Rien ne contredit cette hypothèse. »

Elle envisagea les combinaisons de scénarios. Il leur fallait un conducteur, un batteur et un tireur. Combien de ces fonctions se chevauchaient-elles ? Au lieu de restreindre leur champ de recherches, elle l'avait élargi.

« S'ils étaient deux, je parie ma retraite qu'ils sont liés. Sinon, on se retrouve avec une série de coïncidences proprement invraisemblable.

– Peut-être, répondit Lucy. Il est aussi possible que le batteur n'ait pas eu l'intention de la tuer. Peut-être que le tireur seul voulait sa mort.

– Qu'est-ce que tu veux dire ? demanda Jack.

– C'est une possibilité, voilà tout. »

Ladd se pencha en avant et haussa un sourcil. « Laissons cette théorie aux avocats de la défense. »

11

15 h 45

Un homme en pull à carreaux se balançait d'un côté à l'autre en ajustant ses appuis dans le sable. Il amorça plusieurs swings sans toucher la balle. Puis il avança de quinze centimètres, écarta un peu plus les pieds, baissa la tête, et frappa. La balle s'envola du bunker et retomba sur le green dans un nuage de sable. Il l'observa jusqu'à ce qu'elle ait fini de rouler, rangea son fer dans un sac en cuir bleu, et se remit au volant de sa voiturette électrique à auvent rayé vert et blanc. Dans un bourdonnement de moteur, il avança de vingt mètres et s'arrêta à quelques pas de l'endroit où sa balle était tombée.

Lucy mit son Ford Explorer de fonction au point mort et observa la chorégraphie soignée. Mark Twain avait décrit ce sport comme « une agréable promenade gâchée par une petite balle blanche ». Elle était plutôt d'accord.

Quand le golfeur s'éloigna de la route, elle poursuivit son chemin dans Christ Church Lane. Même de loin et dans la lumière de fin d'après-midi elle distinguait les traces du crime de la veille : l'herbe tachée de sang, une jonchée d'éclats de verre sécurit, et le cordon jaune de la police qui claquait au vent.

Une centaine de mètres plus loin se trouvait le bâtiment abritant le second plus vieux club de cuisine masculin de Philadelphie. Rien ne l'identifiait comme tel, pas de pancarte rébarbative disant, RESERVE AUX MEMBRES. Seules une toiture affaissée et une terrasse couverte branlante signalaient son importance historique.

En s'approchant de la maison, elle se rappela le club secret d'Aidan – un tipi beige qu'il avait planté dans le jardin, entouré d'un cercle de gravier, avec la mention DEFENSE D'ENTRER à l'encre indélébile sur un des pans de plastique. Chaque jour, pendant des mois, elle avait contemplé la mystérieuse installation, regardé son frère et Timmy Clarkson entrer et sortir en rampant par le rabat qui servait de porte. Malgré la curiosité de Lucy et ses questions incessantes, Aidan ne lui avait rien dit de ce qui se passait à l'intérieur, et malgré ses protestations stridentes, aucun de ses parents n'avait soutenu ses proclamations d'injustice. « C'est son tipi. C'est lui qui a eu l'idée de ce club. Il a le droit de ne laisser entrer personne s'il a envie d'être seul, ou même de laisser entrer tout le monde sauf sa sœur », avait expliqué son père quand elle était venue le voir en larmes, suppliant d'être acceptée. « C'est ça, la liberté. La liberté de choisir. »

Les membres du Rabbit Club, malgré leur âge, avaient peut-être encore besoin d'un fort imprenable face au monde extérieur.

Aucune autre voiture n'était garée sur le petit parking. Lucy coupa le contact et descendit. Une moustiquaire grinça. Une porte étroite était entrouverte. Une femme aux cheveux blancs, à la peau brune sans défaut et aux yeux noisette se tenait sur le seuil, bras croisés.

« Détective O'Malley ? », s'enquit-elle. On entendait dans sa voix une trace infime d'accent anglais.

« Oui, répondit Lucy en tendant la main.

– Je suis mademoiselle Barbadash, la gérante du Rabbit Club. Voulez-vous entrer ? »

Lucy la précéda dans une grande pièce. Dans une cheminée adossée à un mur pendait un énorme chaudron de cuivre. Sur la table étaient disposées plusieurs piles de cartes blanches portant la mention « Veuillez indiquer vos intentions » suivie de deux cases : « assistera » et « n'assistera pas ».

« Je cherchais à m'occuper, déclara Mlle Barbadash en guise d'explication. Je suis un peu perturbée, vous pensez bien, mais le tri des réponses est une tâche assez simple. L'hôte aime connaître le nombre de convives aussitôt que possible, pour ses préparatifs.

— Oui, bien sûr, marmotta Lucy, perplexe.

— Puis-je vous offrir une tasse de thé ?

— Non, merci.

— Vous êtes toute seule ? Je m'attendais à ce que vous veniez à deux.

— Mon coéquipier recherche d'autres informations », répondit-elle. Normalement, aucun détective ne se déplaçait seul, mais le lieutenant avait finalement donné son feu vert pour cet unique entretien. Peu après l'assassinat de Morgan avait eu lieu un meurtre à l'arme blanche dans le quartier chinois, à quelques rues du commissariat. Puis à midi ils avaient reçu un appel concernant un suicide suspect à la prison. L'équipe était débordée. Si bien que Lucy avait été autorisée à se rendre seule au Rabbit Club pour parler à Mlle Barbadash — étant donné l'âge et les infirmités de la gérante, même le lieutenant était d'accord pour lui éviter une séance en salle d'interrogatoire — tandis que Jack se renseignait sur le propriétaire du calibre .35 retrouvé sur les lieux. Sauf s'il trouvait une piste évidente, il rentrerait chez lui directement. La nuit précédente avait été longue. Lucy comptait aussi dormir un peu après cet entretien.

« Par ici je vous prie. Nous serons mieux installées dans la salle de jeu. »

Lucy sur ses talons, elle traversa une cuisine centrée autour d'un double fourneau en fonte dont l'étagère était chargée d'une série de flacons à épices. Le seul éclairage, au plafond, dispensait une lueur jaunâtre sur la peinture décolorée. Aux murs pendaient des moules à gâteaux en cuivre étincelant, en forme de lapins.

« Les membres rapportent des lapins en tous genres, comme vous voyez, dit Mlle Barbadash avec une fierté évidente. Nous avons une collection assez remarquable, une des plus grandes au monde, je pense. C'est un jeu, mais je crois que ça ressemble de plus en plus à une compétition. Qui trouvera le plus beau lapin ? Récemment, un de nos membres est venu d'Afrique du Sud directement à sa descente de l'avion. Vous vous rendez compte ? Vingt-deux heures de vol – mais il tenait à montrer le lapin en ivoire sculpté qu'il avait trouvé sur un marché en plein air.

— D'où vient le nom du club ? demanda Lucy.

— Vous serez peut-être étonnée, mais cela n'a rien à voir avec l'animal. Le premier local était situé sur Rabbit Lane. Faites attention, ajouta Mlle Barbadash en désignant du doigt le linoléum craquelé qui se soulevait par endroits. Les membres n'aiment guère le changement, alors il est assez difficile d'obtenir l'autorisation de faire des réparations. Bien sûr, maintenant, nous connaissons tous les endroits dangereux, et donc personne ne trébuche. Et les lieux vieillots ont leur charme. »

Elle hocha la tête, pour elle-même apparemment, en s'engageant dans un couloir au tapis usé. Une odeur d'alcool éventé imprégnait l'air. Une photographie en noir et blanc d'un lapin nain mangeant des spaghettis, et des clichés d'hommes en chemise blanche, avec des cravates identiques et des tabliers, tapissaient les murs, un peu de guingois. Il restait à peine quelques centimètres carrés de mur nu. « Ce sont les photos de clôture », expliqua Mlle Barbadash, supposant que ces rituels si particuliers étaient familiers à tout le monde.

Lucy s'arrêta pour examiner l'une des photos. Un visage lui paraissait familier et elle regarda de plus près la liste, tapée à la machine, des membres du premier rang, de gauche à droite. Rodman F. Haverill, lut-elle.

« Connaissez-vous l'un de ces messieurs ? s'enquit la gérante.

— J'ai rencontré M. Haverill hier soir pour la première fois, répondit Lucy. Je suis une amie de son fils. Je ne savais pas qu'ils étaient membres.

— Ce sont pratiquement nos pères fondateurs », dit Mlle Barbadash avec un enthousiasme qu'elle n'avait pas encore manifesté. « Il y a des Haverill ici depuis la guerre de Sécession. M. Haverill senior a été deux fois notre président, mais le jeune M. Haverill n'a pas encore l'âge requis. Il faut avoir quarante ans, mais je suis sûre que nous lui trouverons une place dès qu'il les aura atteints. Par ici, voulez-vous ? »

La longue table rectangulaire et les trente chaises recouvertes de cuir rouge remplissaient presque tout l'espace. Sous la fenêtre se trouvait une desserte dont le plateau était recouvert d'urnes et bougeoirs en argent au pied en forme de lapin, et de plats décorés de lapins gravés. Mlle Barbadash ouvrit l'un des tiroirs. A l'intérieur étaient rangés des couverts en argent, chacun orné d'un lapin gravé sur le manche.

« Ils sont fabriqués par Bailey Banks et Biddle. Chaque membre achète ses couverts lors de son admission. Nous avons constitué une assez jolie collection au fil du temps. » Elle referma le tiroir et fit un grand geste circulaire de son bras fluet. « C'est par là. »

Lucy remarqua des rangées d'étagères serrées sur le mur derrière l'escalier. Sur certaines étaient pliés des tabliers blancs. Mlle Barbadash s'empressa d'expliquer : « C'est là que les membres rangent leur tablier de cuisine. Je les lave et les remets à l'emplacement voulu après chaque réunion. La plupart ont servi hier, mais certains membres n'ont pas pu venir, de sorte que leur tablier est encore propre. Quand un membre décède, la famille reçoit son tablier, avec les taches. Une sorte de souvenir, pourrait-on dire. La plupart apprécient. En tout cas, nous y voilà. »

La salle de jeu était plus claire et moins encombrée, meublée de quelques tables carrées au plateau orné de cuir. Des lapins en porcelaine de tailles et coloris variés emplissaient une vitrine d'angle. Lucy prit un siège et sortit un carnet à spirales et un stylo de la poche de son blazer. Elle parcourut la pièce du regard. A quoi rimait cet endroit ? Avait-il un lien avec le meurtre de Morgan Reese ? Et si oui, lequel ?

Mlle Barbadash s'assit en face de Lucy en se tordant les mains. « Je suis gérante ici depuis vingt-huit ans, et il ne s'est jamais rien passé de pire qu'un vol de cendrier. Les membres peuvent louer les locaux pour des réceptions privées et parfois leurs invités ont envie d'un souvenir. C'est généralement dans ces occasions que des incidents se produisent. Les personnes de l'extérieur ne sont pas aussi désireuses que nous de préserver cet endroit et son contenu. Mais rien – rien – ne peut se comparer à hier soir. Aucun acte de violence n'avait jamais eu lieu ici.

— Pouvez-vous me dire ce que vous avez vu ? Entendu ? Tout ce que vous vous rappelez, le moindre petit détail.

— Je finissais de faire la vaisselle », dit-elle d'une voix tremblante en essayant de réprimer des signes d'émotion malvenus. Elle avait réussi à se maîtriser tant que la conversation avait roulé sur le sujet qui était sa vie et son travail depuis presque trois décennies. Mais en face de la détective, et obligée de se souvenir des détails d'un meurtre, se maîtriser devenait pour elle une gageure.

« M. Burlingame était le cuisinier et il avait préparé un repas très ambitieux, comme toujours. Bien que les membres fassent eux-mêmes la cuisine, on ne peut leur demander de nettoyer. Je crois que ça ne fait pas partie de leur culture, tout bonnement. Quoi qu'il en soit, j'avais débarrassé, j'étais en train de faire la vaisselle quand j'ai entendu un grand bruit. Puis je crois que j'ai entendu un coup de klaxon, et quelque chose qui ressemblait à un bruit de verre brisé, mais peut-être pas dans cet ordre. Peut-être que le verre s'est brisé d'abord. Je suis désolée, je ne suis pas sûre.

— Quelle heure était-il ?

— J'avais retiré ma montre parce que j'avais les mains dans l'eau de vaisselle, mais je dirais quelques minutes avant dix heures. La plupart des membres étaient déjà partis, mais quatre d'entre eux finissaient une partie de *sniff* à l'étage.

— Une partie de *sniff* ?

— Ça ressemble aux dominos. C'est une tradition ici. Les règles sont assez complexes, et je ne suis pas sûre de pouvoir vous les expliquer. Moi, je joue au bridge.

— Je vois. Pouvez-vous me dire qui était encore là ?

— M. Burlingame était là, il a tendance à hausser le ton, donc en général je remarque sa présence, et il avait amené un invité, un médecin. M. Nichols, notre président, parlait avec lui un peu plus tôt, mais il était peut-être parti. Les autres, je ne suis pas sûre. Je ne suis pas payée pour surveiller les allées et venues de ces messieurs, mais à la réflexion, j'aurais dû. Nous avons un registre des présences où nous notons les noms de ceux qui assistent aux réunions et les plats servis, mais nous n'avons pas de registre de sortie. Désolée.

— Ça ne fait rien », répondit Lucy, d'une voix qui se voulait rassurante. De toute évidence, Mlle Barbadash ne demandait qu'à l'aider, son manque de précision paraissait lui causer une immense détresse. Elle obtiendrait les noms sur le registre des présences. « Est-ce que quelqu'un d'autre a entendu quelque chose ?

— Je ne ne crois pas. En tout cas, personne ne m'a rien dit.

— Après avoir entendu ce grand bruit, qu'avez-vous fait ? demanda Lucy.

— Je ne voulais pas déranger ces messieurs. Je suis allée à la porte de la cuisine, celle par où vous êtes passée, et j'ai appelé. Personne n'a répondu. Puis j'ai cru entendre des coups, des coups sur du métal. Mais je n'ai rien vu. Vous savez, mon ouïe n'est plus ce qu'elle était, et sur le coup, j'ai cru que je m'étais trompée. Je m'attendais à entendre appeler à l'aide, ou même à ce que quelqu'un vienne frapper à la porte en cas de problème. Ce matin j'ai repassé les événements dans ma tête, et il m'est revenu qu'une rangée de bouleaux me bouchait la vue. De plus, il faisait très sombre, et il n'y a pas de réverbères ici.

— Vous n'avez pas vu de phares ? Même des feux de croisement se seraient vus à travers les arbres. »

Elle secoua la tête.

« Et ensuite, qu'est-ce qui s'est passé ?

— J'ai fini mon travail et je suis montée dans ma chambre.

— Est-ce que quelqu'un était parti ?

— J'ai bien peur de ne pas pouvoir le dire. Les membres entrent et sortent par l'entrée principale. »

Lucy réfléchit un moment. Si quatre personnes étaient restées au club après l'accident de voiture, l'une d'elles au moins aurait dû l'avoir signalé. Etait-il possible que Mlle Barbadash se soit embrouillée et que le club ait été vide à dix heures ? A moins que certains membres aient préféré ignorer un accident survenu à quelques mètres d'eux ? Elle pensa à la question posée par Jack : En quel lieu peut-on rester inconscient, en sang, sans être remarqué pendant près de deux heures ?

« Que pouvez-vous me dire sur le coup de feu ? »

Mlle Barbadash lui lança un regard perplexe. Elle réfléchit un instant puis déclara : « Je lisais et je l'ai entendu. J'ai regardé par la fenêtre de ma chambre – elle donne sur le terrain de golf – et j'ai cru voir deux silhouettes qui couraient au loin, mais là encore je n'en suis pas certaine. Je n'avais pas mes lunettes et je crois bien que j'ai la vue qui baisse, surtout dans le noir et quand je suis fatiguée. Oh mon Dieu, je sens bien que je ne vous aide pas beaucoup.

– Ce n'est pas vrai du tout », protesta Lucy en lui prenant la main. Mlle Barbadash ne différait pas des centaines de témoins que la police interrogeait chaque jour, des hommes et des femmes pour la plupart pleins de bonnes intentions, mais qui ne se rappellent pas, n'ont pas entendu, n'y voient pas, ou n'ont pas fait attention. Il était même stupéfiant que quelques criminels se fassent prendre, étant donné le manque d'attention du public en général.

« C'est alors que j'ai appelé la police », ajouta Mlle Barbadash.

A 23 h 03, selon la main courante. Cela, Lucy le savait. Elle avait déjà vérifié les renseignements confidentiels sur l'origine de l'appel, pratiquement les seules informations qui pouvaient être obtenues sans mandat de perquisition.

« Ensuite, j'ai cherché dans le club en espérant que quelqu'un serait encore là, j'avais très peur et j'aurais voulu partir, mais je ne conduis pas et j'avais donc besoin qu'on m'emmène. Mais la maison était vide. Alors j'ai fermé les portes à clef et j'ai attendu la police dans ma chambre. »

Lucy connaissait la suite. Elle avait déjà vérifié les mouvements de Mlle Barbadash durant le reste de la nuit. Elle était allée à l'hôpital en ambulance ; un médecin lui avait administré un tranquillisant et l'avait admise jusqu'au lendemain afin de surveiller ses fonctions vitales ; les registres de l'hôpital indiquaient qu'on l'avait laissée partir un peu avant dix heures ce matin. L'infirmière qui avait noté sa sortie avait appelé un taxi pour la ramener à Christ Church Lane.

Lucy sortit de son sac une photo de Morgan Reese prise sur son permis de conduire. La morte était un peu plus âgée, mais son visage n'avait guère changé depuis le renouvellement du permis, quatre ans plus tôt.

« Reconnaissez-vous cette femme ? »

Mlle Barbadash secoua la tête.

« Est-ce que le nom de Morgan Reese vous dit quelque chose ? »

La vieille dame eut un hoquet et porta la main à sa bouche.

« Qu'est-ce qu'il y a ? » demanda Lucy. Elle remarqua que les mains de Mlle Barbadash tremblaient.

« C'était elle, la dame qui a eu l'accident ? La police ne m'a pas dit son nom hier.

— Que pouvez-vous me dire à son sujet ?

— Oh mon Dieu, je... je devrais peut-être parler à notre président.

— Je vous en prie, Mme Reese était un médecin très réputé, elle était psychiatre à l'Université de Pennsylvanie. Toute information, chaque détail que vous pourriez nous donner seraient très importants.

— Je... je suis à peu près sûre que j'ai des obligations envers les membres. Comme je vous l'ai dit, nous n'avons jamais eu de problèmes. Pas le moindre problème grave. Je ne voudrais pas parler à tort et à travers.

— Alors peut-être pourriez-vous considérer qu'elle était l'ex-épouse de M. Haverill et la mère de son unique enfant, Archer. Un de vos membres ainsi qu'un membre potentiel sont directement concernés. » Avant même de finir sa phrase, elle regretta d'avoir dévoilé ces informations personnelles.

Les yeux de la gérante s'écarquillèrent. « Je ne savais pas. » Elle baissa les yeux vers la table, examina la tache ronde laissée par un verre sur le cuir, et la frotta du doigt. « Ils oublient toujours de mettre des sous-verres », murmura-t-elle.

Lucy lui prit la main et couvrit de sa paume les petits doigts de la vieille dame. Elle avait la peau froide.

« Morgan Reese est à la morgue et nous ne savons même pas ce qui s'est passé. Je suis sûre que je n'ai pas besoin de vous rappeler vos devoirs de citoyenne, mais si vous trouvez le courage de dire ce que vous savez, je vous serai redevable. Les citoyens de Philadelphie vous seront redevables. Je vous en prie. »

La gérante parcourut la pièce du regard, comme pour s'assurer qu'elles étaient seules.

« Très bien. Mais vous allez devoir m'excuser un instant », chuchota-t-elle en se levant pour gagner la pièce voisine.

Lucy crut entendre le grincement d'un tiroir coincé qu'on ouvre, puis qu'on referme. Quand Mlle Barbadash revint, elle tenait une enveloppe couleur ivoire, luxueuse.

« Je l'ai trouvée par terre dans le placard à manteaux. »

Elle la tendit à Lucy. Le nom MORGAN REESE était tapé à la machine sur l'enveloppe, ainsi qu'une adresse dans une zone résidentielle de Bryn Mawr. Bien que l'enveloppe soit timbrée, elle n'était pas oblitérée.

« Quand ? Quand l'avez-vous trouvée ?

— Il y a une semaine environ. Malheureusement, je dois avouer qu'elle aurait pu être là depuis assez longtemps. Je trouve rarement le temps de nettoyer ce placard. Trop de désordre visible exige mon attention. Heureusement, le placard est hors de vue. – Elle se tordit les mains. – Je pensais qu'un membre allait m'en parler, mais personne n'a rien réclamé. »

Lucy prit une paire de gants en latex dans sa poche, ainsi qu'un petit couteau suisse. Gantée, elle fendit soigneusement l'enveloppe et en sortit un unique feuillet de papier épais.

Vérifie le compte d'Avery à la BMTC. Je pense que tu trouveras la somme déposée suffisante pour régler définitivement cette question. Je compte sur toi pour ne rien lui dire – si tu veux agir au mieux de ses intérêts et des tiens.

Lucy releva la tête. Mlle Barbadash la regardait lire, curieuse probablement de savoir ce que contenait la lettre. Il était également possible que l'auteur se rappelle où il l'avait égarée et revienne la chercher.

« Qui est au courant pour cette lettre ? s'enquit Lucy.

— Personne. Les membres oublient tout le temps leurs effets personnels. Quand j'ai parlé aux policiers hier soir, je n'avais pas compris son importance. On ne m'avait pas dit le nom de... de la défunte.

— A qui avez-vous parlé en dehors des policiers ?

— Personne, répéta-t-elle. J'ai essayé de joindre M. Nichols ce matin. Parce que c'est notre président, je me disais que je devrais l'informer de ce qui s'était passé et recevoir confirmation que j'étais autorisée à vous laisser entrer dans le club, mais sa femme m'a dit qu'il était en voyage d'affaires, et je n'ai pas réussi à le joindre au numéro de portable qu'elle m'a donné. Vu l'urgence de la situation, je me suis dit que je devrai me fier à mon propre jugement. »

Lucy relut la lettre, puis en répéta les termes à haute voix.

« Savez-vous de quoi il est question ? »

Mlle Barbadash secoua la tête.

« Y a-t-il quelqu'un en rapport avec ce club ou un de ses membres qui s'appelle Avery ?

— Je regrette, je n'en ai pas la moindre idée.

— Vous disiez que ces locaux étaient loués pour des réceptions privées. Quand a eu lieu la dernière ? », demanda-t-elle. Mlle Barbadash semblait supposer que la lettre appartenait à un membre, mais comme elle n'était ni signée, ni datée, la liste des suspects pouvait se révéler plus longue.

« Nous avons eu une fête de fiançailles en février. C'était la dernière location.

— Est-ce que je peux regarder le registre dont vous m'avez parlé ? Celui qui indique qui était là hier soir ?

— Bien sûr », répondit-elle, soulagée de pouvoir fournir un élément concret, en se levant pour prendre un volume relié de cuir, posé sur un petit bureau sous une fenêtre.

Pendant que Mlle Barbadash était debout, Lucy sortit de son sac un sachet en plastique, y inscrivit un bref descriptif au crayon gras, et y plaça la lettre.

« Voilà, dit Mlle Barbadash en lui tendant le registre.

Lucy le feuilleta. Sur la dernière page, quelqu'un avait écrit à la pointe feutre noire le menu du banquet gastronomique de la veille : bisque d'huîtres, turban de sole mousseline, côtes de bœuf braisées, tapioca aux pommes. Les membres du club étaient ambitieux, aucun doute. Sous le menu figurait la liste des participants désignés par leurs noms et prénoms complets ; certains comportaient même un chiffre romain ou la mention Jr. La liste incluait les deux personnes mentionnées par Mlle Barbadash – Dixon Burlingame II et Tripp H. Nichols – ainsi que plus d'une douzaine d'autres, parmi lesquels un unique invité : David Ellery, docteur en médecine. C'était une liste de la vieille garde, tout droit sortie du *Who's Who* de Philadelphie.

« Puis-je vous l'emprunter ? »

Mlle Barbadash hésita avant d'accepter.

« Après tout, vous êtes de la police. »

Lucy fourra le registre dans son sac. L'une de ces personnes avait un lien quelconque avec la victime, et de plus gardait un secret qu'elle voulait préserver. Même si elle ne s'était pas montrée la veille, son nom apparaîtrait obligatoirement dans les listes des semaines précédentes. Et le travail de Lucy consistait à le repérer – et à trouver le lien, s'il existait, entre un membre du Rabbit Club, une personne nommée Avery, et un corps à la morgue.

Elle se leva. « Merci de votre aide. »

Le visage de Mlle Barbadash montra une inquiétude visible. Et de la peur.

« Nous découvrirons ce qui s'est passé, dit Lucy d'une voix qui se voulait réconfortante. Nous arrêterons la personne qui a attaqué le docteur Reese.

– Je l'espère. Et j'espère que cette affaire sera résolue rapidement. C'est assez difficile de vivre ici toute seule en pensant qu'un rôdeur traîne peut-être dans les parages.

– Ne pourriez-vous pas aller habiter ailleurs ? Vous devez bien avoir des parents ou des amis qui pourraient vous héberger quelques jours ? »

Elle secoua la tête.

« Cet endroit est ma maison et ma vie. Je ne peux pas abandonner mon service au bout de vingt-huit ans. Personne ne pourrait s'en charger, surtout si vite. Et puis, c'est mon devoir de... Ma place est ici », acheva-t-elle en se forçant à sourire.

Ce genre de devoir ne compterait guère aux yeux de Lucy si les rôles étaient inversés. Mais chez Mlle Barbadash, tout était inhabituel : sa grâce et son élégance appartenaient à une autre époque. Elle avait élevé une série de minuscules détails au rang d'art, et supposait avec raison que personne d'autre, sans un entraînement et des conseils attentifs, ne saurait prendre la relève et comprendre les traditions qu'elle perpétuait. Les membres, quels qu'ils fussent, avaient de la chance d'avoir une telle gardienne pour leur fort. Mais si la lettre était liée à la mort de Morgan, quelqu'un reviendrait la chercher. Et si Mlle Barbadash refusait d'abandonner son poste, alors la seule façon d'assurer sa sécurité était d'arrêter l'assassin. Et vite.

12

Lundi 19 mai
7 h 33

Lucy avait à peine dormi. Deux fois dans la nuit elle s'était levée pour relire la photocopie qu'elle avait faite de la lettre à Morgan. « *... je compte sur toi pour ne rien lui dire, si tu veux agir au mieux de ses intérêts et des tiens.* » Etait-ce une menace ? Le langage paraissait formel. « *Au mieux de ses intérêts* » était un terme légal. L'auteur était-il avocat ou en avait-il consulté un ? Plus important, qui était Avery ? Elle avait envisagé de parler de la lettre à Archer mais finalement décidé d'attendre que la Bryn Mawr Trust Company fournisse quelques réponses. Bien qu'elle eût promis de ne rien dissimuler, elle n'avait pas promis de lui communiquer chaque détail dès qu'elle en avait connaissance.

Elle devait retrouver Jack à dix heures, mais à sept heures et demie elle avait déjà fini son jogging du matin. Elle était douchée et habillée, prête à partir travailler. En enfilant ses chaussettes, assise au bord du lit, elle se demanda une fois de plus si la tentative de Morgan pour rencontrer Archer après toutes ces années, si peu de temps avant sa mort à quelques mètres du club de son ex-mari, était une coïncidence. Avait-elle des ennuis, craignait-elle pour sa vie ?

Elle gagna la cuisine, se versa une seconde tasse de café et mangea une banane. Comme elle avait encore faim, elle se fit un sandwich au beurre de cacahuète avec du pain complet – le seul en-cas qui lui garantissait de tenir jusqu'au déjeuner sans grognements d'estomac. « Un trait de vodka et une grosse cuillerée de beurre de cacahuète, c'est le petit déjeuner parfait », lui avait dit son parrain des années auparavant en plongeant sa cuiller dans le pot. De tous les hommes de soixante-dix-huit ans qu'elle connaissait, il était le plus énergique, pas de doute, mais ce matin elle prendrait les protéines et se passerait de la mise à feu.

Archer dormait tout habillé sur le canapé, devant la télévision branchée sur le journal télévisé du matin. Il devait regarder quelque chose sur NBC quand il s'était endormi, et même le bruit qu'elle avait fait en vidant le lave-vaisselle n'avait pas réussi à le réveiller. Il était la preuve vivante que seule une mauvaise digestion peut empêcher un homme de dormir. C'était cependant un soulagement de constater que la mort de sa mère ne l'avait pas fait se tourner et se retourner toute la nuit. Essayer d'accepter la nouvelle devait être suffisamment douloureux sans que s'y ajoute l'épuisement.

La pendule murale jaune émettait un tic-tac bruyant, lui rappelant chaque seconde qui passait. Elle devait obtenir un mandat pour les comptes ouverts à la BMTC au nom d'une personne nommée Avery, mais les horaires des banques l'obligeaient à attendre neuf heures. Elle et Jack avaient prévu de se rendre au bureau de Morgan plus tard dans la journée, mais elle brûlait d'impatience, pressée de savoir qui était cette femme et comment elle menait sa vie. Rien n'est plus révélateur qu'entrer dans l'espace privé d'une personne, s'asseoir à son bureau, s'allonger sur son lit, observer l'agencement des détails les plus infimes – un stylo au capuchon tordu, une miette de biscuit par terre, un collant dans la poubelle alors qu'il ne porte ni échelle ni déchirure, un dessin griffonné durant la dernière conversation téléphonique de la victime. Bien que Jack fût de loin le plus expérimenté des deux, elle avait besoin de temps et de calme. Il avait ri quand elle lui avait expliqué sa foi en l'intuition féminine, mais elle avait le sentiment que, dans cette affaire, certains indices ne pourraient être découverts en prélevant des échantillons, en relevant des empreintes, ou même en analysant des documents financiers.

Lucy griffonna un mot à Archer et glissa une carotte supplémentaire dans la cage de Cyclops. Puis elle laissa un message sur la boîte vocale de Jack pour lui indiquer où elle se rendait. Au cas où.

La circulation était fluide et elle arriva dans le quartier de l'Université en moins de vingt minutes. Elle se gara sur le parking de l'hôpital universitaire et s'engagea dans Spruce Street, en longeant les énormes bâtiments de brique rouge et de grès blanc qui entouraient le Parvis, jusqu'à sa destination : un immeuble qui n'abritait que des cabinets médicaux. La porte à tambour était déjà ouverte et elle montra son insigne au garde de sécurité de l'entrée.

« Homicides. J'ai besoin de jeter un œil au bureau du Dr Reese. »
Il hocha la tête.
« Une autre psychiatre est déjà là-haut.
— Est-ce qu'on ne vous avait pas prévenus que personne ne devait entrer ?
— Si, le commissariat a appelé hier et mon patron m'a donné des instructions précises. Mais on ne peut pas empêcher une locataire d'aller dans son propre bureau. »

Il n'avait pas tort. Mais Lucy n'aimait pas ça. On aurait dû la prévenir de l'arrivée d'une autre personne.

« Troisième étage. Suite A. »

L'ascenseur aux parois garnies de miroirs ouvrait sur un long couloir mal éclairé, au sol recouvert d'un tapis rouge et or usé. Sur le mur, une flèche pointait à gauche pour les suites A à E. Elle trouva rapidement la porte en verre dépoli qui portait les noms : David Ellery, docteur en médecine, Morgan Reese, docteur en médecine, Nancy Moore, sociothérapeute, psychanalyste. Elle s'arrêta, surprise de reconnaître le nom de l'invité du Rabbit Club, puis entra.

La réception était déserte. Un vase de fleurs fanées dans une eau croupie reposait sur l'extrémité d'un comptoir de secrétariat. Des ellipses colorées tournoyaient sur l'écran plat d'un ordinateur et une rangée de voyants rouges sur le téléphone indiquait que le service téléphonique prenait toujours les appels. Des traînées plus claires sur l'épaisse moquette bleue prouvaient que l'aspirateur avait été consciencieusement passé, probablement par l'équipe de nettoyage de nuit. Des magazines souvent feuilletés avaient été entassés dans un présentoir. Plusieurs d'entre eux étaient à l'envers. Trois portes menaient aux bureaux des thérapeutes. L'une d'elles était entrouverte et Lucy aperçut une femme lourde aux cheveux noirs et bouclés accroupie près de son bureau, et qui semblait trier des dossiers par terre à une allure presque frénétique.

« Police de Philadelphie, section criminelle », annonça Lucy en montrant son insigne.

Surprise, la femme laissa échapper un cri. Quand elle se releva, sa robe avait tourné sur sa taille épaisse et Lucy vit le haut de ses mi-bas bleu marine. La femme s'approcha de la porte.

« Vous devez être Nancy Moore. Je suis désolée pour votre collègue. »

Nancy ajusta sa tenue, repoussa ses cheveux derrière ses oreilles, et sortit de son bureau. Quand Lucy lui tendit la main, elle la prit dans les deux siennes et la serra vigoureusement.

« J'ai appris... j'ai appris pour Morgan, je ne peux pas le supporter. Je ne peux pas », dit-elle d'une voix aiguë avec un léger accent du Sud. C'était une voix quelque peu surprenante. « C'est trop, trop affreux, trop... je ne sais pas. Je ne travaille même pas le lundi, mais mon mari a accepté de s'occuper des enfants, de les accompagner à l'école. Je lui ai dit de les emmener chez McDonald pour le petit déjeuner s'il voulait avoir la paix. Un œuf McMuffin et les gosses sont sages comme des images, alors voilà mon conseil.

— Parce que vous vouliez venir au bureau ? demanda Lucy pour interrompre la digression.

— Il me fallait venir et repartir avant l'arrivée de David, et il n'arrivera pas avant midi et quelques, il est à l'hôpital. On a assez de problèmes tous les deux, et je ne peux pas me trouver devant lui, pas maintenant, après ce qui s'est passé. Je dois partir d'ici, j'en ai marre. D'abord Calvin, ensuite le pistolet et maintenant ça. » Les mots se bousculaient.

« Quel pistolet ? »

Elle dévisagea Lucy d'un air stupéfait.

« Vous n'êtes pas au courant ? Vous enquêtez sur la mort de Morgan et vous n'êtes pas au courant ? David avait une arme dans son bureau, un revolver, un pistolet, je n'y connais rien mais je sais qu'on mettait des balles dedans et que ça pouvait tuer. On lui a toutes dit qu'il était fou, mais il ne voulait pas nous écouter. Il disait qu'il savait ce qu'il faisait. Et voilà, exactement comme je l'avais prédit, quelqu'un l'a volé il y a un mois à peu près. »

Lucy passa à une nouvelle page de son carnet et se mit à écrire. « Est-ce qu'on l'a retrouvé ?

— Bien sûr que non. La police soupçonnait un des patients de Morgan, ce type, là, Calvin. Elle avait déjà obtenu une injonction qui lui interdisait de s'approcher d'elle, si ces choses-là valent le papier sur lequel elles sont écrites. Je ne sais pas si elle se croyait protégée. C'est à ce moment-là qu'elle a commencé à prendre une batte de base-ball avec elle. Et bien sûr, il n'a pas été arrêté. Vous devez savoir mieux que moi comment la police a mené son enquête, si elle l'a menée. Pourquoi David tenait à avoir une arme à feu, ça me dépasse.

— Que pouvez-vous me dire sur ce Calvin ?

— Il s'appelle Calvin Roth. Il est fou, et je pèse mes mots. Je vois beaucoup de problèmes dans mon travail, beaucoup de gens bizarres, qu'ils soient bénis, mais lui, c'était autre chose. Je ne pourrais pas vous donner son diagnostic, Morgan était bien trop discrète et elle prenait le secret professionnel très à cœur. Mais il lui manquait un boulon, je dirais. J'ai presque perdu un client à cause de lui une fois, parce qu'il refusait de partir après son rendez-vous. Même assis sur une chaise sans bouger, il faisait peur. Mon client m'a dit qu'il bavait, et ça ne m'a pas étonnée.

— Est-ce que vous savez quand Morgan a obtenu son injonction contre lui ?

— Je ne sais plus. Mais ça fait un moment, aux alentours de Noël, je dirais.

— Et elle gardait une batte de base-ball sur elle ? » Ce devait être une Louisville Slugger.

« Oui, je la voyais arriver avec chaque matin et repartir avec chaque soir. Je n'aurais pas été surprise d'apprendre qu'elle la mettait sous son oreiller la nuit.

– Mais elle continuait à traiter Calvin ? »

Nancy se tut, apparemment déroutée par la question. « Il faut m'excuser, je dois vraiment m'organiser. » Elle consulta sa montre, dont le bracelet paraissait incrusté dans la chair de son poignet.

« Je vous en prie, si vous pouviez m'accorder encore quelques minutes de votre temps ? »

Brusquement, la respiration de Nancy s'accéléra, Lucy voyait sa poitrine se soulever et retomber à un rythme bien trop rapide. Elle faisait de l'hyperventilation.

« Voulez-vous vous asseoir ? proposa-t-elle. Est-ce que je peux vous apporter un verre d'eau ?

– Non, ça va. » Nancy s'appuya au comptoir pour conserver son équilibre. Elle pinça les lèvres, soupira bruyamment. « Qu'est-ce que vous voulez savoir ?

– Il n'y a que vous dans cette suite ?

– Nous avons une secrétaire, mais elle ne vient presque jamais, comme vous voyez, dit-elle en désignant le bouquet fané d'un geste de la main. Toujours malade. On croirait pourtant qu'à trois spécialistes des troubles mentaux, on serait capables de guérir notre propre secrétaire de son hypocondrie.

– Depuis combien de temps partagez-vous ces locaux ?

– David et Morgan sont là depuis pas mal de temps. Je suis arrivée il y a deux ans à peu près. Le loyer est cher, à cause de la proximité de l'hôpital, et David ne risquait pas de me faire de cadeaux sur ma part. Il aurait pu, parce que je prends moitié moins que lui en honoraires, et que mon bureau est plus petit. Mais il dit que ça améliore ma réputation d'être associée à eux deux, si bien qu'en fait j'ai, selon lui, des avantages supplémentaires et que je devrais être reconnaissante. Je ne sais pas. C'était une erreur. Pas l'endroit – en dehors du problème avec Calvin, mes patients se sentent bien ici – mais travailler à côté de lui. C'est un homme très égocentrique. Et arrogant, vous ne pouvez pas imaginer.

– Et le Dr Reese, vous la connaissiez bien ?

– Morgan ? Personne ne connaissait bien Morgan. Elle travaillait si dur qu'on n'avait pas le temps de la connaître. Mais elle a toujours été polie avec moi. » Nancy s'interrompit brusquement. « Ecoutez, mon mari est avocat, alors je sais comment ça marche, les interrogatoires de la police. Je veux bien passer à votre bureau, mais je ne peux pas vous parler maintenant. » Quand elle se tut, ses lèvres se mirent à trembler. Elle luttait pour refouler ses larmes.

Pourquoi fuyait-elle ? A quoi rimait toute cette histoire ? Avait-elle peur du Dr Ellery ? Ou craignait-elle autre chose ? Que savait-elle exactement de ce qui était arrivé à Morgan ? Bien que sa conduite n'eût aucun sens, cela n'aurait pas eu de sens non plus de se faire une ennemie d'un témoin potentiel en la forçant à rester dans un endroit où elle avait peur. Lucy lui tendit sa carte professionnelle.

« Je ne vous retiendrai pas plus longtemps. Mais pourriez-vous m'appeler pour que nous fixions un rendez-vous ? Votre mari est bienvenu aussi si sa présence vous rassure. »

Nancy hocha la tête et prit la carte.

« Et pourriez-vous me dire quel est le bureau du Dr Reese ? », demanda-t-elle en regardant les deux portes fermées. Elle ne voulait pas d'ennuis avec le Dr Ellery pour avoir pénétré chez lui sans mandat. Tant qu'elle cantonnait ses recherches au seul bureau de Morgan, elle éviterait les chausse-trappes légales.

« C'est celui-ci. » Nancy désignait la porte la plus éloignée de l'entrée. « Si c'est fermé, il y a un passe dans le bureau de la secrétaire. C'est un des problèmes ici, la sécurité n'est pas très rigoureuse. »

Le passe ne fut pas nécessaire. Lucy ouvrit la porte et pénétra dans une grande pièce qui contenait deux fauteuils confortables recouverts de tissu, face à face, et un bureau pourvu d'un siège ergonomique. Derrière le bureau, une bibliothèque était remplie à craquer. Contre le mur d'en face, des piles de livres et de dossiers recouvraient le dessus d'une crédence. L'air sentait vaguement le romarin.

La moquette portait elle aussi des traces d'aspirateur. Lucy retira ses chaussures pour ne pas apporter de saletés extérieures et fit le tour de la pièce, regardant par l'unique fenêtre dans la ruelle au-dessous. C'était ce qu'elle préférait dans le travail de détective. Contrairement à beaucoup de ses collègues qui adoraient la poussée d'adrénaline provoquée par la poursuite d'un suspect ou une arrestation, elle préférait déchiffrer ce qui comptait. C'était un processus soigneux, la sélection des éléments utiles à l'enquête parmi les millions de détails qui faisaient une vie. Dans ce processus en partie déductif, en partie analytique, et pour beaucoup intuitif, elle devait se faire confiance tout comme elle avait appris à se faire confiance dans d'autres types d'investigations. Mais maintenant l'enjeu était plus grand. Négliger un indice crucial signifiait qu'un assassin pouvait rester en liberté.

Elle s'arrêta devant la bibliothèque et en examina le contenu : une douzaine de volumes sur la pharmacologie, un dictionnaire médical, une étagère consacrée au développement de l'enfant et de l'adolescent, plusieurs ouvrages d'Elizabeth Kübler-Ross sur le travail de deuil, quelques numéros anciens de périodiques psychiatriques. Puis ses yeux tombèrent sur deux volumes tout en bas, entre les pages desquels on apercevait des bandes de papier colorées.

Elle sortit le premier et regarda la couverture noire et le titre orange. C'était le bottin mondain de l'année en cours. En l'ouvrant à la page marquée, elle étudia la liste de noms – plus d'une douzaine d'Herbert, dont certains possédaient plusieurs adresses suivant la saison. La plupart étaient de New York – si l'endroit où l'on passait l'hiver devait être considéré comme la résidence principale – un représentant de Boston et deux familles de Philadelphie y figuraient également. Elle s'arrêta sur ces deux dernières : *M. et Mme Jackson J. Herbert (épouse Athena Preston)* passaient l'hiver à Society Hill et l'été à Mount Desert Island ; *M. et Mme William Foster Herbert (épouse Faith Aldrich)* résidaient à Gladwyne et Northeast Harbor. La vieille connexion entre la Pennsylvanie et le Maine était toujours d'actualité. Son œil fut attiré par la ligne suivante. *Enfants : William Foster Jr. et Avery Aldrich.* William et Faith Herbert avaient une fille prénommée Avery. Rien n'indiquait quelle ligne avait retenu l'attention de Morgan, mais si Avery était un prénom peu commun, il n'était pas assez rare pour éliminer toute autre hypothèse. N'importe qui sur cette page pouvait être un ami ou même un patient.

Elle recopia néanmoins dans son carnet l'adresse de Gladwyne, sur Greaves Lane, avant de remettre le volume à sa place.

Le second livre était en format de poche. C'était une édition grand public intitulé *Les filles sans mères*. Le texte de présentation disait : « *Une lecture indispensable pour les millions de femmes dont la mère a disparu, mais dont le besoin de guérir, faire leur deuil et avoir une mère demeure.* » Lucy feuilleta les pages cornées, dont plusieurs se détachaient. De nombreux passages étaient soulignés au stylo bleu. Partout dans la marge apparaissaient des remarques, parenthèses et astérisques ajoutés à la main. A la page marquée par la bande de papier colorée, l'auteur expliquait qu'on pouvait survivre à un abandon affectif en se concentrant sur les souvenirs et éléments positifs.

Combien de fois Morgan avait-elle lu ce livre ? Son intérêt était-il personnel ou professionnel ? En rangeant le livre sur son étagère, Lucy se rappela les paroles d'Archer. Elle avait la chance d'avoir une mère qui l'aimait, une mère qui avait consacré sa vie à sa famille, une mère qui, même après vingt-huit ans, voulait bien discuter de la meilleure façon de repasser un nœud en satin.

Elle retourna à la fenêtre. Les yeux fixés sur l'immeuble d'en face aux fenêtres encore obscures pour la plupart, elle se rappela le procès de Moses Walker dans lequel elle avait été impliquée quand elle travaillait dans la division Sud. Moses avait quatorze ans quand il avait préparé et exécuté une série d'effractions avec violence aux alentours de Jefferson Square. Comment un gosse noir malingre avait-il réussi à gagner le sud de Philadelphie chargé de deux .38, d'un .22 et d'un couteau de chasse, et à semer la désolation pendant cinq semaines entières, elle se le demandait encore. Malgré une description très précise et toute une série de preuves matérielles, elle et son coéquipier avaient été incapables de l'appréhender. A un moment, elle s'était même demandé s'il ne disparaissait pas dans les conduites d'eau souterraines après avoir sauvagement battu ses victimes. Enfin ce fut un voisin qui, entendant les cris désespérés d'une femme dont le mari, attaché à une chaise, était frappé à coups de crosse, le guetta près de l'escalier de secours et lui tira dans le mollet quand il sortit. Le voisin n'avait pas de permis de port d'arme mais le procureur s'était montré plus que ravi d'oublier ce détail.

Ensuite, soulevant une violente controverse, le juge pour enfants avait décidé qu'il serait jugé comme un adulte en raison de l'atrocité de ses crimes. La presse le décrivait comme une victime, produit de la pauvreté et de la disparition des valeurs familiales. C'était une saga classique du ghetto : il n'avait pas de père. Sa mère se droguait au crack, et n'arrivait à mettre un plat de macaroni au fromage sur la table qu'en couchant avec toute une série d'hommes infréquentables prêts à payer cinq dollars la passe, dix s'ils voulaient ensuite goûter à son fils adolescent. Moses avait des cicatrices de brûlures à l'eau bouillante sur le visage ; son tibia avait été brisé deux fois avant de recevoir la balle. Le procureur prit le contre-pied et le décrivit comme un animal. Selon lui, tenter de le réhabiliter n'avait aucun sens. Il était incapable de respecter un code moral. Il avait le goût du sang. Il avait même avoué que le bruit d'un os qui se brise ou d'un crâne qui se fend l'excitait. Sa situation familiale ne comptait pas parce qu'il n'avait rien d'humain. Ce n'était pas l'argent qui motivait ses expéditions. En cinq effractions, il n'avait récolté que trois cents dollars. Non, il cherchait le grand frisson.

Au cours des trois semaines du procès, Moses n'avait pas versé la moindre larme ni manifesté le moindre remords. Il récolta de multiples sentences consécutives qui le garderaient en prison indéfiniment. Pourtant, plus que les témoignages, plus que la passion des conclusions des deux parties, plus que le calme effrayant de l'accusé, le détail qui hantait Lucy était cet instant où les gardiens du tribunal l'emmenèrent. Poignets menottés et chevilles entravées, il se tourna vers le public, parcourut la foule du regard et s'arrêta sur une femme endormie au dernier rang. Alors, d'une voix qui aurait pu appartenir à un enfant de chœur, il avait répété et répété encore : « Je t'aime, maman. Je t'aime, maman. » Même après qu'il eut disparu, ses mots plaintifs continuaient de résonner dans le couloir.

Lucy retourna au bureau et s'assit dans l'assemblage gainé de nylon, symbole parfait du design ergonomique. Et Morgan ? Quelle était son histoire ? Malgré les trente-six heures écoulées depuis la découverte de son corps, on n'avait pas identifié ses proches. Apparemment cette femme n'avait pas de communauté familiale. La seule personne susceptible de fournir des informations utiles était M. Haverill, mais Lucy attendait pour l'appeler qu'Archer ait pu lui parler. Il était urgent qu'elle le voie.

Sur le plateau du bureau était posé un sous-main, une tasse décorée du caducée des médecins remplie de crayons et stylos, et une pile d'articles photocopiés dans divers journaux de médecine et de psychiatrie, retenue par un presse-papier en cristal au logo d'Ameri-Med, la compagnie pharmaceutique. Une photographie en couleurs dans un cadre noir montrait Morgan au côté d'une jeune fille aux cheveux blond roux appuyée à une barrière ajourée. La jeune fille portait une culotte de cheval et tenait une cravache. Derrière elles apparaissait un cheval alezan avec une tache blanche sur le chanfrein. De minuscules chiffres imprimés, dans l'angle inférieur droit, indiquaient la date : 27 avril, moins d'un mois avant la mort de Morgan.

Lucy souleva la photo pour mieux la voir. Il y avait quelque chose dans le visage de la jeune fille qui rappelait Morgan. Etaient-ce ses yeux ? Lucy prit un sachet dans son sac et y glissa la photographie avec son cadre.

Puis elle ouvrit le petit tiroir au milieu du bureau et étudia le désordre qu'il contenait : deux tubes de baume pour les lèvres, des trombones, des élastiques, une agrafeuse avec des agrafes, du fil dentaire, une petite calculatrice de couleur vive, des Post-it pastel, une brosse à cheveux, rien d'autre que les accessoires habituels d'une femme qui travaille. Mais tout au fond était glissée une seconde photographie, sans cadre celle-ci, jaunie par l'âge et cornée aux angles. Elle avait été déchirée et recollée. Sous le scotch une partie du paysage était difficilement discernable. Lucy l'approcha de ses yeux. Bien que la photo ait plusieurs dizaines d'années, les silhouettes étaient bien reconnaissables. Vêtue d'un cardigan rose pâle et d'un pantalon corsaire blanc, Morgan se tenait au côté de Rodman Haverill, devant les grilles en fer forgé de leur manoir. Il avait les yeux fixés sur l'objectif, un bras passé autour de la taille de son épouse, tandis qu'elle regardait par-dessus son épaule droite, bras ballants le long de son corps mince, répugnant visiblement à donner elle aussi un signe d'affection.

Lucy retourna la photo, espérant trouver une date au verso, mais seule la marque Kodak y figurait. Elle glissa la photo dans son sac. Elle serait peut-être incapable de lui fournir des réponses, mais au moins Archer aurait un souvenir.

Chose étonnante, le tiroir de gauche contenait un répondeur. Le voyant des messages clignotait. Lucy se mit à quatre pattes pour regarder sous le bureau. En effet, un fil montait du sol, passait par un trou dans le fond du tiroir, et se connectait à l'appareil. Elle appuya sur le bouton « play ».

Une voix synthétique annonça : « Vous avez quatre nouveaux messages. Premier message. Vendredi. 15 h 43. »

« Allô, Dr Reese, c'est Natalie. Je dois annuler mon rendez-vous. Le professeur qui m'aide à préparer mon examen d'entrée à l'université ne peut venir qu'à ce moment-là, et ma mère pense que mes études priment sur tout le reste. Désolée. A la semaine prochaine. »

Il y eut un bip. « Deuxième message. Vendredi, 16 h 12. »

« Bonjour, je suis Marsha Birnbaum, coordonnatrice des dossiers chez Journeymen », dit la voix de ce ton impersonnel qui n'appartient qu'aux services d'assurances maladie privées. « Nous avons un problème sur le traitement d'une de vos prescriptions au nom de Walter Reese. C'est peut-être une question de code de diagnostic. Merci de me rappeler dès que possible au poste 3262. Merci d'avoir choisi Journeymen. Bonne journée. »

Le troisième message, reçu à 16 h 31, émanait d'un homme qui ne se présentait pas et parlait d'une voix sèche. « J'ai réservé pour trois au Bec Fin, à huit heures. Je suppose que tu te rappelles que c'est sur Walnut Street. Crois-moi, ce n'était pas facile, au dernier moment. J'espère que tu es satisfaite. »

Le Bec Fin était l'un des plus élégants et des plus guindés des restaurants de Philadelphie. Lucy n'y était jamais allée – et n'irait probablement jamais, étant donné les prix et le fait qu'elle n'aimait guère la cuisine française – mais elle connaissait l'établissement de réputation. Les repas devaient se composer de plusieurs plats et durer des heures. Si cet homme avait dîné avec Morgan samedi soir, alors il devait être l'un des derniers à l'avoir vue vivante – ou le dernier.

Le quatrième message était un bruit de combiné raccroché. Elle rembobina et repassa la bande. « Pour trois », disait l'inconnu. Elle avait entendu la première fois, mais le sens des mots lui avait échappé. Qui d'autre devait assister à ce dîner ? La personne supplémentaire était-elle venue avec Morgan ou avec l'homme ? Bien que les chances fussent infimes d'identifier cette voix grâce au logiciel de reconnaissance vocale, elle sortit la cassette de l'appareil et la mit dans son sac.

Le tiroir de droite contenait un agenda noir, du papier à en-tête, un facturier, des fiches, et le dépliant en couleurs d'une agence immobilière pour une élégante demeure de Gladwyne. En l'étudiant, Lucy vit qu'il contenait des photographies d'un séjour et d'une salle à manger bien meublés, de la cuisine, du vestibule, de la bibliothèque, ainsi qu'une description détaillée de cette maison en pierre qui comportait six chambres et toutes les commodités, avec son écurie, son terrain amménagé et planté d'arbres adultes, le tout pour un prix de base de 3,9 millions. D'une écriture nette et arrondie, on avait ajouté au stylo : Gail, portable : 610 533 49 59. Gail Ripley, directrice de l'agence, ne donnait dans le texte imprimé qu'un numéro de bureau. Lucy garda aussi le dépliant.

En ouvrant l'agenda, elle constata que chaque page était bien remplie – patients, réunions, déjeuners et dîners, et même quelques rendez-vous personnels. Le rythme des journées de Morgan était frénétique, elles démarraient parfois à six heures du matin et s'arrêtaient bien après vingt et une heures, sept jours sur sept.

Lucy se reporta aux pages concernant la semaine qui s'était achevée la veille, la dernière semaine de la vie de Morgan. Du lundi au vendredi matin, ses journées avaient été trépidantes, mais les deux patients notés pour le vendredi après-midi avaient été biffés, les pages du samedi et du dimanche étaient vierges. Aucun dîner n'était noté. Elle tourna la page. A partir de ce matin-là, la vie de Morgan était à nouveau plus que remplie. Alors pourquoi n'avait-elle rien prévu pour le week-end de sa mort ?

Il était près de neuf heures et demie et elle devait aller retrouver Jack. Elle fourra l'agenda dans un sachet. L'enquête n'en était qu'à ses premiers pas, il était trop tôt pour émettre une opinion définitive. Mais elle n'aimait pas cette sensation lancinante que Morgan avait entrepris de changer de vie et que quelqu'un avait réussi à l'en empêcher.

13

10 h 05

Le marché de Reading Terminal était plus bondé que ne s'y attendait Lucy à cette heure, un lundi matin. Hommes d'affaires, secrétaires, chauffeurs de taxi et probablement quelques employés des services de police qui avaient dû commencer leur travail à huit heures, faisaient leur pause-café ; les mères au foyer de Society Hill, après leur cours de gymnastique douce, venaient y acheter poisson frais et fleurs coupées ; de plus, comme d'habitude, un flot continu de touristes circulait dans les allées. Contrairement à ce qui se passait à Boston, où les visiteurs avaient tendance à ne venir que l'été, l'activité touristique de Philadelphie semblait constante. Lucy n'avait aucun souvenir d'une saison où, en arpentant le centre-ville, elle n'eût pas entendu parler toutes sortes de langues et n'eût pas aperçu dans tous les lieux pittoresques des groupes de personnes désorientées armées d'appareils photo et de plans de la ville, ou suivant un guide. La gare reconvertie et ses étals où l'on trouvait des en-cas délicieux était un arrêt obligatoire.

Jack avait proposé qu'ils se retrouvent là plutôt qu'à la Maison ronde. Les détectives des Homicides avaient peine à tenir dans l'espace qui leur était alloué et elle aussi appréciait d'échapper au bureau surpeuplé, au café amer et aux sonneries incessantes des téléphones.

Elle se fraya un chemin le long de l'allée centrale et retrouva Jack déjà perché sur un tabouret près de la boulangerie amish, un gobelet en carton à la main. Son blazer bleu était froissé et les pans de sa chemise sortaient de son pantalon. Il avait les yeux rouges. Il but une gorgée de café et se leva à son approche.

« On dirait que tu n'as pas dormi de la nuit.

– Tu as l'œil. »

Elle éprouva un peu de culpabilité. Elle était rentrée chez elle la veille, remettant au lendemain et aux jours suivants le travail sur la mort de Morgan Reese. Jack avait enquêté pendant qu'elle dormait.

« Ça va ?

– C'est la torture d'être parent, voilà tout. – Il but une gorgée de café. – « Sean s'est fait opérer de l'appendicite en urgence vers trois heures du matin », expliqua-t-il. Sean était le plus jeune de ses deux fils.

Les crises d'appendicite ne sont pas si courantes chez les enfants, et Sean n'avait que douze ans.

« Qu'est-ce qui s'est passé ?

– Quand je suis rentré hier, Sarah m'a dit qu'il s'était plaint de maux de ventre toute la journée. Normalement, je le soupçonne de faire semblant. Il ferait n'importe quoi pour manquer l'école, mais rester au lit un dimanche... jamais. Et puis vers minuit sa température est montée en flèche, Sarah s'affolait. Et moi j'étais là, à lui dire de ne pas s'en faire comme ça, que nos enfants sont costauds, que Sean allait se remettre, tout en me faisant un sang d'encre », raconta Jack. Puis il s'interrompit, parcourant la foule du regard. « Peu importe qu'il grandisse, il sera toujours mon bébé. Et je peux te dire une chose. L'imagination te joue de sales tours. Enfin bref, je l'ai emmené aux urgences. Ils lui ont fait passer un scanner et c'était bel et bien une crise d'appendicite. Le médecin l'a hospitalisé sur-le-champ. »

Jack parlait souvent de ses enfants avec fierté, mais elle ne l'avait jamais vu si vulnérable. Ce flic aguerri, ce vétéran des Homicides, s'effondrait pour une banale crise d'appendicite. Elle était stupéfaite qu'une personne puisse être si différente dans sa vie professionnelle et sa vie privée. « Mais il va bien ?

– Oui. Grâce à Dieu, il a été pris à temps, et l'opération s'est bien passée. Quand je suis parti, il était en salle de réveil, et Sarah est restée avec lui. Je retournerai la relayer dans un moment, à ce stade je m'inquiète plus pour elle que pour lui. Je ne veux pas qu'elle prenne le volant en manquant de sommeil et en pensant à autre chose.

– Vas-y. Pars quand tu veux. Maintenant. Rien n'est plus important que ta famille. Je peux me débrouiller pour l'enquête, dit Lucy.

– Je n'en doute pas, dit Jack en souriant. Mais je suis désolé de ce que tu as dû traverser ces dernières vingt-quatre heures – assister à l'autopsie de la mère de ton petit ami. On ne s'attend pas à ça dans sa vie professionnelle. – Il but encore un peu de café. – Comment réagit Archer ?

– Assez bien, je crois. »

Comme elle ne faisait pas plus de commentaires, il sortit son carnet de sa poche, tourna quelques pages et dit : « Il faut au moins que je te mette au courant de ce que j'ai trouvé hier. J'ai réussi à obtenir quelques informations avant de rentrer chez moi. » Il s'interrompit pour déchiffrer ses pattes de mouche presque illisibles. « Le revolver était enregistré au nom de David Ellery, le médecin avec qui Morgan partageait son cabinet.

– Et qui se trouve également avoir dîné au Rabbit Club samedi soir. »

Jack haussa un sourcil.

« Ellery a appelé la police le 26 avril pour déclarer le vol de son arme. L'enquête n'a pas été très poussée, on soupçonnait un des patients de Reese.

– Calvin Roth, ajouta Lucy.

– Comment est-ce que tu sais ça ? », demanda Jack d'un air perplexe.

Lucy lui raconta succinctement sa conversation avec Nancy Moore et sa visite du bureau de Morgan.

Quand elle eut fini, il hocha la tête en signe d'approbation. « Bon travail, détective.

— Merci. Je dirais que Nancy était réellement paniquée à l'idée de rester là.

— Je n'en doute pas. » Il sortit de sa poche un morceau de papier, le déplia et le lui tendit. « J'ai trouvé ça dans nos dossiers. »

Lucy scruta la série de chiffres suivis de la mention « Affaire Calvin Roth », puis parcourut les lignes du dessous tapées à la machine. Le texte était daté du 30 décembre, c'était une copie de la demande d'injonction remplie par Morgan contre son patient.

M. Roth est mon patient depuis près de dix ans. Cependant, au cours des six derniers mois, il m'a appelée sans arrêt chez moi et à mon bureau, en menaçant de se livrer à des actes de violence si je ne prenais pas ses appels. Il s'est présenté à mon cabinet et à mon domicile sans rendez-vous, et m'a suivie à plusieurs reprises. Je sais qu'il a accès à des armes à feu. Il a récemment déclaré qu'il s'en servirait contre moi. Je crains pour ma vie.

La signature figurait sous la liste des peines encourues en cas de parjure.

« Elle était harcelée, conclut Lucy, imaginant la terreur de Morgan. En tant que psychiatre de Roth, elle connaissait mieux que quiconque ses secrets les plus profonds et les plus noirs, et la violence dont il était capable. Nancy m'a dit qu'une fois il avait refusé de partir après son rendez-vous. Mais qu'a donné l'enquête sur le revolver volé ?

— Rien, apparemment. J'ai vérifié avec Jeremy Bartlett, le détective qui s'en était occupé. Il m'a dit qu'il n'avait rien trouvé. Roth avait un alibi solide. Il a des séances régulières de thérapie électro-convulsive, et il était à l'hôpital Friends sur Roosevelt Boulevard pour son traitement le jour où Ellery a porté plainte. »

Le 26 était un samedi. « Est-ce qu'Ellery était sûr que l'arme avait été volée ce jour-là, ou est-ce qu'il s'est simplement rendu compte qu'elle avait disparu ?

— Il en était sûr, semble-t-il. Ellery et Reese recevaient tous les deux des patients le week-end, la suite était donc ouverte. Je n'ai pas cuisiné Jimmy sur les détails de l'interrogatoire, mais je suppose qu'il n'a pas laissé Roth partir sans bonne raison.

— Et c'est tout ?

— Il n'y avait pas d'autre piste.

— Pas de signes d'effraction ? » demanda-t-elle.

Les criminels prêts à entrer par effraction pour voler une arme à feu n'avaient rien en commun avec les quelques suspects qui pouvaient avoir accès au cabinet le 26.

« Techniquement, l'enquête est encore ouverte, mais Jimmy dit que personne ne travaille dessus. »

Ce n'était guère surprenant, se dit Lucy. Des centaines d'armes disparaissaient à Philadelphie. La plupart étaient retrouvées dans les mêmes circonstances que celle-ci : lors de la découverte d'un cadavre. Mais demander si Jack était trop fatigué pour pousser Jimmy dans ses retranchements, ou si Jimmy avait omis de poser des questions essentielles ou négligé des pistes importantes, n'aurait servi à rien. Jack lui donnait ce qu'il avait. Le Dr Ellery pourrait compléter – à condition qu'il accepte de parler.

« Morgan indique dans sa déclaration que ce dingue a accès à des armes. Est-ce qu'on sait s'il en a déclaré ou s'il a un permis de port d'armes ? s'enquit-elle.

— Je n'ai pas eu le temps de vérifier, répondit Jack en consultant sa montre. Mais le revolver qui a tué Reese appartenait à Ellery. Je ne vois pas en quoi ça nous intéresse de savoir si Roth en a d'autres.

— J'essayais simplement de trouver un bon prétexte pour fouiller son appartement. Une maladie mentale et une propension à la violence sont des motifs de révocation pour un permis de port. Il me semble que nous pouvons prouver ça, dit-elle en agitant le dossier d'injonction. Donc, on peut utiliser ces documents pour obtenir un mandat. Ça nous permettra d'entrer. » Elle s'interrompit pour réfléchir, séduite par cette stratégie. Qui sait ce qu'ils pourraient trouver en recherchant légalement des armes illicites ? « Est-ce qu'on connaît seulement son adresse ? »

Jack chercha dans son carnet et lut. « C'est tout près de Fairmount Park...

– Et donc de l'endroit où Reese a été assassinée », acheva-t-elle à sa place.

Il regarda de nouveau sa montre, Lucy lisait l'anxiété sur son visage. Il devait estimer que les effets de l'anesthésie s'étaient dissipés et que Sean attendait son père. Elle avait encore de nombreuses informations qu'elle souhaitait partager avec lui, entre autres la piste du compte à la BMTC, mais ce n'était pas le moment.

« Retourne à l'hôpital. On a plus besoin de toi là-bas qu'ici. Je m'occupe du dossier de Calvin Roth. »

Le front de Jack se dérida. De toute évidence, il était soulagé.

« Ce serait génial. Mais ne fais pas de bêtises. Vérifier un permis de port d'arme est une chose, rendre une visite surprise à un psychopathe en est une autre. Promets-moi de m'attendre. »

Elle hésita un moment, se demandant pour la deuxième fois en deux jours si elle pourrait tenir parole. Mais Jack avait raison. Calvin était assez dangereux pour que Morgan Reese prenne réellement peur. Elle voulait être une héroïne aux yeux d'Archer et découvrir très vite l'assassin de sa mère, mais elle devait refréner son impatience. Elle fit oui de la tête.

« Va faire ton boulot de père. Je promets de ne pas tenter une embuscade en solo. »

10 h 52

En traversant la 12e Rue, Lucy trouva un banc au soleil, ouvrit la boîte en carton et mordit dans son pain à la cannelle encore chaud. Elle avait un penchant pour ces pâtisseries poisseuses, recouvertes de sucre glace et arrosées de beurre fondu qui traversait l'emballage. Ce petit plaisir serait un avant-goût du déjeuner. En léchant le sucre sur ses doigts, elle regarda à nouveau le dépliant en couleurs de la propriété de Gladwyne, trouvé dans le bureau de Morgan. « Une élégance toute européenne, disait le texte. Une propriété exceptionnelle. »

Elle scruta une nouvelle fois ce qu'elle supposait être l'écriture de Morgan, puis alluma son téléphone portable et composa le numéro de Gail Ripley.

« Allô, ici Gail. » La femme qui répondait avait une voix pleine d'entrain.

« Oui », dit Lucy, en se demandant soudain quelle voix pouvait avoir une personne intéressée par une propriété à 3,9 millions. Son expérience en matière d'immobilier haut de gamme se résumait à quelques coups d'œil sur des publicités au dos de magazines sur papier glacé ; elle n'avait même jamais envisagé d'acheter un appartement. « Je m'intéresse à l'une de vos propriétés, j'ai cru comprendre que vous vous occupiez de la vente.

— De quelle propriété s'agit-il ?

— C'est à Gladwyne. Une maison en pierre assez grande, d'après le dépliant en tout cas. Et c'est ce que je cherche.

— Ah oui, soupira son interlocutrice, Greaves Lane, à côté de Conshohocken. C'est une propriété magnifique. Malheureusement, nous avons déjà un acquéreur. J'ai d'autres propriétés très comparables. Peut-être aurais-je quelque chose pour vous ? »

Lucy était stupéfaite. Cette petite rue ne pouvait comporter beaucoup de maisons. Était-ce une coïncidence ? « Quand a-t-elle été vendue ? »

Il y eut un silence.

« Je ne suis pas autorisée à vous donner cette information. Mais comme je disais...

— Je ne suis pas intéressée par autre chose, coupa Lucy.

— Je peux prendre votre nom et votre numéro de téléphone, au cas où quelque chose se libérerait.

— Oui. Très bien. Ce serait très gentil. » Elle donna son numéro de portable.

« Je n'ai pas saisi votre nom ? »

Lucy hésita un instant avant de répondre. « Lucile, dit-elle. Lucile Haverill. » Dans ces circonstances, Détective O'Malley ne lui paraissait pas idéal.

11 h 43

Le contrôle des armes dans l'État de Pennsylvanie était pour le moins laxiste. Personne n'avait besoin d'un permis pour acheter une arme de poing. Seuls les transferts de propriété étaient enregistrés. Les vérifications de casier judiciaire étaient effectuées au Fichier central judiciaire, un système très rapide mais qui laissait souvent échapper des informations. De plus, les commissaires et les shérifs pouvaient accorder des autorisations de port d'arme à n'importe qui. Aucun entraînement, aucune précaution en matière d'exercice ou de stockage n'était exigé. Lucy s'était souvent demandé si sa décision d'entrer dans la police n'aurait pas été affectée par le fait de savoir combien il était facile à un citoyen ordinaire ou – scénario bien plus effrayant – un citoyen extraordinaire, d'obtenir une arme et de la porter sur soi.

Pourquoi dépenser tant d'argent et déployer un si grand nombre de policiers dans le but d'assurer la sécurité de la population si pratiquement n'importe qui avait accès aux armes ? Statistiquement, les personnes qui se tuaient avec leur arme – maladresses, accidents – étaient bien plus nombreuses que celles qui réussissaient à se défendre ou à défendre quelqu'un en la brandissant. Elle avait même vu un pistolet utilisé contre son propriétaire. Bien qu'elle n'eût pas la prétention de comprendre les politiciens, ou d'estimer la puissance du lobby des armes, c'était troublant. Au moins, depuis la loi Brady de 1993, les personnes ayant des dossiers psychiatriques se voyaient refuser tout permis de port d'armes. En théorie, en tout cas.

Elle comptait sur ce texte pour arrêter Calvin Roth.

Elle accéléra le pas vers la Direction centrale, le service qui conservait toutes les déclarations de détention et les autorisations de port d'arme. Il était déjà près de midi et elle ne voulait pas trouver porte close pendant l'heure du déjeuner.

En entrant, Lucy aperçut la chef de service.

« Salut, Beth », dit-elle.

Elizabeth Brogan devait approcher les soixante-dix ans, mais elle avait réussi Dieu sait comment à échapper à la retraite obligatoire. Lucy soupçonnait que les différents services chargés du personnel se contentaient de fermer les yeux, tant elle était dotée d'une mémoire presque photographique, de doigts capables de classer à une vitesse ahurissante, d'une patience sans fin pour les questions, même stupides, et d'un sourire qui illuminait littéralement la salle vétuste et surpeuplée. Apparemment, elle était la Gertrude Barbadash des permis de port d'arme. Il serait pratiquement impossible de lui trouver un successeur.

« Qu'est-ce qui t'amène ? », demanda-t-elle. Quand elle parlait, sa bouche formait un O.

« J'ai besoin de tout ce que tu pourras me donner sur Calvin Roth », répondit Lucy. Elle lut la date de naissance sur la copie de l'injonction.

Beth chaussa les lunettes qui pendaient à son cou puis entra les informations dans son ordinateur. « Voyons ce que je peux trouver. »

Lucy ne voyait pas l'écran, mais elle regardait les changements d'expression sur le visage de Beth : la curiosité se changea en inquiétude quand un élément apparemment inattendu apparut sur l'écran.

« Je vais chercher le dossier, annonça-t-elle sans donner la moindre explication. Je reviens. »

Tandis qu'elle tapait un code pour ouvrir la porte verrouillée qui menait aux archives, Lucy se hissa sur le comptoir et se pencha vers l'écran. Son angle de vision lui cachait certains détails et rendait les informations difficiles à déchiffrer. Elle sauta de l'autre côté. Une fois à la place de Beth, tout lui parut clair comme de l'eau de roche. Quatre déclarations de détention, pour un .22, un .35 et deux .38 L'homme disposait d'un petit arsenal. Et d'un permis de port d'armes. Calvin Roth avait le droit de se promener avec un calibre .35, le même que l'arme qui avait tué Morgan.

Lucy repassa de l'autre côté du comptoir et commença à rédiger un résumé des informations qu'elle pourrait utiliser pour obtenir un mandat. Avec un peu de chance, elle pourrait faire parvenir un formulaire de demande au bureau du procureur avant la fin de la journée. Elle écrivait encore quand Beth revint, une grosse chemise cartonnée à la main.

« Ça devrait te donner les informations dont tu as besoin », dit-elle en posant la chemise sur le comptoir. Elle l'ouvrit. Le dossier contenait plusieurs pages, dont certaines déchirées sur les bords, et une feuille de papier rose pliée. Beth l'ouvrit.

« Je ne prendrai pas la peine de répéter ce que tu as déjà lu, dit-elle avec un sourire. Oui, je t'ai vue sauter par-dessus ma sacro-sainte barrière, donc tu sais que M. Roth possède des armes à feu. Je suppose aussi que tu es assez maligne pour avoir compris qu'il avait un permis de port pour son .35 »

Lucy hocha la tête.

« Ne t'inquiète pas, je ne te dénoncerai pas. Pour cette fois..., dit-elle en agitant le doigt.

— Merci. »

Beth chaussa à nouveau ses lunettes et lut un autre document. « Ce que tu n'as sans doute pas pu voir sur mon écran, c'est que cette demande de permis a d'abord été refusée. M. Roth a apparemment un passé psychiatrique. Mais il a fait appel. C'est souvent le cas, surtout dans ce domaine. Les gens n'aiment pas qu'on leur dise non. Si j'entends encore une seule personne me parler de son droit constitutionnel de porter une arme, même moi je risque de jeter l'éponge et de laisser ce travail chéri à quelqu'un d'autre.

— Et qu'est-ce qui s'est passé lors de l'appel ?

— Son psychiatre a fourni une attestation de stabilité mentale. En gros, il a certifié qu'il était sain d'esprit et que son jugement n'était pas altéré. Selon le dossier, avec cette attestation, le permis lui a été accordé. C'était il y a presque un an.

— Un an seulement ? Qui lui a fait cette attestation ? »

Beth tourna quelques pages, suivit une ligne du doigt, puis annonça : « Une certaine Morgan Reese. » Son visage s'adoucit. « Est-ce que ce n'est pas cette pauvre femme qu'on a retrouvée sur le terrain de golf ? Mon Dieu, ça ne s'arrête jamais », poursuivit-elle en secouant la tête et en tournant le dossier vers Lucy pour qu'elle puisse lire directement.

Le 29 juillet – tout juste cinq mois avant de remplir sa demande d'injonction parce qu'elle se sentait menacée, parce que son patient n'était plus contrôlable, le Dr Reese écrivait :

« *En tant que psychiatre de ce patient, je considère qu'il est mentalement assez sain et émotionnellement assez stable pour être autorisé à sortir avec une arme.* »

Malgré l'incrédulité de Lucy, les mots n'auraient pu être plus clairs.

Comment cela avait-il pu se produire ? Qu'est-ce que cela signifiait d'être « assez stable » ? Ça ne pouvait pas être relatif. Et comment pouvait-on se porter garant de la santé mentale d'une personne, tout en la croyant capable de vous assassiner ? Et surtout, le permis de Roth aurait dû être annulé dès que Morgan avait demandé protection au tribunal. Encore un dossier passé entre les mailles du filet administratif. Plus que jamais, elle eut l'impression qu'être détective à la section criminelle revenait à faire partie d'une énorme équipe de nettoyage gouvernemental chargée de réparer le désordre engendré par le manque de circulation des informations entre services. Et ce qui en découlait.

« Est-ce que je peux faire une photocopie de ce rapport ? demanda-t-elle.

— Bien sûr, répondit Beth en désignant une photocopieuse dans un coin. Elle risque de mettre un peu de temps à chauffer. »

Lucy posa l'unique feuillet sur la vitre, inséra une pièce, et écouta la vieille machine bourdonner plusieurs minutes avant qu'une lumière ne passe devant le document dans un sens puis dans l'autre. Une seconde plus tard, une feuille de papier toute chaude sortit sur le côté. « Merci, dit-elle en rendant l'original.

— Notre but est de vous satisfaire, dit Beth. Bonne chance. »

14

18 h 02

Lucy descendit tranquillement Belmont Avenue puis obliqua vers l'est jusqu'à la Schuylkill. Elle aimait cette rivière sinueuse qui se jetait dans le Delaware. Elle paraissait amicale, à taille humaine. Elle était assez étroite pour qu'on voie ce qui se passait sur la promenade en face, et offrait donc une multitude de spectacles. Quelques joggers déjà à l'œuvre la dépassèrent et elle les suivit des yeux ; elle aurait aimé partager leur insouciance, partir pour une longue course, profiter de la rivière, pouvoir oublier les événements des deux derniers jours. Mais tout ce qu'elle apprenait augmentait sa sensation de malaise.

Elle avait rempli une déclaration sur l'honneur pour obtenir son mandat. L'assistant du procureur, Nick Santoros, allait la relire. Si tout était en ordre, ils pourraient obtenir la signature d'un magistrat et le mandat pour le lendemain après-midi. Elle n'avait plus qu'à attendre. La loi exigeait de la patience. Et puis, elle avait promis à Jack.

Plusieurs outriggers fonçaient sur l'eau, et elle s'arrêta pour admirer la synchronisation des coups de rame et écouter les instructions des barreurs. Elle pensa à Archer, ses fortes épaules et ses cuisses musclées. Il avait un corps d'athlète et aurait été bon rameur, mais il ne s'intéressait pas au sport. En tout cas, c'est ce qu'il lui avait dit plusieurs fois. Mais elle commençait à se demander si c'était bien la vérité.

Les événements s'étaient précipités depuis la soirée du samedi et le dîner au domaine Haverill. Avec le meurtre de Morgan, elle n'avait pas eu une minute pour digérer ce qu'elle avait appris et qui l'affectait personnellement – le fait qu'Archer lui ait dissimulé ses origines. Elle détestait ce doute lancinant qui grandissait en elle, sentiment qu'elle avait réprimé en se concentrant sur son enquête et l'épreuve qu'il traversait. Avant que la voiture ne s'engage dans l'élégante allée gravillonnée, elle n'avait jamais eu de raisons de mettre en doute ce qu'il lui disait, à présent, ses omissions remettaient tout en question. Elle voulait que les gens soient ce qu'ils paraissaient. La vie est trop courte, trop précieuse pour les énigmes.

Elle avait la tête pleine de questions sans réponses. Était-ce si important qu'il soit issu de la haute société ? Leur relation était-elle différente parce qu'elle avait appris qu'il était riche ? Se méfiait-elle de lui ou, en toute honnêteté, mettait-elle en doute ses propres motivations ? Avait-elle été impressionnée à ce point ?

Elle revit Paul Doherty partir dans sa Porsche vers la voie rapide McGrath. Plantée sur le parking de la pâtisserie Dunkin, elle l'avait regardé disparaître sur la bretelle d'accès. Jusqu'à cet après-midi de juillet, Paul avait été son petit ami. Ils s'étaient rencontrés près de trois ans auparavant, en seconde. Son père était entraîneur de football au lycée de Sommerville. Durant l'hiver de leur année de terminale, on lui avait offert le poste d'entraîneur en chef à l'université de Boston, ce qui offrait à son fils l'accès à cette université avec une bourse. Alors M. Doherty donna à son fils l'argent qu'il avait économisé pendant des années. « Je gardais cet argent pour lui payer ses études, et maintenant je peux lui offrir quelque chose de bien mieux que ce que j'aurais pu payer », expliqua-t-il. Peu avant la fin de la terminale, Paul dépensa cette somme substantielle pour une voiture de sport bleu roi. Il ne l'avait pas depuis un mois qu'il rompait avec sa petite amie, après un tour en voiture et quelques beignets. « Je ne peux pas avoir des entraves maintenant, les opportunités sont trop nombreuses », avait-il expliqué en tapotant le volant comme si l'intérieur en cuir avait le pouvoir de le propulser dans une vie et un monde dont il avait toujours rêvé. Elle avait réussi à s'extirper du siège-baquet sans dire un mot et l'avait regardé repartir dans un crissement de pneus. Paul désirait les attributs de la richesse et son père avait pu réaliser son rêve. Aux dernières nouvelles, il avait réussi, grâce à sa voiture à soixante mille dollars, à se fiancer avec une fille de North Shore, de toute évidence une de celles qui s'extasient devant des pneus coûteux et un morceau de métal assemblé à l'étranger. Pour sa part, elle n'avait jamais accordé d'importance à ce genre de chose.

Lucy avait envie de discuter avec Archer des motifs de ses omissions – ses mensonges – mais elle n'en avait pas eu l'occasion. La veille, il n'était pas là quand elle était rentrée du Rabbit Club. Il semblait difficile d'imaginer qu'il était allé travailler, mais la dernière fois qu'elle avait regardé l'heure, avant de s'endormir, il était 2 h 47 Puis elle était partie pour le bureau du Dr Reese sans même un « bonjour » de politesse. La seule voix qu'elle ait entendue avant de partir appartenait au présentateur de la télévision qui annonçait des embouteillages sur l'autoroute 95.

Elle traversa la rivière et se dirigea vers Rittenhouse Square. Sans qu'elle s'en rende compte, son errance la mena devant l'entrée de l'Arche. Elle poussa la lourde porte et entra.

Le bar était pratiquement désert. Un client solitaire était assis à une table près de la porte avec un journal et une bière. A voir ses cheveux emmêlés, son visage mal rasé et ses ongles noirs, il était difficile de savoir s'il avait commencé de bonne heure sa journée de bar ou s'il était là depuis la veille au soir. L'air sentait l'alcool éventé et le tabac froid. Une grande quantité de bouteilles et de verres vides s'amoncelaient à une extrémité du comptoir. Une affiche annonçait le programme littéraire du soir. Haïkus. Elle ne viendrait pas.

En examinant les murs, elle s'étonna de voir des photographies en noir et blanc du centre de Philadelphie. Bien que le jeu d'ombre et de lumière donnât un aspect sombre aux clichés, les sujets étaient conventionnels : les signes du Zodiaque en bas-relief qui surplombaient les fenêtres au rez-de-chaussée de l'ancien immeuble de la compagnie Drexel, le clocher blanc de l'église Old Swede ou le toit pentu de l'Union League. Elle s'était habituée à l'éclectisme d'Archer et ne l'aurait pas cru attiré par ce genre de travail.

Une photo attira son œil et elle s'approcha : c'était un gros plan du signe des Gémeaux. L'inclinaison du soleil lançait un rai de lumière au milieu de l'image, séparant les jumeaux, rompant leur immortelle connexion.

Lucy se rappelait deux jumelles dans sa classe au lycée, Lana et Lori McDermott, deux filles identiques. Elle avait passé des heures en salle de permanence à les regarder, médusée par le simple fait de leur existence. Quel effet cela faisait-il d'être la moitié d'un doublon ? Elle ne pouvait s'imaginer regarder sa sœur et voir son propre visage. Elle avait fantasmé sur la possibilité d'entrer et sortir de l'existence d'une autre personne, sans se faire remarquer.

« Salut », dit Sapphire, interrompant sa rêverie.

Elle était en train de débarrasser le sol des mégots et débris divers qui le parsemaient, et elle s'interrompit dans sa tâche, appuyée sur son balai. Lucy apercevait la turquoise de son piercing au nombril, qui ressortait sur la peau douce et blanche de son ventre.

« Je cherche Archer », dit Lucy.

Sapphire indiqua d'un mouvement du menton qu'il se trouvait au fond. « Tu nous as manqué hier soir. Je m'attendais à te voir, pour la fête en l'honneur du photographe. »

Lucy se taisait. Que Sapphire ignore ce qui s'était passé paraissait extrêmement bizarre. Entre son travail de comptabilité et son rôle de barmaid, sans parler de son amitié avec Archer, il était difficile de lui cacher quelque chose. « J'ai travaillé tard. Je suis rentrée et je me suis effondrée sur le lit. » Elle sentait qu'il ne lui revenait pas d'expliquer.

« Tu as confiance en lui, il faut le reconnaître. » Elle lança à Lucy un demi-sourire. « Parce que, le laisser tout seul dans cette foule... J'étais folle de jalousie quand on sortait ensemble.

– Quoi ? » Elle n'avait vraiment pas besoin d'une surprise de plus concernant le passé d'Archer, pas maintenant, pas après samedi soir.

« Je n'aurais pas dû t'en parler. Ce n'était rien, dit Sapphire d'un air inquiet. Franchement, je ne l'ai jamais vu si amoureux de quelqu'un avant toi. Vraiment. Et je l'ai vu avec beaucoup de... – Elle s'interrompit et se couvrit le visage de ses mains. – Je m'enfonce, hein ? Désolée. Je suis sûre qu'il sera content de te voir », ajouta-t-elle en tournant la tête vers le petit couloir qui menait au bureau d'Archer.

Bouder Sapphire n'aurait pas été malin. « On verra », dit Lucy en s'efforçant de ne pas paraître trop hostile, avant de s'engager dans le couloir.

« Entre », invita Archer avant même qu'elle frappe. Il avait certainement entendu le bruit de ses pas. Et peut-être que les parois minces avaient laissé filtrer sa conversation avec Sapphire.

Elle entra dans la petite pièce sans fenêtre et ferma la porte derrière elle. Des papiers s'entassaient au sommet d'un placard dans un coin. Le portemanteau, chargé d'une quantité de vestes, blousons, pulls et autres lainages pendus à ses quelques crochets, avait l'air d'un grizzly dressé sur ses pattes de derrière. Des manuscrits et des cartons à dessin couvraient la plupart des coussins d'un canapé.

Il leva les yeux vers elle. « Comment ça s'est passé aujourd'hui ? Du nouveau ? »

Elle tenta de lire sur son visage, en vain. « On a une piste. J'en saurai bien plus demain. » Il n'aurait servi à rien de le laisser espérer une issue rapide. L'hypothèse Calvin Roth avait certes de l'intérêt, mais l'affaire était loin d'être bouclée. « Tu as l'air occupé, dit-elle pour changer de sujet.

— Et toi, ça a l'air de t'étonner.

— Je sais que ça ne doit pas être facile pour toi, c'est tout. D'attendre. Sans savoir. Je m'inquiète un peu.

— Pas la peine, répondit-il d'un ton léger. Ma vie, c'est ça, cet endroit. Pas elle. Pleurer son absence n'est pas plus douloureux maintenant qu'avant. » Il se tut et referma le chéquier qu'il avait ouvert devant lui. Il laissa tomber son stylo et, coudes appuyés sur le bureau, enfouit la tête dans ses mains. « Je vous ai entendues, toi et Sapphire. » Sa voix était étouffée. « Je m'excuse de ne pas te l'avoir dit, mais c'était il y a presque deux ans. On est sortis ensemble deux ou trois semaines. Je ne savais même pas que tu existais. » Il se leva et rejoignit Lucy. Il lui prit les bras, s'en entoura la taille, posa les mains sur ses épaules. Il se pencha et l'embrassa, ses lèvres étaient humides et chaudes. « Je suis flatté que tu sois jalouse mais tu n'as aucune raison de l'être. Ce qui s'est passé entre Sapphire et moi ne change rien pour nous.

— Ce n'est pas un peu bizarre qu'elle continue à travailler ici ? Parce que, il y a un million d'autres bars à Philadelphie. » Avant même de finir sa phrase, Lucy détesta l'intonation geignarde de sa voix. Tout le monde a un passé. On n'y peut rien. Pourtant imaginer Archer et Sapphire ensemble l'agaçait.

« Elle fait bien son travail et elle est honnête. C'est rare dans ce métier. De plus, il n'y avait rien entre nous.

— Est-ce qu'elle te drague encore ?

— C'est totalement irrationnel. J'essaie d'avoir des informations sur ton enquête et c'est l'inquisition dans ma vie sexuelle.

— Tout à l'heure, tu vas me dire que je suis la seule fille avec qui tu aies couché qui n'appartienne pas au Merion Cricket Club. Encore que Sapphire ait probablement cet honneur, elle aussi », bredouilla Lucy.

Il lui agrippa les épaules et la secoua légèrement. « Arrête ! C'est complètement dingue. Je ne suis pas comme ça. Tu le sais bien. »

Peut-être, se dit Lucy. Mais elle ne pouvait nier que cette femme en jean violet moulant provoquait chez elle une légère crise de paranoïa. Le fait que Sapphire ne porte pas de soutien-gorge ne faisait qu'ajouter au problème. Elle se laissa aller contre la poitrine d'Archer. Elle savait qu'elle réagissait davantage à la soirée de samedi qu'à une ancienne petite amie. Sapphire n'était qu'un catalyseur pour ce qui la taraudait réellement, ce qui l'avait amenée ici alors qu'elle avait un travail énorme ailleurs. Jack avait des excuses pour négliger l'enquête. Ses excuses à elle n'étaient guère valables.

« Alors pourquoi est-ce que tu ne m'as pas parlé de ta famille ? »

Il soupira et pencha légèrement la tête, comme s'il voulait l'observer sous un angle différent. « C'est toi qui m'as dit un jour : on peut être différent de ce qu'on était censé devenir. Je me le rappelle.

On était assis devant ton poêle à bois, on regardait les flammes, Cyclops venait juste de me chier sur les genoux...

— C'est vrai ? Tu ne me l'avais jamais dit.

— C'était un instant romantique et je ne voulais pas le gâcher pour de la merde de lapin. Mais sérieusement, quand tu m'as dit ça, j'ai compris que je t'aimais plus que je ne voulais l'admettre. Je te savais capable de me comprendre, moi, comme personne auparavant. »

Elle n'était pas sûre de gober son histoire, mais il paraissait si sincère qu'elle décida de ne pas l'interrompre.

« J'ai tellement de mal à m'exprimer, la plupart du temps – maintenant, par exemple –, c'est peut-être pour ça que je m'entoure d'artistes, d'écrivains, ceux qui pour moi s'expriment le mieux. J'espère que leur talent déteindra un peu.

— Oh, je t'en prie. J'ai rencontré des tas de gens créatifs qui sont à peine capables de tenir une conversation ou même d'aligner trois mots compréhensibles. Dis ce que tu as à dire, tout simplement.

— Merci. – Il s'éloigna d'elle et s'assit sur son bureau. – Comment expliquer ça ? – Il se passa les mains dans les cheveux. – Ma vie était toute planifiée. Capitaine de l'équipe de hockey sur gazon à St.-Mark, vacances d'été à Bar Harbor, études supérieures à Yale, un tas de bals de débutantes où j'accompagnais diverses filles que je connaissais depuis l'enfance, un été de stage à Wall Street chez Merryl Lynch, mon diplôme, un boulot dans la société de mon père, des petites amies rencontrées au Cricket Club... »

Elle avait dû lui lancer un regard étrange – finalement, elle n'avait pas tort – parce qu'il ajouta : « Je ne peux pas te dire avec combien de Bunny et de Marny j'ai perdu mon temps, des filles qui parlent mariage au troisième rendez-vous et qui gardent leur serre-tête pour faire l'amour. Imagine des tenues de petites filles, du martini à flots et une absence totale de passion pour quoi que ce soit. Il y en a même une qui a eu le culot de me demander de faire attention à sa coiffure !

— Merci de tes confidences », déclara Lucy. Bien qu'elle n'eût pas spécialement envie de s'attarder sur ce qu'il venait de lui dépeindre, elle l'imaginait sans difficulté. Au lieu de parler robes de demoiselles d'honneur et art du bouquet, ses amies rêvaient montagnes de dollars et listes de mariage, mais ses camarades de terminale à Sommerville avaient les mêmes préoccupations que leurs sœurs de la Main Line : trouver un compagnon, préparer un mariage, décorer une maison, fonder un foyer.

« Je regarde des types maintenant, des types qui ont trente ans, un début de bedaine et une expression satisfaite, qui mâchouillent des cigares et parlent comme s'ils avaient cinquante ans – et ça me fait grincer des dents. J'étais comme eux en fac. Il m'arrivait même de m'habiller comme eux – on aurait dit que je voulais ressembler à Winston Churchill – je buvais trop de porto et j'essayais de jouer les intellectuels. Ça passait bien dans le milieu des investissements bancaires, mais je t'assure que tu ne m'aurais même pas regardé.

– Je ne savais pas que tu avais travaillé pour ton père, dit-elle en ignorant sa dernière remarque.

– Pas longtemps. Faire exactement ce qu'avait fait mon père et son père avant lui, et ainsi de suite, me donnait un immense sentiment de sécurité. Ce qu'on connaît, ce qui est familier, même si ce n'est pas parfait, c'est plus facile que les nouveautés mystérieuses, sûrement. Mais ce n'était pas moi. Le problème, c'est que plutôt que de laisser tomber je suis resté, et je me suis rebellé en douceur – pas tellement en douceur, en fait. J'ai aménagé une péniche sur le Delaware, la nuit je m'endormais en écoutant les rats trotter et gratter. Mes vêtements puaient le moisi. J'essayais désespérément de me déguiser en bohème alors que ce dont j'avais besoin, c'était d'un changement d'orientation. Au bout d'à peu près un an et demi, j'ai bazardé et ma vie dans la finance et ce fichu bateau. C'est là que j'ai acheté l'Arche.

– Comment a réagi ton père ?

– Il m'a dit que j'étais comme ma mère. »

Ils se turent tous deux un moment.

Puis Archer reprit, lentement, comme s'il examinait tous ses mots soigneusement. « J'aime mon père et je crois sincèrement qu'il m'aime. Il nous a fallu des années pour apprendre à nous connaître, plus longtemps que dans la plupart des relations parents-enfants. Je crois que mon père a fini par comprendre que je ne cherchais pas à le ridiculiser, que j'essayais simplement de trouver ma voie. Et j'ai admis qu'il n'était pas responsable du départ de ma mère. Si elle se sentait étouffer, ce n'était pas la faute de mon père. Peut-être qu'ils n'avaient pas les mêmes aspirations. Il a des valeurs plutôt correctes. La vie qu'il a choisie n'a rien de honteux. Je crois qu'au fil des années on s'est tous deux rendu compte qu'on avait besoin l'un de l'autre.

— Alors pourquoi est-ce que ça t'a pris si longtemps pour m'en parler ? »

Il regarda par terre un instant, et elle se demanda s'il n'allait pas se mettre à pleurer. Mais quand il la regarda, il avait les yeux secs. « Pour deux raisons, une noble et une ignoble.

— Commençons par la bonne.

— Il m'a fallu longtemps pour arriver là où je suis. Un endroit où je me sens plutôt content de moi et de mes choix. Et je voulais voir si on pouvait vivre une vraie relation sans se préoccuper des apparences – quelque chose de confortable et de chaleureux, avec tout le nécessaire mais sans superflu. Et regarde comme on s'en sort bien ! » Il l'attira contre lui.

Elle l'embrassa sur le front.

« Je suppose que tu vas aussi vouloir connaître la raison ignoble, alors autant que je lâche le morceau, reprit-il d'une voix plus légère. À la vérité je pense que je ne te croyais pas vraiment amoureuse. D'autres femmes ont vu ma maison, elles changeaient d'attitude ensuite. Je ne voulais pas que ça nous arrive.

— Si tu crois qu'une domestique harassée et une table assez grande pour faire manger un régiment ouvrent le chemin de mon cœur, tu te trompes. Encore que le repas était délicieux. »

Elle sourit.

« Ecoute, je vais être franc. Je travaille dur parce que j'en ai envie, parce que j'aime l'Arche, pas pour payer mes factures. Et ça me donne beaucoup de liberté – bien plus que n'en ont la plupart des gens. Mais je voulais être sûr que tes sentiments pour moi ne changeraient pas, que, quand tu aurais fait la connaissance de mon père, tu n'essaierais pas de me convaincre de retourner auprès de lui et de faire ce qu'on avait toujours attendu de moi. Je ne veux pas siéger dans des conseils d'administration. Je ne veux pas que les œuvres de charité me fassent du charme. Si je fais de la philanthropie, je ne veux pas le crier sur les toits. J'ai besoin de vivre ma vie à ma façon et tout ce que j'espère, c'est que tu approuveras mes choix. Mais je t'ai sous-estimée en pensant que tout ça t'importerait.

— En effet.

— Je suis désolé. Quand j'ai eu l'impression de vraiment te connaître, je me suis rendu compte que ça ne serait pas un problème, mais il était trop tard. Je ne savais pas comment te l'annoncer. Alors je me suis dit que le plus simple serait de t'emmener voir mon père. J'avais déjà rencontré ta famille. »

Elle réfléchit un instant. Puis elle le regarda droit dans les yeux et dit d'un ton détaché : « Je ne veux pas être intéressante simplement parce que je suis différente. Je ne veux pas que ma principale qualité soit de ne pas venir de la Main Line. Et je suppose qu'après hier soir, et après avoir découvert ton ex-petite amie anticonformiste, je me demande si ce n'est pas le cas, dit-elle, soulagée de formuler à voix haute ce qu'elle ressentait.

— Ne dis pas de bêtises. L'anticonformisme n'a rien avoir avec tes qualités. Tu es merveilleuse. » Il s'approcha de la porte et tourna le verrou. « Bon, si tu ne fais pas de bruit du tout... », dit-il en souriant et en débarrassant le canapé de ses liasses de papier.

« Qu'est-ce que tu fais ? » demanda-t-elle, tout en sachant qu'elle n'avait pas l'intention de lui opposer la moindre résistance. Il restait tant à faire, tant d'indices à chercher sur la mort de Morgan, mais pour quelques instants elle voulait oublier, tout comme lui, supposait-elle. Quand elle reprendrait le travail, cette enquête pour homicide en serait exactement là où elle l'avait laissée.

« J'ai vraiment besoin de consolation, dit-il, sentant ses hésitations. Et tu es la seule au monde à pouvoir m'en apporter », ajouta-t-il en tendant la main pour déboutonner son chemisier.

15

21 h 07

Le poète, jeune homme androgyne répondant au nom incongru de Fred Smith, venait de finir ce qui devait être son centième haïku. Le public clairsemé applaudit sans enthousiasme. Quand le bruit commença de s'éteindre, un jeune homme se mit à taper frénétiquement dans ses mains. Fred sourit, se dirigea vers lui, l'embrassa longuement sur les lèvres et se glissa sur le siège voisin. Assise au bar devant une assiette de houmos au citron avec un petit pain grec – la spécialité de la maison – et un verre de chardonnay, Lucy se sentit soulagée qu'il eût au moins un fan. Chacun doit trouver chaussure à son pied. Archer remercia Fred et le public. Pour la première fois depuis presque deux jours, Lucy se sentait apaisée.

« Dieu merci, c'est terminé », soupira Sapphire en ouvrant une bouteille et en remplissant à nouveau le verre de Lucy. « J'aimerais bien qu'Archer allège un peu l'ambiance de temps en temps, avec un comique ou un bon conteur. Mais non, ajouta-t-elle d'un ton sarcastique, c'est Fred le poète homosexuel de Lancaster créateur de haïkus. Tu te rends compte ? Ses parents sont amish. Je te le dis, le monde tourne de moins en moins rond. Et en plus, il a réussi à picoler pour cent quarante dollars, et bien sûr, Archer va effacer son ardoise. »

Lucy gloussa. Un client à l'autre bout du bar leva la main pour attirer l'attention de Sapphire. « Tu as le journal d'aujourd'hui ? », se hâta de demander Lucy. Elle ne l'avait pas lu et voulait voir si la presse parlait du meurtre du Dr Reese.

« Bien sûr. » Sapphire sortit de sous le comptoir un exemplaire mal replié de l'*Inquirer*. « Il est à toi. »

Il fallut un moment à Lucy pour remettre les pages dans l'ordre et trouver la une. Nouvelles de l'étranger, encore un article sur la hausse du prix du pétrole, une colonne sur le meurtre de Morgan. À l'intérieur, un article accrocha son regard : DAVID ELLERY NOMMÉ DIRECTEUR DU CENTRE WILDER, disait le titre. *Cette nomination a été décidée après la mort tragique de la favorite*, poursuivait le journaliste en plus petits caractères.

Lucy parcourut l'article et s'arrêta sur un paragraphe près de la fin :

> *Le Dr Morgan Reese, collègue et amie de longue date du Dr Ellery, avait été initialement choisie, selon un proche du comité de sélection qui préfère garder l'anonymat. Après l'annonce du brutal assassinat de la psychiatre, Ellery a appris hier que le poste était à lui. Il a accepté immédiatement, nous a-t-on déclaré. Le commissaire principal n'a pas voulu répondre à nos questions sur la progression de l'enquête.*

Quelques heures auparavant, elle avait formulé ses soupçons contre Calvin Roth dans une demande de mandat, de perquisition pour fouiller son domicile. Mais, tout à coup, un autre scénario semblait tout aussi plausible, et tout aussi séduisant : Ellery déclare le vol de son revolver. Les soupçons se portent immédiatement sur le patient psychopathe. Un mois plus tard, l'arme en question sert à tuer sa rivale pour un poste prestigieux et lucratif à la tête d'une nouvelle clinique psychiatrique.

Le vol était-il un leurre ? Ellery avait-il préparé le meurtre de Morgan depuis des semaines ? s'était-il fait inviter au Rabbit Club dans le but d'assassiner Morgan ? Tout y était : les moyens, le mobile et l'opportunité – cela paraissait presque trop facile. De plus, ce scénario n'avait un sens que si Ellery savait avec certitude qu'il serait nommé en cas d'élimination du Dr Reese, supposition qui excluait les autres candidats. Pour un poste si désirable, les amateurs qualifiés ne devaient pas manquer.

Son esprit lui jouait des tours. C'était un médecin reconnu – un psychiatre, rien de moins. Il ne pouvait commettre un assassinat.

La vibration de son téléphone portable interrompit ses conjectures. « Détective O'Malley, répondit-elle.

– C'est Rodman Haverill... le père d'Archer.

– Tout va bien ? », réussit-elle à demander. Le simple fait qu'il connaisse son numéro de portable était sidérant. « Je suis... je suis navrée pour votre... pour le Dr Reese.

– J'aimerais beaucoup discuter de certaines choses avec vous concernant sa mort, dit-il, ignorant apparemment ses condoléances. J'aimerais que vous me rejoigniez pour déjeuner demain au Merion Cricket Club. À midi. »

Demain. Elle pensa au mandat de perquisition. Le déjeuner s'achèverait à deux heures, trois au plus tard. La journée serait loin d'être finie.

« D'accord, je vous retrouve là-bas, dit-elle.

– Très bien. Venez seule, s'il vous plaît. »

Elle ne répondit pas tout de suite, se demandant ce qu'elle dirait à Jack. Il ne l'approuverait pas. « D'accord. » Avant même d'avoir fini de parler, elle eut le sentiment bizarre qu'elle allait s'attirer des ennuis.

« Je préviendrai la réception de votre venue. Entrez directement. Inutile de vous annoncer.

– Très bien.

– Lucy, j'apprécierais que vous soyez discrète. Je veux dire, avec Archer. »

Cette fois elle ne répondit pas. Il pourrait considérer son silence comme un acquiescement sans qu'elle soit obligée de s'engager verbalement.

À l'autre bout de la salle, Archer entretenait une discussion animée avec Fred et son ami, sans savoir ce qui venait de se passer. Que faisait-elle donc ? Elle soupira, en se demandant comment la situation avait pu devenir si compliquée en si peu de temps.

22 h 15

Gertrude posa sa robe de chambre sur le dossier d'une chaise, ôta ses chaussons et rabattit les couvertures. Elle éteignit la lumière et posa la tête sur son oreiller. La nuit était calme et silencieuse, en dehors du chant de quelques criquets qui entrait par la fenêtre ouverte. Un rayon de lune éclairait une partie de la chambre, alors elle mit son masque en satin sur ses yeux et se retrouva dans le noir total. Elle avait besoin de dormir.

Malgré son épuisement, elle n'arrivait pas à trouver le sommeil. En écoutant le tic-tac de son réveil, elle repensait sans cesse aux événements des deux derniers jours. Elle ne pouvait supporter qu'un acte aussi violent, aussi sordide, souille son club. Durant toutes ses années de loyal service, elle n'avait encore jamais eu à escorter un officier de police dans ce lieu sacro-saint.

Cric. Elle entendit gémir une latte de parquet. La bâtisse était si vieille et pleine de courants d'air que la moindre brise ébranlait les menuiseries et faisait claquer les portes. Elle avait l'habitude des bruits et mouvements particuliers de cette maison.

Un second grincement retentit, plus long. Puis elle entendit une porte tourner sur ses vieux gonds. Ce devait être un membre, encore qu'elle ne voyait pas ce que quelqu'un pouvait venir faire à cette heure. Sauf si... Elle pensa à la lettre qu'elle avait trouvée et donnée à cette jeune détective si charmante. Son auteur s'y connaissait en menaces.

Elle se morigéna. Rien de mal ni de malséant n'avait jamais sali ce club ; son histoire était sans tache. Elle laissait son esprit battre la campagne. Pourtant, c'était possible. De toute évidence elle avait oublié de fermer la porte à clef, et les temps avaient changé. Elle lisait assez d'histoires affreuses dans les journaux pour le savoir.

Peut-être qu'un sans-abri s'était introduit à l'intérieur. Ou un voleur. Sachant qu'elle ne pourrait jamais dormir avant de s'être calmé l'esprit, elle se leva, renfila sa robe de chambre et ses chaussons, et déverrouilla la porte de sa chambre.

Le couloir était obscur. De même que l'escalier. Elle tendit la main vers l'interrupteur en haut des marches, mais sans résultat. Changer cette ampoule serait une tâche de plus à ajouter à sa liste, une liste qui s'allongeait de façon exponentielle avec les perturbations des dernières quarante-huit heures. Elle écouta mais n'entendit rien. Gertrude, tu deviens sénile, se dit-elle, refusant l'idée qu'elle se faisait peut-être trop vieille pour gérer le club.

Un coup sourd bien audible retentit et elle se figea dans l'escalier. « Qui est là ? » appela-t-elle dans le noir. L'espace d'un instant, elle se demanda si elle ne devrait pas appeler la police, mais décida de n'en rien faire. Elle avait des devoirs envers ce club et ses membres. La discrétion faisait partie intégrante de son travail, et il lui incombait de s'assurer que les membres pouvaient venir s'y distraire dans la paix et la tranquillité. Elle avait déjà exposé le club et sa réputation en appelant la police samedi. Elle réglerait toute seule le problème de ce soir.

Elle descendit l'escalier sur la pointe des pieds. Une lampe était allumée dans la salle de jeu et elle entendit des bruits de fouille, tiroirs qu'on ouvre, portes de placards qu'on claque. L'intrus ne faisait aucun effort pour dissimuler sa présence, ce devait donc être un membre, et elle se sentit soulagée de ne pas s'être empressée d'appeler la police. Un incident inutile aurait pu lui coûter ce travail qu'elle aimait. « Est-ce que je peux vous aider ? », s'enquit-elle.

Soudain la lumière s'éteignit dans la salle de jeu. Et elle se retrouva dans le noir. Ce comportement était fort étrange. En se tenant à la rampe, elle descendit à tâtons. La maison était silencieuse. Même les criquets se taisaient. Elle entra dans la salle de jeu et appuya sur l'interrupteur, illuminant la pièce.

Un homme se précipita sur elle et la bouscula pour gagner la porte. Elle trébucha, tenta d'agripper quelque chose pour se retenir – le mur – mais en vain, et elle tomba contre un fauteuil en bois. Elle ressentit une douleur intense dans le dos, fut prise d'un vertige.

Il avait agi si vite, et elle avait été si surprise, que ce ne fut qu'en entendant une voiture démarrer qu'elle comprit que l'intrus n'en était pas un. En fait, il avait encore plus qu'elle le droit d'être là. Mais elle ne comprenait pas pourquoi le président du club était venu à cette heure tardive et était reparti si précipitamment. M. Nichols aurait certainement pu lui demander de l'aider s'il avait besoin de quelque chose.

16

Mardi 20 mai
Midi

Ce qu'on apercevait du Merion Cricket Club depuis la rue ne rendait pas justice à la grande construction de briques rouges, avec ses volets verts et ses ornements, qui surplombait les courts de tennis. C'était peut-être voulu. Seuls les membres pouvaient apprécier la majesté et l'élégance réelles de son architecture. Une grande partie de la façade était couverte de lierre, ce qui donnait aux parties les plus anciennes de cette bâtisse historique l'aspect d'un visage barbu. Les pelouses portaient encore les traces du passage de la tondeuse. Lucy se demanda un moment ce qu'éprouvaient les employés à plein temps de cet endroit, probablement des immigrés qui ne devaient guère imaginer, en arrivant à Philadelphie, que de tels endroits existaient et qu'ils n'étaient voués qu'à la pratique de sports de loisir.

M. Haverill l'avait en effet inscrite, et l'employé à l'entrée de l'allée lui fit signe de passer en jetant un coup d'œil en coin à ses plaques d'immatriculation. Une série de flèches guidaient les automobilistes vers un parking près d'un bâtiment neuf, coiffé d'un dôme transparent, pour le tennis en salle. Elle laissa son Explorer parmi les voitures étrangères foncées, et rebroussa chemin vers le bâtiment principal.

A quelques pas de l'entrée elle s'arrêta pour observer plusieurs doubles dames qui battaient leur plein malgré la fraîcheur du temps. Des silhouettes athlétiques en courtes jupettes blanches et vestes de survêtement dansaient la chorégraphie familière des doubles : service, revers croisés, volées, lobs, smashes. Silencieuse, elle écouta les *ping* des balles qui allaient et venaient, et par intermittence le son étouffé de rires ou taquineries polies. Le jeu paraissait si différent dans ce cadre, si loin des courts synthétiques craquelés et des filets déchirés du lycée de Sommerville où les jeunes du quartier jouaient en short de basket et tee-shirt.

Elle grimpa les marches qui menaient à une petite terrasse couverte. Elle était déserte, ce qui n'avait rien d'étonnant. Le lierre et l'avancée du toit conservaient à l'endroit fraîcheur et pénombre, ce qui attirait probablement plus de monde par un été torride que lors d'une journée comme celle-ci. La double porte-fenêtre s'ouvrait sur une salle spacieuse divisée en petits salons par la disposition des fauteuils, causeuses, tables basses et tables de jeu. Sur deux canapés face à face, de part et d'autre d'une cheminée, se reposaient des femmes en survêtement de velours à liséré pastel. Des verres de thé glacé et un bol de biscuits à apéritif étaient disposés sur un plateau rond entre elles. A l'autre bout de la pièce, trois vieilles dames couvertes de bijoux jouaient au bridge avec un homme élégant à cheveux blancs.

« Lucy. » Elle entendit la voix de M. Haverill derrière elle.

Elle se retourna pour le saluer. Il portait une veste de tweed sur un polo blanc et un pantalon bleu marine.

« Suivez-moi. »

Il la conduisit jusqu'à une salle à manger dont trois côtés étaient formés par des fenêtres à vitraux donnant sur d'autres courts de tennis. D'immenses lustres en cristal ajoutaient une lumière indispensable par cette journée sombre. Malgré l'heure, les personnes attablées étaient peu nombreuses. Le maître d'hôtel tira une chaise et Lucy y prit place avec quelque embarras. Un serveur en uniforme se présenta immédiatement, tenant un plat en porcelaine sur lequel des coquilles de beurre étaient disposées en pyramide. A l'aide de pincettes il leur offrit ensuite à chacun un petit pain.

« Je vous recommande le cake au crabe. La soupe à la tomate et au basilic est également très convenable, dit M. Haverill en ouvrant son menu.

– Ça me paraît très bien », dit Lucy sans prendre la peine de regarder le sien. Elle n'avait pas de goûts prononcés en matière de gastronomie et préférait se concentrer sur le but de cette rencontre plutôt que sur les plats proposés.

« Très bien. » Il fit signe au garçon et commanda pour deux.

« Il faut vraiment que je vous pose la question : pourquoi cet endroit s'appelle-t-il le *Merion* Cricket Club alors qu'il se trouve à Haverford ? »

Il ne parut pas trouver sa question amusante.

« Le club a déménagé ici au milieu du siècle, mais sa réputation était déjà faite. Les membres n'auraient pas apprécié un changement de nom.

– Et en ce qui concerne le cricket ? Est-ce qu'on y joue encore ?

– Une partie est organisée ici tous les ans, pour perpétuer la tradition, mais malheureusement, le cricket n'est plus ce qu'il était.

– Tout ce que je sais sur le cricket, je l'ai vu dans une publicité pour des vacances aux Bermudes.

– C'est normal. A Boston peu de gens s'y intéressaient. Mais à Philadelphie c'était différent. En plus des matches entre clubs, il s'y déroulait des compétitions internationales, dont beaucoup ont eu lieu ici même. Et nos équipes disputaient des matches à l'étranger et s'en tiraient fort honorablement, même contre les Australiens.

– Vous jouiez ? demanda Lucy.

– Oui. » Il enleva une branche de céleri de son verre et but une gorgée de son Bloody Bull, un mélange de bouillon de bœuf froid et de jus de tomate. « Il y a longtemps, quand j'étais étudiant à Haverford. Le monde était bien différent alors. Le cricket n'avait rien à voir avec les sports d'aujourd'hui. Les athlètes venaient des meilleures familles – et non des écoles publiques ou du ghetto. Les Newhall dominaient, c'était une famille impressionnante. Mais c'est fini depuis longtemps. Le public d'aujourd'hui n'a ni la patience ni l'élégance nécessaires pour le cricket. Le tennis l'a complètement supplanté. »

Elle s'émerveillait de son arrogance. Sa conscience de classe semblait sortir tout droit du répertoire théâtral classique. « Vous devez aimer le tennis », remarqua-t-elle pour dire quelque chose, en regardant par la fenêtre le vert monolithique du paysage.

« Pas vraiment. Mais j'aime ce club quand il n'y a pas trop de monde. Le bruit et les lance-balles peuvent devenir insupportables. La semaine dernière, il y a même eu une échauffourée au bar. »

Faire du tapage dans un bar était certainement un péché mortel. Bien qu'elle ait elle-même abordé le sujet, la conversation n'allait nulle part. La patience de Lucy était mise à rude épreuve, de même que sa curiosité. Elle avait des milliers de choses à faire pour cette enquête et subir un exposé sur le déclin moral du cricket n'en faisait pas partie.

« Je suis vraiment navrée pour le Dr Reese. »

A cet instant, le garçon apporta les soupes. M. Haverill détourna les yeux pour contempler la condensation qui se formait sur les verres à eau. Il goûta le potage et reposa sa cuiller sur le bord de son assiette. « Morgan et moi suivions des chemins différents depuis bien longtemps. Sa mort prématurée est une tragédie mais je m'étais déjà fait une raison, tout comme mon fils, je crois. »

Ses paroles faisaient écho à celles d'Archer. N'éprouvait-il vraiment rien ? Lucy n'y croyait pas une seconde. Raison ou pas, elle avait été sa femme, la mère de son fils.

« Pourquoi vouliez-vous me parler de sa mort ? »

Il s'éclaircit la gorge.

« Excusez-moi si je parais choqué. Les femmes de ma génération ne sont pas aussi... directes.

— On m'a déjà reproché de manquer de tact, dit Lucy en se forçant à sourire. C'est que... Bon, vous devez bien vous imaginer que c'est difficile pour moi. D'être ici avec vous à l'insu d'Archer.

— Etes-vous en train de me dire qu'il en serait fâché ?

— Ça dépend probablement de ce que vous avez à me dire. Mais je ne lui reprocherais pas d'être surpris.

— Bien peu de choses surprennent Archer, ma chère. Plus tôt vous le comprendrez, mieux vous vous porterez. Mais je vous ai invitée pour le protéger, entre autres. » Il rompit son petit pain, choisit une coquille de beurre et l'écrasa au centre de la mie avec son petit couteau. La bouchée qu'il avala contenait plus de beurre que de pain. « Morgan et moi avons été mariés très peu de temps – moins de cinq ans. Elle n'a fait aucun effort pour garder le contact avec Archer ou pour accomplir son devoir de mère. Elle et moi n'avions plus parlé ensemble depuis des années, jusqu'à... » Il s'interrompit, et décida de ne pas achever. « Il ne serait pas juste d'exposer notre famille à l'attention que votre enquête risque de susciter dans les médias. Nous voulons que notre vie privée reste privée.

– Je n'ai aucun contrôle sur les médias.

– Peut-être pas officiellement.

– Nous avons un service de presse qui se charge des contacts avec les médias.

– Peut-être. Mais les journalistes doivent bien appeler le commissariat pour obtenir des informations. Les services de police font des déclarations sur les enquêtes très médiatisées. C'est ce que j'essaie d'éviter, de voir nos noms prononcés dans ces circonstances. La relation de Morgan avec les Haverill n'a aucun rapport avec ce qui lui est arrivé ou avec votre enquête – Il se pencha vers elle. – Je vais être très clair. Je suis prêt à payer une belle somme en échange de votre discrétion. »

Arrogance mise à part, le simple fait qu'il l'ait attirée dans son club pour lui proposer un pot-de-vin était insultant – même si ce qu'il voulait n'était pas de son ressort. Apparemment, venir d'une bonne famille n'empêchait pas d'être un connard.

« Je suis désolée, je ne peux pas vous aider, dit-elle. Mon devoir d'officier de police est de mener une enquête approfondie. Nous ne ferons aucune déclaration gratuite – et nos services prendront des précautions supplémentaires pour éviter les fuites – mais il est hors de question que mon équipier et moi-même changions notre façon de procéder à cause de mes relations avec Archer ou... pour toute autre raison. »

M. Haverill plissa les lèvres, tentant de contenir son irritation. Malgré l'abandon de Morgan et la décision de son fils de ne pas faire carrière dans la finance, Lucy supposait que, pour l'essentiel, il avait toujours obtenu ce qu'il voulait. Il devait penser pouvoir la convaincre, sans quoi il n'aurait jamais proposé cette rencontre.

« Cela dit, précisa-t-elle, si sa vie personnelle – dans ce cas sa vie d'avant – ne joue aucun rôle dans son assassinat, vous aurez peut-être ce que vous désirez. Les services de police sont parfaitement conscients des perturbations que peut causer la publicité. Nous ne cherchons à blesser personne. Je ferai tout mon possible pour m'assurer que les informations seront seulement communiquées à ceux qui ont besoin de les connaître. »

C'était le mieux qu'elle pouvait faire, et il parut le comprendre. Ils se dévisagèrent un moment en silence. Heureusement le garçon arriva avec leurs cakes au crabe, fournissant une diversion bienvenue. Il plaça les assiettes devant eux et souleva les couvercles en argent qui maintenaient les mets au chaud. « Bon appétit », souhaita-t-il.

M. Haverill se mit à manger rapidement, signifiant que la conversation était terminée. Quand le repas serait terminé lui aussi, ils pourraient partir chacun de leur côté.

Lucy se pencha vers lui. « Puisque je suis là, pourrais-je vous poser quelques questions ? »

Il leva les yeux avec un déplaisir évident.

« Qui est Walter Reese ?

– Etait. Walter était le père de Morgan. Un homme formidable. Il est mort peu après notre mariage. »

Lucy tenta de cacher sa surprise. Morgan avait-elle utilisé illégalement l'identité de son père afin d'obtenir des médicaments pour elle-même ? Elle se rappela le message sur le répondeur. Pas étonnant que la compagnie d'assurances se pose des questions sur cette prescription. Mais il semblait tout aussi étrange que Morgan n'ait pas simplement payé ses médicaments, ce qui lui aurait évité toute complication. Pourquoi risquer de perdre le droit d'exercer pour dissimuler le fait qu'elle avait besoin d'un traitement contre l'anxiété ?

« Morgan a-t-elle encore de la famille ?

– En dehors d'Archer ? – Il haussa un sourcil. – A ma connaissance, non.

— Vous disiez, ou vous alliez dire avant de vous raviser, que vous aviez été en contact avec Morgan. Récemment, je suppose. C'est bien ça ? »

Il hocha la tête mais resta muet.

« Pouvez-vous me dire pourquoi ? »

Il se taisait.

« Ecoutez... monsieur. Comme je vous l'ai dit, je ferai de mon mieux pour vous aider. J'essaie de résoudre ce crime aussi vite que possible. Pour l'instant, nous en savons encore très peu sur la vie de Morgan ou les raisons pour lesquelles quelqu'un pouvait souhaiter sa mort. Si vous avez des informations qui pourraient être importantes et que vous refusez de les communiquer, il ne me restera qu'une solution... une méthode, et je n'ai pas envie de l'employer.

— Quelle méthode ?

— Vous faire convoquer par le procureur. »

Il toussa. « Je vous demande pardon ?

— En fait, vous et moi voulons la même chose, voir la fin de cette affaire. Elle s'achèvera quand nous aurons attrapé l'assassin de Morgan. Ce serait bien plus facile si vous me disiez ce que vous savez sur elle. Ici et maintenant. »

Elle aurait dû l'obliger à se présenter au commissariat, sur son terrain. Mais puisque le mal était fait, elle était bien déterminée à rentrer avec des informations utiles.

« Vous êtes dure, remarqua-t-il à voix basse.

— C'est mon travail. »

Il posa son couteau et sa fourchette dans son assiette. « Elle m'a appelé. » Il mit la main dans sa poche et en sortit une feuille de papier au bord déchiré. Elle semblait avoir été dépliée et repliée un grand nombre de fois. Il l'ouvrit à nouveau et y jeta un coup d'œil, par habitude de toute évidence : à en juger par l'expression inquiète de son visage, il n'avait aucun besoin de se rafraîchir la mémoire. « Elle voulait m'informer qu'elle avait pris une assurance-vie pour un montant important.

— Important à quel point ?

— Cinq millions de dollars.

– Pourquoi vous le dire ? »
Il hésita un instant.
« Parce que Archer en est le bénéficiaire. »
Prendre une assurance-vie ou même payer les mensualités d'un contrat existant pour une telle somme, à son âge, était un investissement non négligeable. Pourquoi une mère qui ne voit plus son fils ferait une chose pareille, en sachant que la famille Haverill était déjà plus qu'à l'aise ? Morgan devait savoir qu'Archer ne manquerait jamais de rien.
« Quand vous l'a-t-elle annoncé ?
– Il y a quinze jours. Nous avons eu une brève conversation. Ce sont les notes que j'ai prises.
– Pourquoi avoir pris des notes ?
– Je ne suis plus tout jeune. J'ai besoin d'aide-mémoire. »
Son ton ne permettait pas à Lucy de savoir s'il plaisantait.
« Est-ce qu'Archer est au courant ? »
Il secoua la tête.
« Pourquoi ne lui a-t-elle rien dit directement ? Pourquoi passer par vous ? Archer n'est plus un enfant », ajouta-t-elle. Puis elle se rappela l'invitation à déjeuner de Morgan. Peut-être avait-elle eu l'intention de lui en parler, mais il ne lui en avait pas donné l'occasion. Il ne lui avait pas répondu, même pas pour refuser l'invitation.
« Parce qu'elle connaissait mon opinion sur les fortunes obtenues par héritage. »
Elle joignit les mains et se pencha vers lui. « Et cette opinion est ? »
Il s'éclaircit la gorge. « Je doute que ce que je m'apprête à dire ait beaucoup de sens pour vous, mais je vais quand même exposer mon point de vue. Comme vous le savez, Archer est un privilégié. Enfant, il a eu tout ce que l'argent pouvait acheter. Il sait que la maison et tout ce que je possède lui reviendront un jour, peut-être pas très lointain. Et cela lui a permis de se conduire de façon irresponsable. Ce dont il a hérité et ce dont il héritera l'ont rendu téméraire. »
Etre propriétaire d'un bar ne correspondait pas à ce qu'on atten-

dait d'un enfant de la Main Line. Qu'il ait créé un endroit animé pour un public très varié ne semblait pas impressionner son père.

« Il a abandonné une profession utile, poursuivit M. Haverill. Il fournit un lieu d'expression à des artistes qui ne trouvent pas de galerie et des écrivains que personne ne publiera, des soi-disant créateurs qui ne payent même pas leur note de bar.

– Mais il adore son travail.

– Ce n'est qu'un hobby. Il n'a rien accompli, il est simplement devenu un gros poisson dans un petit étang qu'il a lui-même fabriqué. Il ignore les règles basiques du capitalisme que la plupart d'entre nous ont apprises. Il n'a aucun sens de ses obligations sociales. »

Elle était choquée. Elle voulait le voir comme un vieil homme qui, parce qu'il n'avait pas fait grand-chose dans sa vie sinon de l'argent, ressentait de l'amertume en voyant son fils choisir une autre voie. Ce serait l'interprétation la plus charitable de ses paroles. Mais malheureusement, elle n'y croyait pas. Il ne lui semblait pas être de ceux qui remettent en question leurs propres choix. Réfléchir sur soi-même demandait une ouverture d'esprit dont M. Haverill manquait cruellement. Sa voie était la voie juste, et c'était Archer l'égaré.

« Morgan voulait me parler parce qu'elle savait que cette assurance me blesserait. Elle avait appris l'ouverture de l'Arche. Je suppose qu'elle me connaissait assez bien, malgré toutes ces années, pour savoir que je désapprouvais.

– Alors pourquoi vous dire qu'elle laissait encore plus d'argent à Archer ?

– Elle m'a dit : "Tu n'auras pas à te dire qu'il dilapide ton argent durement gagné. Laisse tes biens à des œuvres de charité. Deviens un grand philanthrope. Rends-toi immortel. Je m'occuperai d'Archer" Elle croyait pouvoir revenir dans nos vies et essayer de défaire ce qu'elle avait fait. Elle ne se souciait pas de me rabaisser. »

Lucy se remémora sa conversation de la veille avec Archer : *il m'a dit que j'étais comme ma mère*. Morgan réussirait dans la mort ce qu'elle n'avait pas fait de son vivant : libérer son fils de l'héritage des Haverill – une libération qu'elle avait elle-même cherchée. Cette assurance, ce geste, garantirait à Archer la possibilité de faire à sa guise, de vivre la vie qu'il souhaitait, sans en référer à personne.

« Est-ce que vous avez une copie du contrat ? demanda-t-elle.

— Mon avocat fait les démarches pour s'en procurer une.

— J'aimerais la voir quand vous l'obtiendrez. Quand comptez-vous l'annoncer à Archer ?

— Il sera averti le moment venu.

— Et quand viendra le moment, à votre avis ? », demanda-t-elle en le regardant droit dans les yeux.

« Quand j'aurai la certitude que cet argent ne le rendra pas encore plus irresponsable. » Il prit sa serviette sur ses genoux et la posa sur la table. Le repas était terminé.

« Vous faites une énorme erreur, monsieur, dit-elle, refusant de saisir la signification du geste. Je connais votre fils. Il est intelligent. Il s'intéresse au monde autour de lui. Il sait reconnaître le talent, et il aime aider les autres. Vous vous trompez lourdement si vous prenez sa passion et son dévouement pour de l'irresponsabilité.

— Je vous ai demandé de venir pour obtenir votre aide, pas pour subir un sermon. Je crois qu'il est temps de nous quitter. »

Elle sentit un flot d'adrénaline monter en elle, alimenté par sa colère.

« Vous m'avez invitée pour voir si je pouvais vous aider à obtenir ce que vous vouliez. Je ne sais pas exactement de quoi il s'agit, mais je ne suis pas à vendre. Je n'accepte pas les pots-de-vin. Mais j'aime votre fils et je ne veux pas qu'on lui inflige des souffrances supplémentaires. Alors je vous donne un conseil. Gratuitement », ajouta-t-elle, en pensant un instant à la Lucy de la bande dessinée *Peanuts*, qui offrait des conseils psychologiques sur un stand de fortune, pour le simple plaisir d'entendre ses honoraires, une pièce de cinq *cents*, cliqueter dans sa tirelire. Elle se pencha vers M. Haverill. « Dites-lui la vérité. Dites-lui ce que sa mère a fait... Tout de suite. Vous libérer de quelques secrets pourrait vous être bénéfique à tous les deux.

— Ce n'est pas un jeu, détective O'Malley.

— Alors n'essayez pas de battre votre fils. »

Il ne répondit pas, mais fit signe au garçon et donna son numéro de compte au club en guise de paiement.

En se levant, Lucy se sentit prise d'un vertige. Elle se rendit compte que ses jambes se dérobaient sous elle. Elle avait voulu défendre Archer et ses choix, mais son audace avait un prix. Après tout, cet homme était le père – la seule famille – de l'homme qu'elle aimait. Par ses efforts pour réparer la relation entre M. Haverill et Archer, elle avait certainement anéanti toute chance d'en établir une avec lui. Elle se hâta de s'appuyer à une chaise.

En se redressant, elle entendit sa voix.

« Puis-je ? », s'enquit-il en lui offrant son bras.

Le geste était sans aucun doute destiné à lui éviter l'embarras de voir la jeune femme qui avait partagé son déjeuner s'écrouler en sortant de la salle à manger, mais son soutien était néanmoins bienvenu. Passant son bras sous le sien, elle se laissa escorter vers la porte.

« Je constate que vous n'êtes pas aussi dure que vous le paraissez. J'en suis soulagé », chuchota-t-il du coin des lèvres. Il salua le maître d'hôtel d'un signe de tête. « Pour Archer... et pour moi-même. »

17

14 h 15

Lucy fut soulagée de retrouver la porte familière de la Maison ronde, ainsi nommée parce que, vue du ciel, la bâtisse ressemblait à une paire de menottes géantes. L'espace entre la porte principale et la rue était toujours jonché de mégots, et un cône orange signalait un trou dans le trottoir depuis si longtemps qu'elle avait l'impression qu'il avait toujours été là.

Elle poussa la porte et sourit au flic en uniforme derrière le comptoir de la réception. Même l'odeur rance, causée par trop de plats à emporter et pas assez de ventilation, l'apaisa. Elle était chez elle.

Les locaux des Homicides et des Enquêtes spéciales étaient pleins à craquer. En raison du grand nombre de « courants » – euphémisme improbable désignant les dossiers en cours sur des cadavres – de nombreux membres de l'équipe de nuit étaient restés et la pièce était pleine de bruit : le cliquetis de dizaines de claviers d'ordinateurs, un concert de voix aux timbres et amplitudes divers, les téléphones qui sonnaient si souvent qu'ils se couvraient les uns les autres. Souvent Lucy devait se protéger de ce tapage insupportable. Mais pas ce jour-là. A cet instant elle appréciait le chaos plus que jamais.

Elle louvoya entre les bureaux vers sa place, en jetant des coups d'œil aux souvenirs personnels exposés sur chacun d'eux. Elle ne connaissait pas très bien les autres détectives, et comme ils n'avaient guère de temps pour le bavardage, elle appréciait ces petits aperçus de leur vie. Elle s'arrêta pour contempler le grand portrait d'un bambin habillé en officier de police devant un faux ciel bleu. « C'est mon fils, expliqua fièrement Ben DeForest. C'est un beau gars, hein ?

— En effet, approuva-t-elle.

— Et il aime poser. Quand j'ai fait prendre cette photo, j'en ai eu six petites pour mettre dans le portefeuille, sans supplément. Un petit cadeau pour les grands-parents. »

Son propre bureau, en face de celui de Jack, était dépourvu de tout objet personnel. Elle devrait apporter une photo de ses parents, ou peut-être de Cyclops. Elle attendrait encore quelques mois pour Archer, bien qu'il serait sans doute à son avantage dans un cadre en argent.

Jack était assis, appuyé contre le dossier de son siège, les yeux clos. Au début, elle s'était étonnée de voir ce détective chevronné profiter des instants de relâche pour somnoler. Des années dans la police devaient apporter une forme de paix intérieure, qui échappait complètement à Lucy.

« Salut », dit-elle à voix basse en s'approchant, pour ne pas le surprendre.

Il ouvrit les yeux et se redressa en se frottant les paupières.

« Comment va Sean ?

— C'est un roc. Il est déjà sur pied. Merci de t'inquiéter, ajouta-t-il avec un sourire.

— Tu en ferais autant. Désolée d'être en retard. Est-ce qu'on a le mandat ?

— Santoros est en train de relire la demande. Il m'a laissé un message il y a quelques minutes pour me demander de préciser que nous n'avions pas de lien direct entre Roth et l'arme retrouvée près du corps. Il ne veut pas qu'on puisse dire qu'on a essayé d'induire le juge en erreur. Mais il nous demande de nous tenir prêts. Où tu étais ?

— L'ancien mari de Morgan – le père d'Archer – voulait me parler. Je ne suis pas sûre que ça ait grand rapport avec l'enquête, mais il en est sorti quelque chose de surprenant. Même si Morgan ne s'occupait pas de son fils – à ce que j'ai compris, ils auraient pu se croiser dans la rue sans se reconnaître – elle avait pris une assurance-vie en sa faveur pour cinq millions de dollars.

— Cinq millions ? »

Lucy opina du chef, elle partageait sa stupéfaction.

Jack réfléchissait. « Archer était au courant ?

— Non, et apparemment, il ne le sait toujours pas. Heureusement. » Elle savait ce qui avait traversé l'esprit de Jack et voulait dissiper immédiatement ses soupçons. C'était plus d'argent que la plupart des gens ne pouvaient imaginer. Une telle fortune pouvait facilement avoir un effet corrupteur, de l'avis des détectives de la section criminelle en tout cas. Mais son ignorance d'une telle aubaine n'était pas la seule protection d'Archer : il se trouvait avec elle – et son père – à l'heure du meurtre. Son alibi était solide.

Jack s'approcha tout près d'elle et murmura : « Si les flics ont un équipier, c'est d'abord pour des raisons de sécurité, mais aussi dans un souci de corroboration. Nous devons rassembler des preuves que la défense ne pourra pas démolir. Je t'aime beaucoup, Lucy, et je respecte ta ténacité. Mais ne fais pas cavalier seul, OK ? » Il la regardait droit dans les yeux.

Elle sentit une douleur dans la poitrine en comprenant son erreur : ce n'était pas pour Jack une question d'autorité, il voulait que tout soit fait selon les règles. Et elle devrait souhaiter la même chose. Ses liens personnels avec la famille de la victime ne devraient pas interférer avec la formation qu'elle avait reçue.

« Je te prie de m'excuser, murmura-t-elle faiblement.

— Nous allons faire équipe longtemps et il y aura des excuses des deux côtés, je te le garantis. Mais je suis quand même soulagé que les premières viennent de toi. » Il sourit.

A cet instant, Franck Griffith s'approcha d'eux. Il saisit une chaise vide, la tourna et s'y installa à califourchon. Ses cheveux blonds et bouclés lui tombaient sur les yeux, soulignant la vilaine cicatrice laissée par la réparation chirurgicale d'un palais fendu.

« Qu'est-ce que tu peux nous dire ? demanda Jack.

— Pas assez à votre goût, j'en suis sûr, répondit le technicien du labo. La voiture était bien amochée. Apparemment, quelqu'un s'y est attaqué avec une batte de base-ball. La même que celle qui a frappé Reese, sûrement, encore qu'il faudrait retrouver la batte pour confirmer. On a deux bonnes empreintes – une sur le capot de la voiture et une dedans, sur l'accoudoir. Pas de correspondance dans le fichier, mais on va les envoyer au FBI. On a aussi tout un tas de traces de pas, une femme, pointure 39, semelles compensées, un homme pointure 43, sûrement des chaussures de golf, et une autre femme pointure 37, avec des talons aiguilles.

— Est-ce que Morgan ne portait pas de talons aiguilles ?

— Si, mais vu les empreintes dans le sol, je dirais que celles-ci appartenaient à quelqu'un de plus lourd. De toute façon, le sol a été ratissé autour du corps, si bien qu'aucune des empreintes n'était à proximité immédiate. Le tueur – ou la tueuse – voulait couvrir ses traces, de toute évidence. Avec un râteau de jardin très ordinaire.

— Autre chose ? demanda Lucy.

— La balistique a confirmé que la balle retrouvée venait du revolver d'Ellery. On a un échantillon de sang sur la portière côté conducteur, à l'intérieur, qui n'appartient pas à la victime. Elle était AB, l'échantillon est A. L'intérieur en cuir et le volant ont été nettoyés avec un alcool que le labo n'a pas encore réussi à identifier. Stan y travaille. » Il se référait à Stanley Edmond, le chef chimiste du laboratoire d'analyses. « Le rapport toxicologique indique des traces de Klonopin, une dose normale et même très faible pour un traitement. Mais l'alcoolémie était élevée. La chromatographie gazeuse donne un résultat de 0,7. Elle était bien imbibée.

— Est-ce que tu as tiré quelque chose des fibres que Ladd a trouvées sous ses ongles ?

— Seulement qu'il s'agit de cachemire bleu marine. On n'en a pas assez pour essayer d'identifier une teinture ou une marque.

— Et le cheveu ?

— On a confirmation que c'est un poil d'animal. La voiture contenait quelques miettes de nourriture et un emballage de sandwich diététique, donc il est possible qu'un animal soit venu grignoter...

un écureuil peut-être, encore que le poil était assez long. – Un raton laveur, plutôt.

– C'est possible ? Un raton laveur ne se glisserait sûrement pas dans une voiture alors qu'il y a encore du monde autour, si ? Nourriture ou pas, ça me paraît peu vraisemblable. Et on a répondu juste après l'appel de Barbadash.

– Alors où tu veux en venir ?

– Je réfléchis à haute voix, c'est tout. Je ne suis pas vétérinaire, mais d'après mon expérience, les ratons laveurs viennent faire les poubelles dans les garages quand tout le monde dort. Ils sont nocturnes et très sauvages. Morgan était en train de se battre avec une batte de base-ball, ce n'est pas le genre de chose qui attire ces bêtes-là. » Elle s'interrompit. « Est-ce qu'il y a une différence entre un poil de manteau de fourrure et un poil d'animal vivant ?

– Tu penses que le conducteur portait un manteau en raton laveur ?

– Je me sens plus à l'aise pour parler de comportement animal que de mode, mais c'est une hypothèse. »

A cet instant le beeper de Jack se mit à sonner. Il lut le court message sur l'écran du BlackBerry : « *En route. On a notre mandat. Une signature du juge, et ce bon vieux Calvin Roth ne comprendra même pas ce qui lui arrive.* »

18

15 h 45

Un ciel sombre surplombait la petite maison au toit très pentu. Elle était en retrait de la rue, entourée d'une barricade de fortune, faite de grillage et de barbelé. Des draps tendus devant chaque fenêtre empêchaient de voir à l'intérieur. Deux pots de fleurs d'où jaillissaient des tiges desséchées, un tas de briques cassées et une brouette renversée s'amoncelaient à gauche de la porte d'entrée. A droite se trouvait ce qui paraissait être un poulailler vide. Une unique poule naine picorait dans la poussière en se pavanant et en caquetant doucement.

« Il ne faut pas un permis agricole pour en avoir en ville ? », demanda Lucy en serrant les courroies de son gilet pare-balles et en renfilant son coupe-vent par-dessus.

« Et si on laissait les services vétérinaires s'occuper de ça ? Concentre-toi sur les armes, O'Malley », répondit Jack.

Elle lisait sa nervosité sur son visage. Il passait mentalement en revue les précautions à prendre. Une perquisition était toujours hasardeuse, mais elle pouvait devenir vraiment dangereuse quand le propriétaire était un malade mental armé de tout un arsenal.

Ils s'étaient garés à une rue de la maison et avaient fini à pied avec une équipe de soutien. La stratégie était claire : s'approcher aussi près que possible de l'endroit sans être repérés, annoncer leur présence, et si nécessaire enfoncer la porte. Mais il ne leur fallut pas longtemps pour comprendre qu'une arrivée discrète serait difficile dans ce quartier. L'ombre d'un immeuble tout proche leur offrirait une couverture, une rangée de buissons épineux d'un côté de la maison les aiderait aussi, mais ils ne pourraient passer le portillon fermé par un cadenas sans se faire remarquer, sauf si Calvin dormait ou était sous l'influence d'un antipsychotique quelconque.

« Prête ? », demanda Jack.

Lucy agrippa la crosse de son Glock 9 mm. Elle sentait son cœur cogner dans sa poitrine. Elle avait dix-sept balles – seize dans le chargeur et une dans la chambre. Elle n'avait encore jamais tiré tout un chargeur, mais aujourd'hui elle se sentait rongée par le doute et par une bonne dose de terreur. *Je crains pour ma vie*, avait écrit Morgan. Et voyez comment elle avait fini. Elle déplaça légèrement les doigts pour les aligner parfaitement sur le métal froid.

« Tu parles », dit-elle, d'un ton qui se voulait convaincant. Ben DeForest et Elliott Langley, l'équipe de soutien, hochèrent la tête.

« Faites attention », enjoignit Jack en se baissant. Il ouvrit la marche. Il resta dans l'ombre jusqu'à ce qu'il soit en face du portillon cadenassé. Les trois autres le suivirent. Il s'arrêta, jeta un coup d'œil vers eux, remit son arme dans son holster et sortit un coupe-boulons. « Couvre-moi », ordonna-t-il à Lucy.

Tandis qu'il se faufilait vers le portillon, Lucy surveillait les fenêtres, à l'affût du moindre mouvement à l'intérieur, du moindre frémissement des draps contre les vitres. Tout était tranquille. Roth était-il là ? Si oui, que faisait-il ? Malgré le bruit du cadenas coupé et le grincement du portillon rouillé, elle resta concentrée, refusant de se laisser distraire. Elle avait commis une erreur dans cette enquête, elle ne recommencerait pas. Un coup d'œil, un mouvement de tête, pouvait suffire à l'empêcher d'accomplir sa tâche principale, protéger son partenaire.

Jack était revenu se glisser dans l'ombre avant même qu'elle s'en aperçoive ; il avait remis le coupe-boulons dans un sac qu'ils laisseraient provisoirement sur place, et pris son arme. Il vérifia son chargeur comme si quelque chose pouvait avoir changé. Puis d'un geste du bras il leur fit signe d'approcher. Ils passèrent le portillon à toute vitesse. Pendant que Ben et Elliott partaient l'un à droite, l'autre à gauche, pour prendre Roth à revers, Jack et Lucy coururent jusqu'à la porte.

Jack frappa du poing contre le battant.

« Police ! Ouvrez ! Nous avons un mandat de perquisition ! », cria-t-il, suivant à la lettre la procédure. Il attendit une seconde, puis répéta : « Police ! Ouvrez ! »

Lucy se tenait près de lui, les yeux rivés sur la poignée de la porte. Elle savait que quelques secondes s'écoulaient, mais le temps semblait s'être arrêté. Le silence était inquiétant, palpable. Même la poule avait cessé de gratter. *Allez, Calvin, ouvrez la porte.* Cette perquisition était son idée. Bien que le lieutenant Sage l'eût trouvée raisonnable, elle savait qu'elle se sentirait responsable si quelque chose arrivait, surtout à Jack. Il avait pris la tête parce qu'il était le plus expérimenté. Cet homme qui était un mari aimé et le père de deux enfants prenait la place la plus dangereuse. L'espace d'un instant, elle se demanda si elle aurait son courage, sa moralité. Il possédait des qualités que toute une vie dans la police ne pouvait enseigner.

Allez, Calvin, avait-elle envie de plaider. Tout en attendant, elle se demanda quel délai Jack allait lui accorder avant d'enfoncer la porte. Cette question n'avait pas été discutée à l'avance. Mais connaissant Jack, Calvin n'avait pas beaucoup de temps.

Un éclair la prit par surprise. La poignée tournait-elle ? Le soleil pouvait-il capter un mouvement sur le cuivre terni ? A cet instant elle entendit une explosion à l'intérieur. Puis un bruit de verre brisé. Instinctivement, elle et Jack plongèrent et se plaquèrent contre le mur de la maison.

Au bout d'une seconde, le silence les enveloppa de nouveau. *Officier à terre.* Chaque muscle de son corps était tendu, elle s'attendait à entendre d'un instant à l'autre ces paroles fatidiques dans son talkie-walkie, mais l'appareil restait silencieux. Elle pressa légèrement la détente de son Glock, mais pas assez pour tirer. Aucun policier entraîné ne se risquerait à tirer dans un mur sans savoir ce qui se trouvait derrière, et elle ne voyait aucune cible.

Elle se tourna vers Jack. Il avait toujours les yeux rivés sur la porte et semblait ignorer Lucy. Il se leva et répéta son avertissement, pour la dernière fois, elle le savait. « Police ! Ouvrez ! La maison est cernée ! »

Puis il donna un coup de pied dans la porte, talon en avant, d'un élan qui utilisait toute la force de la jambe. Le bois se fendilla. Il frappa à nouveau, la porte sortit de ses gonds et s'abattit en avant.

« Allez, allez, allez », murmura-t-elle entre ses dents. Si expérimentée qu'elle fût, ce genre d'opération n'était jamais simple. La peur se mêlait à un sens aigu de sa propre vulnérabilité. Elle était entraînée, elle savait ce qu'elle faisait, mais ce ne serait jamais de la routine. Elle entra, passa devant Jack dans l'entrée obscure.

Ses yeux mirent un moment à s'habituer à la soudaine absence de lumière. L'entrée était presque vide à l'exception d'un rocking-chair renversé dans un coin. Avançant avec une légère rotation du buste, bras tendus et pistolet levé, elle s'engagea dans un couloir étroit. Elle sentait la présence de Jack derrière elle, mais ni lui ni elle ne dirent un mot. Elle percevait une odeur puissante, une puanteur qui devenait de plus en plus forte à mesure qu'ils s'approchaient d'une porte. Elle était entrebâillée et Lucy hésita un instant, son instinct lui disait de ne pas regarder dans la pièce. Un rayon de soleil traversait la minuscule fenêtre, dont la vitre avait été brisée par une balle, et venait éclairer le siège des toilettes débordant. Des morceaux de verre s'éparpillaient dans un liquide brun qui couvrait le sol. Le petit lavabo était taché de sang, et une brosse à dents flottait dans l'eau qui y stagnait. Une bonne partie des murs était souillée de ce qui semblait être des matières fécales formant un assemblage de brun et d'écarlate sur le papier peint décollé.

Elle s'étrangla et toussa pour s'éclaircir la gorge.

Jack fit la grimace puis hocha la tête, indiquant qu'il allait s'éloigner de cette puanteur et qu'elle devait le suivre. Puisque quelqu'un – Calvin probablement – avait tiré sur un officier de police depuis cette salle de bains, ils pourraient l'abandonner aux techniciens du labo. A eux d'identifier les fluides corporels et de comprendre ce qui s'était passé dans cette pièce de la taille d'un placard.

Ils tournèrent à un angle et entrèrent dans une cuisine. Le linoléum qui couvrait le sol était craquelé, la pièce contenait un évier en inox et un réfrigérateur dont la porte pendait de guingois sur ses gonds desserrés. Une petite table en formica, deux chaises à revêtement de plastique, dont une à l'assise déchirée, et un placard constituaient tout le mobilier. Sur la table se trouvaient un quignon de pain, un pot de beurre de cacahuète d'où dépassait le manche d'un couteau, et un tube de gelée de raisin. Un repas interrompu qui enlevait un peu de sa normalité apparente à la pièce.

Une ampoule nue pendait au plafond et se balançait légèrement, projetant une ombre étrange sur le mur. Lucy parcourut l'espace du regard, à l'affût d'un mouvement. C'est alors qu'elle le vit. Réfugié dans un coin, à l'ombre d'une porte du placard, un homme était agenouillé dans une posture de yoga enfantine, tête au sol comme s'il priait. Jack aussi avait les yeux rivés sur la silhouette.

« Levez-vous lentement, en gardant les bras devant vous », ordonna-t-il.

Lucy entendait des sanglots étouffés, elle voyait la poitrine de l'homme se soulever et s'abaisser, mais il ne levait pas la tête. Elle avança d'un pas et lui parla doucement. « Calvin ? Vous êtes bien Calvin Roth ? » Encore un pas. Elle ne voyait pas ses mains. « Faites ce qu'on vous dit. On ne tirera pas. Tout va bien. » Elle s'arrêta. Ses jambes flageolaient un peu et elle sentait la sueur couler sur sa poitrine. Son gilet pare-balles était trop serré et elle avait du mal à respirer, mais l'heure n'était pas aux ajustements vestimentaires.

Les secondes s'écoulèrent. Tous trois restaient immobiles, disposés en triangle. Lucy perçut un bruit de pas qui approchaient, mais elle ne se retourna pas. Personne ne disait mot. Elle reprit la parole. « Vous êtes blessé ? » Elle crut le voir tourner la tête, mais ne put interpréter son geste.

« Calvin, nous avons un mandat de perquisition. Votre psychiatre, le Dr Reese, a été assassinée. Si vous savez quelque chose, nous avons besoin de vous parler. »

Son cri – un hurlement de loup – lui fit vibrer la colonne vertébrale. Le son résonna dans la petite pièce. Calvin roula sur le côté et s'étreignit les genoux, en position fœtale. En regardant ses cuisses maigres pressées contre sa poitrine creuse, elle vit combien il était frêle. Roulé en boule, il paraissait avoir la taille d'un enfant de sept ou huit ans. Pouvait-il être leur assassin ?

Voyant qu'il avait les mains vides, elle s'avança et lui saisit le poignet. Ses doigts pourtant petits l'enserraient aisément. Son comportement était pathétique, mais selon la loi il était délictueux. « Vous êtes en état d'arrestation pour avoir tiré avec une arme à feu à moins de trente mètres d'une habitation », dit-elle, récitant le texte exact de l'article du code.

Sachant que Jack avait toujours son arme braquée sur Calvin, elle prit ses menottes, lui en encercla les poignets et les serra. Puis elle le mit debout et le poussa légèrement vers la porte.

« Vous avez le droit de garder le silence, récita Jack. Si vous renoncez à ce droit, tout ce que vous direz pourra être retenu contre vous au tribunal. »

Calvin ne montra aucun signe d'attention ou de compréhension, mais Jack poursuivit.

« Vous avez droit à un avocat. Si vous n'en avez pas les moyens, il en sera commis un d'office... »

Les mots se brouillèrent. Pratiquement tous les Américains connaissent l'avertissement mis au point par la police après la décision de la Cour suprême, en 1966, dans le procès Miranda contre l'Etat d'Arizona. Presser un suspect de répondre aux questions de la police ne serait plus interdit malgré le Cinquième amendement qui permettait à tout citoyen de garder le silence, tant que le défendeur était avisé de ses droits. Lucy se rappelait l'arrestation d'un trafiquant de drogue. Il avait dans sa poche la carte professionnelle d'un avocat, avec son adresse et son numéro de téléphone, et la liste pré-imprimée des droits qu'il devait faire valoir. Mais l'énoncé par cœur de ce texte, par le suspect ou par un policier, ne changeait pas la réalité. Les flics disaient ce qu'ils avaient à dire, puis faisaient tout ce qui était en leur pouvoir pour pousser les suspects à renoncer à leur protection constitutionnelle. Tout comme Jack et les autres membres de la brigade, elle voulait que Calvin se passe d'avocat et avoue un meurtre. Un avocat ne ferait que les gêner.

Pendant qu'elle faisait sortir Calvin de la maison, Jack lui sourit, indiquant silencieusement que la perquisition était une bonne idée. Ils pourraient peut-être clore le dossier d'ici la fin de la journée.

19

16 h 55

La salle d'interrogatoire était une petite parcelle d'enfer sur terre. Si petite qu'elle vous rendait claustrophobe, insonorisée, percée d'une unique fenêtre qui avait été recouverte de papier collant opaque, elle ne contenait qu'une table branlante et deux chaises. La peinture était jaunie et écaillée depuis longtemps. La brigade des Homicides avait d'autres priorités et allouer une partie de son précieux budget à la rénovation intérieure était hors de question. Néanmoins, Lucy se demandait si la pièce n'était pas conçue délibérément pour être si déplaisante, si étouffante, que les témoins et suspects avouaient simplement pour qu'on les emmène ailleurs.

La pièce voisine avec ses distributeurs aux maigres assortiments – biscuits au beurre de cacahuète, cookies, barres aux céréales – servait également de salle vidéo. Des étagères sur l'un des murs supportaient une collection poussiéreuse de matériel d'enregistrement. Lucy alluma l'écran. La caméra, accrochée au mur près de la porte, cadrait parfaitement Calvin. Elle donnait une image granuleuse en noir et blanc qui, étant donné l'angle, déformait quelque peu les traits, mais pas suffisamment pour causer des problèmes d'identification. La vedette du jour était un jeune Blanc, assis bien droit sur sa chaise, figé, qui contemplait d'un œil absent les décolorations sur le mur.

Elle actionna l'interrupteur et l'écran s'éteignit. Selon la procédure standard, un suspect ne pouvait être filmé avant qu'un membre de la brigade des Homicides ne sache exactement ce qu'il allait dire.

Jack et l'assistant du procureur Nick Santoros attendaient devant la porte. Ils avaient déjà décidé d'une stratégie : Lucy parlerait à Calvin en premier. Il semblait effrayé, perturbé, mais il avait réagi à ses marques de compassion. Peut-être pourrait-elle gagner sa confiance et le pousser à s'épancher.

Pendant qu'ils préparaient ce plan, Lucy avait soulevé une question qui risquait de devenir cruciale : Calvin était-il déstabilisé émotionnellement au point de ne pas savoir qu'il renonçait à ses droits ? S'il avouait ou disait quelque chose de compromettant, un tribunal jugerait-il plus tard qu'il n'avait pas la lucidité nécessaire pour l'avoir fait volontairement et consciemment ? Jusqu'où le dossier de son psychiatre le protégerait-il ? En d'autres termes, devaient-ils lui fournir un avocat ou risquer de réduire l'accusation à néant de façon définitive ?

« Les techniciens du labo ont retrouvé un fragment de tête d'écureuil dans le siphon. » Pour elle, les mutilations d'animaux n'indiquaient pas une grande stabilité mentale. « Je crains que nous n'ayons pas suffisamment couvert nos arrières, c'est tout, conclut-elle.

– L'écureuil, ça se mange, avait objecté Jack. Tu as vu l'état de la maison. De toute évidence, il ne peut pas s'offrir du filet mignon.

– Oui, mais on espérait aussi qu'il avait un pull en cachemire bleu marine », avait répliqué Lucy pour lui rappeler les fibres récoltées la nuit du meurtre de Morgan Reese. La liste d'objets mentionnés dans le mandat incluait un pull en cachemire.

« Ecoutez, tous les deux, on a un certificat qui atteste de sa santé mentale », avait rappelé Nick. Visiblement, il voulait mettre fin au débat. « Personne ne mettra en cause les qualifications du Dr Reese pour en juger, et Roth a déjà bénéficié de cette opinion médicale. Maintenant, il risque d'en souffrir. Si c'était suffisant pour que la

Direction centrale lui délivre un permis de port d'arme, c'est suffisant pour moi. »

Pourtant, en entrant dans la salle apparemment sans air et en voyant Calvin sursauter en l'entendant, elle se demanda s'il n'avait pas droit à quelque protection supplémentaire.

Elle tira la chaise vide près de lui, s'assit, et posa une main sur la sienne. Il avait la peau froide et moite. « Je ne vais pas vous faire de mal. Je vais simplement vous poser quelques questions, annonça-t-elle, d'une voix délibérément douce. Je vous conjure de coopérer. Plus vite vous pourrez nous dire ce que vous savez, plus vite ce sera fini. »

Il détourna la tête, et elle l'examina de profil : pommette saillante, nez pointu, lèvre inférieure pleine, menton délicat.

« Vous connaissiez le Dr Reese, Morgan Reese, n'est-ce pas ? »

Il ne répondit pas, se contenta de hocher imperceptiblement la tête. Puis il répéta son geste, plus vigoureusement.

« Elle était votre psychiatre, n'est-ce pas ? »

De nouveau il approuva sans un mot.

« Depuis combien de temps ? Depuis quand la connaissiez-vous ? »

Calvin croisa son regard, et elle remarqua pour la première fois le noir profond de ses yeux. Ses lèvres tremblèrent. Elle eut l'impression qu'il parlait pour ne pas fondre en larmes.

« Je ne sais plus. Dix ans peut-être. Ou plus. J'ai perdu le compte. »

Elle savait grâce à l'ordinateur que Calvin avait trente et un ans, mais son âge était trompeur. Une décennie paraissait représenter près de la moitié de sa vie.

« Quand l'avez-vous vue pour la dernière fois ? »

Il pencha la tête de côté. Son silence paraissait devoir durer indéfiniment.

« La semaine dernière, dit-il enfin.

— Où l'avez-vous vue ? »

Cette fois il n'hésita pas.

« A son bureau. C'était mon rendez-vous. »

Que Morgan continue à soigner cet homme après avoir obtenu

une injonction contre lui signifiait que chaque fois qu'il venait à ses séances, il était en infraction, mais rien n'indiquait qu'il soit passé en jugement pour ce délit. Pourquoi n'avait-elle pas pris en compte la protection qu'elle avait demandée et obtenue ?

« Est-ce que vous la voyiez souvent ?

— En quoi ça vous regarde ? »

Il serra les mâchoires et l'espace d'un instant, elle crut qu'il allait continuer à la défier, mais il se voûta et marmotta entre ses dents :

« Deux fois par semaine normalement, des fois plus. Ça dépendait.

— De votre état ? », suggéra-t-elle. Elle voulait paraître compatissante, et découvrait qu'elle l'était. Elle devait résister à ce sentiment. C'était un homme suspecté de meurtre, non un adolescent bon à rien qui avait séché l'école, mis au clou un héritage familial ou brûlé un feu rouge dans la voiture de sport de papa. Mais il y avait quelque chose dans son attitude – épaules voûtées, bras croisés comme pour se protéger, une jambe qui s'agitait nerveusement de bas en haut – qui lui paraissait bien trop familier. Elle lutta pour se concentrer alors que des images d'Aidan – le même regard absent, le dos rond et la peau blême – lui emplissaient l'esprit.

L'hiver avant l'accident fatal de son frère, elle était rentrée à la maison lors des vacances et l'avait invité à dîner pour fêter sa préadmission à l'université de Boston. Elle avait passé son bras sous le sien et ils avaient pataugé dans la neige de Central Square, en parlant de la première année de fac de Lucy, de son travail à temps partiel à la librairie du campus, et des prochaines sélections pour le championnat féminin de course à pied. Elle espérait courir le dix mille mètres, mais le sport au niveau universitaire n'avait pas grand-chose à voir avec les compétitions au lycée de Sommerville, où plusieurs de ses camarades avaient abandonné leurs études avant la fin de la terminale parce qu'elles étaient enceintes.

Le restaurant thaï était désert. La plupart des étudiants à l'annexe d'Harvard qui habituellement emplissaient tous les endroits où l'on vendait nourriture ou boissons aux alentours du campus étaient rentrés chez eux pour les vacances d'hiver. Ils pouvaient s'installer où ils voulaient. Lucy choisit un coin près de la fenêtre. Aidan ne paraissait pas s'intéresser au menu, alors Lucy commanda pour eux deux. Mais ni la serveuse enjouée, ni les assiettes pleines ne purent lui délier la langue. Il chargea sa fourchette de riz, mais ne mangea pas une bouchée.

Lucy finit par repousser assiettes et verres pour lui prendre les mains. « Qu'est-ce qu'il y a ? »

Il ne répondit pas.

« Parle-moi, demanda Lucy. Je suis ton âme-sœur, tu te rappelles ? » Il l'avait toujours appelée ainsi, et désormais elle avait besoin d'y croire. « Et puis, qu'est-ce qu'il pourrait y avoir de si affreux ? »

Il avait baissé la tête. « Je ne peux plus continuer. »

Elle se souvenait encore de la lumière jaune qui donnait de la chaleur aux murs rouges, de l'odeur d'épices que dégageait le plat de nouilles, des bruits de la porte battante qui raclait sur le seuil et de la vaisselle qu'on empilait en cuisine.

« J'ai l'impression que mes sens ont disparu, avait-il poursuivi. Comme si je coulais. Des fois je frappe contre les carreaux – les petites vitres entre les croisillons de plomb – et je ne peux pas m'arrêter. Il y a un mois à peu près, j'ai atterri aux urgences tellement je m'étais taillé les mains. Mais il n'y a que la douleur qui arrive à me distraire, à me donner l'impression d'être en vie. Tu ne peux pas savoir ce que c'est de respirer, d'être conscient et en même temps d'être mort. Il faudrait pouvoir te glisser dans ma tête pour comprendre. »

L'agitation de la jambe de Calvin attira l'attention de Lucy et la ramena au présent. Elle se força à se concentrer sur l'interrogatoire en cours.

« Depuis que vous avez commencé à voir le Dr Reese, est-ce qu'il y a eu des interruptions ? Je veux dire, est-ce que la thérapie a été continue ?

– Qu'est-ce que ça peut faire ? » demanda-t-il, mais cette fois il réussit à peine à accentuer sa phrase pour en faire une question.

Il devait savoir qu'il n'avait pas le droit de s'approcher du Dr Reese. Il était présent, et avait sans doute eu l'opportunité de se faire entendre à l'audience qui avait changé l'ordre provisoire en injonction permanente. Avait-il oublié ? Simulait-il ? Il était impossible de lire sur son visage.

« Excusez-moi un instant », dit-elle brusquement en se levant de sa chaise. Elle avait souvent remarqué qu'un changement dans le rythme de l'interrogatoire débloquait la situation. Un moment de solitude agit sur l'esprit, et elle voulait que Calvin ait le temps de réfléchir à ce qui lui arrivait. Elle aussi avait besoin de quelques instants pour se reprendre. Ses distractions mentales étaient plutôt malvenues. Elles pouvaient devenir dangereuses.

Jack s'avança dès qu'elle eut refermé la porte derrière elle. Il attendait dehors tandis qu'elle menait l'interrogatoire afin de suivre immédiatement les nouvelles pistes qui pouvaient surgir durant l'entretien.

« Je crois qu'on devrait faire venir Nancy Moore, la thérapeute qui partageait les locaux de Reese, et lui demander pourquoi elle continuait à traiter ce type. Ça n'a pas de sens. Et pendant qu'on y est, on devrait aussi discuter avec le Dr Ellery, dit Lucy.

– Je vais voir si je peux les joindre au téléphone. Comme tu sais, je ne vais pas quitter l'immeuble. » Il l'observa d'un œil méfiant. Baissant la voix, il demanda : « Ça va là-dedans ? »

Elle hésita un instant, répugnant à avouer qu'elle avait des difficultés. Elle était la petite nouvelle de l'équipe et elle ne voulait pas le décevoir. Pas question. Pas à nouveau. Elle saisit la poignée de la porte.

« Je fais ce que je peux », dit-elle avec un entrain forcé, tout en vérifiant le cran de sûreté sur son 9 mm.

A l'intérieur, elle décida de ne pas s'asseoir. Un changement de sujet, une attitude physique différente faisaient partie du jeu du chat et de la souris.

« Comment avez-vous rencontré le Dr Reese ? »

Calvin leva la tête. « A la clinique. Vous savez, celle qui est près du stade. »

Elle hocha la tête. Bien qu'elle connût mal toutes les particularités de la faculté de médecine – le campus de l'Université de Pennsylvanie était immense et elle n'avait aucune raison d'entrer dans le domaine des étudiants en médecine – une clinique psychiatrique gratuite en faisait certainement partie. Les détails pourraient être vérifiés plus tard.

« J'avais un docteur, un imbécile. Il se prenait pour un as. Il voulait qu'on soit "amis", cet abruti, on se demande bien ce que ça veut dire. Mais il avait réussi à impressionner mes parents parce qu'il avait plein de références et qu'il portait des lunettes à la con. Je me rappelle même pas son nom. Il est parti en vacances, un truc comme ça, et le Dr Reese l'a remplacé. – Il se pencha vers elle, plus animé maintenant. – Mais elle avait l'air différente. Elle s'intéressait vraiment à moi. – Il s'interrompit, pencha la tête sur le côté. – Tout le monde doit dire ça de son psy. Mais quand on est moi, ça aide bien de savoir qu'on a quelqu'un dans son camp. Je vous l'ai dit, ça fait longtemps.

— Et depuis vous l'avez toujours vue ?

— Vous me l'avez déjà demandé, et je n'ai pas répondu. » Calvin sourit, exposant sa dent de devant ébréchée qui formait une pointe menaçante. « Vous croyez que si vous posez votre question autrement je vais piger.

— Je suis faite », reconnut Lucy.

Le ton de Calvin changea. « Qu'est-ce que ça veut dire ?

— C'est une expression qui signifie que vous avez compris mon jeu, vous avez vu où je voulais en venir.

— Et ça, vous ne pouvez pas le dire pour vous-même, hein ? »

Lucy ne répondit pas. Elle n'aimait pas que les suspects tentent de faire dévier l'interrogatoire sur des questions personnelles. Elle avait l'impression que cela lui arrivait plus souvent qu'aux autres flics, peut-être à cause de son comportement moins brusque, mais elle s'en irritait quand même.

« Et si vous vous contentiez de répondre à mes questions ? »

Il passa les doigts dans ses cheveux et redressa la tête.

« Elle a essayé de me lâcher. Mon assurance maladie devait être à sec. Dix-huit mois. C'est tout ce que j'ai pu avoir quand j'ai quitté mon boulot. C'est pas ironique ? Je quitte mon boulot parce que je suis malade, et je ne peux pas me soigner parce que, comme je n'ai pas de travail, je n'ai pas d'assurance. Les docteurs, ils parlent toujours d'aider leur prochain, mais dès qu'il n'y a plus d'argent l'altruisme s'évapore. Je lui ai fait comprendre qu'il n'était pas acceptable d'interrompre mon traitement. Je comptais sur elle.

— Qu'est-ce que vous voulez dire ?

— Je veux dire qu'elle ne partirait pas. Je ne la laisserais pas faire. » Ses yeux s'écarquillèrent et Lucy vit une veine qui saillait sur son front. « Elle était la seule personne qui me donnait l'impression que j'avais une chance de m'en sortir dans ce monde. Et je faisais ce qu'elle me disait de faire. Je prenais mes médicaments. Elle ne pouvait pas me claquer la porte au nez en disant salut. » Il frappa du poing sur la table. « J'avais besoin d'elle. »

Elle croyait les fous complètement différents : non linéaires, apathiques, et sales. Ces gens-là bavaient. Elle avait vu sa maison, l'état de la salle de bains. De nombreux signes indiquaient qu'il lui manquait plus d'une case. Mais en écoutant ses réponses, en entendant sa frustration, elle le trouvait cohérent, rationnel même.

« Alors, qu'est-ce que vous avez fait ?

— J'ai dit à cette salope qu'elle ne pouvait pas me virer. Point. C'est à ce moment-là qu'elle a dit que je lui faisais peur.

— Vous la menaciez ?

— Je lui disais qu'elle me maintenait en vie. Que si elle arrêtait de m'aider, je ne serais pas responsable de ce qui allait se passer. Si ça c'est une menace, alors oui, je l'ai menacée.

— Est-ce que vous lui avez dit que vous lui feriez du mal, que vous la tueriez ?

— C'est ce qu'elle a dit au tribunal, je m'en souviens. Elle a fait un discours pathétique, elle a raconté que je la suivais. Je voulais de l'aide, c'est tout ! Je ne voulais pas qu'elle me laisse ! Tout le monde m'avait abandonné. Le juge avait désigné un type pour me défendre, un gros con qui me traitait comme si j'étais cinglé. Il ne voulait pas me serrer la main, comme si c'était contagieux, ce que j'avais. — Il se mit à rire. — Et ce connard d'avocat ne m'a jamais posé la question, cette question que vous venez de poser, ce que j'avais fait ou pas. Personne n'avait envie d'entendre ma version. De toute façon, qui m'aurait cru ? Pas contre un docteur.

— Qu'est-ce qui s'est passé ?

— On m'a dit de ne plus m'approcher d'elle. Je pouvais me faire arrêter si je venais à son bureau ou chez elle. Mais elle a accepté des séances par téléphone. Au moins on pouvait parler.

— Comment ça se passait ?

— C'était difficile. Essayez de vous épancher dans un téléphone. Essayez de trouver une once de compassion dans une tonalité. Mais ensuite elle m'a fait commencer une TEC. — Il fit grincer son ongle sur la table. — Vous avez déjà essayé ? »

Lucy secoua la tête. Elle ne savait rien de la thérapie électroconvulsive, en dehors de ce qu'elle avait vu dans *Vol au-dessus d'un nid de coucou*, mais ce devait être le dernier recours. Elle ne pouvait imaginer soumettre une personne qu'elle aimait ou elle-même à ce processus, tant qu'il existait d'autres possibilités.

« Eh bien je vais vous raconter. On vous colle sur le crâne des électrodes qui envoient des ondes électromagnétiques dans votre cerveau. On vous anesthésie encore et encore et encore pour que vous ne bougiez pas du tout. Vous vous réveillez avec la bouche sèche et une douleur dans les tempes, en vous demandant où vous êtes et ce qui se passe. Vous vous rendez compte que des journées entières ont passé et que vous ne savez pas du tout ce que vous avez fait, ce que vous avez mangé, si vous êtes allé chier. Génial, hein ? »

De nouveau, Lucy pensa à Aidan. Il n'avait reçu aucun traitement médical. Pour l'essentiel il avait souffert en silence. Les O'Malley n'avaient ni penchant ni ressources pour rechercher d'autres solutions ou demander un avis médical. Le remède de la communauté de Sommerville était une bonne nuit de sommeil, un solide petit déjeuner et un peu d'exercice – ou la confession. Ses voisins déposaient leurs problèmes entre les mains du père MacGregor, se tournaient vers l'Eglise comme ultime panacée. Aidan aurait-il pu survivre s'il avait reçu un traitement médical adapté ?

« Non, je ne trouve pas, répondit-elle. Je suis désolée que vous ayez dû traverser tout ça. » Puis, revenant au fil conducteur de l'interrogatoire, elle demanda : « Alors, quand le Dr Reese a-t-elle recommencé à vous voir en personne ?

— Il y a un ou deux mois. Peut-être plus. Cet hiver. Je n'ai pas la mémoire des dates.

– Pourquoi ?

– Il faudrait lui demander. Elle m'a dit que je pouvais revenir. Je n'ai pas posé de questions. Je suis venu quand elle m'a dit de venir, et elle m'a accueilli en me serrant dans ses bras. Putain, elle m'a serré si fort que j'ai cru qu'elle allait me casser les côtes. Elle m'a dit que je lui avais manqué, qu'en réalité c'était pour moi qu'elle s'inquiétait, pas pour elle, qu'elle avait fait une erreur en refusant de me voir. Qu'elle en avait tiré les leçons.

– Est-ce qu'elle s'est expliquée davantage ?

– Non.

– Et pour ses honoraires ?

– Elle m'a dit de ne pas y penser. Que je ne devais pas être pénalisé par la décision d'une grosse compagnie.

– Et l'injonction du tribunal ?

– Elle a promis de ne pas appeler les flics. Elle m'a dit que personne n'avait besoin de le savoir. Pour tout dire, je ne crois pas qu'elle voulait qu'Ellery et l'autre, là, la grosse, sachent qu'elle me soignait. Elle me demandait d'attendre en bas jusqu'à l'heure du rendez-vous pour que je ne traîne pas dans la salle d'attente. J'avais l'impression qu'elle essayait de me faire entrer en cachette.

– Lui avez-vous demandé pourquoi ?

– Je voulais la voir. J'avais besoin de son aide. Je me fichais de ses raisons. »

Donc, après avoir représenté une « menace sérieuse », il avait été littéralement accueilli à bras ouverts sans véritable explication peu avant que le revolver du Dr Ellery soit volé et alors que l'injonction était toujours en vigueur. Quelque chose clochait. Les motivations du Dr Reese constituaient le chaînon manquant. Quelle erreur avait-elle commise ? Et qu'avait-elle appris ?

« Où étiez-vous samedi soir ? »

Les yeux de Calvin s'agrandirent, sa bouche s'ouvrit. Son menton tressauta de gauche à droite, par saccades maladroites. Le geste évoquait pour Lucy un oiseau devant une mangeoire, les mêmes mouvements de tête vifs et instinctifs au moindre bruit. Elle répéta sa question.

« C'est pas vos oignons ! », hurla-t-il soudain.

Le changement de ton était alarmant, et elle fut soulagée d'être restée debout contre le mur. Elle voulait le plus de distance possible entre eux dans cette pièce minuscule. Utilise sa colère, se dit-elle.

« Je ne voulais pas vous blesser. Mais j'ai besoin de le savoir. » Elle chuchotait presque, pour souligner le contraste.

« Vous vous fichez de ce que je ressens. Vous et vos copains, vous ne m'auriez pas attaqué sinon. Putain, vous savez comme ça fait peur d'être piégé ? Ce que ça fait d'être entouré d'armes ennemies ? Ils vous ont mise dans cette situation, à l'école de police, pour que vous vous rendiez compte de ce que ça fait ? – Il retomba contre le dossier de sa chaise. – Je parie que non. Vous êtes tous les mêmes. Prendre, piller, détruire, sans rien donner en échange. C'est pour ça que Mme Reese était si spéciale. »

Il se leva, lui tourna le dos, et voulut faire les cent pas dans la pièce. Mais elle était trop petite, d'un seul pas il l'avait traversée. Quand il se retourna, il avait une expression déroutée, comme s'il ne savait que faire dans un endroit si petit.

« Je n'ai aucun souvenir de ce soir-là. »

Il se laissa tomber sur sa chaise.

« Rien du tout ?

– Non », répondit-il en la foudroyant du regard.

« Ça doit être inquiétant, de ne pas se souvenir d'une soirée entière.

– Qu'est-ce que vous en savez ? »

Est-ce qu'il la manipulait, jouait avec elle ? Son empathie – le souvenir d'Aidan – l'empêchait-elle d'obtenir des résultats ? Peut-être devait-elle tenter une approche différente.

« Là d'où je viens, on n'"oublie" pas des pans entiers de temps. Mais est-ce que vous avez peur de dire ce que vous savez, ou est-ce que vous avez décidé de mentir aussi longtemps que possible, je ne sais pas encore.

– Je vous dis la vérité. Je ne me rappelle pas. J'étais en TEC et je ne me rappelle pas.

– Vous n'allez quand même pas essayer ça encore une fois ?

– Qu'est-ce que vous voulez dire ?

– Eh bien, ça a marché une fois pour le vol du revolver au cabinet du Dr Reese, alors, pourquoi ne pas recommencer ? Surtout que cette fois, l'enjeu est bien plus important.

– Vous voulez que je vous dise que je l'ai tuée ? Putain, vous êtes dingue ! »

Elle se pencha vers lui, à quelques centimètres de son visage. « Je ne suis pas née de la dernière pluie. »

Il se courba en avant et laissa pendre sa tête entre ses genoux. Pour lui faire clairement comprendre qu'elle ne marchait pas, elle se tourna vers la porte, l'ignorant. Peut-être allait-elle lui donner une occasion de réfléchir un peu. Elle irait chercher un verre d'eau et voir quels progrès avait faits Jack.

Soudain elle eut la sensation d'un coup de poignard entre les omoplates. Elle trébucha, tomba en avant et se cogna la tête contre l'angle du mur. Sa vision se brouilla, les larmes lui montèrent aux yeux. Que s'était-il passé ? Elle essaya de tourner la tête, en vain. Calvin l'agrippait à la nuque. Il resserra sa prise, enfonça son pouce dans l'artère de Lucy. Du genou, il lui frappait le bas du dos. Chaque coup envoyait dans sa colonne vertébrale une douleur fulgurante.

Reste calme, se dit-elle. N'agis pas sans réfléchir. Ne crie pas. Elle pensa tout de suite à son arme, mais elle avait les bras bloqués, coincés dans l'angle du mur sous la caméra, invisibles. Puis elle se rappela. Elle l'avait éteinte, de toute façon. Jusqu'au retour de Jack, elle était seule, piégée dans une pièce insonorisée.

« Lâchez-moi, Calvin », s'entendit-elle dire, d'une voix étrange, aiguë.

Il s'appuya contre elle, elle sentait les battements affolés de son cœur contre son dos. Puis elle sentit la pression d'un canon cylindrique. Son arme. Son Glock. Elle ne s'était même pas rendu compte qu'il l'avait prise. Ses yeux s'emplirent de larmes, elle se mordit la lèvre. Elle avait baissé sa garde, lui avait tourné le dos, avait enfreint la première règle d'un policier en sous-estimant son suspect.

Il appuya plus fort.

« Ne rendez pas les choses encore plus difficiles pour vous-même. Lâchez-moi. Tout ira bien, dit Lucy, en essayant de ne pas laisser sa panique transparaître dans sa voix.

— Non, détective, ce n'est pas vrai. On parle de la lutte contre le cancer. De la guerre contre le Sida. Tout ce faux langage militaire macho. Mais là, c'est la réalité. Comme en Irak ou en Afghanistan. Même le Vietnam a fini par se terminer. Bon, je suis allé me battre et j'ai perdu. Vous croyez que tout le monde a envie de se sentir comme moi ? Mais la dépression gagne toujours ! Donc maintenant je suis un loser en plus d'être un malade mental. » Il éclata de rire, elle sentit la chaleur de son haleine dans son cou. « Elle est partie, il n'y a plus personne pour m'aider. Pensez ce que vous voulez, même moi je ne suis pas assez cinglé pour buter la seule personne qui m'aidait à tenir, qui rendait ma situation supportable. Mais vous ne savez pas ce que c'est, hein ?

— Si.

— Mon expérience est au-delà de tout ce que vous avez pu vivre, poursuivit-il en ignorant sa réponse. Vous vous levez tous les matins. Vous vous habillez, vous prenez votre petit déjeuner, vous montez dans votre putain de bagnole pour aller à votre putain de boulot, vous allez agiter votre insigne et attraper un pauvre fils de pute qui a taillardé un mec pour une histoire de came. Vous rentrez chez vous, vous balancez un hot-dog dans le micro-ondes, vous regardez la télé, vous baisez peut-être. On appelle ça mener sa vie. Tout le monde fait ça. Maintenant essayez de vivre alors que chacune de ces tâches devient une épreuve monumentale, et je ne parle même pas de les faire toutes en vingt-quatre heures. Essayez.

— Il y a d'autres médecins, d'autres psychiatres. Elle n'était pas la seule.

— J'ai essayé. Elle était différente. Elle était là à n'importe quelle heure du jour ou de la nuit quand j'étais seul, quand je prenais peur, quand je ne pouvais plus arrêter ma tête. Elle ne disparaissait jamais. Personne n'a jamais fait ça pour moi, vous savez, être là. Surtout ces derniers mois, on était devenus encore plus proches. »

Occupe-le, se disait Lucy. « Pourquoi ? Qu'est-ce qui avait changé ?

— Elle est venue à moi », répondit-il. Elle crut entendre des larmes dans sa voix. Mais elle ne pouvait toujours pas tourner la tête. « Elle est venue à moi. Elle avait envie de parler. Elle m'a dit qu'elle avait compris quelque chose, que je l'aidais, moi aussi. Maintenant elle est morte, et je suis censé vivre avec mes cauchemars. Vous savez peut-être ce que c'est ? Tout le monde en a, des voix dans la tête, des démons qui torturent les pensées ? Sinon, je pourrais peut-être vous donner quelques-uns des miens parce que je ne peux pas les supporter tous. Non, je ne peux pas. »

Elle entendit le déclic quand il ôta le cran de sûreté. Bizarrement, une image de Cyclops lui vint à l'esprit, son nez toujours en mouvement, ses oreilles tombantes, sa fourrure veloutée. Qui comprendrait les particularités de ce lapin ? Qu'il aimait ses carottes pelées et son eau additionnée de jus de fruit ? Elle s'était déjà représenté sa propre mort et ne s'attendait pas à ce qu'elle soit particulièrement dramatique. Sa vie ne défilerait pas devant ses yeux. Elle n'invoquerait pas une puissance supérieure, ni ses parents, ni une autre personne aimée. Apparemment, ses prédictions étaient justes. Si on apprenait que ses dernières pensées avaient été pour son lapin, personne ne prendrait la peine de venir à son enterrement.

Elle entendit un grincement, suivi d'une explosion assourdissante et un bruit de verre brisé. L'écho de la détonation parut faire trembler l'immeuble. Elle sentit un liquide chaud sur sa peau, un liquide épais et visqueux derrière ses oreilles et sur une de ses joues. En ouvrant les yeux, elle vit que les murs étaient couverts de sang. D'éclats d'os. De cervelle. Et ce n'étaient pas les siens.

Calvin gisait en tas, bras croisés sous son corps, le Glock 9 mm à côté de lui. Ce qui restait de son visage était couvert de sang.

« O'Malley. »

Elle entendit la voix familière, mais elle n'arrivait pas à comprendre d'où elle venait. Elle tenta de se concentrer. Quelqu'un se tenait sur le seuil, et maintenant ce quelqu'un s'approchait d'elle.

« O'Malley », entendit-elle encore. C'était Jack.

Elle se laissa tomber. Elle n'avait plus d'énergie. Elle était incapable de parler. Couchée sur le côté, genoux contre la poitrine, elle n'avait conscience que d'une chose : elle était en vie.

20

23 h 15

Lucy était assise en tailleur devant le poêle à bois. Elle avait allumé le feu et laissé la porte ouverte. Elle contemplait la flamme bleue de la bûche compactée, le seul combustible qu'elle trouvait à la supérette près de chez elle au mois de mai. A côté d'elle, Cyclops grignotait le morceau de chou qu'elle lui avait agité sous le nez. Malgré la tiédeur de l'air et la chaleur de la flamme, elle frissonnait, emmitouflée dans des chaussettes vénézuéliennes, un pyjama en flanelle et un pull trop grand avec des pièces en cuir aux coudes.

Le CD des arias d'Andrea Bocelli s'acheva, et elle regarda la pendule. Il était près de onze heures. Archer rentrerait dans plus d'une heure. Elle avait été soulagée qu'il ne puisse pas venir au téléphone quand elle avait appelé. Un conflit avec un grossiste en bières, apparemment, mais elle n'avait pas demandé de détails. Il était bien plus facile de laisser un message à Sapphire pour dire qu'elle rentrait que d'entendre la voix d'Archer, affronter ses questions – « Comment ça va ? » – sans être capable de répondre. Heureusement, après leur conversation embarrassée de la veille, Sapphire était encore plus pressée qu'elle de raccrocher, et avait donc promis de lui transmettre le message dès qu'il serait libre.

Le téléphone sonna. Elle avait envie de l'ignorer, mais ce pouvait être Jack, ou le lieutenant Sage, ou une autre personne de la brigade, et elle ne voulait pas aggraver encore la situation. Elle devait aller bien. Elle ne voulait surtout pas être mise en congé maladie pour stress post-traumatique. Elle frissonna en repensant à ce qui aurait pu se produire.

« Allô, dit-elle d'une voix sans timbre, indifférente.

— Lucy, c'est ton père. »

L'espace d'un instant, elle eut envie de raccrocher. Ensuite, s'il rappelait, elle pourrait faire comme si elle n'était pas chez elle. Il penserait peut-être qu'il avait composé un faux numéro la première fois. Pourquoi appelait-il ce soir précisément, alors qu'elle se savait incapable d'émettre les plaisanteries et remarques anodines qui lui permettraient de raccrocher rapidement ? Il était le maître des enquêtes. Elle ne pouvait le tromper. Et pourtant elle ne pouvait se résoudre à avouer la vérité, lui dire combien elle s'était montrée stupide, lui raconter comment il avait bien failli perdre un deuxième enfant.

« Ton équipier m'a appelé. Il a l'air d'un type bien. Il m'a dit ce qui s'était passé aujourd'hui. Je vois que je suis un père très chanceux. »

Elle se demanda comment Jack l'avait trouvé et en quels termes il avait décrit le désastre de l'après-midi. Il n'avait rien d'un alarmiste, mais même dépouillé, ce récit ne pouvait que secouer.

« Ecoute, ce n'est pas la peine de répéter ce qui s'est passé dans cette salle d'interrogatoire. Je suis heureux que cet homme soit mort, et pas toi. » Sa voix se fêla. « Peut-être que je ne te le dis pas assez, ou pas aussi souvent que je le pense, mais je t'aime énormément. Et je suis extrêmement fier de toi. »

Elle sentit une brûlure au fond de la gorge. *Ne le sois pas*, avait-elle envie de dire. Son père avait été décoré en tant que capitaine, puis il était devenu commissaire divisionnaire, il était une légende dans la police de Sommerville.

« J'ai été stupide.

— Non, Lucy, répondit-il d'un ton raisonnable. Tu es un être humain. Et tu sais aussi bien que moi que les êtres humains ont des défauts. Certains coûtent plus cher que d'autres, je te l'accorde. Mais l'important, c'est que tu tires les leçons de tes erreurs et que tu continues. Ça paraît banal, je sais, mais les meilleurs d'entre nous ont dû suivre ce conseil. Et réciter un ou deux *Je vous salue, Marie* en même temps ne te fera pas de mal non plus, mais ne dis à personne que je t'ai conseillé ça. » Il rit doucement.

« Je ne vois pas comment la brigade peut me faire confiance ou se fier à mon jugement.

– Harper a refusé toute critique de ta conduite. Il m'a dit que tu avais fait un bon boulot lors de l'arrestation, et que tu t'en sortais comme un chef depuis que tu es entrée aux Homicides. Apparemment, tes supérieurs sont d'accord avec lui.

– J'ai du mal à le croire.

– Ces types ont roulé leur bosse. Ton partenaire est un pro aguerri. Ce qui s'est passé aujourd'hui, c'est un coup de malchance, dû peut-être en partie à ton manque d'expérience, à ta naïveté ou même à ta négligence, mais un coup de malchance quand même. »

Elle chercha désespérément quelque chose à dire. Ils se taisaient tous les deux et elle entendait la télévision en fond sonore. Quelques années plus tôt, son père avait offert à sa mère une antenne satellite pour Noël, qui avait augmenté de façon exponentielle leurs choix de programmes. Sans doute pour amortir la dépense, ses parents laissaient la télé bourdonner en permanence. A en juger par les applaudissements, ce devait être une émission du genre *La Roue de la fortune*, et elle se demanda si sa mère participait à la conversation. Mme O'Malley adorait les jeux télévisés.

« Je n'ai pas regretté un seul jour d'être entré dans la police. Les meilleures personnes que j'ai connues – hommes et femmes – y travaillaient, et c'est une des plus belles vocations. Faire un travail noble et le faire bien te met en danger. Quand tu es entrée à l'Académie de Police, ta mère et moi on était terrifiés et en même temps on débordait de fierté. Tu es notre bébé. On veut que tu sois en sécurité. On veut que tu sois bonne dans ton boulot.

– Je ne suis ni l'un ni l'autre.

– Et maintenant tu en sais plus sur toi-même, sur les stratégies d'interrogatoire, les façons de faire face à un suspect difficile et, peut-être, sur tes propres faiblesses. Peu de gens apprennent tout ça et survivent pour le raconter.

— Je pensais à Aidan, bredouilla-t-elle. J'étais déconcentrée parce que je pensais à lui. Ce type, Calvin, il me parlait de dépression, du combat contre la maladie mentale, et je me suis laissé distraire. J'ai sympathisé. C'était comme si j'écoutais les tourments d'Aidan plutôt que ceux d'un suspect dans une affaire de meurtre. » Les mots se déversaient, mais c'était bon d'avouer la vérité.

Il y eut un long silence.

« Tu vas rencontrer des tas de gens avec des tas de problèmes émotionnels ou physiques, des victimes d'abus sexuels et des violeurs, des gens qui ont surmonté des handicaps financiers ou sociaux, ainsi que d'autres qui ont succombé aux plus viles tentations. Mais tu ne verras pas souvent d'individus chez qui tu ne trouveras aucun aspect sympathique. Les êtres humains ne sont pas des monstres. Ou en tout cas les monstres sont très rares. Le monde est plein de tragédies et souvent, les explications des pires crimes paraissent pitoyables ou raisonnables. Ce que je veux dire, c'est que tu dois apprendre. Si ce qui s'est passé aujourd'hui vient d'un manque de concentration, apprends à te concentrer. Entraînement, discipline. Tu as ce qu'il faut, je le sais. Apparemment tes supérieurs le savent aussi.

— Mais...

— Ne laisse pas tomber. Je sais ce que tu éprouves en ce moment — on l'a tous éprouvé — mais ne fuis pas. Peut-être que tu étais un peu trop sûre de toi, ou peut-être que tu as baissé ta garde, en tout cas, c'est du passé. Tu dois t'offrir une bonne nuit de sommeil et te réveiller demain matin prête à protéger et servir, comme on dit. Garde la tête haute et passe au témoin suivant, à la preuve suivante. Tu es une O'Malley, et cet héritage te servira dans les mauvaises passes. »

Elle soupira. « Merci. » Ça paraissait idiot, mais elle ne trouvait rien d'éloquent à dire. « J'apprécie ta motion de confiance.

— Je suis ton père, Lucy, c'est moi qui t'ai exposée à cette profession. Je me rends compte qu'on ne t'a pas beaucoup laissé le choix.

— C'était un bon choix. »

Il rit à nouveau puis se tut. Elle ne savait s'il voulait lui souhaiter bonne nuit, ou s'il avait autre chose à dire. Au bout d'un court moment, il reprit la parole :

« Au fait, Lucy, nous pensons tous à Aidan chaque semaine, chaque jour, parfois même chaque minute. Mais il aurait détesté qu'il t'arrive quelque chose à cause de lui. » Il baissa la voix, peut-être pour que personne d'autre ne l'entende. « La souffrance d'Aidan me brisait le cœur. Tous les parents veulent ce qu'il y a de mieux pour leurs enfants, et nous ne l'avons pas aidé. Nous n'en avons pas été capables. »

Peu de parents le sont. Lucy pensa de nouveau à Calvin, son désespoir à l'idée de vivre sans le Dr Reese près de lui.

« N'abandonne pas. N'abandonne pas par peur ou parce que tu doutes de toi-même. N'aie pas honte de tes erreurs. »

De nouveau il y eut un long silence. Puis Lucy entendit la voix de sa mère, un peu lointaine. « Dis-lui de se mettre des rondelles d'oignon sur la poitrine. Epaisses. Et des oignons jaunes, pas des rouges. Ça l'apaisera. Et dis-lui de boire du lait avec juste un soupçon de cognac. Chaud, mais pas bouillant. S'il caille...

— Tu veux bien... » Son père devait avoir la main sur le combiné, mais la conversation était quand même audible.

« Et dis-lui qu'on prie pour elle. Et dis-lui que sa mère l'aime, dis-lui bien. »

Elle entendit de nouveau son père. « Lucy, ta mère veut que je te dise...

— J'ai tout entendu, coupa-t-elle.

— Très bien. J'ai dit ce que j'avais à dire. Fais attention à toi.

— Papa, dit-elle juste avant qu'il raccroche.

— Oui ?

— Merci. Merci pour tout. J'avais plus besoin de t'entendre que je ne croyais.

— Je le savais, détective, mais je suis bien content. Tu es toujours ma petite fille. Et je t'aime. »

Et la ligne fut coupée.

21

*Mercredi 21 mai
8 h 05*

Quand Lucy poussa la porte battante pour entrer dans la salle, les applaudissements éclatèrent. Deux rangées de visages souriants l'ovationnaient, les détectives, le service des Relations publiques, les assistants administratifs. Plusieurs portèrent leurs doigts à leur bouche pour émettre des sifflements stridents. Jack attendit que le bruit s'estompe pour s'avancer et lui serrer la main.

« Je suis bien content de te voir. »

Elle n'essaya pas de dissimuler les larmes de soulagement qui ruisselaient sur ses joues. Toute l'anxiété qui la rongeait depuis son réveil disparut. Sa brigade, son département étaient prêts à la soutenir, et elle se jura de ne plus jamais les décevoir.

« Heureusement que j'ai oublié mon mascara ce matin, dit-elle en s'essuyant les yeux. Plus sérieusement. Je sais bien que vous allez vous moquer de moi sans pitié pour cet étalage d'émotion, mais vos encouragements représentent beaucoup pour moi. Avant-hier, je n'avais pas vraiment compris que j'avais atterri dans la meilleure équipe du pays. Je ne suis pas sûre de mériter d'être là, mais...

— Arrête de quêter les compliments, O'Malley », coupa Jack d'un ton rieur.

Elle sourit. Il la protégeait même de ses envies d'autoflagellation publique.

« Quant à toi, Harper, tu es soit le meilleur ami qu'un flic puisse avoir, soit le meilleur flic qu'un ami puisse avoir.

— Pourquoi pas les deux ? », suggéra quelqu'un.

Jack agita les mains en signe de refus. De toute évidence, il était gêné de voir l'attention se braquer sur lui.

Janet, l'assistante administrative de la brigade, s'avança et la serra dans ses bras.

« Nous sommes tous contents de te voir au travail. »

Les rangées se défirent et ses collègues vinrent lui taper dans le dos ou sur l'épaule. Le divertissement était terminé, le travail les appelait.

Jack et Lucy se dirigèrent ensemble vers leur bureau.

« Tu sais que j'ai été négligente, souffla-t-elle. Je ne t'en voudrais pas du tout si tu demandais à changer de partenaire. »

Il s'arrêta. Elle se tourna vers lui et chercha à lire sur son visage, tout en refoulant ses larmes.

« Si tu crois que tous ceux qui sont là n'ont jamais commis d'erreur, ne se sont jamais trompés, n'ont jamais oublié la procédure, tu as tort. Et dans ma situation, je préfère une partenaire qui vient d'une famille de flics à n'importe quel type qui aurait sauté dans le bus de l'académie après avoir vu trop d'épisodes de *Au nom de la loi*. Tu as ça dans le sang, O'Malley, et moi aussi. On s'en sortira très bien. » Il s'appuya contre son bureau et croisa les bras. « Bon, il me semble qu'on a un meurtre à résoudre, fit-il en souriant.

— Ça veut dire que je ne vais pas avoir le temps de douter et de m'apitoyer sur moi-même ?

— Pas avec moi, détective. »

Ils éclatèrent de rire ensemble, en partie à cause de leur plaisanterie, en partie parce qu'ils avaient survécu en tant qu'équipe. Elle sentit avec gratitude sa tension nerveuse se relâcher.

« Quoi de neuf sur Calvin ? », demanda-t-elle après un moment.

Jack s'éclaircit la gorge et se frotta les yeux. « En dehors des armes à feu, la perquisition n'a rien donné. On n'a rien qui le relie au meurtre de Reese, et son groupe sanguin ne correspond pas à l'échantillon non plus. Il est O.

— Et la TEC ?

— Il a été hospitalisé vendredi pour une nouvelle séance, mais il est sorti samedi après-midi peu avant seize heures. »

Sa mémoire à court terme avait été effacée et il était reparti dans la rue.

« J'ai dit au Dr Bradley, le psychiatre de l'hôpital Friends qui a traité Calvin, qu'on passerait à dix heures. Il avait discuté plusieurs fois avec Reese du traitement de Calvin – le dosage, ou le voltage, je ne sais pas comment on dit dans leur jargon. Et il a aussi vu Calvin avant et après chaque séance. »

Quelque chose n'allait pas. Si Calvin n'avait rien fait à Reese, alors pourquoi avait-il réagi ainsi ? S'était-il senti acculé, l'avait-il attaquée par peur ? Elle secoua la tête. Les si, comment et pourquoi devraient être étudiés plus tard. Dans d'autres professions on pouvait s'offrir le luxe de regarder en arrière, pas dans la leur.

« En route pour le bureau d'Ellery. » Il se dirigea vers la porte.

« Est-ce qu'on a du nouveau sur le dîner au Bec Fin ?

— Oui. J'ai vérifié avec le maître d'hôtel. Il y avait plusieurs réservations pour trois ce soir-là. Quand je lui ai montré une photo de Morgan, il se l'est rappelée tout de suite. Il m'a dit qu'elle était venue dîner avec une jeune fille et qu'elle avait causé quelques problèmes.

— Qu'est-ce qui s'est passé ?

— Elle a commandé une bouteille de cabernet à deux cents dollars et quand le sommelier a demandé la pièce d'identité de son amie, elle s'est levée et a réclamé le maître d'hôtel. D'après lui, elle a expliqué qu'il s'agissait d'une occasion très spéciale et lui a demandé de faire une exception. Il a dit non, qu'il risquait de perdre sa licence. Elle a insisté, en disant que personne ne le saurait, mais apparemment il a l'habitude de ce genre de situation et il a tenu bon. Alors elle a fini par retourner s'asseoir. Après leur départ, le maître d'hôtel s'est rendu compte qu'elle avait commandé une deuxième bouteille de vin et il s'est demandé ce qui s'était passé. Il a fait sa petite enquête et il s'est avéré qu'elle avait donné au serveur un pourboire supplémentaire de cent dollars pour remplir deux verres et se taire. Le pauvre type s'est fait virer.

— C'était quand ? »

Jack haussa les épaules. « Je sais à quoi tu penses, mais le serveur n'a été licencié que jeudi. »

Lucy réfléchit un moment. « Et la troisième personne ? La réservation était bien pour trois ?

— Oui. Mais la troisième personne n'est pas venue. Le maître d'hôtel n'était pas content. C'était une réservation de dernière minute, et ils avaient dû tout chambouler pour les caser.

— A quel nom était la réservation ?

— Nichols. »

C'était un nom relativement courant, mais c'était aussi celui du président du Rabbit Club. Etait-ce une coïncidence ? se demanda Lucy.

« On t'a donné un prénom ?

— Non, répondit Jack. Et le nom ne disait pas grand-chose au maître d'hôtel. Le numéro de téléphone pour la confirmation était un numéro de portable enregistré au nom d'une compagnie pharmaceutique de Radnor. J'ai appelé deux fois, mais il n'y avait personne.

— Une boîte vocale ?

— On fait une comparaison avec le message sur le répondeur de Reese.

— A ton avis ?

— A l'oreille nue – si j'ose dire – c'est la même voix. »

18 h 46

Ils étaient sur le parking quand l'agent à la réception courut vers eux, une enveloppe kraft à la main. Al avait pris une balle dans la hanche et n'avait jamais retrouvé toute sa mobilité. Depuis, il était cantonné derrière le comptoir. Courir sur quelques centaines de mètres l'avait essoufflé.

« Hé Lucy, c'est arrivé pour toi. » Il lui tendit l'enveloppe. L'adresse de l'expéditeur appartenait à un cabinet d'avocats très connu. « Ça vient d'arriver par coursier. Je me suis dit que c'était assez important pour essayer de te rattraper.

– Merci. » Elle comprit immédiatement de quoi il s'agissait. L'avocat des Haverill avait obtenu le contrat d'assurance et lui en expédiait une copie comme elle l'avait demandé. C'était le document confirmant qu'Archer héritait de cinq millions de dollars.

« Au fait, je suis vraiment content que tu t'en sois sortie », dit Al en regardant par terre et en poussant du pied un mégot de cigarette.

« Et elle s'en sort très bien, intervint Jack, encore que tout cet étalage de bons sentiments soit un peu déprimant. Pour moi en tout cas. Qui aurait cru qu'on avait un tel ramassis de cœurs d'artichauts ? » Il lui fit un clin d'œil. « On y va, O'Malley. »

Elle s'installa côté passager dans la Taurus de Jack, boucla sa ceinture, puis ouvrit l'enveloppe. Il mit le contact, régla la radio et passa la marche arrière en fredonnant sur une chanson de Céline Dion. La vie reprenait son cours normal.

Elle sortit le document et parcourut rapidement la première page. Selon la date inscrite près de la signature, le contrat avait été signé dix ans auparavant. Archer était désigné comme seul bénéficiaire. Elle parcourut les paragraphes suivants jusqu'à ce que quelque chose l'intrigue. Le montant du contrat était de dix millions, et non de cinq comme l'avait déclaré Rodman. Peut-être avait-il mal compris. Elle continua sa lecture, s'interrompit et relut la dernière page. C'était un addendum daté du 31 mars, concernant un changement de bénéficiaire. En plus d'Archer, une seconde personne était nommée : Avery Herbert. Près de son nom, quelqu'un avait écrit au crayon dans la marge : "Le numéro de Sécurité sociale et l'adresse seront fournis par l'assurée." Apparemment elle ne l'avait pas fait.

Moins de deux mois avant son assassinat, Morgan avait divisé en deux l'héritage d'Archer pour en faire bénéficier quelqu'un d'autre.

Avery Herbert, Avery Herbert, elle tourna le nom dans sa tête. Puis elle se souvint : elle l'avait vu dans le bottin mondain de Morgan. Elle tourna les pages de son carnet jusqu'au tout début de l'enquête. Avery Aldrich Herbert, fille de M. et Mme William Foster Herbert, de Gladwyne. Sa mémoire ne l'avait pas trompée. Qui étaient ces gens ? Quel était le lien entre Morgan et la fille de ce couple ? Et s'agissait-il de la personne mentionnée dans la lettre que lui avait remise Gertrude Barbadash ? Si oui, elle allait apparemment recevoir pas mal d'argent.

Jack s'arrêta à un feu rouge et passa de station en station avant de se décider pour un vieux morceau des Moody Blues. Lucy résuma les informations tirées du contrat d'assurance.

« Alors, qu'est-ce que tu en penses ?

— Avery pourrait être sa filleule ou sa nièce, je suppose, répondit-il. Peut-être que, vu ce qui s'est passé avec sa propre famille, elle a été plus tard très proche d'un autre gosse. Peut-être que ça la consolait du choix qu'elle avait fait pour son fils.

— Ni Archer ni son père ne communiquaient avec cette femme. Des années s'étaient écoulées. Ils ne savent rien de ce qu'elle faisait, réfléchit Lucy à voix haute. Elle aurait pu fonder une autre famille, avoir des enfants, n'importe quoi, et ils ne l'auraient pas su. Avery pourrait être sa fille. Les Herbert pourraient être des parents adoptifs.

— Tu crois que cette femme a abandonné un enfant et qu'elle en a fait adopter un autre ? Quel genre de parent ferait ça ? »

Lucy s'était posé la même question, mais elle n'avait pas de réponse. Quelqu'un de désespéré, quelqu'un de malade. Aucun de ces adjectifs ne paraissait convenir à la psychiatre fêtée et reconnue que semblait avoir été Morgan.

« Est-ce qu'on sait qui hérite de ses biens ?

— Pas encore. »

Elle griffonna une note dans son carnet pour penser à vérifier.

« Je n'y comprends rien. Pourquoi dépenser une fortune en primes d'assurance à son âge pour un enfant qu'elle ne connaît pas et un autre qui appartient à une autre famille ? Je suppose qu'elle avait des biens. Pourquoi ne pas les léguer à Archer et à cette Avery Herbert, tout simplement ?

— Il y a une grande différence entre "des biens" et dix millions de dollars. Peut-être qu'elle voulait faire comprendre quelque chose.

– Moui. » Lucy pensa à son déjeuner avec Rodman Haverill, son dédain de l'argent obtenu par héritage. De toute évidence, Morgan ne partageait pas sa philosophie. Elle voulait que son argent libère son fils, lui permette de faire ce qu'il voulait.

« Nancy Moore est venue hier, annonça Jack. Avec son mari. Ce type est un abruti de première. Il s'est présenté trois fois comme "maître Moore". Finalement, j'ai dû lui dire que je n'oublierai pas. Je ne peux pas supporter les avocats quand ils font ça. Pourquoi est-ce qu'il ne peut pas être tout simplement M. Moore ?

– Ça doit lui donner l'impression d'être important, je suppose. Tout le monde a envie d'un titre.

– Peut-être. En tout cas, tu étais partie aux urgences quand elle est arrivée, alors Ben l'a reçue avec moi. »

Etait-ce encore une façon de lui rappeler qu'elle ne devait pas faire cavalier seul ? Il lui avait déjà fait comprendre que c'était important. Ou sinon, Calvin s'en était chargé.

« Qu'est-ce qu'elle a dit ?

– Pas grand-chose de plus que ce qu'elle t'avait déjà dit. Elle n'était pas étonnée de ce qui s'est passé avec Calvin. Pour elle, il était médicalement timbré et elle avait supplié Morgan de ne plus s'en occuper, mais le Dr Reese n'a eu que mépris pour ses inquiétudes. Il a arrêté de venir quelque temps – ce qui corrobore ce que tu m'as dit de ses séances par téléphone – mais ensuite il a reparu. Elle a dit que Morgan refusait d'en discuter et ne voulait pas entendre la moindre critique sur ses décisions thérapeutiques.

– Et Ellery ?

– Apparemment, il n'est pas intervenu. Il a laissé les femmes se débrouiller entre elles. Même après le vol de son revolver, il ne s'en est pas mêlé. D'après Moore, il est d'une ambition féroce. Il faisait des heures supplémentaires pour décrocher la direction du Centre Wilder. Il a pris tout un paquet de nouveaux projets de recherches. Il a organisé un cycle de conférences supplémentaire. Selon elle, il était devenu très mondain, il rencontrait les grands pontes de la faculté, il faisait tout ce qu'il pouvait pour braquer les projecteurs sur lui plutôt que sur ses rivaux, surtout Morgan.

– Comment est-ce que Morgan a réagi à sa propre nomination ? »

9 h 25

« Je regrette, mais vous l'avez manqué. »

La secrétaire du Dr Ellery semblait sincèrement navrée de leur donner de mauvaises nouvelles. C'était une femme d'un certain âge au chignon grisonnant, qui portait des lunettes-loupe rouges sur une chaîne à son cou et un pull à carreaux rose et vert qui soulignait son ample poitrine.

« Il donne une conférence de presse à l'Union League. Et avant il a quelques problèmes personnels à régler, il m'a fait décommander tous ses patients de la matinée. » Elle se força à sourire. « Puis-je faire quelque chose pour vous ?

— Hum, oui, Mlle... ? »

Elle sortit du tiroir de son bureau une plaque noire sur un socle en faux bois verni et la posa sur le comptoir. BETTY GRAHAM, disaient les lettres dorées. « Quoi qu'en dise le docteur, je ne veux pas que n'importe qui sache mon nom.

— Depuis combien de temps travaillez-vous pour le Dr Ellery ? demanda Jack.

— Quinze ans, croyez-le si vous voulez. Et pour le Dr Reese, ça devait faire presque dix ans. Je ne me rappelle pas très bien quand elle est venue partager la suite. Mme Moore est arrivée en dernier, mais elle est quand même là depuis pas mal de temps.

— Quelles sont vos fonctions ?

— Je classe, je fais les notes d'honoraires, je négocie les tarifs avec les compagnies d'assurances, un peu de tout. Le Dr Reese se chargeait de plus en plus de sa propre gestion, mais le Dr Ellery ne pouvait pas se passer de moi. Je ne suis pas sûre qu'il saurait trouver un trombone tout seul. Ce n'est pas comme si j'avais droit à des remerciements pour toutes mes années de service. » Elle écarta le bouquet de lilas parfumé – apparemment une livraison récente – vers la droite pour mieux voir les deux détectives. Ses ongles longs étaient vernis d'un rouge magenta rutilant.

« Vous irez avec lui au Centre Wilder ? demanda Lucy.

— Non. A peine on annonçait sa nomination, il s'est précipité sur une jeunette du service thérapie du comportement. Elle sait à peine taper et le classement est un concept nouveau pour elle, mais je suis sûre que vous savez ce que c'est.

— Pouvez-vous nous dire quelles sortes de rapports avaient le Dr Ellery et le Dr Reese ?

— Vous avez du temps ? » Elle renifla. « Disons simplement qu'ils avaient des rapports amicaux qui se sont détériorés très vite quand ils ont tous les deux été présélectionnés pour le poste de directeur.

— Pourriez-vous être plus précise, madame ? demanda Jack.

— Je crois qu'ils se connaissaient professionnellement avant que le Dr Reese ne vienne partager cette suite. Au début, ils avaient l'air de bien s'entendre, je me rappelle qu'ils partaient ensemble le soir de temps en temps. Je supposais qu'ils allaient prendre un verre ou dîner ensemble.

— Ont-ils eu une aventure sentimentale ? »

Betty secoua la tête.

« J'en doute. Le Dr Ellery se prend pour un séducteur, mais le Dr Reese était trop professionnelle pour ça... et très franchement, trop froide. Je ne serais pas surprise que vous découvriez... Disons simplement qu'elle paraissait très bien se passer d'amis masculins. Bref, pendant des années ils ont déjeuné ensemble une fois par semaine. C'était surtout pour parler travail – je le sais parce que, quand ils rentraient, j'avais toujours droit à des tâches supplémentaires – mais ils avaient aussi l'air d'être amis. A mon avis, ils devaient se faire quelques confidences, se donnaient peut-être des conseils mutuellement. Ils semblaient assez cordiaux l'un envers l'autre.

— Qu'est-ce qui a changé ?

— Le Dr Ellery s'est changé en mister Hyde quand on a publié la liste des candidats sélectionnés. Il voulait ce poste, et je crois qu'il était prêt à tout pour l'avoir. Il est devenu un monstre – il s'est mis à donner des ordres, à annuler des séances pour aller dîner avec des gens importants, à s'intéresser plus à son apparence et à ses fréquentations qu'à ses patients. Je trouvais que son attitude manquait vraiment de professionnalisme.

— Pourquoi voulait-il tellement ce poste ? s'enquit Jack. Son affaire a l'air de marcher drôlement bien.

— Le pouvoir. L'argent. Le prestige. C'est vous le mâle ici. Vous savez ça mieux que moi. Ce type adore la lumière des projecteurs, et le poste au Centre Wilder lui en offrait tant qu'il voulait. Mais ensuite... juste au moment où on pensait que la décision allait être prise, il a eu un petit problème.

— Quel problème ?

— Le suicide du jeune Herbert.

— Le quoi ? », s'exclamèrent Lucy et Jack à l'unisson.

Betty était déconcertée. « Foster Herbert, un jeune homme, il avait peut-être seize ou dix-sept ans. Le Dr Ellery le soignait depuis quelque temps. C'était un bon petit, très poli, beau garçon, mais très perturbé. Je remplissais les formulaires d'assurance. Je ne suis pas médecin mais même moi, je voyais bien que le diagnostic était pessimiste. 296.3X, avec des tendances parfois catatoniques, parfois mélancoliques, et toujours atypiques.

— Vous pouvez nous dire ce que signifie ce code ? demanda Jack.

— Grave trouble dépressif chronique, récita Betty. Le X signifie que d'autres éléments apparaissent. »

Lucy n'avait pas besoin d'explications supplémentaires. Après la mort d'Aidan, elle avait passé au peigne fin le *Manuel de diagnostics standard*, en espérant y trouver des réponses. Cette maladie destructrice était imprimée dans son esprit. « Chronique » signifiait qu'elle ne disparaissait jamais.

« Bref, l'hiver dernier – en janvier, je crois – il s'est tiré une balle dans le cœur derrière l'écurie de la maison, pendant que ses parents étaient sortis dîner », poursuivit Betty, apparemment ravie d'avoir un public si captivé. « Les parents en tenaient le Dr Ellery pour responsable. Je ne connais pas les détails, mais il y a même eu des articles dans les journaux qui critiquaient les soins psychiatriques qu'avait reçus le gamin.

— Est-ce que vous vous rappelez le nom du père de Foster ?

— Bien sûr. Bill. William Herbert. Sa femme s'appelle Faith.

— Est-ce qu'ils habitent à Gladwyne ? »

Betty consulta ses fiches, qu'apparemment elle n'avait pas pris la peine de tenir à jour.

« Oui, dit-elle, surprise. Les notes d'honoraires mensuelles étaient envoyées à Greaves Lane, mais je sais que le père a demandé que la dernière facture soit envoyée à son bureau chez Leedes, Collin et Wilkes. Comment le saviez-vous ?

— J'ai lu quelque chose dans le journal », mentit Lucy.

Foster était mort, et sa sœur allait hériter cinq millions de Morgan Reese. Mais le lien entre eux – et la place d'Archer dans le tableau – restait un mystère. Elle nota le nom du cabinet de Bill Herbert.

« Est-ce que vous connaissez sa spécialité ? »

Elle secoua la tête. « Bref, comme je vous disais, ça ne m'étonnerait pas que le suicide ait mis le Dr Ellery hors course. Ce n'est pas le genre de publicité qu'on recherche pour un hôpital psychiatrique, si vous voyez ce que je veux dire.

— Je comprends ça », admit Jack.

Mais ensuite s'étaient produits des changements radicaux, pensa Lucy. Apparemment, après la mort du Dr Reese, le comité de sélection avait décidé d'oublier la mort de Foster. Elle consulta sa montre. La conférence de presse devait commencer dans un peu plus de trois heures.

« Et puis dimanche dernier, reprit Betty, quand j'ai vu l'expression du Dr Ellery – il exultait – ça m'a rendue malade. Le corps du Dr Reese était à peine froid. Un vrai vautour. Il était plus qu'heureux de profiter de la tragédie. Il a eu le culot de m'embrasser, carrément. J'ai bien envie de lui faire un procès. Les gens payent cher pour régler les problèmes de harcèlement sexuel.

— Vous travaillez souvent le dimanche ? s'enquit Lucy, ignorant son indignation.

— Sûrement pas ! Mais il m'avait appelée en début de matinée pour me dire qu'il avait besoin de moi au bureau. Il n'était même pas sept heures. Mais il insistait. Il disait qu'il avait beaucoup à faire parce qu'il partait, comme il disait. Il m'a proposé une fois et demie le tarif, mais c'est parce qu'il m'a menacée que je suis venue. Je ne savais pas que je perdais mon temps.

— De quoi est-ce qu'il vous a menacée ?

– De me virer si je ne venais pas. Ça n'avait pas beaucoup d'importance, de toute façon, je me retrouve au chômage. Le Dr Reese est morte, Nancy Moore rend son bureau et le Dr Ellery ne me prend pas avec lui là où il va. »

C'était peut-être une aubaine, se dit Lucy. Quand ils en auraient fini avec le bon psychiatre, il n'arriverait peut-être pas jusqu'au Centre Wilder. Et comparés à la tenue orange des prisonniers, même les pulls à carreaux paraissaient élégants.

En sortant, Jack avait du mal à se contenir.

« Bill Herbert est associé à Carson Leedes ! »

Lucy leva la main pour se protéger les yeux du soleil éblouissant. « Je devrais le connaître ?

– Il se prétend avocat de la famille. Son travail n'a rien à voir avec la famille, sauf s'il s'agit de la détruire. C'est le spécialiste du divorce le plus connu entre Washington et New York.

– Tu es heureux en ménage, comment ça se fait que tu le connaisses ?

– Il a eu un client, il y a huit ans, un type qui s'appelait Michael Lucas Abernathy III. Séduisant dans le genre maquereau. Il avait passé son enfance à Jersey. Son père – un type qui s'appelait Abramowitz – avait fait fortune dans la fabrication de seaux. Mike a débarqué ici, il a changé de nom parce qu'il ne voulait pas de marque ethnique, et il a acheté une vieille maison à Haverford. Puis il a décidé de divorcer de son amour de lycée après quinze ans de mariage, et il a engagé Leedes. Les tractations ne se passaient pas trop bien – le juge l'avait condamné à payer une pension alimentaire qui menaçait sérieusement son train de vie – alors il a décidé de régler la question lui-même. Il a assassiné sa femme et sa sœur, elles vivaient ensemble depuis qu'il était parti. Les preuves étaient accablantes. Ce type était un imbécile – il avait laissé des empreintes partout. Mais avant qu'on puisse mettre la main sur lui, il avait récupéré sa petite fille et filé. On a retrouvé sa trace à Porto Rico, mais ensuite il s'est littéralement évaporé. En tout cas, j'ai dû interroger Leedes une dizaine de fois. Il prétendait ne rien savoir.

– Tu ne le croyais pas ?

– Non, mais on ne pouvait rien faire. Ses associés ne nous ont rien appris. C'est un cabinet en vue – sièges en cuir dans la salle de conférence, plein d'œuvres d'art tarabiscotées, tu vois le genre. J'ai eu la nette impression que les autres associés ne mettaient pas le nez dans ses dossiers. Ses affaires sentent mauvais mais il rapporte beaucoup d'argent, alors ils regardent ailleurs. Je crois que ce type ferait n'importe quoi pour un dollar.

— On n'a jamais retrouvé Abernathy ?

— Non, et on n'avait rien contre Leedes. On n'a même pas pu le poursuivre pour obstruction. Il a continué à exercer. Ce type pèse une fortune. Je suppose que son associé Bill Herbert aussi.

— Pas assez pour sauver son propre fils. »

22

10 h 15

« C'est extrêmement difficile pour tout le monde », déclara le Dr John Bradley. Il passa ses doigts fins dans ses cheveux clairsemés. Il avait les traits tirés et ses yeux verts étaient cernés, ce qui lui donnait l'air plus vieux que ne le supposait Lucy. Sa chemise bleue et sa blouse blanche étaient froissées. Il n'avait pas besoin de leur dire qu'il n'avait pas dormi de la nuit. « Nous sommes aussi choqués que vous devez l'être par ce qui s'est passé. Je suis désolé que vous ayez dû traverser cette épreuve, ajouta-t-il en adressant sa dernière phrase à Lucy. Prévoir, sans se tromper, le niveau de violence des patients est un des aspects les plus difficiles du traitement des maladies mentales. Apparemment nous nous sommes trompés sur Calvin Roth. Lourdement. »

Jack, Lucy et le Dr Bradley étaient assis autour d'une table ronde de la cafétéria, au sous-sol de l'hôpital Friends. Une odeur d'œufs brouillés et de bacon pas très frais emplissait la salle. En dehors de quelques infirmières et techniciens qui faisaient leur pause de la matinée, et d'un médecin qui remplissait des formulaires à une table près du mur, l'endroit était désert. Lucy buvait de l'eau directement au goulot de sa bouteille. Le liquide était désagréablement tiède mais elle ne voulait pas perdre un instant de la conversation pour aller chercher un gobelet et des glaçons. Jack et le Dr Bradley buvaient un café trop léger.

« Comme je l'ai dit à votre collègue hier, et malgré ce qui s'est passé au commissariat, à mon avis il est tout simplement impossible que Calvin ait commis un meurtre quelques heures après sa dernière séance de TEC.

— Vous l'aviez laissé sortir. Est-ce que ça ne veut pas dire que vous considériez qu'il allait bien ?

— Oui, mais c'est là que je voulais en venir. Les électrochocs apportent un apaisement presque immédiat. Calvin suivait un programme de six séances avec des intervalles d'environ un mois. C'était la cinquième séance. Il était très calme. »

Pas tant que cela. Il avait réussi à bloquer Lucy dans un coin, à lui prendre son arme, et à se faire sauter la cervelle. La prochaine fois qu'elle aurait envie de se détendre, elle choisirait une autre méthode.

« Quand nous lui avons demandé ce qu'il avait fait samedi soir, il ne se souvenait de rien.

— Je veux bien le croire. L'anesthésie générale administrée pour le traitement cause des pertes de mémoire à court terme, mais en général tout rentre dans l'ordre au bout d'une ou deux heures. Quand Calvin est sorti de l'hôpital, ses souvenirs avaient dû lui revenir. On voit aussi des pertes de mémoire quand les patients ont subi de nombreuses séances – entre quatre et six généralement. Les souvenirs reviennent plus tard, mais ils disparaissent temporairement. Calvin a eu des problèmes de ce genre, assez peu, comparé à certains des autres patients. » Il s'interrompit et regarda ses mains. « Ecoutez, la plupart des requins sont inoffensifs, mais depuis *Les Dents de la mer*, Ils ont une réputation épouvantable. C'est la même chose pour la thérapie électroconvulsive. C'est un stigmate terrible. Je travaille dans ce domaine depuis longtemps et j'ai vu quelques-uns des pires cas qu'on puisse trouver. A mon avis, rien n'est plus efficace qu'un traitement immédiat pour les troubles maniaco-dépressifs. Quant à Calvin, il réagissait magnifiquement à la thérapie.

— Mais l'important, c'est qu'il ne se rappelait pas ce qui lui était arrivé samedi, et nous n'avons personne pour nous dire où il était », dit Jack. Sa voix était ferme. Lucy supposa qu'après ce que Calvin lui avait fait subir, Jack voulait pouvoir lui mettre aussi sur le dos le meurtre du Dr Reese. Au moins elle n'aurait pas souffert pour rien.

« C'est tout à fait exact. » Le Dr Bradley, l'air acculé, but un peu de café. « Mais j'ai été intimement impliqué dans le traitement de Calvin. Ni le Dr Reese ni moi-même ne pensions que Calvin représentait un danger pour les autres ou pour lui-même. C'est – c'était – un enfant effrayé, vraiment retardé dans son développement affectif. Il était très dépendant de Morgan. Je ne peux imaginer qu'il lui ait fait du mal.

— Est-ce que vous saviez qu'elle avait obtenu une injonction du tribunal pour lui interdire de s'approcher d'elle ? »

Le Dr Bradley serra les dents mais ne répondit pas.

« Elle le considérait comme une menace. Au moins pour elle. »

Cette fois il regarda par terre. De toute évidence, cette conversation lui était extrêmement pénible. Lucy se demanda s'il se reprochait ce qui s'était passé. Il avait eu trop confiance dans son traitement et avait fermé les yeux sur les tendances violentes de Calvin.

« Que pouvez-vous nous dire sur les relations entre Calvin et le Dr Reese ? »

Il haussa les épaules. « Elle le suivait depuis des années. Elle m'avait associé au traitement parce qu'elle voulait qu'on lui administre des électrochocs. Nous ne nous étions jamais rencontrés, mais elle me connaissait de réputation, tout comme je la connaissais. J'étais ravi de proposer notre installation ici.

— Avez-vous discuté avec elle de certains aspects de la thérapie de Calvin ?

— Pas beaucoup. Elle respectait son droit à la vie privée.

— Saviez-vous que Calvin possédait des armes à feu, ou que le Dr Reese l'avait aidé à obtenir un permis de port d'armes ?

– Oui. » Il recula sa chaise et croisa les bras. « Elle m'avait assuré qu'il ne les chargeait jamais, qu'il n'avait pas de munitions. Mais il aimait les avoir sur lui.
– Pour soutenir son ego masculin fragile ? », demanda Lucy. Apparemment, les psychiatres pouvaient expliquer de façon rationnelle n'importe quel comportement. En l'écoutant parler, elle se demandait qui, de lui ou de son patient, était le plus déconnecté de la réalité.

« Comme je vous l'ai dit, je ne connaissais pas les détails. Cependant... » Il s'interrompit, parut se demander s'il devait dévoiler spontanément l'information à laquelle il pensait.

« Je vous en prie, docteur Bradley. Excusez mon manque de compassion, mais nous avons vraiment besoin de tous les renseignements que vous pouvez nous donner. » Le Dr Maboul était apparemment encore sensible aux inflexions de voix.

« Je ne sais pas si c'est important, ou si j'ai raison de vous le dire. » Il se frotta les yeux. « Calvin m'a dit récemment que Morgan commençait à se montrer maternelle envers lui, même physiquement. Ce sont ses propres termes.
– Une relation sexuelle ? demanda Jack.
– J'ai dit "maternelle." Elle lui tenait la main, le serrait dans ses bras de temps en temps. Ce que Calvin m'a dit, c'est qu'il s'était produit quelque chose dans sa vie à elle. J'ai eu l'impression qu'il s'agissait d'une sorte de contre-transfert.
– Vous pouvez nous expliquer ? demanda Jack.
– Les transferts sont courants en thérapie, en tout cas dans le genre de psychanalyse freudienne que pratiquait Morgan. Le patient finit par voir en son psychiatre plus qu'un médecin. Le psychiatre endosse un rôle plus personnel dans l'esprit du patient – un rôle de parent, de patron, d'amant. Le transfert peut être un élément important car il permet au patient d'explorer des aspects de sa personnalité d'une façon plus immédiate. La colère, la jalousie, le sentiment de trahison, la déception remontent à la surface. Les problèmes commencent quand le transfert se produit dans l'autre sens, quand le thérapeute commence à voir le patient dans un autre rôle – celui d'un enfant, par exemple. Parfois une attirance sexuelle

se développe. La distanciation professionnelle est d'une importance capitale. Bien sûr, le contre-transfert fragilise les barrières indispensables.

— Vous pouvez nous donner des détails ?

— Selon Calvin, le Dr Reese avait commis plusieurs grosses erreurs dans sa vie. Grâce à la thérapie de Calvin, elle a mieux compris au moins l'une de ces erreurs. Elle espérait qu'il n'était pas trop tard.

— Pour quoi faire ?

— Vous devez me comprendre. Je tiens ces informations de Calvin. Je n'avais pas besoin d'explorer la véracité de ses affirmations. Ce qui m'importait, quand je parlais avec lui, c'était l'effet de ces confidences sur lui. Bizarrement, qu'elle lui ait réellement dit tout ça ou qu'il l'ait simplement imaginé n'avait guère d'impact sur ce qu'il ressentait. »

Lucy se sentait déroutée. Tous ces éléments disparates ne semblaient mener à aucune conclusion logique.

« Est-ce qu'un patient ne doit pas être raccompagné chez lui après l'hospitalisation ? demanda-t-elle, décidant d'abandonner provisoirement le blabla psychiatrique pour se concentrer sur les détails concrets.

— Oui, tout à fait. L'hospitalisation nécessaire est assez brève – moins de vingt-quatre heures après la séance. Nous voulons être sûrs que chaque patient rentre chez lui sans encombre.

— Qui est venu chercher Calvin ? »

Le Dr Bradley se tut. Il les dévisagea. Quand il répondit, il parlait à voix si basse que Lucy et Jack durent se pencher vers lui pour entendre.

« Morgan. Morgan Reese. Il y avait une autre femme avec elle, mais elle ne me l'a pas présentée.

— N'est-ce pas inhabituel ? Qu'un médecin raccompagne un patient chez lui ? »

Il hocha la tête. « C'est un exemple de ce que je vous disais tout à l'heure. Je suppose que j'aurais dû dire quelque chose. Mais... ce processus est tellement basé sur la confiance, et Calvin n'en avait pas beaucoup. Il me semblait très reconnaissant envers Morgan. Je me rends compte maintenant que j'ai fait une grave erreur. »

C'était une façon de le dire, mais Lucy en aurait choisi une autre.

« Est-ce que vous vous rappelez quelque chose sur l'autre femme ?

— Elle était jeune, quinze, vingt ans, peut-être un peu plus. Je n'ai pas fait très attention. Calvin ne m'a jamais parlé d'une petite amie. J'ai eu l'impression qu'elle était avec Morgan. »

Ils étaient dans la rue quand le portable de Lucy sonna. « O'Malley », répondit-elle sans consulter l'identificateur d'appel.

« Excusez-moi, j'ai dû faire un faux numéro, dit la femme à l'autre bout du fil. Je cherchais à joindre Mme Haverill.

— Ah, oui, bredouilla Lucy, comprenant de qui il s'agissait. Je suis Mme Haverill. » Du coin de l'œil, elle remarqua l'expression de stupeur sur le visage de Jack.

« Ah, bien, j'ai dû mal entendre. C'est Gail Ripley, de Ripley Immobilier. J'ai de merveilleuses nouvelles pour vous.

— Ah bon ?

— Oui. La propriété qui vous intéressait sur Greaves Lane. Eh bien, elle est de nouveau à vendre.

- Comment ça ?

— L'acheteuse initiale a été assassinée, figurez-vous. Peut-être l'avez-vous lu dans les journaux, c'était cette psychiatre qu'on a retrouvée morte sur le terrain de golf. C'est affreux, vraiment. Une tragédie. Ça donne une bonne raison de déménager dans la Main Line, si vous voulez mon avis. La ville devient tout bonnement trop dangereuse. En tout cas, elle s'est servie d'un faux nom pour commencer, mais son avocat a prévenu nos bureaux qu'il ne donnerait pas suite, en expliquant qu'il s'agit d'un cas de force majeure. Je ne sais pas si nous ne pourrions pas l'attaquer en justice, mais les vendeurs n'y tiennent pas. Ils préfèrent remettre la maison en vente. C'est moins sordide. Je suis sûre que vous comprenez.

— Je vois.

– Et entre nous, ils sont vraiment pressés de vendre. » Sa voix s'adoucit. « C'est un divorce. Alors allons visiter. »

Sans avoir rencontré aucun de ses membres, Lucy se sentit terriblement triste pour la famille Herbert. Elle avait reçu plus que sa part de malheurs.

« Si nous disions 15 h 30 ? Je pourrais vous retrouver à votre bureau, proposa-t-elle.

– Ils demandent un préavis de vingt-quatre heures pour les visites, mais peut-être feront-ils une exception compte tenu des circonstances. Si je ne vous rappelle pas, considérez que le rendez-vous est confirmé. »

23

13 heures

Le discours de Gettysburg était gravé dans le plafond sculpté de la salle du Mémorial Lincoln, juste au-dessus d'une statue grandeur nature du fameux Président. Les fenêtres à vitraux et les lourdes tentures maintenaient la pièce dans l'obscurité, mais les souvenirs de la Guerre de Sécession, disposés dans deux renfoncements vitrés, étaient éclairés par des lumières indirectes. Les photographies, uniformes, médailles et armes appartenaient à une époque désormais oubliée de tous sauf, peut-être, des historiens et des membres de l'Union League.

En attendant le début de la conférence de presse, Lucy grignota quelques bâtonnets de légumes disposés en éventail sur un plateau. Avec quelques choux farcis esseulés sous une lampe chauffante et un brie fatigué découpé n'importe comment, c'était tout ce qui restait d'un buffet probablement offert à la presse. Bien qu'il parût poli d'offrir un en-cas gratuit, Lucy ne pouvait s'empêcher de se demander pourquoi Ellery avait besoin d'un appât pour attirer les journalistes. Après le meurtre de la candidate favorite, sa nomination soudaine à l'un des postes les plus prestigieux et lucratifs du monde médical ne suffisait-elle pas ?

Sur le mur face aux vitrines, des plaques de bronze rectangulaires portaient les noms de tous les hommes de Pennsylvanie morts dans cette Guerre de Rébellion. Elle traversa la pièce et lut la liste comme si elle pouvait y trouver un nom familier, alors qu'en 1895 ses ancêtres cultivaient encore un demi-hectare de pommes de terre avec une charrue rudimentaire quelque part en Irlande. Derrière elle, elle entendait les bribes d'une conversation entre deux vieillards, qui discutaient des mérites du café décaféiné.

« Le Dr Ellery arrive », annonça une femme petite aux cheveux noirs très courts. Elle fit un geste du bras, se retourna, et repartit d'un pas vif.

Lucy croqua ses bâtonnets de carotte et la suivit, en se demandant si son plan conçu en hâte pouvait fonctionner. Les toilettes pour dames n'étaient pas l'endroit rêvé pour élaborer des stratégies, mais elle n'avait pu résister à l'aubaine quand elle avait aperçu Amanda Baldwin qui se lavait les mains au lavabo de marbre. Elle savait la journaliste agressive. Elle était aussi séduisante – de loin, en tout cas – et cela n'avait pas échappé à Lucy, qui espérait que le Dr Ellery s'en apercevrait également.

Des chaises en bambou dorées à la feuille et garnies de coussins blancs remplissaient la salle de bal adjacente. Des journalistes, ainsi qu'un grand nombre de membres du club – des hommes âgés en costumes à rayures – s'étaient installés aux premiers rangs. Des photographes armés de myriades d'appareils s'alignaient contre le mur du fond, attendant le début de la conférence, et la chaîne de télévision Channel 4 s'apprêtait à retransmettre l'événement en direct.

Lucy parcourut du regard l'immense salle, avec ses boiseries sombres, ses portraits solennels dans leurs cadres dorés, ses fenêtres en ogive drapées de rideaux blancs opaques pour arrêter la lumière du jour. Un club très politisé – rien que des républicains – et qui n'acceptait les femmes que depuis une vingtaine d'années, ne semblait guère un choix judicieux pour la conférence de presse du Centre Wilder et de son nouveau directeur, mais quelqu'un avait dû se dire que ce bâtiment imposant en briques rouges, symbole d'une riche tradition, valait mieux que les salles de conférences sans âme proposées par les grands hôtels.

Elle fureta dans la salle jusqu'à ce qu'elle retrouve Jack. Ils avaient à peine la place de s'appuyer au mur, mais elle préférait rester debout. L'atmosphère était étouffante.

« Tu en as mis du temps pour aller aux toilettes, grommela Jack.

– J'ai rencontré une vieille connaissance », sourit Lucy qui n'avait pas envie de s'expliquer. Elle connaissait à peine Amanda mais l'avait croisée plus d'une fois à l'Arche. Au pire, elle en serait quitte pour le prix du pichet de Kamikaze qu'elle avait offert en échange d'un petit service. Mais si son plan réussissait, ses vingt-quatre dollars auraient été bien employés.

« J'ai reçu un message de Santoros. La Bryn Mawr Trust Company vient de lui envoyer les documents qu'il avait réclamés. Nous devrions avoir une réponse à la question du dépôt demain. La voix sur le répondeur de Morgan correspond à celle de l'homme qui a fait la réservation. Je lui ai fait part de ta théorie sur le type du Rabbit Club et il vérifie où travaille Tripp Nichols. Ce ne serait pas bien de découvrir qu'il travaille pour une compagnie pharmaceutique de Radnor ? demanda Jack en souriant. J'ai dit que je le rappellerai pour confirmation après la conférence de presse.

– Super », approuva Lucy.

La salle se tut quand Dixon Burlingame, président d'AmeriMed et du comité de sélection, s'approcha du podium. Il présenta David Ellery, qui sourit en direction des photographes en s'avançant pour régler le micro. Son bronzage intense masquait ses rides, sa veste croisée épousait parfaitement ses larges épaules, on aurait dit une publicité pour un élixir de jouvence. Il avait des yeux bleu azur et de légères fossettes. Lucy ne put s'empêcher de se demander combien de ses patientes avaient fait un transfert en lui parlant de leurs problèmes.

« C'est un immense honneur d'être nommé à ce poste, commença Ellery d'une voix ronronnante. Vous comprenez certainement – ou sinon, je ferai en sorte que vous compreniez bientôt – que le Centre Wilder est un nouveau monde. Il sera à la pointe du progrès dans tous les domaines : soins aux patients, recherche, psychopharmacologie, approches pluridisciplinaires. Mon équipe pourra promettre des résultats là où d'autres ont échoué. Je m'en porte garant. » Il frappa du doigt la tablette devant lui pour souligner ses paroles. « J'endosserai mes nouvelles responsabilités tout de suite. C'est un moment crucial pour l'univers de la maladie mentale, et j'ai hâte d'affronter les défis qui m'attendent. Maintenant, je serais ravi de répondre à vos questions. »

Des mains se levèrent et le Dr Ellery, hochant poliment la tête, répondit à diverses questions sur son parcours médical, ses qualifications, le processus de transition, et les services qu'offrirait le Centre Wilder. Lucy écouta patiemment, impressionnée par son apparence lisse et sophistiquée. Il s'était préparé, pas de doute, sûrement devant un miroir ; il avait dû répéter ses gestes et ses expressions, travailler le rythme, l'emphase et la formulation de ses réponses.

La conférence semblait toucher à sa fin quand une femme aux cheveux d'un blond nuancé, vêtue d'une veste rouge, se leva. Un caméraman de sa chaîne d'informations s'avança et commença de filmer.

« Oui, madame, dit Ellery en souriant dans sa direction.

— Votre associée Morgan Reese a été assassinée ce week-end, n'est-ce pas ? »

Il parut surpris d'entendre ce nom.

« Le Dr Reese était respectée de tous et elle nous manquera cruellement. Elle était ma collègue, non mon associée. Nous partagions des locaux, c'est tout.

— Néanmoins, n'avait-elle pas été choisie pour ce poste avant vous ?

— Je ne comprends pas très bien.

— Elle avait été la première candidate choisie. Le Centre Wilder voulait lui offrir le poste. Pouvez-vous dire en toute honnêteté que vous ne le saviez pas ?

— Je... je crois que c'est de notoriété publique, commença-t-il d'une voix qui paraissait plus basse. La sélection a fait l'objet d'une telle attention de la part des médias qu'on aurait pu croire qu'il s'agissait d'une élection présidentielle. » Il se força à rire, le public resta silencieux.

La jeune femme insista : « Donc, sa mort est tombée à pic, ne trouvez-vous pas ? »

A cette question, plusieurs journalistes reprirent leur bloc-notes. D'autres caméras se mirent à tourner.

Le cou du Dr Ellery s'empourpra. Le rouge commença à monter vers son visage, faisant virer son bronzage au cramoisi sale. « Je ne vois pas très bien où vous voulez en venir, mais je n'apprécie pas vos insinuations. J'ai été choqué et horrifié, comme la plupart des citoyens de Philadelphie, je présume, quand j'ai appris sa mort. Je suis certain que la police fait de son mieux pour trouver la personne qui a commis cette atrocité.

— Et vous collaborez avec la police ?

— Je le ferai sans hésiter. »

Jack donna un coup de coude à Lucy.

« Ne t'inquiète pas, j'ai entendu, murmura-t-elle. Il n'y a que mes jambes qui soient engourdies. Pour l'instant.

— Où étiez-vous samedi soir ? », demanda la journaliste.

Dixon se leva et déclara :

« Merci de votre attention. C'est tout pour aujourd'hui. » Il poussa Ellery dans le dos, le propulsant en avant.

« Pourquoi ne répondez-vous pas à mes questions ?

— Je vous l'ai dit, c'est tout pour aujourd'hui. Le Dr Ellery vous a accordé beaucoup de temps. C'est un homme très occupé. Encore plus maintenant. »

Les flashes des appareils photo cliquetaient. La jeune femme persévéra :

« Pourquoi ne répond-il pas à ma question, pour que tout soit clair ? J'aurais pensé que le Centre Wilder serait désireux de l'innocenter.

— Je vous assure que le Dr Ellery a toute la confiance du comité. » Les paroles étaient fermes, mais Dixon paraissait désorienté. De toute évidence, il ne s'attendait pas à cela.

« Une source anonyme prétend que vous vous trouviez au Rabbit Club avec le Dr Reese peu avant la découverte de son cadavre. »

Ellery se retourna. La fureur apparaissait clairement sur son visage. Les veines de ses tempes gonflaient, il s'empourprait de plus en plus, et il serrait les poings. Un instant, Lucy se demanda s'il n'allait pas exploser.

« Je ne sais pas qui vous êtes ni ce que vous cherchez, mais je vais vous dire la vérité. De toute façon, vous achèteriez l'information à quelqu'un. J'étais au club en tant qu'invité, l'invité de mon vieil ami, Dixon Burlingame. L'arrivée du Dr Reese était totalement imprévue. Je ne sais ni ce qu'elle a fait ni où elle est allée après mon départ.

– Est-ce que quelqu'un peut confirmer qu'elle était en vie quand vous êtes parti ? »

Personne ne répondit. Ellery disparut par une porte de côté, suivi de Dixon et de la femme qui avait annoncé le début de la conférence près de quarante-cinq minutes plus tôt. Les flashes mitraillaient encore quand le public commença à se lever.

Jack se pencha vers Lucy. « Elle est bien, cette nana.

– Oui, on a appris quelque chose. » Elle détourna les yeux, elle ne voulait pas qu'il lise sur son visage.

« Très bien, O'Malley. Comment tu as fait ça ? »

Elle lui lança un regard vide.

« Allez, avoue.

– Amanda Baldwin vient à l'Arche quand elle n'a pas d'article sur le feu, expliqua-t-elle, dépitée. Si tu insinues que c'était mon idée, je nierai. Mais j'avais entendu dire que si on donne un tuyau à des journalistes, ils sont prêts à n'importe quoi. Et le temps nous manque. J'ai pensé que ce serait mieux que de lui poser ces questions en présence de son avocat. Après tout, les gens comme Ellery craignent bien plus une humiliation publique que tout ce dont pourrait les menacer un flic. »

15 h 50

En dehors du manoir des Haverill, la maison de Greaves Lane était la plus belle que Lucy eût jamais vue : trois étages, une façade en pierres de Pennsylvanie gris-beige, un toit en ardoises d'un gris un peu plus foncé. Des dizaines de fenêtres à vitraux et menuiseries blanches étincelaient sous le soleil de l'après-midi. Des arbres immenses se dressaient sur la pelouse bien entretenue, chacun entouré d'un cercle parfait d'humus brun foncé. Du lierre recouvrait une tonnelle sur la gauche.

Lucy s'engagea sur l'allée de graviers au moment où Gail Ripley descendait de sa Volvo. Elle avait une silhouette imposante, mais élégante dans un tailleur bleu marine à liséré blanc assorti à ses mules à talons hauts, et portait une double rangée de perles de culture. Des lunettes noires surdimensionnées cachaient une bonne partie de son visage, et des boucles d'oreilles en forme de coquillages ornaient des lobes charnus. Un rouge à lèvres rose vif fraîchement appliqué débordait de ses lèvres pleines. Sa bouche en paraissait carrée.

Lucy soupira. L'espace d'un instant, elle regretta d'avoir menti au lieu d'expliquer qu'elle était détective et enquêtait sur le meurtre d'une femme mystérieusement liée à cette famille. Dans ce cas, elle aurait pu explorer la maison et rechercher tous les indices qu'elle pouvait recéler. Mais elle supposait que les personnes comme Gail Ripley n'étaient guère enclines à aider la police, surtout si, ce faisant, elles portaient préjudice à leurs clients. Et dans ce cas c'était possible. Les Herbert lui abandonneraient une commission rondelette lors de la vente de la propriété, et d'ici là Gail ne ferait rien qui puisse les froisser.

Elle était en retard après la conférence de presse et avait appelé Gail pour qu'elles se retrouvent directement sur Greaves Lane. « Nous n'acceptons pas ce type d'arrangement en général, mais pour vous je ferai une exception. La circulation est affreuse dans le centre, avait répondu Gail d'une voix qui paraissait avaler le "a". C'est pourquoi je fais de mon mieux pour rester en dehors de la ville. »

Lucy s'était alors dépêchée de rentrer pour enfiler sa tenue la plus sage – une jupe de lin blanc et un twin-set bleu pâle. Elle trouverait une excuse pour sa voiture cabossée, mais sans bijoux – en particulier sans bague de fiançailles au diamant proéminent et sans alliance – elle craignait fort que Gail refuse de la croire prête à acheter une maison de plusieurs millions de dollars.

Gail s'avança vers Lucy dans un claquement de mules, bras ouverts et un immense sourire aux lèvres. « Mme Haverill, bonjour. J'espère que vous n'avez pas eu trop de mal à suivre mes indications. » Elle ôta ses lunettes de soleil en lui tendant la main. « Vous ne seriez pas apparentée à Rodman Haverill, de Devon, par hasard ? »

Lucy ne répondit pas.

« Feu mon mari jouait au tennis avec lui au Cricket Club, mais c'était il y a des années, dit Gail. Ça doit faire des décennies que je ne l'ai pas vu.

– Vraiment ? », s'intéressa Lucy.

Gail sourit, sans savoir qu'une graine de pavot s'était logée entre ses dents de devant.

« Vous savez, c'est un tout petit monde dans ce métier. Une de mes associées a grandi avec Roddy Junior, le fils. Elle s'est demandé si vous étiez sa femme. J'ai du mal à imaginer que le petit Roddy que j'ai connu soit en âge de se marier, mais j'avoue que je ne suis plus toute jeune. Bon, j'avais dit que je vous demanderais.

– Je suis désolée de vous décevoir », répondit Lucy, en ayant l'impression de ne pas mentir complètement. Elle imaginait l'associée, une autre Gail en plus jeune, et peut-être en plus mince.

« Il n'y a pas de famille plus charmante, si jamais vous les rencontrez. Ma collègue dit que le fils était un des meilleurs partis de la région. Alors elle essaie de se tenir au courant, n'est-ce pas ? Mais de toute façon, vous avez déjà mis la main sur un Haverill. » Elle rit encore. « Que fait votre mari ? »

Lucy eut un haut-le-cœur. Entre cette femme et une autopsie, elle choisirait l'autopsie sans hésiter. « Hum, il s'occupe de spectacles », dit-elle avec effort avant de se demander pourquoi ce secteur d'activité s'était présenté à son esprit. Ce n'était sans doute pas l'un des plus populaires dans cette partie de la banlieue ouest.

Gail parut perplexe. Elle ôta ses lunettes, en tapota un moment les branches en écaille de tortue entre ses dents de devant, puis les remit.

« Et si nous commencions ? Cette propriété est divine et je suis sûre qu'elle ne restera pas longtemps sur le marché. » Elle tendit à Lucy un dépliant identique à celui qu'elle avait trouvé dans le bureau du Dr Reese. « Et je vais aussi vous donner mon numéro de portable, ajouta-t-elle, oubliant de toute évidence que Lucy l'avait contactée à ce numéro. Vous n'avez que le téléphone du bureau là-dessus, mais je veux que vous m'appeliez quand vous voulez si vous avez des questions ou si vous avez envie de discuter des possibilités de cette propriété exceptionnelle. »

Lucy nota le numéro, refaisant ce qu'avait dû faire Morgan quelques jours ou quelques semaines plus tôt. Elle se représentait la scène : la psychiatre en cardigan rose et pantalon corsaire, la tenue qu'elle portait sur la photo avec Rodman Haverill, descendant de sa Mercedes encore intacte, se tenant exactement au même endroit, écoutant Gail Ripley de Ripley Immobilier débiter le même discours. Mais elle avait décidé de franchir le pas, d'acheter une maison bien plus grande que ce dont pouvait avoir besoin une femme seule qui travaillait. Lucy scruta le lourd portail en chêne et le heurtoir de cuivre, espérant que sa visite lui apprendrait pourquoi.

« Nous préférons que les maisons soient vides pour les visites, et les propriétaires absents, mais j'ai cru comprendre que la bonne était là. Je ne pense pas qu'elle parle notre langue, alors inutile de vous surveiller, chuchota Gail. Avez-vous des domestiques ? Ici vous avez toute une partie réservée au personnel. » Elle chercha dans son sac une clef attachée à un gros anneau. « Je n'ai jamais eu de décès entre la promesse de vente et l'acte définitif – et un assassinat en plus – je suis pourtant dans le métier depuis trente ans, je croyais bien avoir tout vu. » Elle tourna la clef et la porte s'entrebâilla. « Voilà », dit-elle en faisant signe à Lucy d'entrer.

Les deux femmes parcoururent des pièces plus luxueusement meublées les unes que les autres. Gail commentait sans cesse les détails architecturaux et les commodités, moulures aux plafonds, matériaux d'époque, baignoires en marbre et rangements sur mesure, tandis que Lucy cherchait une explication, une clef cachée dans cette maison, qui expliquerait la décision du Dr Reese. Elle ne trouvait rien. En dehors de quelques marques sur la moquette, là où un placard ou un bureau avait été enlevé, et un vide qui sautait aux yeux dans l'organisation des sièges de la bibliothèque, il ne restait aucun signe de l'histoire des Herbert.

Par les fenêtres de la chambre principale aux murs capitonnés, on voyait le magnifique jardin et, plus loin, l'écurie. Lucy s'avança sur la moquette épaisse et fut accueillie par un doux parfum floral. Au milieu de la pièce, elle tourna lentement sur elle-même, humant les arômes délicats. « C'est un parfum d'intérieur ? s'enquit-elle.

— C'est Jo Malone. La propriétaire ne porte que ce parfum. J'espère que vous l'aimez, parce que je suis sûre que les murs en sont imprégnés. » Elle ouvrit une série de portes alignées sur l'un des murs. « Regardez-moi ces rangements. C'est du sur mesure, et de bonne qualité, je vous le garantis. » Elle désigna une rangée de tablettes très serrées, tout juste assez espacées pour contenir chacune une chemise d'homme pliée et repassée par un professionnel. « Je crois que la partie chemises peut en contenir cinquante, mais je vous laisserai compter. Et il y a les placards en cèdre au grenier, plus un compartiment à température contrôlée pour les fourrures. Vous devriez voir la collection de la propriétaire. Il est bien dommage qu'elle ne soit pas incluse dans le prix de vente. » Puis elle s'assit sur le couvre-lit de chintz, monologue achevé.

Mais Lucy ne regardait que la table de chevet. Une bible reliée en cuir noir était ouverte au Premier Livre des Rois, chapitre 3. A côté, un cadre double en argent contenait deux photographies. A gauche, un beau jeune homme vêtu d'un ample tee-shirt rouge et d'un caleçon de bain se tenait sur le sable, une planche de surf appuyée contre la jambe. Il avait les yeux sombres, le regard un peu absent, mais il souriait de toutes ses dents blanches, cheveux au vent. A droite se trouvait la photo d'une jeune fille d'allure sportive. Elle portait un jodhpur, des bottes de cheval marron foncé et un tee-shirt blanc. Dans une main elle tenait une cravache en cuir et dans l'autre une bombe noire dont la doublure de satin rouge était tournée vers l'objectif. Lucy ne put s'empêcher de soulever le cadre pour mieux voir. Sur la partie supérieure on pouvait lire, en lettres gravées, JOYEUSE FETE DES MERES !

Les deux visages lui semblaient familiers, bien qu'elle se rappelât seulement où elle avait vu la jeune fille. C'était elle qui figurait sur la photographie avec le Dr Reese. Elle examina le garçon, espérant trouver une correspondance dans la banque de données de sa mémoire.

« Ce sont de beaux enfants, n'est-ce pas ? Ils étaient jumeaux. La fille est ravissante. Le garçon... Oh, quelle tragédie !

– Pourquoi ça ?

– Il s'est suicidé cet hiver. » Elle changea de position, décroisa les jambes. « Quand ils m'ont contactée pour que je m'occupe de la vente, je savais ce qui était arrivé. Les journaux en avaient parlé, vous comprenez. Je les ai convaincus de baisser leur prix de près d'un quart de million. Honnêtement, cette maison est une affaire si vous comparez ce qui est comparable, mais je leur ai expliqué qu'on ne peut pas demander le prix fort en cas de mort violente – suicide ou pas. Beaucoup d'acheteurs potentiels ne voient pas plus loin. »

Elle regarda encore la photo de Foster, comprenant soudain la signification de ce visage : les portraits, une nuit enneigée de décembre, sa première rencontre avec Archer.

Quels que fussent les secrets de sa famille, il était temps qu'il les affronte.

24

18 h 43

Lucy, seule, était installée dans le box informatique que venait de libérer l'unique membre d'une équipe interfédérale spécialisée dans les violences des gangs. Le commissariat était relativement silencieux. En dehors d'Eddie Herskowitz de la brigade des Fugitifs et de Ben DeForrest, la vedette des Homicides, presque tout le monde était parti au Club ukraino-américain pour fêter un départ en retraite. Hal Woodberry avait fait partie intégrante des Enquêtes spéciales. Malgré les malédictions que lui adresseraient ses collègues le lendemain, sous l'effet de la gueule de bois, il manquerait à tous. Mais Lucy avait dû laisser ses collègues s'amuser sans elle. Trop de questions restaient sans réponses concernant le meurtre de Morgan pour qu'elle pense à autre chose.

Elle but une gorgée d'eau minérale et se laissa aller contre le dossier de sa chaise. En dehors d'un attachement névrotique et d'une injonction du tribunal, rien ne reliait Calvin Roth à la mort de Morgan. Mais le mystère demeurait quant à l'identité de la personne qui était venue avec elle chercher son patient à l'hôpital Friends. Une jeune femme non identifiée l'avait accompagnée pour ce qui devait être un devoir très pénible, moins de douze heures avant sa mort. Ellery restait le suspect principal, mais tant que Santoros ne revenait pas de la fête, elle ne pouvait obtenir son feu vert pour une perquisition à son domicile et à son bureau, et il n'existait aucun indice matériel pour le relier au crime. De plus, il n'avait rien à voir avec l'enchevêtrement de mystères qui entouraient la vie personnelle de Morgan.

Tout cela n'avait peut-être pas d'importance. Ses choix de vie n'avaient peut-être aucun rapport avec sa mort. Mais quelque chose tracassait toujours Lucy.

Elle alluma l'ordinateur devant elle et, par une série de clics, ouvrit le fichier des permis de conduire. Elle tapa le nom de William Foster Herbert Jr. avec l'unique adresse qu'elle lui connaissait, sur Greaves Lane. L'information qu'elle recherchait apparut immédiatement sur l'écran. Il avait obtenu son permis de conduire deux jours après son seizième anniversaire. Rien n'indiquait qu'Avery Aldrich Herbert en eût fait autant. Malgré tous ses problèmes, il s'était révélé un conducteur prudent. Il n'avait reçu aucune contravention au cours de ses trois mois de conduite. Mais la page de renseignements anodins avait quelque chose d'étrange, et elle l'étudia plusieurs minutes avant de repérer l'anomalie.

Son numéro de Sécurité sociale commençait, comme tous les autres, par un groupe de trois chiffres, 525. Mais cette numérotation ne pouvait correspondre à un enfant né en Pennsylvanie. Elle appartenait à l'Etat du Nouveau-Mexique.

Elle consulta sa montre. Avec le décalage horaire de deux heures, il n'était pas encore 17 heures là-bas. Lucy s'empressa de composer le numéro des Renseignements et patienta pendant qu'on transmettait son appel aux archives fédérales de l'état civil à Albuquerque.

« Yahto Jones », annonça un homme à la voix agréable au bout d'une douzaine de sonneries. « Eh bien dites donc, s'exclama-t-il quand elle se fut présentée, je ne me rappelle même pas la dernière fois que quelqu'un de l'Est s'est intéressé à nous. Qu'est-ce que je peux faire pour vous ? »

Elle lui donna les maigres informations dont elle disposait sur des jumeaux nés seize ans auparavant, dont l'un au moins avait reçu son numéro de Sécurité sociale au Nouveau-Mexique.

« Si vous aviez son certificat de naissance, ça nous aiderait beaucoup.

— Je vais devoir vous faire patienter, dit-il lentement.

— J'attendrai.

— Les appels longue distance coûtent cher, ajouta-t-il en riant.

— Je pense que l'Etat de Pennsylvanie pourra quand même payer la facture », répondit-elle pour lui faire plaisir.

Ensuite elle n'entendit plus que le jingle aigrelet d'une station de radio locale. Elle écouta le présentateur annoncer une promotion sur les boissons et une soirée à thème dans un des bistrots du coin, puis une publicité pour un casino situé à vingt-cinq petits kilomètres de l'aéroport. Après un interminable pot-pourri de musiques d'ambiance, Yahto reprit la ligne.

« Ces naissances ont bien été enregistrées ici. Ça s'est passé à l'hôpital Our Lady of Grace. C'était tout près de Los Alamos, mais ils ont fermé il y a pas mal de temps.

— Est-ce que le nom des parents est indiqué ?

— Oui, en effet. Enfin, la mère. Elle s'appelle Morgan Reese. Le père est inconnu, mais je dois vous dire, ce n'est pas rare par ici. » Il s'interrompit pour boire une gorgée de café. « Elle s'est retrouvée avec des jumeaux. Ça fait beaucoup », reprit-il, apparemment stupéfait.

Mais Lucy n'écoutait plus. Elle avait raison. Morgan avait traversé la moitié du pays pour donner la vie une deuxième et une troisième fois.

21 h 45

Lucy grimpa les marches vers son appartement quatre à quatre. Sur le palier elle s'arrêta, pour écouter et reprendre son souffle. En rentrant de Gladwyne, elle avait appelé l'Arche, et Sapphire lui avait appris qu'Archer ne s'y était pas montré.

A travers la porte elle entendait le quartet Kronos. Malgré les affirmations d'Archer qui prétendait qu'il s'agissait des grands musiciens modernes du XXIe siècle, leurs sonorités discordantes tapaient sur les nerfs de Lucy, et donc il les écoutait en général quand elle n'était pas là. Elle se le représenta allongé sur le canapé, mains croisées sous la tête, perdu dans la musique qu'il aimait, ignorant le reste du monde.

Elle inspira profondément. Une relation, c'est la découverte de l'autre, se dit-elle. Il avait fait tout son possible pour garder son mystère. Mais son répit était terminé. Elle ouvrit la porte.

Elle vit avec surprise Archer assis à la table de la cuisine, la tête dans les mains. Des papiers s'étalaient en désordre devant lui, à côté d'un verre, d'un quart de whisky presque vide, et d'un cendrier à moitié plein. Le petit appartement était envahi de fumée. Elle entra, laissa tomber son sac et toussa.

En l'entendant il leva la tête. Il avait les yeux rouges, le teint pâle. Ils s'étaient vus le matin, mais il lui semblait totalement étranger.

« Tu étais au courant, accusa-t-il en agitant une feuille de papier. Comment est-ce que tu as pu me cacher ça ?

— Je viens juste de découvrir les détails de la police d'assurance, dit-elle en reconnaissant le document de loin. Je t'expliquerai dès que je saurai ce que ça veut dire. Il faut que tu comprennes. C'est une enquête en cours. Je ne peux pas dévoiler des informations qui risquent de mettre en péril...

— Ne me fais pas ton numéro, détective. Je ne veux pas l'entendre. » Il remplit son verre. « Ma mère est morte sur un terrain de golf, je découvre sa vie dans les journaux. Je vois des photos d'elle, j'apprends tout ce qu'elle a accompli, mais nulle part il n'est question d'une famille. C'était il y a si longtemps que ça n'intéresse plus personne. Tu imagines l'effet que ça fait ? – Il agita la main d'un air de découragement. – Non, tu ne peux pas. Pas avec la façon dont fonctionne ta famille. Le clan O'Malley si soudé, où tout le monde s'aime, même pendant les disputes. Une famille idéale. Une putain de famille idéale. »

Lucy ne savait comment réagir. Elle ne voulait pas nier que sa famille la soutenait, ou prétendre qu'elle en aurait voulu une autre. Elle préférait de loin l'intimité – malgré les confrontations inévitables qui allaient avec – au silence et à l'éloignement. Mais elle pouvait comprendre le choc qu'Archer avait subi, et la désorientation qui s'ensuivait. Peut-être valait-il mieux le laisser à sa colère, sa frustration, sa souffrance.

« Et puis j'apprends quelque chose qui, pour un instant, me donne l'impression d'être spécial, l'impression qu'elle pensait réellement à moi avant de mourir, assez pour m'offrir des millions de dollars. Ce n'est pas une petite somme. Elle a dû batailler pour se payer une si grosse assurance-vie. Si le mal qu'on se donne et le prix qu'on paye indiquent l'amour qu'on porte à quelqu'un, j'ai touché le jackpot. Mon père est furieux. Il croit qu'elle continue à nous manipuler. Elle s'est levée de sa tombe pour saper son système de valeurs. A cause d'elle, je peux continuer à être le renégat que je suis. Ha ! ha ! Mais tu sais quoi ? Je me contenterai d'une attention posthume puisque je n'ai pas pu l'avoir de son vivant. »

Il saisit son paquet de Camel, se leva et se dirigea vers la cuisinière. Il mit un des brûleurs en marche et se pencha pour allumer sa cigarette. Il se releva et exhala un épais nuage de fumée.

« Et pendant que j'essaie de digérer cette révélation, j'apprends que j'ai mal compris. Non, ce n'est toujours pas le moment de se sentir spécial, ni maintenant ni jamais, parce que quelqu'un d'autre – une personne que je n'ai jamais rencontrée, dont je n'ai jamais entendu parler – en touche la moitié. Quelqu'un d'autre est aussi important que moi. Même après sa mort, il a fallu qu'elle me le rappelle. Je n'ai jamais été le plus important, je ne le serai jamais. Alors pourquoi est-ce qu'elle s'est donné tout ce mal ? »

Lucy se leva et s'avança vers lui, bras tendus.

« Je suis désolée. »

Il secoua la tête, leva les mains pour lui enjoindre de rester où elle était.

« Mon père t'en a parlé, et tu n'as pas pris la peine de me le dire. Tu étais au courant pour Avery Herbert. De quel côté est-ce que tu es ?

– Tu peux me faire des reproches, mais je ne suis pas ton ennemie. Je n'ai appris l'existence d'Avery qu'en lisant le contrat d'assurance aujourd'hui. Ton père m'avait dit que tu étais seul bénéficiaire.

— Alors, qui est-ce ? »

Lucy voulait remettre cette révélation à plus tard. Il était trop furieux et peut-être trop saoul. Mais elle savait aussi que cette question allait l'obséder et qu'il ne s'en laisserait pas détourner longtemps. « Tu te rappelles Foster Herbert ? Tu avais exposé ses œuvres aux alentours de Noël. »

Il lui lança un regard perplexe. « Foster ? Oui, pourquoi ?

— Qu'est-ce que tu savais sur lui ? »

Les expositions à l'Arche duraient une semaine. Foster et Archer avaient dû passer des heures – des journées – côte à côte. Deux femmes confinées ensemble dans le même espace exigu pendant sept jours d'affilée n'auraient plus eu de secret l'une pour l'autre – avec ou sans alcool pour stimuler la conversation. Mais elle savait qu'Archer, lui, n'aurait rien récolté.

« Euh... je savais qu'il habitait quelque part dans la Main Line, donc il avait dû me le dire. Et je crois qu'il avait une petite amie. Ou alors c'était sa sœur. Je ne me rappelle pas. Mais je me rappelle qu'une fille était venue voir l'expo une ou deux fois. Mais qu'est-ce que ça vient faire là-dedans ? »

Elle tendit la main vers son sac et y prit la photo qu'elle avait trouvée dans le bureau du Dr Reese.

« C'est elle ? »

Il étudia la photographie, ses yeux faisaient la navette entre l'image récente de sa mère et celle de la jeune fille à ses côtés.

« Je n'en suis pas sûr. Mais c'est possible. Je te l'ai dit, je ne l'ai vue qu'une ou deux fois. » Puis il posa la photo face contre la table. « Que fait Morgan là-dessus ?

— Est-ce que tu avais demandé à Foster pourquoi il s'était adressé à toi ?

— Non. Je suis propriétaire de l'Arche, j'expose ce que je veux. Quel est le rapport avec Morgan ?

— Est-ce que tu as vendu quelques-uns de ses portraits ? »

Archer la fusilla du regard.

« Ecoute, je ne sais pas ce que tu es en train de faire ou ce que tu attends de moi, mais j'en ai marre de cette inquisition. C'est toi qui as gardé des informations, des informations qui ont une influence directe sur moi et ma vie. » Il rassembla ses papiers et les agita devant elle à nouveau.

« Est-ce que tu as vendu un de ses dessins ?

— Non, pour ton information, je n'en ai pas vendu. Le seul qui soit parti, c'est moi qui l'ai acheté, parce que j'avais de la peine pour lui.

— Où est-il ? »

Il y eut un long silence. Quand il reprit la parole, ce fut d'une voix à peine audible. « Je ne l'ai plus. Je l'ai donné. » Quand il leva les yeux vers elle, sa colère s'était envolée, le laissant à son épuisement. « Tu es supposée enquêter sur la mort de ma mère. Foster et son travail n'ont rien à voir là-dedans. »

Sa méfiance convainquit Lucy que son intuition ne l'avait pas trompée.

« Ta mère voulait un des autoportraits de Foster, n'est-ce pas ? »

Le silence était tel qu'elle avait l'impression d'entendre le crépitement du papier de sa cigarette en train de brûler. Même Cyclops, installé sur le canapé, ne bougeait pas.

« Comment est-ce que tu le sais ? » Sa voix était sans timbre.

Lucy, assise en face de lui, lui prit les mains et les enserra entre ses paumes.

« Tu peux me raconter ce qui s'est passé ? », demanda-t-elle, ignorant sa question.

Il dégagea ses mains, leva son verre, et avala son scotch d'un trait. Pus il se voûta sur sa chaise.

« Ce qui s'est passé ? J'aimerais bien le savoir. Elle est venue au bar un après-midi, il y a une quinzaine de jours. Je ne l'ai pas reconnue, mais quand elle s'est présentée, je me suis rendu compte qu'elle n'avait pas tellement changé. Mais c'était bizarre de la voir après tant d'années. Elle a commencé par faire toute une histoire parce que je n'avais pas répondu à son invitation à déjeuner, celle qu'elle m'avait envoyée au mois de mars. Elle m'a demandé si je lui en voulais — c'était vraiment une question idiote, je trouve — mais j'ai répondu que non. Qu'est-ce que je pouvais dire ? La traiter de salope et de cinglée paraissait trop d'efforts pour pas grand-chose. J'ai aussi dit que je ne voulais pas de ses explications et de ses rationalisations. Ce qu'elle avait fait, ce qu'elle faisait maintenant, ça la regardait. Si elle avait besoin de soulager sa conscience, c'était son problème. Je ne pouvais pas m'en charger. Et ensuite elle m'a posé des questions sur Foster. Elle avait appris pour l'exposition je ne sais comment, et elle voulait acheter un de ses dessins. Je lui ai dit que je ne les avais plus. Il avait tout repris. Mais j'avais son adresse, et elle pouvait le contacter directement. Et alors... alors... » La voix d'Archer tremblait. « Elle s'est mise à pleurer. Des sanglots calmes, pas de gémissements, pas de cris hystériques, c'est mon souvenir le plus triste de cette femme – une femme qui m'était étrangère et qui n'aurait pas dû l'être. Elle m'a supplié de lui obtenir un dessin. Elle disait qu'elle ne pouvait pas le contacter, mais elle paierait n'importe quelle somme si je lui en trouvais un. Ça n'avait pas de sens.

– Qu'est-ce que tu as fait ?

– Ce que j'ai pu. J'ai appelé le numéro de portable de Foster, mais il était hors service. Et puis je me suis souvenu de mon dessin. Je l'avais rangé dans le placard, en attendant de décider où le mettre, si je le mettais quelque part. Alors je me suis dit que j'allais le lui donner. Je le lui ai apporté. Elle le regardait fixement, elle pleurait, s'essuyait les yeux, se remettait à pleurer. Elle a proposé de me le payer, comme si ça avait de l'importance. A ce moment-là, j'avais envie qu'elle parte. »

L'espace d'un instant, Lucy regretta de ne pas pouvoir remonter le temps et le préparer à cette entrevue. Pourquoi avait-il refusé d'entendre ce que Morgan voulait – ou devait – lui dire ? Il avait gardé son calme, sa maîtrise de soi, peut-être, mais il avait laissé passer sa seule chance.

« J'ai dû lui demander de partir. Le bar se remplissait. Sapphire avait pas mal de travail. C'est à ce moment-là qu'elle a... qu'elle m'a demandé si je ne pouvais pas changer d'avis au sujet du déjeuner. Elle voulait qu'on discute. Elle m'a dit : "Tu sais ce que c'est qu'être un Haverill. Toi aussi, tu t'es rebellé." Je lui ai dit que j'y réfléchirais.

– Et ce sont les dernières nouvelles que tu as eues ?

– Non. » Archer alluma une nouvelle cigarette au mégot de la précédente et écrasa le filtre sur une assiette. « Elle m'a envoyé une invitation. » Il mit la main dans sa poche et en sortit une carte couleur ivoire, bordée de rouge. Elle était tachée, froissée comme si elle avait été ouverte, lue et refermée des dizaines de fois depuis une semaine qu'il l'avait reçue.

Ta mère requiert le plaisir de ta compagnie le dimanche 18 mai à onze heures au Liberty Bell. Réponse négative uniquement.

« Réponse négative uniquement ?

– J'ai pris sa solennité pour une plaisanterie, tu comprends, vu ce qu'elle avait dit sur le fait d'être un Haverill. En fait, c'est un protocole social particulièrement arrogant, à mon avis. L'idée, c'est que si tu invites beaucoup de monde en prévoyant que la plupart des gens viendront, tu n'as besoin que des réponses négatives. C'est la méthode la plus efficace pour celui qui invite, mais c'est bien plus délicat pour les invités. Il leur faut appeler et expliquer pourquoi ils ne viendront pas. Quand j'ai reçu son invitation, je me suis dit que j'allais jouer le jeu. Je n'ai pas répondu parce que, à ce stade, après tout, j'avais décidé de la voir.

– Quand est-ce que tu as reçu cette carte ?

– Jeudi. Deux jours avant... – Il s'interrompit, saisit l'invitation et la déchira en deux, puis en quatre, puis en morceaux plus petits encore. – Et ensuite elle est morte. » Ils se turent tous deux un moment.

« Pourquoi envoyer une carte ? demanda Lucy. Tu crois qu'elle avait invité quelqu'un d'autre ?

– Je n'en ai aucune idée.

– Tu n'es pas allé au Liberty Bell dimanche, si ? »

Il secoua la tête.

« Avec tout ce qui s'était passé, j'ai complètement oublié. Mais même si j'y avais pensé, à quoi bon ? Elle ne risquait pas de venir. » Il s'interrompit, ferma les yeux. « Alors, qui est Avery Herbert ? »

Lucy avala sa salive. Elle savait que ce qu'elle allait dire serait encore plus choquant que tout ce qu'il avait appris jusque-là.

« Je ne sais pas comment te le dire. Le tact n'est pas mon fort, tu le sais bien. » Elle lui fit un sourire forcé qu'il ne lui rendit pas.

« Ta mère a eu d'autres enfants. Des jumeaux. L'un était Foster, et l'autre la bénéficiaire de l'assurance-vie. Avery Herbert. »

Là. Les mots étaient sortis et avec eux la vérité. Archer n'eut aucune réaction visible. Elle alla se placer derrière lui et lui massa doucement les épaules. Elle sentait les muscles noués sous ses doigts.

Le téléphone sonna, mais aucun d'eux ne fit un geste, et elle écouta le répondeur se déclencher. Une voix synthétisée lui annonça qu'elle avait gagné trois jours de vacances à Orlando, en Floride, ainsi qu'une occasion exclusive d'acquérir un appartement à temps partagé dans une résidence flambant neuve. Il lui suffisait de composer un numéro gratuit, et son rêve deviendrait réalité. Elle faillit éclater de rire devant une solution si simple.

« Ce sont aussi les enfants de mon père ?

– Je ne sais pas. Je ne sais pas qui est le père biologique. J'espérais que tu pourrais m'aider. »

Il secoua la tête. « Qui sont les Herbert ?

– Lui est avocat dans un cabinet important en ville, Leedes, Collin et Wilkes. Ils habitent à Gladwyne, mais la maison est en vente.

– Je connais ce cabinet. Carson Leedes représentait ma mère quand elle a divorcé de mon père. A la seule mention de son nom, mon père voit rouge. Aucun de mes parents ne voulait de marchandages longs et sordides, mais Leedes ne connaît pas le sens de l'expression "arrangement à l'amiable". Comme dit mon père, "La rancœur est son plat préféré." Quand mon père a découvert que le cabinet de Leedes s'occupait de la succession de ma mère, il m'a parlé du divorce. Avant ce matin, je n'étais au courant de rien.

– Qu'est-ce qu'il t'a dit d'autre ?

– Seulement que c'était elle qui avait demandé le divorce. Elle a invoqué la cruauté émotionnelle. Leedes lui a fait obtenir un ou deux millions de dollars – elle ne voulait peut-être plus de ce mariage, mais l'argent de papa l'intéressait encore, apparemment – et mon père a obtenu ma garde, ce qui était très inhabituel. Elle avait des droits de visite très larges, dont elle n'a carrément jamais profité. Je suppose qu'elle avait plus envie de se battre pour quelques dollars que pour son fils. Et il n'avait aucune intention de la traîner à nouveau devant les tribunaux pour la forcer à s'occuper de moi. Comment est-ce qu'on peut forcer quelqu'un à être une mère ? »

Il avait raison, c'était une tâche impossible.

« Tu as vu une copie de son testament ? »

Archer croisa les doigts, étira les bras, puis posa la tête sur ses mains. « Non, et apparemment je ne le verrai pas. Elle a signé un legs irrévocable il y a quelques années. Tous ses biens doivent revenir à la faculté de médecine de Pennsylvanie. »

Voilà qui expliquait l'assurance-vie. C'était une façon de laisser quelque chose à ses enfants. C'était raisonnable, aucun d'eux n'était venu chez elle et ne pouvait éprouver d'attachement sentimental pour une de ses possessions. Ils recevraient un héritage substantiel sans avoir à gérer les biens de leur mère.

« Donc les Herbert ont adopté les jumeaux. » Il avait une expression douloureuse, les rides autour de sa bouche paraissaient plus profondes que d'habitude.

« Je suppose, vu leur nom de famille. On essaie d'obtenir des copies des documents officiels.

– Hmm. » Il se passa la main dans les cheveux.

Lucy ouvrit un placard et attrapa le bocal hermétique contenant le café en grains. Elle remplit le moulin à café, appuya sur le bouton et écouta l'appareil bourdonner et crépiter. Puis elle vida la poudre odorante dans un filtre, remplit la cafetière d'eau et la mit en marche. Quelques secondes plus tard les premières gouttes s'écoulaient. Ils avaient tous deux bien besoin d'un café fort.

Archer se leva et alla ouvrir la porte du réfrigérateur. Il regarda à l'intérieur mais ne prit rien.

« Pourquoi tu ne m'as pas dit tout ça plus tôt ? demanda Lucy.

– Je ne pensais pas que ça avait un rapport avec sa mort et puis... je me détestais d'avoir refusé son invitation la première fois, et de ne pas l'avoir écoutée au bar. Je savais que tu me trouverais cruel, méchant. Tu me l'as dit quand je t'ai parlé de sa première lettre. Tu pensais que je devais pardonner et oublier. Mais je ne fonctionne pas comme toi. Tu dis ce que tu as sur le cœur et c'est fini. Pour moi, mes sentiments, ma colère s'enveniment parce que je n'ai personne sur qui les déverser. Comment peut-on régler ses comptes avec une ombre, un souvenir ? Et maintenant, ma punition c'est de ne rien savoir. Il est trop tard. »

Lucy ne pouvait lui donner tort. Elle savait que ce mystère le hanterait, probablement pour toujours. Il pourrait apprendre tous les faits, mais il ne pourrait jamais connaître la vérité. Elle s'approcha de lui, le prit dans ses bras et l'embrassa sur la joue.

« Je voudrais pouvoir te donner cette chance, je voudrais pouvoir t'offrir une journée ou une semaine avec elle. Mais les réponses que je trouverai pour toi ne seront pas les réponses que tu souhaites. J'en suis désolée. J'en suis vraiment désolée. »

Comme elle s'éloignait, il la retint et la serra contre lui.

« N'abandonne pas. »

Elle le prit dans ses bras. Il paraissait appartenir à une autre espèce, une souche étrange et hors norme, et elle regretta de ne pas tenir contre elle quelqu'un de plus conforme à ce qu'elle était. Ça, plus un appartement à temps partagé en Floride, et tous ses problèmes disparaîtraient.

Il enfouit son visage dans le cou de Lucy et elle le sentit trembler.

« Ne m'abandonne pas, toi aussi. »

25

Jeudi 22 mai
6 h 15

Lucy avait veillé une bonne partie de la nuit. Assise sur une pile de coussins jetés dans l'alcôve mansardée, avec une tasse d'eau chaude citronnée, elle avait lu le troisième chapitre du Livre des Rois une douzaine de fois. Elle n'avait pas étudié de textes bibliques depuis des années, mais elle se souvenait de la célèbre parabole du roi Salomon relatée dans ce passage, l'histoire de deux prostituées qui avaient accouché sous le même toit. L'un des bébés était vivant, l'autre était mort. Les deux femmes réclamaient l'enfant en bonne santé, et elles étaient venues demander au sage roi de régler leur différend.

« *Le roi ajouta : Cherchez-moi une épée. On apporta une épée devant le roi. Et le roi dit : Coupez en deux l'enfant vivant, et donnez-en la moitié à l'une et la moitié à l'autre.* »

L'une des femmes était d'accord. *Il ne sera ni à moi ni à toi.* Mais l'autre supplia le roi de donner l'enfant à sa rivale pour épargner sa vie. Et c'est ainsi que le roi Salomon découvrit à qui appartenait vraiment l'enfant.

Par la petite fenêtre, Lucy contemplait d'un œil fixe la lune encore visible dans les premières lueurs du matin. Puis elle saisit son téléphone portable et composa le numéro de ses parents. Le réveil interne de Mme O'Malley la laissait rarement dormir après cinq heures du matin. Elle était certainement assise dans la cuisine devant une tasse de thé, cherchant les bons d'achat dans les publicités du journal.

« Tu vas bien ? demanda sa mère en décrochant avant la fin de la première sonnerie.

— Oui, tu me manques, c'est tout.

— Tu as bien choisi ton moment, Lucy, j'ai failli avoir une crise cardiaque. Un coup de fil avant huit heures du matin ou après neuf heures du soir, ça ne peut être qu'une urgence.

— Je savais que tu serais levée. »

A l'autre bout du fil, sa mère laissa échapper un rire.

« Un de ces jours, je vais dormir jusqu'à dix heures et tout le monde me croira morte. Mais c'est une bénédiction d'entendre ta voix, quelle que soit l'heure. Alors dis-moi, comment va ton Prince Charmant ?

— Très bien. »

Archer ne voudrait pas voir ses problèmes personnels rendus publics. Elle n'avait pas encore annoncé à ses parents qu'elle enquêtait sur la mort de sa mère. De plus, elle ne pouvait se résoudre à avouer qu'il dormait à moins de dix mètres d'elle. Elle s'était fait surprendre une fois, quand il avait répondu au téléphone, mais une partie d'elle voulait entretenir le rêve d'innocence virginale de sa mère. Sans alliance, les couples non mariés dormaient dans des appartements séparés, ou au moins des chambres séparées.

« En fait, j'appelle parce que j'ai une question sur la Bible, dit-elle, soulagée de pouvoir changer de sujet.

— C'est un jour à marquer d'une pierre blanche. Un vrai miracle. »

Mme O'Malley rit de sa propre plaisanterie. Elle avait eu le bon sens, des années plus tôt, d'accepter le manque d'intérêt de sa fille pour les questions religieuses, et taisait ses ambitions évangéliques. De son côté, Lucy assistait aux messes de Pâques et de Noël, et faisait de son mieux pour ne pas invoquer en vain le nom du Seigneur, en tout cas pas à Sommerville.

« J'ai besoin d'en savoir plus sur une parabole qui se trouve dans le Premier Livre des Rois. Il s'agit de deux femmes avec un seul bébé.

— Oui, le jugement de Salomon, coupa sa mère.

— C'est ça. Qu'est-ce que ça veut dire exactement ?

— Pauvre de moi », soupira sa mère. Lucy l'entendit boire une gorgée de thé. « Cette parabole a pour but de montrer aux Hébreux les voies de Dieu. Salomon avait prié pour recevoir la sagesse. Cette histoire est la preuve que sa prière a été exaucée.

— La véritable mère était prête à supporter la douleur de renoncer à son enfant pour qu'il survive, même si cela signifiait qu'elle ne le reverrait jamais. Elle a fait passer l'intérêt de l'enfant bien avant le sien. A quoi se réfère cette partie de l'histoire ? demanda Lucy.

— Tu parles comme un bas-bleu féministe. Comment je t'ai élevée ? demanda Mme O'Malley, de façon purement rhétorique. Le rôle de la mère n'est pas très étudié dans l'Ancien Testament. Ni dans le Nouveau, d'ailleurs. Mais quelle mère pourrait prendre une autre décision ? Quelle mère ne ferait pas passer en priorité le bien-être de son enfant ? C'est une loi de la nature, tu le comprendras si tu te décides à avoir des bébés. » Elle s'interrompit, et Lucy l'entendit boire un peu de thé. « Je me rappelle, à la naissance de ton frère aîné, j'étais angoissée, je me demandais si mon instinct me guiderait. On entend des histoires — une femme qui soulève une voiture pour libérer un enfant coincé dessous, ou qui arrive à piloter un avion pour assurer la sécurité de sa famille — mais je ne savais pas. Ce n'était peut-être que du folklore. Qu'est-ce que je ferais, moi ? Qu'est-ce que j'étais capable de faire ? Et puis un jour, alors que Michael était encore petit, je faisais bouillir des pommes de terre sur le fourneau. Une pleine marmite. J'étais en train de la soulever pour la porter vers la passoire dans l'évier quand il m'a fait trébucher. Je me rappelle seulement m'être dit qu'il allait recevoir toute l'eau bouillante. En une fraction de seconde, j'ai levé la jambe pour le bloquer, et l'eau est tombée sur moi. Il n'a rien eu. Il n'a même pas reçu une goutte. Après ça, j'ai cessé de m'inquiéter. J'avais une cicatrice permanente pour me rappeler que j'avais fait ce qu'il fallait. En tout cas je ne me suis plus inquiétée quand mes enfants étaient avec moi. »

Lucy se taisait. Toute sa vie elle avait vu la cicatrice rouge qui couvrait presque entièrement la jambe droite de sa mère. Mme O'Malley ne se mettait jamais en maillot de bain à cause de cette marque, mais elle n'en avait encore jamais révélé l'origine.

« Et tu me racontes ça, pourquoi ?

— Sans raison. Les parents n'ont pas à être remerciés ou félicités d'avoir fait ce qu'il fallait. Je n'étais pas une héroïne. J'étais une mère. J'ai fait ce que je devais pour protéger Michael.

— Alors dis-moi pourquoi on considère que Salomon a reçu une sagesse particulière s'il ne fait qu'enfoncer une porte ouverte ?

— Pour faire comprendre aux Hébreux ses dons spéciaux, il devait formuler une vérité universelle, un instinct naturel, quelque chose contre quoi personne ne pouvait s'élever. Mais dis-moi à ton tour pourquoi cette histoire t'empêche de dormir, ma chérie ? » Puis elle s'étrangla. Quand elle reprit, sa voix était joyeuse et avait monté d'une octave au moins. « Tu n'es pas... tu n'appelles pas pour nous annoncer... Oh Lucy, ton père va être...

— Non maman, arrête ! », cria-t-elle dans l'appareil, reconnaissant immédiatement la conclusion erronée de sa mère. « Je ne suis pas enceinte. »

Il y eut un silence.

« Oh.

— Mais quand je le serai, j'attendrai huit heures pour t'appeler. »

9 h 05

Jack avait peine à dissimuler sa stupéfaction. Lucy le mettait au courant de sa découverte des enfants du Dr Reese pendant le trajet, sur les routes sinueuses de Radnor, entre des champs délimités par des murets en pierre et illuminés de forsythias en fleur.

« Et tu n'as aucune idée de l'identité du père ?

— Non. Santoros a accepté d'envoyer un stagiaire au Bureau des

Affaires familiales pour voir si on trouve quelque chose, mais c'est peu probable. Nous ne savons même pas s'il est de Pennsylvanie. »

Jack réfléchit un moment.

« Pourquoi faire semblant de t'intéresser à la maison des Herbert ? Pourquoi y aller sous couverture ?

— Je voulais entrer à l'intérieur. Je ne pensais pas qu'ils accepteraient de me faire visiter, et nous n'avions pas assez d'éléments pour obtenir un mandat. Je n'ai pas trouvé d'autre solution.

— Bon, si tu l'achètes, tu me prendras comme jardinier ? »

Ils éclatèrent de rire.

« Tu jardines, et moi je fais la cuisine. — Elle pointa le doigt. — C'est là. »

Une grosse plaque de granit rose était plantée dans le sol. Le logo d'AmeriMed et son slogan y étaient sculptés des deux côtés, pour être visibles de la route dans les deux sens : L'INDUSTRIE PHARMACEUTIQUE DU TROISIEME MILLENAIRE. Le soleil du matin faisait briller les lettres.

« Espérons que la grande industrie nous donnera des réponses. »

Ils obliquèrent vers l'entrée et virent une longue allée gravillonnée qui s'achevait devant des bâtiments de brique disposés en demi-cercle. Ils durent s'arrêter devant le portail de sécurité, où le garde vérifia leur identité puis leur fit signe de passer. La secrétaire de Dixon Burlingame avait signalé leur rendez-vous avec le président.

« C'est le bâtiment A, juste en face. Le parking des visiteurs est sur la gauche. »

En approchant, Lucy aperçut une fontaine de marbre blanc qui projetait de l'eau à au moins trois mètres de hauteur. Elle était entourée de buissons taillés, en alternance avec des impatiences roses. Ils se garèrent puis se dirigèrent en silence vers l'entrée de ce qu'ils supposaient être le bâtiment principal. Ils ne se trompaient pas. Une plaque de cuivre près de la porte annonçait : AMERIMED. BATIMENT A.

« Détectives. » Une voix enjouée les accueillit au moment où ils entraient.

Lucy se retourna et vit une grande femme à la silhouette en sablier, vêtue d'un ensemble rouge et blanc moulant et chaussée de sandales rouges. Ses boucles blondes encadraient un visage rond couvert de taches de rousseur, ses yeux noisette étincelaient. Elle leur fit un grand sourire.

« Bienvenue chez AmeriMed. Je suis Summer, l'assistante de M. Burlingame. Si vous voulez bien me suivre. »

Ses hanches chaloupaient visiblement devant Jack et Lucy dans le long couloir moquetté. Sur les murs s'alignaient des posters vantant les nouveaux produits – du sirop pour la toux au poumon artificiel.

« Nous nous sommes installés dans ce complexe il y a à peu près cinq ans. Le bâtiment A où nous nous trouvons abrite la plupart des bureaux de la direction, le service des ressources humaines, et la salle de réunion. Le bâtiment B est réservé au service juridique et à l'équipe scientifique qui s'occupent des autorisations de mise sur le marché. Les bâtiments C et D sont des laboratoires de recherche et de développement. Le bâtiment D contient également un club de sport et une garderie. Nous avons vraiment tout ce qu'il nous faut ici. M. Burlingame voulait que ces locaux soient totalement autosuffisants.

– Et le Centre Wilder va ouvrir à un kilomètre d'ici. »

Summer parut surprise.

« Oui, en effet. Vous êtes au courant ? En fait, AmeriMed a fait don d'une grande partie du terrain. C'est palpitant. Mais je suis sûre que M. Burlingame pourra vous fournir tous les détails dont vous avez besoin. »

Elle poussa une porte en acajou. La pièce carrée contenait une table ronde et six chaises recouvertes d'un tissu à motifs vert sauge. Un plateau qui contenait une cafetière, plusieurs tasses et un pichet d'eau était posé au centre. Une rangée de grandes fenêtres offrait une vue dégagée.

« C'est vraiment la campagne, ici, sourit-elle. Faites comme chez vous. M. Burlingame sera là dans une minute. »

Elle disait vrai. Lucy et Jack avaient à peine eu le temps de s'asseoir et de se verser une tasse de café que la porte s'ouvrait pour livrer passage à l'homme à forte carrure, au teint coloré, qu'ils avaient vu à la conférence de presse d'Ellery, à l'Union League. Ils le reconnurent immédiatement. Il portait un costume bleu marine, une chemise rayée rose et blanc à col blanc, et une cravate foncée fixée par une grosse épingle en or. Il avait de grandes mains aux doigts boudinés.

« Alors, que puis-je faire pour vous ? »

Il était quelque peu surprenant qu'il fût venu seul, sans son avocat personnel – ou du moins, un avocat de la compagnie. De toute évidence, il ne s'inquiétait guère des questions qu'on allait lui poser ou des informations qu'il pourrait donner, bien que le suspect principal, David Ellery, eût été son invité sur le lieu du meurtre.

Dixon prit une chaise et s'assit. Il synchronisa sa montre sur la pendule murale.

« Personne n'a de temps à perdre. Vous voulez savoir quels sont mes liens avec le Dr Reese. C'est un peu plus compliqué que vous ne devez le penser, mais pas très compromettant. Vous pouvez me croire, la seule personne que cette enquête pour meurtre ennuie plus que vous deux, c'est moi.

– Si vous commenciez par expliquer votre rôle dans le Centre Wilder ? demanda Jack. Comment vous êtes-vous retrouvé à la tête du comité de sélection ? »

Dixon récita brièvement l'historique d'AmeriMed. Il en était le président et le directeur principal depuis dix ans. Avec un chiffre d'affaires dépassant les deux milliards de dollars par an, c'était l'un des plus gros laboratoires pharmaceutiques du pays. Plus de trois cents personnes y travaillaient, sans compter les scientifiques spécialisés à qui l'on faisait appel en cas de besoin. Prévoyants, les créateurs du Centre Wilder avaient contacté Dixon dès la conception du projet, en raison des recherches intensives en pharmacologie – antidépresseurs, thymorégulateurs et anxiolytiques – menées par le laboratoire. AmeriMed avait accepté leur proposition et fait don du terrain adjacent à son site – environ trente hectares – pour accueillir le bâtiment.

« Ce doit être un investissement colossal. Que recevez-vous en échange ?

– En plus d'une substantielle réduction d'impôts, voulez-vous dire ? » Il eut un petit rire, puis se pencha en avant, doigts entrecroisés devant lui sur la table. « C'est une question d'argent, détectives. Tout simplement. Vous n'avez aucune idée de la valeur d'un nouvel antidépresseur. Regardez le Prozac. Les ventes ont été phénoménales. Des gens qui ne savaient même pas qu'ils avaient des problèmes s'en font prescrire. Qui ne voudrait pas se sentir bien ? Et ce n'est que le sommet de l'iceberg. Il est question de tricycliques, IMAO, IRSN, neuroleptiques, benzodiazépines – la liste est sans fin. Nous serons l'un des fournisseurs principaux de la clinique, et nous aurons aussi l'exclusivité pour les médicaments fabriqués par d'autres laboratoires. Mais ce n'est pas tout. » Un large sourire s'installa sur son visage. « Le plus important pour nous, c'est que nous utiliserons cette structure pour nos tests cliniques des nouveaux médicaments en cours de développement.

– Comme sur des animaux de laboratoire ?

– A peu près. L'expérimentation humaine est la dernière étape avant l'approbation du Bureau de sécurité du médicament. On peut rendre heureux tous les chimpanzés et tous les chiens de la terre, mais à un certain moment il faut passer aux choses sérieuses. C'est la phase critique. Et il peut être très difficile pour nous de trouver des médecins qui acceptent d'inscrire leurs patients. Le Centre Wilder est donc parfait. En échange de notre aide financière, nous obtenons une population captive. C'est un peu comme tirer sur des poissons dans un tonneau. – Il rit de sa métaphore douteuse. – C'est un arrangement qui profite aux deux parties, parce que le centre bénéficie d'un outil de marketing très efficace. Ses patients auront accès aux tout derniers médicaments, dont beaucoup sont encore au stade expérimental. Ils n'auront pas besoin d'aller à Mexico ou en Europe. Ils pourront rester là, dans une chambre luxueuse avec plus de cent chaînes câblées, et se gaver de médicaments. » Il s'interrompit, parut jauger la réaction de son auditoire. « L'espoir. Voilà le but du centre. C'est ce qu'offrent Dana-Farber et Sloan-Kettering pour le cancer. Nous ne faisons qu'appliquer ce modèle d'excellence à la maladie mentale.

– Et David Ellery sera à la tête de cet établissement ?

– David... David. » Il paraissait se gargariser du prénom. « Ellery et moi nous connaissons depuis longtemps, avança-t-il comme s'il s'agissait d'une garantie.

— Vous présidez le comité de sélection qui l'a élu ?

— Oui.

— Mais vous aviez d'abord choisi le Dr Reese ? »

Il parut surpris, puis baissa les yeux sur ses gros doigts.

« C'est vrai. Morgan était la meilleure. Elle a... elle avait un talent incroyable. C'est une immense tragédie.

— Est-ce que vous la connaissiez bien ?

— Je la connaissais à peine, sinon de réputation, quand elle a déposé sa candidature. Elle a été une des premières à entrer dans l'arène. Nous avons aussi questionné ses collègues et ses références personnelles.

— Vous ne vous souviendriez pas de qui il s'agissait, par hasard ?

— Hmm. » Il sortit de sa poche un petit talkie-walkie, appuya sur un bouton, et dit à son assistante : « Apportez-moi le dossier Wilder de Reese. Tout de suite. » Puis il reporta son attention sur Lucy et Jack. « J'ai parlé à des centaines de personnes lors de la sélection. Le dossier me rafraîchira la mémoire.

— Et on vous a proposé de présider le comité à cause des liens entre le Centre Wilder et AmeriMed ? »

Il hocha la tête.

« C'est bien ça. C'est pour nous un énorme investissement. Dans le meilleur des cas, nous n'en récolterons aucun dividende avant longtemps. La commission a estimé que la seule façon prudente de procéder était de nous assurer que nous avions quelqu'un de fiable aux commandes. Nous pouvons avoir toutes les clauses légales du monde, sans un directeur consciencieux, le centre ne tiendra pas la route.

— En dehors d'Ellery et de Reese, qui a postulé ?

— Il serait plus facile de dire qui n'a pas postulé. Je crois que tous ceux qui ont un jour mis les pieds dans une faculté de médecine ont posé leur candidature. Mais nous avions défini des critères très précis, ce qui a beaucoup simplifié la sélection.

— Et quels étaient ces critères ?

— Une place en vue dans la communauté médicale comme dans

le monde des affaires. De bons contacts avec le Bureau de sécurité du médicament, de nombreuses références en recherche, de l'entregent, un talent prouvé pour les collectes de fonds... et... et... comment dire ? »

Lucy et Jack se penchèrent en avant de concert.

« Peu de vie privée.

— Pardon ? »

Dixon parut gêné.

« Ça paraît sans doute malséant, mais lancer une clinique n'est pas un travail qui s'accorde avec la vie de famille. Les journées sont longues, parfois même on travaille toute la nuit, on a des dîners d'affaires pratiquement sept soirs par semaine, on voyage beaucoup et on accumule beaucoup de stress à force de côtoyer des patients très atteints. On ne peut pas avoir d'épouse ni d'enfants qui exigent du temps. On ne peut pas avoir envie de sortir son bateau ou de monter son cheval. On doit être présent à 125, non, 200 pour cent. Notre centre doit être le centre de l'univers, sans quoi il ne décollera pas. »

A cet instant la porte s'ouvrit, et Summer entra. Elle déposa une épaisse chemise à sangle sur la table devant son patron. Sans paraître remarquer sa présence, Dixon l'ouvrit et chercha dans les dossiers étiquetés qu'elle contenait. Il en sortit un, le feuilleta et haussa un sourcil.

« Morgan, références personnelles. Voilà. Betty Graham, Rodman Haverill et William Herbert. La femme est sa secrétaire, Haverill son ex-mari, et Herbert est défini comme un ami. »

Lucy fit de son mieux pour cacher sa surprise. Que faisait le père d'Archer sur cette liste ?

« Avez-vous parlé à ces personnes ?

— Je connais Rod Haverill depuis plusieurs décennies. Je me suis dit qu'elle devait être une diplomate de première force. Ce type a plus mauvais caractère que moi. Divorcer et rester en bons termes peut se produire dans des circonstances exceptionnelles. Divorcer et citer son ex comme référence personnelle... jamais. » Il tourna quelques pages du dossier. « Apparemment, nous avons un compte rendu d'entretien pour Graham. Elle décrit Morgan comme une personne pour qui il est facile de travailler, polie, efficace, fiable, juste. C'est ça que nous voulons. Le personnel est trié sur le volet et nous avons besoin de quelqu'un qui sache travailler en harmonie avec des subordonnés. » Il sortit une page tapée à la machine et la passa aux deux détectives. « Et Herbert... Herbert, qu'est-ce qu'il a dit ? – Il leva la tête. – Je n'ai pas de compte rendu. »

Lucy prit des notes dans son carnet à spirales. Puis elle demanda : « Pourquoi aviez-vous d'abord préféré Morgan Reese à David Ellery ? »

Il s'appuya contre le dossier de sa chaise et posa ses mains croisées sur sa poitrine.

« Je vais aller droit au but. Cette fille avait tout. Ses références professionnelles étaient insurpassables. C'était une thérapeute dévouée. Elle connaissait tout le monde au gouvernement et à la faculté. Elle se tenait au courant de tous les secteurs de la recherche. Elle avait le don de se mettre un public dans la poche. Tout le monde lui aurait mangé dans la main, comme on dit. Elle était jolie à regarder, ce qui ne gâtait rien. Et elle était seule, célibataire, et avait passé l'âge d'avoir des enfants. De plus, il s'est produit un incident regrettable vers la fin des sélections, qui nous a poussés à choisir Reese plutôt qu'Ellery.

– Le suicide de Foster Herbert ? »

Dixon hocha la tête, de toute évidence la remarque de Jack ne le surprenait pas.

« Ça donne mauvaise presse, tout simplement.

– Alors pourquoi avez-vous décidé que ça ne comptait plus après l'assassinat de Reese ? »

Il détourna la tête et contempla les champs.

« C'est cruel, mais un gosse mort il y a six mois ne pèse plus rien devant la frénésie des médias depuis le meurtre. Personne ne perdra son temps à remuer le passé d'Ellery. Il n'y aurait pas assez de place dans les journaux ni assez d'énergie chez les journalistes. C'était un risque calculé.

– Mon Dieu », soupira Jack, dégoûté.

Dixon se retourna brusquement et le foudroya du regard.

« Avez-vous la moindre idée de ce que signifie monter un laboratoire pharmaceutique ? Le Centre Wilder représente pour Ameri-Med une chance de se hisser au niveau des groupes qui ont plusieurs milliards de dollars de capitaux ! Vous et votre collègue, vous toucherez vos salaires, même si vos performances sont médiocres. Vous pouvez en remercier les contribuables de notre grand pays. Dans ma branche, en cas d'erreur, les têtes tombent.

— Malheureusement, c'est ce qui nous amène ici », plaisanta Jack en se levant pour aller se placer devant la fenêtre. « Saviez-vous que Reese avait fait une tentative de suicide ? »

Dixon se tut un moment avant de répondre.

« Oui. Mais elle m'a expliqué que c'était pendant son internat, une réaction impulsive à un problème personnel. Depuis cette époque, si elle avait des difficultés, elle y faisait face. Elle nous l'a assuré. Et puis, elle portait toujours des manches longues, qui l'aurait su ?

— Si vous nous racontiez ce que vous et Ellery prépariez samedi dernier ? demanda Lucy en désignant la cravate de Dixon. Au Rabbit Club. » Tous les membres, lui y compris, portaient la même cravate sur les photos de groupe qui ornaient les murs du club.

Instinctivement, Dixon leva la main vers sa gorge et ajusta son épingle de cravate.

« Le Dr Ellery était votre invité ? », demanda-t-elle.

Il gigota sur sa chaise, s'écarta de la table.

« Il connaissait pratiquement tout le monde là-bas, mais je crois qu'il était mon invité, techniquement. Il est venu dans sa propre voiture.

— Et vous avez été l'un des derniers à partir ? »

Il serra les dents, et sa mâchoire inférieure effectua quelques allers-retours à peine perceptibles.

« Quelques-uns d'entre nous sont restés tard, trop tard, déclarat-il avec un petit rire nerveux. Ellery, moi et un type nommé Tripp Nichols. Il travaille ici, comme directeur commercial. Notre jeu de *sniff* a pris fin quand le quatrième joueur est parti, mais nous sommes restés. Nous avons fini la soirée dans la salle de jeu du premier étage. Je crois qu'à ce point-là on buvait tous de la liqueur de whisky. Et alors Reese est arrivée, si c'est de ça que vous voulez parler.

— Le club n'accepte pas les femmes.

— Nous ne sommes pas si mal élevés, détective. Et vu l'expression qu'elle avait ce soir-là, Reese ne se serait pas laissé démonter par un détail aussi futile.

— Alors qu'est-ce qui s'est passé ? »

Dixon inspira profondément et regarda tour à tour Lucy et Jack. Lucy, en l'examinant, conclut qu'il cherchait à gagner du temps. Pour un homme sûr de lui, qui les recevait sans avocat, il se montrait de plus en plus réticent, précautionneux dans ses réponses. Elle se demanda ce qu'il cachait exactement.

« Alors ? Allez-vous nous dire ce qui s'est passé samedi soir, ou préférez-vous tout nous raconter au commissariat ? », interrompit Jack.

Dixon s'éclaircit la gorge.

« Morgan est venue au club. Elle était bouleversée, elle avait peut-être bu, et elle voulait s'entretenir avec Tripp d'une question personnelle. Apparemment, il était question d'une autre femme, si vous voyez ce que je veux dire. Ils sont sortis. David et moi avons décidé de rentrer. Même nous, on sait quand la coupe est pleine.

— Tripp était encore au club quand vous êtes partis ?

— Oui, du moins, je suppose. Sa voiture était toujours au parking, mais il n'était pas en vue.

— Avez-vous discuté avec Tripp depuis ? »

Il ne répondit pas.

« Je n'ai certainement pas besoin de vous rappeler que nous pourrons obtenir une réponse grâce à vos relevés téléphoniques.

— Quand j'ai appris la mort de Reese, je l'ai appelé, dimanche soir. Il était très secoué. Il l'avait vue aux informations. Il m'a expliqué qu'ils avaient eu un différend dans la semaine, mais il est resté très vague, ce qui m'a conforté dans l'idée qu'il avait une aventure avec une des amies de Morgan. Et je ne veux pas savoir ces choses-là, surtout quand il s'agit de mes employés. Je suis père de famille. »

Il se força à sourire.

« Avez-vous une idée de qui il peut s'agir ? La personne qu'il voyait ?

— Il a parlé d'une certaine Avery, mais je ne peux pas vous en dire plus. Comme je vous l'ai dit, je n'ai pas besoin de ce genre d'informations et je n'en veux pas. »

Il repoussa sa chaise et se leva.

« Avez-vous vu quelque chose en partant ? demanda Lucy. Une voiture accidentée ?

— Non, rien. Je suis rentré directement et je me suis effondré dans mon lit. Fin de l'histoire. Vous pouvez vérifier auprès de ma femme.

— Une dernière chose, dit Lucy en se levant à son tour. Est-ce que Tripp est ici aujourd'hui ?

— Non. Il a pris sa semaine. Il a dit qu'il devait régler d'urgence certaines affaires de famille. Dans ces circonstances, j'ai trouvé que c'était une bonne idée. »

10 h 36

Le portable de Lucy sonna pendant qu'elle et Jack traversaient le parking. C'était Nick Santoros.

« O'Malley, vous êtes avec Harper ?

— Oui, il est là.

— Dites-lui que son téléphone est éteint ou que la batterie est à plat. Je n'arrive pas à le joindre.

— Mais moi je vous écoute.

— On a eu les documents de la BMTC.

— Et ?

— Tripp Nichols a ouvert un compte il y a moins d'une semaine avec deux cent cinquante mille dollars en faveur d'Avery Herbert. Il a déposé un chèque de banque et donné son adresse professionnelle.

— C'est le laboratoire AmeriMed. On est sur place, répondit Lucy. Nichols est à la direction commerciale. » Elle résuma brièvement leur entrevue avec le président de la compagnie. « Une liaison entre un homme marié et sa fille mineure ne pouvait pas enchanter la mère. Apparemment il était prêt à payer cher pour se débarrasser d'elles deux.

– Alors qu'est-ce qu'on peut tirer du lien entre Nichols et Avery ?

– Et si on lui mettait un peu la pression ? proposa-t-elle. Et à mon avis, le meilleur angle, c'est une accusation d'abus sexuel sur mineure. »

26

15 heures

« Le cabinet Leedes, Collin et Wilkes disposait de ses propres ascenseurs. En montant dans l'une des six cabines, Jack appuya sur le bouton lumineux du 17ᵉ étage, auprès duquel une petite plaque de cuivre indiquait ACCUEIL. Tous deux, mains croisées devant eux, fixaient en silence les chiffres qui s'illuminaient l'un après l'autre au-dessus des portes de la cabine. Ils n'échangèrent pas un mot. Règle de politesse universelle. Lucy entendait encore son institutrice de cours préparatoire expliquer à la classe tassée dans l'ascenseur du musée des Sciences : « On se tait et on regarde la porte. Pas de bavardage. »

Un « ding » leur indiqua qu'ils étaient arrivés à destination. En sortant, ils virent une femme de type hispanique en chemisier à fleurs, derrière un énorme bureau circulaire. Ses cheveux noirs étaient nattés et tirés en arrière.

Lucy montra son insigne.

« Nous venons voir William Herbert. »

De longs ongles pourpres ornés chacun d'une étoile argentée composèrent le numéro de poste. « Veuillez prévenir M. Herbert que deux policiers viennent le voir », annonça-t-elle dans le combiné après qu'une voix féminine eut pris l'appel.

« Des policiers ?
– Oui. »

La réceptionniste leva les yeux.

« Vous pouvez vous asseoir. Il ne sera pas long, j'en suis sûre. » Elle sourit sans ouvrir la bouche.

William Herbert sortit d'une cage d'escalier intérieur circulaire et s'avança d'un pas énergique. Il était indéniablement séduisant avec ses traits accusés, ses grands yeux marron et ses épais cheveux bruns. Une vérification rapide de son permis de conduire leur avait appris qu'il avait quarante-neuf ans, mais il aurait pu passer pour un étudiant avec son costume kaki, sa chemise blanche et sa cravate jaune. Un vieil homme aux cheveux blancs, vêtu d'un costume noir, d'une chemise en soie noire et d'une cravate également noire, le suivait.

« Je suis Bill Herbert, se présenta-t-il, et voici mon associé Carson Leedes.

– Nous nous sommes déjà rencontrés, dit Jack.

– Que pouvons-nous faire pour vous ? demanda Carson avec l'accent traînant caractéristique du Sud.

– Pas vous, Leedes. Nous avons quelques questions à poser à Bill au sujet du Dr Morgan Reese. Je peux vous appeler Bill, n'est-ce pas ? »

Leedes s'interposa entre Jack et Bill, les dissimulant l'un à l'autre.

« Je suis l'associé principal de ce cabinet. Si vous n'expliquez pas le but de vos questions, je vous fais raccompagner par la sécurité. Comptez-vous aviser M. Herbert de ses droits ?

– Qu'est-ce qui vous donne à penser une chose pareille ? s'enquit Jack. Nous ne l'avons même pas convoqué au commissariat. Il n'est pas suspect... pour l'instant.

– Nous espérions qu'il pourrait répondre à quelques questions. Nous ne devrions pas en avoir pour longtemps », ajouta Lucy. Son autorité et sa juridiction surpassaient celles de n'importe quelle compagnie de sécurité privée, mais elle préférait éviter l'affrontement. Ils n'avaient pas encore obtenu le moindre renseignement. Carson ne quittait pas Jack du regard.

Bill se tourna vers la réceptionniste et demanda :

« Louise, pouvez-vous vérifier si la salle de conférences B est libre ? »

Elle ouvrit un registre relié de cuir noir.

« M. Lyons l'a réservée pour une assemblée générale, mais elle ne commencera pas avant 16 heures.

– Inscrivez-nous jusque-là, ordonna Bill. Je suppose que nous en aurons fini à 16 heures.

– Quel numéro de client dois-je indiquer ? demanda la réceptionniste.

– Oh... indiquez simplement affaires du cabinet.

– Inscrivez 05661, rugit Leedes, de toute évidence, ça concerne Morgan Reese. »

Bill parut stupéfait, sans doute à l'idée de facturer une personne assassinée.

« Suivez-le », ordonna Leedes.

Les bureaux des avocats s'alignaient sur le côté droit d'un long couloir. Des modules de secrétariat meublaient le côté opposé. Bill ouvrait la marche, Carson suivait en dernière position. Lucy regarda au passage les piles de papiers entassés sur chaque bureau, les bibliothèques remplies à craquer de dossiers et d'épais volumes, les sacs de sport jetés dans un coin, et les économiseurs d'écran personnalisés sur les ordinateurs. Presque toutes les personnes présentes parlaient au téléphone. En les voyant, Lucy pensa à couper son portable. Elle ne voulait pas d'interruption.

« C'est le département Foncier. J'appartiens au département Droit des entreprises, mais j'ai pensé qu'il valait mieux vous épargner l'escalier, expliqua Bill en leur ouvrant une porte.

– Je ne savais pas que nous paraissions si faibles », remarqua Lucy.

Carson resta en arrière pour passer un coup de téléphone depuis un module de secrétariat déserté. Lucy, Jack et Bill entrèrent dans une pièce où deux fenêtres panoramiques donnaient directement sur la façade vitrée de bleu du 1, Liberty Place. L'immeuble, haut de soixante étages, avait modifié définitivement l'horizon du centre-ville, et presque tous les employés de la Maison ronde qui connaissaient la ville avant la construction du gratte-ciel avaient un avis bien arrêté sur le bâtiment Art déco et son jumeau légèrement plus petit.

Bill suivit leur regard.

« Tout le reste paraît minuscule à côté. Mais ce service a fait une bonne partie des démarches légales, alors pour les types du Foncier c'est un trophée.

— On peut faire confiance aux avocats pour faire capoter les accords de bon voisinage », remarqua Jack, en référence au fait que Liberty Place était le premier bâtiment à excéder la hauteur du chapeau coiffant la statue de William Penn qui surmontait la mairie. Avant 1987, un accord tacite limitait les nouvelles constructions à la hauteur de ce chapeau. Désormais, plus personne ne semblait s'en soucier.

« Il fallait bien que quelqu'un le fasse, intervint Carson en faisant son entrée. Et il fallait bien que quelqu'un en tire profit. » Il saisit au centre de la table une grande tasse noire en porcelaine frappée du logo de la firme, et versa l'eau d'une carafe en inox. « Je suis bien content d'avoir été au moins le second à en profiter. » Puis il tira une chaise et s'assit, le visage légèrement détourné.

« Bien. Que puis-je faire pour vous ? » Bill leur fit signe de s'asseoir, eux aussi. « J'ai appris l'assassinat de Morgan Reese par les journaux, mais sinon...

— Si vous nous disiez comment vous avez fait sa connaissance ? », demanda Lucy en essayant d'ignorer la présence de Carson. En plus de son costume à la Darth Vader, il y avait en lui quelque chose de sinistre, comme s'il respirait plus que sa part d'oxygène.

« Je ne la connais... ou plutôt, je ne la connaissais pas très bien.

— Vous faisiez partie de ses trois références personnelles sur sa candidature pour le poste de directrice d'un nouvel hôpital psychiatrique. Comment expliquez-vous ce fait ? »

Le tissu de son siège démangeait Bill à travers son costume, et il avait chaud. L'anxiété s'insinuait sous sa peau. Il regarda le visage attentif des détectives, puis l'expression méprisante de Carson. Il se leva, alla à la fenêtre et regarda la rue, dix-sept étages plus bas, qui grouillait de passants grands comme des fourmis. Il aurait voulu être l'un d'eux, fuir cet endroit.

« Pourquoi vous aurait-elle cité si vous ne vous connaissiez pas bien ? », demanda le flic. Détective Harper. Il essaierait de se souvenir de son nom.

Bill sentait ses yeux picoter. Ce n'était vraiment pas le moment de pleurer, mais il était difficile d'expliquer, sans se laisser aller à l'émotion, qu'il aurait fait n'importe quoi pour cette femme qu'il n'avait jamais vue. Il joignit les mains et posa les lèvres sur ses doigts, en se concentrant sur la légère douleur de ses ongles sur sa bouche. Quand il répondit, il sentit les mots se bloquer dans sa gorge.

« Elle... elle m'a donné la seule chose qui ait jamais compté dans ma vie. »

La femme policier parut alléchée par sa réponse.

« Foster et Avery ? », s'enquit-elle.

Il fit oui de la tête. Elle savait.

« Ma femme et moi avons adopté les jumeaux à la naissance. Et ils sont... étaient... sont... » Il ne pouvait se résoudre à formuler ce qui était arrivé à Foster.

« Foster est mort en janvier dernier, annonça Carson comme s'il s'agissait du dernier bulletin de circulation routière.

— Nous sommes navrés. Ça a dû être terrible. »

Elle semblait sincère, et il se demanda si elle allait venir le rejoindre près de la fenêtre. Elle manifestait de l'empathie, et elle était séduisante ; un instant des images lui traversèrent l'esprit, un baiser. Mais elle resta assise.

« Comment les avez-vous adoptés ?

— Bill peut très bien refuser de répondre à cette question.

— Et alors ? Lui conseillez-vous de ne pas répondre ? » La voix de Harper était hostile. Il était assis tout au bord de sa chaise, comme s'il s'apprêtait à bondir. Bill n'avait jamais connu tous les détails de l'affaire Abernathy, mais de toute évidence le détective des Homicides et son associé principal ne s'aimaient guère. La cravate de grand couturier de Carson et la gorge qu'elle enserrait semblaient en grand danger.

« Qu'est-ce que vous cachez ? intervint Lucy.

— Ma jeune amie, je suggérerais...

— Pour vous, ce sera détective, coupa-t-elle.
— J'aime les femmes rétives », répondit Carson avec un sourire sardonique.

Bill préférait éviter l'affrontement. En fait une partie de lui ressentait le besoin d'expliquer comment il était devenu père, cette histoire qu'il n'avait encore jamais racontée à haute voix, cet événement qui avait pour toujours changé sa vie.

« Je suis sûr que nous pouvons vous donner les informations que vous voulez. Voyons ensemble ce que nous pouvons révéler sans enfreindre nos obligations éthiques.

— J'ai représenté le Dr Reese dans la dissolution de son mariage à la fin des années 70, dit Carson qui de toute évidence souhaitait contrôler les informations communiquées. Elle m'a recontacté il y a environ dix-sept ans. Elle n'était pas mariée mais elle était enceinte de jumeaux. Elle voulait faire adopter les bébés discrètement, dès leur naissance, et elle m'a demandé mon aide.

— Qui était le père ?

— Elle ne l'a jamais dit. Elle ne m'a pas dit grand-chose, sinon qu'elle avait obtenu un congé de ses études médicales et prévoyait d'accoucher dans un hôpital du Nouveau-Mexique. Elle souhaitait la plus grande discrétion. Elle m'a demandé de placer les enfants dans une bonne famille.

— N'aviez-vous pas l'obligation légale d'en informer le père ? »

Carson haussa un sourcil et plissa le front. Bill lui avait déjà vu cette expression – lors de dépositions, quand il s'apprêtait à éviscérer un témoin ; lors des assemblées générales, en prélude à ses diatribes sur la productivité ; et aux séances d'évaluation, juste avant d'annoncer qu'un collaborateur était viré après cinq ans au cabinet.

« Des milliers d'enfants naissent chaque année – des centaines rien qu'à Philadelphie – dont les pères ne sont jamais identifiés. Dans certains cas, la mère ne sait pas de qui il s'agit, ou duquel il s'agit, dans d'autres le monsieur se contente de disparaître ou de rompre. La seule chose inhabituelle dans le cas de Morgan, c'était qu'elle était blanche et aisée. Mais il est absolument légal d'adopter un enfant – ou des enfants – sans consentement paternel si ledit consentement ne peut être obtenu. Remplir de façon satisfaisante les déclarations légales et identifier le père avec certitude sont deux concepts bien différents.

— Donc, vous avez contacté Bill, demanda-t-elle, revenant au sujet principal.

— Carson et moi sommes de vieux amis », répondit Bill, d'une voix étrange. Carson l'avait embauché directement à sa sortie de la faculté de droit. Il se rappelait encore cet entretien au Charles Hotel de Cambridge, cet hôtel où tous les cabinets du pays réservaient des chambres quand les associés venaient recruter à la faculté de droit d'Harvard. Il comptait alors accepter ce que lui proposait Carson, s'occuper des relations familiales, le traiter en mentor, et être éduqué comme l'héritier de la clientèle aisée de Carson. Mais les choses ne s'étaient pas passées comme prévu. Une crise dans une entreprise était une chose — cadres furieux, chute des actions, fusions douloureuses, problèmes comptables complexes — mais les désolations et chagrins des divorces s'avérèrent trop pénibles pour lui. Il ne voulait plus entendre une seule épouse lancer ses pitoyables appels au secours, ni énumérer en détail les infidélités de son mari. Quand il avait changé de département, il pensait ne plus jamais s'occuper de divorces. L'idée d'être un jour client ne l'avait pas effleuré.

« Ma femme et moi voulions des enfants. J'avais parlé d'adoption avec Carson. Il connaissait la loi. Il nous avait expliqué les différentes possibilités. Nous étions en train d'envisager l'adoption d'un enfant à l'étranger quand il m'a proposé d'adopter les jumeaux de Morgan. Pour ma femme et moi, c'était un don du ciel. »

Lui et Faith avaient pris l'avion pour Albuquerque un jeudi soir. Aucun d'eux n'avait fermé l'œil dans le Hilton d'aéroport à trente-neuf dollars, la nuit où la climatisation fonctionnait malgré le froid et où les murs en papier à cigarette leur avaient permis de partager la malchance et la fureur d'un joueur d'un côté, une liaison adultère de l'autre. Le lendemain matin de bonne heure, ils étaient partis vers Los Alamos dans une voiture de location pourvue de deux maxi-cosies à l'arrière. Il faisait un noir d'encre, et Faith s'était endormie, la tête appuyée contre la vitre. Pendant qu'il roulait, un lever de soleil magnifique avait illuminé le ciel immense et la terre rouge. En contemplant les kilomètres de plaine parsemée de cactus et de buissons épineux, il avait su que sa vie serait transformée.

La voix de Lucie le ramena au présent.

« Vous aviez déjà eu des contacts avec Morgan ?

— Non, elle ne voulait pas connaître l'identité des parents éventuels, répondit Carson.

— Elle faisait confiance à Carson. Nous ne l'avons jamais rencontrée », renchérit Bill.

Ils étaient arrivés avec quatre heures d'avance — l'heure prévue était quinze heures. Il avait été stupéfait quand ce qui paraissait être un bâtiment de briques crues s'était révélé un hôpital catholique : le centre médical Our Lady of Grace. Même le nom semblait de bon augure. Dans une pièce pompeusement appelée « salle d'attente », ils avaient attendu. Il faisait froid et assez sombre. Ils n'y trouvèrent aucun magazine pour jeunes parents, même pas des revues automobiles à feuilleter. Faith sautillait sur place pour se réchauffer, tandis qu'il faisait les cent pas. Ils avaient à peine parlé, ne s'étaient pas touchés.

Cet après-midi-là, il avait compris en un éclair que leur mariage ne survivrait pas. Il avait cru qu'ils se blottiraient l'un contre l'autre sur le banc de bois, pour parler de leur future famille. Il était si plein d'euphorie qu'il était même prêt à écouter sa femme parler de ses projets de décoration pour la nursery. Mais ils restèrent silencieux, chacun perdu dans ses propres pensées et ses rêves. Mais toutes ses appréhensions s'envolèrent quand une vieille nonne indienne, une femme décrépite en habit noir, apparut et leur tendit à chacun un ballot. Foster pour lui et Avery pour Faith, les plus mignons des enfants aux yeux bleus qu'il eût jamais vus.

Il avait saisi les dossiers médicaux et ils étaient remontés en voiture aussi vite qu'ils pouvaient.

Bill se retourna pour faire face à son auditoire. La détective O'Malley paraissait sourire, comme si elle avait lu dans son esprit et partageait ce souvenir heureux.

« J'avais très envie de voir Morgan, mais l'anonymat qu'elle demandait convenait à ma femme aussi, alors je n'ai rien dit, s'obligea-t-il à ajouter. Nous avons respecté son vœu. Si vous avez appris la mort de Foster, vous savez que ça n'a pas été facile, une vraie gageure devrais-je dire. Et puis elle nous a écrit. C'était en avril. Avril dernier.

— Pourquoi ?

— Elle avait réussi à savoir que Foster et Avery étaient les jumeaux qu'elle avait abandonnés au Nouveau-Mexique.

— Vous savez comment ? »

Il haussa les épaules devant cette question à cent mille dollars.

« Je me suis posé cette question un nombre incalculable de fois. La seule hypothèse que j'aie trouvée – en réalité, le seul lien – c'est que David Ellery était le psychiatre de Foster au moment de son suicide, et je le soupçonne d'avoir donné à Morgan des informations qu'elle n'aurait pas dû avoir. Il a bien fallu qu'elle l'apprenne quelque part.

— En violant son obligation de confidentialité », souligna Carson.

Et ce n'était pas la seule chose que ce salopard avait violée. Bill ne pouvait penser à lui sans que son sang se mette à bouillir. Il avait donné des conférences de presse avant même que l'autopsie de Foster soit achevée. Il ne s'était pas soucié du tout de sa mémoire ; il ne cherchait qu'à préserver sa propre réputation et sa crédibilité. Bill était si furieux qu'il avait eu envie de le tuer. Mais sa colère contre le psychiatre l'avait aidé à supporter l'immense douleur. Il était plus facile de penser aux torts d'Ellery qu'à la vie sans Foster ou à ce qu'il n'avait pu offrir à son fils.

« Oui, je suppose que c'est vrai. Mais je ne devrais sans doute pas le blâmer. Je ne peux blâmer personne. Nous avons tout essayé pour aider Foster. Je ne suis pas sûr que c'était possible. Comment dit-on déjà ? Si quelqu'un veut vraiment se tuer, il le fera ?

— Qu'est-ce qui s'est passé quand Morgan vous a contacté ? »

Il la regarda droit dans les yeux, il aurait voulu que les autres sortent.

« Je vous l'ai dit, nous avons reçu une lettre. Morgan voulait voir Avery. Elle voulait s'expliquer. » Il se versa de l'eau et but une longue gorgée. Le liquide frais apaisa sa gorge sèche. « La question de l'adoption – ou plutôt d'en parler – a généré d'âpres discussions entre ma femme et moi. Elle tenait absolument à ce que nous ne disions pas aux enfants qu'ils avaient été adoptés, mais j'ai fini par obtenir gain de cause. J'ai toujours pensé que le secret était une erreur. Je crois qu'elle a accepté en partie parce que nous n'avions aucune information sur leurs parents biologiques. Elle se sentait protégée. Ils n'auraient personne à rechercher. Alors nous leur avons tout dit à Noël. C'était très difficile, bien plus que je n'avais prévu, surtout pour Foster. Rétrospectivement... » Il ne put se résoudre à achever sa phrase.

Depuis qu'il avait découvert le corps de Foster, cet après-midi de janvier, il se demandait pourquoi il avait tant insisté pour dire aux enfants qu'il n'était pas leur père biologique. Quelle importance ? Ils formaient une famille. Il les adorait. Mais tout au fond de lui il savait qu'ils vivaient dans un mensonge. Il s'était persuadé que dire la vérité ne ferait aucune différence. Et il avait prié pour que son mariage en soit sauvé. Lui et Marissa étaient déjà très proches à cette époque. Son esprit actif, son ambition, son corps plein de jeunesse lui avaient donné l'impression d'être vivant, et pourtant l'idée de perdre sa famille le désespérait. Peut-être, peut-être que dire la vérité aux enfants les rapprocherait tous, déclencherait chez sa femme une étincelle, dans cette épreuve partagée. Il leur faudrait faire bloc. Il était responsable des craintes de Faith, se disait-il. Les rêves de sa femme avaient toujours tourné autour des enfants, encore plus que les siens. Il ne l'avait certainement jamais encouragée à se concentrer sur autre chose. Mais il s'était trompé sur la valeur de la vérité – affreusement, irrévocablement. Et Faith le lui avait lancé en pleine figure, et depuis elle le lui reprochait chaque jour.

Quand ils avaient reçu la lettre de Morgan, il avait eu envie de la blesser autant qu'elle l'avait blessé. Si elle se sentait menacée, tant mieux. Il avait besoin de s'en prendre à quelqu'un, à quelque chose. Il avait perdu son fils. Elle perdrait aussi sa fille. Rien de tout cela n'était spécialement noble ou rationnel. Maintenant qu'il avait pris un nouveau départ, il s'en rendait compte. Marissa l'avait aidé à en prendre conscience. Peut-être qu'un jour Faith lui pardonnerait comme il s'était pardonné à lui-même.

« Vous devez comprendre que découvrir l'existence de Morgan

venait à un moment particulièrement difficile pour nous, encore qu'aucun moment n'aurait été idéal, je suppose. Nous... nous avions décidé de nous séparer.

— Faith est instable mentalement, annonça Carson, comme s'il voulait juger de l'effet que les mots auraient sur un juge.

— Cependant, insista Lucy, Morgan vous a cité comme référence personnelle dans un dossier de candidature avant de vous écrire au sujet des enfants. Je ne comprends pas. » Sa voix était sincèrement perplexe, sans accents accusateurs. Il appréciait ses manières douces.

Carson la foudroya du regard.

« Je sais à quoi vous pensez, détective. C'est moi qui ai donné le nom de Bill à Morgan et lui ai conseillé de l'utiliser pour sa candidature. – Il fit tourner sa chaise pour leur faire face. – Morgan était une femme remarquable mais elle manquait d'amis au sens ordinaire du terme. Elle était trop occupée, trop obsédée. Avec la quantité de travail phénoménale qu'elle abattait – auprès d'enfants pour l'essentiel – elle n'avait pas le temps. Elle voulait ce poste et elle était la candidate idéale. Quelle différence cela faisait-il qu'elle ne puisse pas montrer quelque bonne femme ridicule pour clamer qu'elle était une hôtesse parfaite, s'habillait discrètement mais avec beaucoup de classe, et faisait son parcours de golf en moins de quatre-vingts coups quand elle n'était pas en forme ? Cette idée stupide de sociabilité, je ne l'ai jamais comprise. Est-ce qu'on a jamais reproché à Sir Isaac Newton de ne s'intéresser qu'à son travail ? Les amateurs mèneront notre société à sa perte, je vous le dis.

— Merci pour ce commentaire, mais vous ne nous avez toujours pas expliqué comment Bill s'y est pris pour lui servir de référence, interrompit Harper.

— C'est bien ce que je disais. Personne ne vous critique pour vos recherches. En tant que détectives, vous êtes autorisés à les mener. "Les faits, rien que les faits, toujours les faits." Personne ne vous reproche de ne pas être aussi capables de cuisiner un poulet au romarin. Le Dr Reese voulait me citer comme référence. Je ne la représentais pas à ce moment-là. Notre relation professionnelle était courtoise. Elle avait besoin d'aide, et j'aurais été honoré de lui rendre service. Mais même moi, je peux comprendre que certaines relations ne sont pas à crier sur les toits quand on se présente pour un poste politique, et la direction du Centre Wilder est éminemment politique. J'étais flatté, mais elle ne se rendait pas compte du handicap que je pouvais représenter pour elle. J'ai soulevé de nombreuses controverses. Alors je lui ai dit de donner plutôt le nom de Bill. J'aurais pu lui communiquer toutes les informations nécessaires.

— Comment pensiez-vous vous en tirer ?

— Comment ? Mais je m'en suis tiré ! Si cette pauvre femme n'avait pas été assassinée, elle aurait eu le poste. Elle avait des dizaines de références professionnelles brillantes. Je savais que le comité de sélection ne vérifierait probablement pas les références personnelles. Et sinon, j'aurais pu le préparer. Comme il vient de vous le dire, elle lui avait fait le plus beau des cadeaux. Un homme peut-il avoir plus grande estime pour une femme ?

— Vous avez parlé de Morgan à Avery ? »

Bill écoutait dans un brouillard confus. Il avait entendu prononcer son nom, mais avec l'impression de disparaître. La question du détective le ramena à la réalité. Ils voulaient savoir si sa fille connaissait la situation.

« Oui, oui. Je lui... nous lui en avons parlé. Bien que ma femme ne le souhaite pas. Mais je pensais que c'était la bonne décision. Ma fille est une femme. Elle entrera bientôt à l'université. Je voulais qu'elle ait le choix. »

Il s'attendait vraiment à une réaction de la part d'Avery quand il lui avait parlé de la lettre de Morgan. Durant son adolescence, elle avait eu sa part de crises de colère pour des questions bien moins essentielles que l'identité de sa mère biologique. Mais elle l'avait écouté calmement, presque sans émotion, et n'avait pas posé la moindre question, en tout cas pas tout de suite. Il s'était demandé si elle l'avait bien compris, et avait même répété toute son histoire.

« Vous savez si elles sont entrées en contact ?

— Non. J'ai donné les informations que nous avions à Avery et je l'ai laissée prendre sa décision. A ce moment-là, le nom de Morgan apparaissait dans tous les journaux à cause du Centre Wilder. Il était facile de se renseigner. J'ai aussi dit à Avery que si elle souhaitait discuter de quelque chose avec moi, je ferais de mon mieux pour lui répondre. Elle n'a pas abordé le sujet depuis. Mais je ne peux pas vous dire de quoi elle a pu parler avec Faith.

— Savez-vous qu'elle est bénéficiaire de l'assurance-vie de Morgan ?

— Une assurance-vie ? – Il secoua la tête. – Je ne savais pas. Mais je suppose que tout le courrier arrive à notre maison de Gladwyne. Je n'y suis pas retourné. Faith ne me fait suivre que les factures, et avec du retard.

— Est-ce que votre fille a eu des troubles mentaux ? demanda Harper.

— Quel rapport ? coupa Leedes avant que Bill puisse répondre.

— Je sais ce que vous pensez, détective, étant donné la... situation de Foster. Mais je vous assure qu'Avery est différente. Elle est extravertie, elle a beaucoup de volonté. Elle paraît très sûre d'elle et n'a jamais eu de difficultés à obtenir ce qu'elle voulait. Je n'ai jamais vu chez elle le moindre signe de dépression.

— Est-elle droitière ou gauchère ? »

La question le désarçonna.

« Droitière.

— Et où est-elle maintenant ?

— Elle est dans un lycée pour filles dans le Maryland. Un endroit qui s'appelle Garrison Forest. Elle va passer ses examens de fin d'année ces jours-ci. J'imagine qu'avec tout ce qui s'est passé ces six derniers mois, elle sera contente de rentrer pour l'été.

— Comment pouvons-nous la joindre ?

— Je vous l'ai dit, elle sera là dans une semaine. Je peux arranger un rendez-vous avec vous à son arrivée.

— Et Bill assistera à vos entretiens. Elle est mineure », rappela Carson.

Il secoua la tête.

« Je serai là si elle me le demande. C'est à elle de décider. Je vous l'ai dit, je ne la traiterai plus comme une enfant.

— Savez-vous si elle a appris la mort de Morgan ? » Cette fois, c'était O'Malley qui posait la question. Sa voix changeait agréablement du ton agressif qu'avait adopté Harper.

« Je ne lui ai rien dit. Mais je pense que Faith lui en aura parlé, avec un certain soulagement sans doute. Personne n'espère les tragédies, mais je suis sûr que ma femme n'a pas été vraiment déçue d'apprendre que la source de ses craintes n'existait plus. »

Jack et Lucy restèrent silencieux pendant la descente en ascenseur. Le dernier commentaire de Bill laissait entendre que Faith Herbert s'était jointe à tous ceux qui se réjouissaient de la mort de Morgan, mais de toute évidence le commentaire avait sa source dans un mélange complexe d'émotions. Visiblement cet homme souffrait d'avoir perdu son fils, et personne ne met fin à un mariage de gaieté de cœur.

Un signal sonore retentit, et une grosse femme chargée de deux sacs à provisions monta au quatrième étage. Elle sourit en se frayant maladroitement un passage et en essayant de se retourner. Lucy se rapprocha de la paroi et se concentra sur les boutons lumineux pour éviter de regarder fixement les poils noirs qui sortaient d'une grosse verrue sur l'oreille de la femme.

Elle laissa son esprit vagabonder en pensant à la destruction de la famille Herbert. Elle avait l'impression que Bill avait été totalement passif. Elle se rappela un article sur un tournoi de boxe pour amateurs en Floride. Une femme de cent quarante kilos, mère de deux enfants, avait accepté de concourir ; elle avait payé la somme demandée pour monter sur le ring et affronter une autre femme non entraînée. Mais son adversaire s'était montrée trop violente au point de la frapper sans répit jusqu'à ce qu'elle s'écroule, morte. Son mari et ses enfants avaient assisté à la scène, en l'encourageant de leurs cris. Le temps qu'ils se rendent compte que le combat tournait mal, il était trop tard.

Plus tard, ils prétendirent qu'ils n'auraient rien pu faire.

27

18 h 58

Lucy et Archer se levèrent tous deux quand la double porte de la bibliothèque s'ouvrit. Elégamment vêtu d'une veste de tweed, d'un polo bleu marine et d'un pantalon foncé, M. Haverill entra, salua Archer d'un signe de tête, et tendit la main à Lucy. Malgré ses manières formelles, il paraissait épuisé avec son teint pâle, ses joues creuses et ses yeux cernés. Elle avait du mal à croire que leur déjeuner au Cricket Club avait eu lieu seulement deux jours plus tôt.

« Asseyez-vous », lui proposa-t-il pendant que la pendule sonnait sept heures.

Lucy reprit sa place sur le canapé à rayures. Archer s'assit en face d'elle dans un fauteuil en cuir.

Rodman passa devant eux, s'arrêta près de la desserte qui supportait une carafe en cristal et plusieurs verres, et se servit généreusement. Il se tourna vers eux.

« Archer m'a dit que vous vouliez discuter de votre... enquête. Je ne vois pas en quoi je pourrais vous être utile, mais si c'est vraiment nécessaire, allons-y. »

Tout le corps de Lucy était tendu. Elle avait une envie désespérée de se lever et de s'étirer, de tourner la tête en tous sens, n'importe quoi qui pût la débarrasser de la raideur nerveuse qui semblait envahir son corps. Interroger le père de son petit ami sur son ex-femme était encore plus difficile qu'elle ne l'avait imaginé. Elle jeta un coup d'œil sur son carnet. Bien qu'elle sût exactement quels points elle avait à éclaircir, voir ses propres griffonnages l'aidait. Elle parla sans relever la tête.

« J'ai besoin d'en savoir plus sur votre divorce. »

Il répondit très vite.

« Il n'y a pas grand-chose à dire. Nous étions mariés depuis cinq ans. Archer venait de fêter son troisième anniversaire. Je rentrais d'un voyage d'affaires d'une semaine à New York, et Morgan m'a annoncé qu'elle avait loué un appartement en ville et engagé un avocat. Elle est partie ce soir-là.

— Vous a-t-elle donné des explications ?

— Détective O'Malley, ce qui se passe entre un homme et son épouse relève de la vie privée. L'échec de ce mariage n'y change rien.

— Appelez-moi Lucy. Et vous avez peut-être raison, mais la vie privée passe souvent au second plan quand l'un des époux finit assassiné.

— Le fait que Morgan soit morte n'a rien à voir avec tout cela.

— J'ai besoin d'aide. Cette affaire en est à son cinquième jour, et croyez-moi, c'est long pour une enquête criminelle. »

Il fit un pas en arrière, se cogna à la desserte derrière lui. Le bouchon de la carafe racla contre le goulot.

Archer avait la cheville droite posée sur le genou gauche, les coudes sur les bras de son fauteuil, il se rongeait un ongle.

« Aide Lucy, papa. Après tout, ce serait chevaleresque de ta part. Elle ne fait que son travail, marmotta-t-il d'un ton sarcastique.

— Ça suffit, dit Rodman en pointant le doigt vers son fils. Tu es peut-être ravi d'étaler notre linge sale concernant ta mère, mais pas moi. »

Archer se leva brusquement.

« Elle t'a abandonné. Elle m'a abandonné. Qui est-ce que tu protèges ? »

Rodman contempla le fond de son verre et le secoua légèrement, comme pour remuer d'invisibles glaçons. Quelques gouttes de liquide brun giclèrent sur son revers, mais il ne parut pas s'en apercevoir.

« Tu savais qu'elle avait deux autres enfants ? », bredouilla Archer.

Les yeux de Rodman s'écarquillèrent. Il toussa.

« Que racontes-tu ? C'est indigne.

— La bénéficiaire de l'assurance-vie, Avery Herbert. C'est la fille de Morgan. Elle avait un fils, aussi. Deux jumeaux. Lucy l'a découvert.

— Je n'y crois pas une seconde. Morgan n'aurait pas fait deux fois la même erreur.

— C'est ce que j'étais ? hurla soudain Archer. Une erreur ? Pour elle, ou pour toi aussi ? »

Rodman parut décontenancé.

« C'est absurde. Je t'ai donné ma vie, pour t'élever. Tu ne me parleras pas sur ce ton. Vous... – Il se tourna vers Lucy. – C'était cela votre grand dessein ? Monter les quelques membres survivants de la famille Haverill les uns contre les autres, et voir ce que vous pourriez déterrer ? Là d'où vous venez, cette sorte de curée est peut-être appropriée, mais pas ici. Pas dans ma maison. Je n'apprécie pas vos indiscrétions.

— Putain, elle essaie de trouver l'assassin de ma mère. Ne sois pas si snob. »

Les yeux de Rodman lancèrent des éclairs.

« N'emploie plus jamais ce langage avec moi.

— Stop ! – Lucy leva la main. – Calmez-vous, tous les deux. Ecoutez, je sais que c'est difficile pour tout le monde. M. Haverill, vous voulez bien vous asseoir ? Toi aussi, Archer. Je ne cherche pas à vous mettre en colère. Dans mon métier, l'hystérie tend à compliquer la tâche, et croyez-le ou non, je n'éprouve aucune curiosité malsaine pour vos problèmes de famille, quels qu'ils soient. Je sais par expérience qu'il est difficile d'aborder les sujets douloureux. Souvent, j'aimerais autant m'enfoncer la tête dans le sable. Mais il me faut quelques renseignements élémentaires que peut-être, monsieur Haverill, vous pourrez me fournir. »

A sa grande surprise, le père comme le fils s'exécutèrent. Archer retourna s'asseoir dans son fauteuil et Rodman s'installa sur un siège Chippendale depuis lequel il pouvait atteindre la desserte. Avec leur attitude raide et leur menton pointé en avant, la ressemblance entre eux était frappante.

« Maintenant, si vous me disiez ce qui s'est passé entre vous et votre ex-femme ?

– Vous ne m'avez pas encore expliqué le rapport avec sa mort. »

Lucy se mordit la lèvre. C'était une objection valable, mais qu'elle n'avait pas l'habitude de se voir opposer. Face à un policier, la plupart des gens disaient tout ce qu'ils savaient ou réclamaient un avocat. Ils ne négociaient pas.

« Dans une enquête pour meurtre, il nous faut souvent recréer la vie de la victime. Comprendre la personne décédée – dans le cas présent, Morgan – nous aide à comprendre aussi qui voulait la tuer. Honnêtement, les détails que nous avons appris jusqu'à présent ne collent pas entre eux, ou en tout cas pas bien.

– Je ne suis pas sûr de comprendre. Et les analyses scientifiques ? Ne sont-elles pas censées fournir les réponses ? Pourquoi me demandez-vous de vous raconter quelque chose qui s'est passé il y a trente ans ?

– Nos équipes de techniciens analysent le lieu du crime. Ils rassemblent des indices qui nous apprennent comment une personne est morte. Ils nous disent aussi ce que l'assassin a laissé derrière lui. Mais ils ne nous donnent pas de mobile. Et sans mobile tous les indices du monde ne nous donneront pas d'identité. Je vous ai dit la semaine dernière, dans votre salle à manger, qu'une partie de mon travail consistait à entendre ce que disent les morts depuis leur tombe, mais je me rends compte que ce n'est pas possible. Une victime a besoin que ceux qui la connaissaient parlent pour elle.

– Donc, finalement, vous n'entendez pas des voix ? répondit-il. Je suppose que c'est un pas dans la bonne direction.

– J'aime trop mon métier pour le quitter, dit-elle, se rappelant sa faible tentative d'humour lors de ce premier dîner.

– Ah !
– Alors, m'aiderez-vous ? »

Il parcourut la pièce du regard, contemplant les portes à la française, la vue sur la cour dallée et le jardin.

« Elle... je... je savais qu'elle était malheureuse. Vous devez comprendre que quand nous nous sommes rencontrés, elle était très jeune. A peine dix-huit ans. En dehors d'un voyage à Paris avec sa grand-mère, elle ne connaissait rien du monde.

– Comment vous êtes-vous rencontrés ? »

Il resta silencieux, comme pour rassembler ses souvenirs. Quand il répondit, sa voix s'était adoucie.

« J'avais quinze ans de plus qu'elle, mais j'avais reçu une invitation pour son entrée dans le monde. Je connaissais ses parents, pas très bien, mais nous étions considérés comme faisant partie du même groupe social, et nous fréquentions le même lieu de réunion quaker. Son père et moi sortions de la même *Alma Mater*. Je ne crois pas que ses parents me considéraient comme un candidat à l'affection de leur fille. – Il émit un petit rire. – Ils avaient fait les choses en grand, vraiment. Des centaines de personnes sous une grande tente blanche avec des panneaux qui s'ouvraient sur le ciel. L'orchestre a joué jusqu'au petit matin. Morgan n'aurait pu être plus radieuse. Elle portait une longue robe blanche avec de petits boutons de nacre et des gants de soirée blancs. C'était une femme adorable. – Il ferma les yeux. – Après dîner, je l'ai invitée à danser et... nous avons dansé, encore et encore. D'autres hommes ont essayé de s'interposer, mais elle déclinait poliment leurs invitations. Tant d'attention à mon égard... » Sa voix se fit lointaine. Quand il reprit la parole, son ton était nettement plus terre à terre. « J'aurais dû savoir qu'elle n'était pas de ces femmes qu'on enferme. A un moment elle m'a chuchoté : "Je joue le jeu parce que cette soirée est mon ticket de sortie. C'est une façon grandiose de prendre le départ, vous ne trouvez pas ?" J'étais si enivré de sa présence que je ne lui ai pas demandé d'explications. Je ne lui ai jamais demandé d'explications sur quoi que ce soit. Deux mois plus tard, je l'ai emmenée en Italie – Milan, Venise – et je l'ai demandée en mariage à Portofino, sur une falaise surplombant la Méditerranée. Mais j'aurais dû comprendre dès cette première soirée. Elle ne tenait pas en place. Morgan n'a jamais voulu fonder un foyer. Elle voulait échapper à sa propre éducation.

— Alors pourquoi vous épouser ? demanda Lucy.

— Je me suis posé cette question des centaines de fois, et je n'ai jamais trouvé de réponse satisfaisante. Quelle ironie qu'elle soit devenue psychiatre. » Rodman se leva, remplit son verre à nouveau, et s'approcha du canapé. Il posa la main sur le dossier. « Elle a donné à notre différence d'âge un sens qu'elle n'avait pas. Elle croyait que cela me rendait différent des autres hommes... des gamins, en réalité... avec qui elle sortait. Et... et je crois qu'elle s'est méprise sur ce que je pouvais lui offrir.

— C'est-à-dire ?

— J'étais président de ma compagnie quand nous nous sommes rencontrés. Elle a cru que parce que j'avais mon propre destin en main, elle aurait la liberté, l'indépendance. Elle n'aurait pas à aider son mari à s'établir comme tant de ses pareilles. Elle avait une vision assez simple du monde.

— Elle n'avait pas envie de traîner avec les sous-fifres, donc elle avait choisi l'homme au sommet ?

— C'est une façon assez brutale de le dire, mais ce n'est probablement pas faux.

— Donc elle a obtenu ce qu'elle voulait. Où était le problème ?

— Elle ne savait pas ce qu'elle voulait. Comme son fils, ajouterais-je, bien que la comparaison ne le flatte sans doute pas. »

Lucy lança un coup d'œil à Archer, mais son expression absente ne révélait rien, sans doute parce que les critiques incessantes de son père l'engourdissaient.

« A ce que j'ai compris, reprit Rodman, son seul grief valable était que je l'avais découragée de travailler. Et c'était vrai. Elle avait un bébé. Elle avait une maison à tenir et des domestiques à diriger.

— Qu'est-ce qu'elle voulait faire ?

— Je ne le sais pas plus que vous. Elle n'avait pas fait d'études supérieures. Nous nous sommes mariés avant même qu'elle achève la première année d'un cycle universitaire de deux ans. Je ne sais pas ce qu'elle aurait pu faire. Je n'y avais jamais pensé. Elle était ma femme. C'était censé suffire. »

Il pinça les lèvres.

« Etes-vous resté en contact avec elle après son départ ?

— Au début, nous communiquions assez souvent. Nous avions les détails du divorce à régler. Et... Et il y avait le problème d'Archer.

— Le *problème* d'Archer. Je m'en souviendrai », intervint l'intéressé en se versant un verre. Carafe à la main, il tendit le bras vers son père, proposant de le resservir, mais Rodman parut ne pas le remarquer. Archer renversa la tête en arrière et vida son verre d'un trait. Puis il le remplit à nouveau et recommença.

Lucy envisagea de protester. L'ébriété ne les aiderait pas, elle en était certaine, mais le poids des paroles de M. Haverill ne lui échappait pas. Elle pourrait prendre le volant pour rentrer.

« Quand le divorce a été prononcé, Morgan s'est éloignée rapidement. Elle avait décidé de reprendre ses études. Elle m'a dit qu'elle songeait même à la faculté de médecine. A cette époque, l'idée était risible. De toute sa vie elle n'avait jamais rien fait d'utile. Les horaires à eux seuls l'anéantiraient. Mais j'ai eu la bonne idée de garder mes réflexions pour moi. Elle ne m'avait jamais écouté et n'allait pas commencer.

— Et Archer ?

— Archer ? »

Rodman dévisagea son fils, comme s'il venait juste de remarquer sa présence. Archer s'avança, attendant sa réponse.

« C'est un sujet difficile. Je ne vois toujours pas...

— Réponds à sa question, lui enjoignit Archer.

— Oh Seigneur ! — Il leva la main vers son visage et se couvrit la bouche du poing. — Comment dire ? C'était difficile pour elle de renoncer à lui, ne vous méprenez pas, mais sur un plan intellectuel. Vous comprenez, elle ne se sentait pas liée à lui. Elle n'avait pas d'instinct maternel. Il était un étranger, avec qui elle ne savait pas comment se comporter. Elle répétait toujours "C'est ton fils", comme si elle n'avait rien à voir avec le processus et que j'étais seul responsable. »

Lucy savait qu'Archer n'avait encore jamais entendu la vérité. Le niveau de sincérité de cette conversation était inhabituel pour les Haverill.

« Et les premières années, quand elle était encore là ? », demanda Archer. Il parlait d'une voix douce, son hostilité initiale avait disparu.

« J'ai engagé toute une série de nurses pour l'aider. Je pensais qu'elle avait besoin de temps libre. Elle pouvait aller en ville ou au club. Son emploi du temps ne serait pas surchargé. Mais rien n'a changé de façon notable. »

Il se détourna de son fils, le regard fixé sur une petite toile accrochée au-dessus de la desserte, qui représentait un bouquet de pivoines blanches dans un vase rond.

« Un soir, je suis rentré tôt et je l'ai trouvée à la porte de la salle de jeux, en train de regarder la nurse qui te faisait la lecture. Tu étais sur ses genoux, adorable dans ton pyjama, et tu l'écoutais avec beaucoup d'attention te lire *L'Histoire de Ferdinand*. Il était question d'un taureau qui ne voulait pas combattre. Tout ce qui l'intéressait, c'était de respirer le parfum des fleurs. C'était ton livre préféré. Rien d'étonnant. – Il eut un bref éclat de rire. – Morgan était debout sur le seuil de la pièce, elle pleurait, tout son corps tremblait. J'ai cru que quelqu'un était mort. Elle n'était pas particulièrement sensible, ou en tout cas elle maîtrisait extrêmement bien ses émotions. Quand j'ai demandé ce qui s'était passé, elle s'est tournée vers moi et elle m'a demandé : "Pourquoi est-ce si difficile ? Tu payes quelqu'un dix dollars de l'heure pour faire ce que je ne sais pas faire. Qu'est-ce qui ne va pas chez moi ?" Elle se sentait coupable de ne pas savoir s'y prendre. Elle savait que ses sentiments étaient égoïstes, mais elle ne pouvait pas les changer. La vie avait toujours tourné autour d'elle, et d'elle seule. Moins d'un mois après cette soirée, elle est partie, et je savais qu'elle nous quittait tous les deux. Pour toujours. »

Le silence emplit la pièce. Personne ne bougeait. Au bout d'un moment, Lucy trouva le courage de poursuivre. Les explications n'étaient pas terminées.

« Quand avez-vous cessé de communiquer ? »

Rodman semblait avoir oublié la présence de la jeune femme.

Sa question parut le réveiller, et il lui fallut un bon moment pour répondre.

« Je lui ai donné ce qu'elle voulait au moment du divorce parce que je souhaitais en finir. Toutes ces disputes ne menaient à rien. Quand tout a été réglé, elle s'est mise à m'envoyer des petits mots de temps en temps. J'ai su qu'elle entrait en faculté de médecine. J'ai appris la mort de sa mère. Elle m'a annoncé qu'elle avait décidé de devenir psychiatre. Et elle m'a envoyé son changement d'adresse quand elle a acheté sa maison à Bryn Mawr. C'est à peu près tout. Elle a même cessé de m'envoyer ces petits mots il y a une éternité.

– Donc elle n'a jamais fait allusion à d'autres enfants ?

– Non. – Il secoua la tête. – Ni à un mari. Je vous l'ai dit, quand j'avais de ses nouvelles, c'était de la façon la plus laconique qui soit. Je ne peux pas dire que je ne me posais aucune question sur sa vie personnelle, mais elle ne m'a jamais rien demandé sur la mienne et je n'allais pas l'interroger.

– Et ensuite, sans crier gare, elle vous appelle pour vous parler de l'assurance ?

– C'est bien ça. Comme je vous l'ai dit au... quand nous nous sommes vus.

– Si votre divorce s'est si mal passé, pourquoi étiez-vous cité presque trente ans plus tard comme référence personnelle sur son dossier de candidature pour la direction du Centre Wilder ?

– Je n'étais pas au courant. – Il soupira. – Mais je n'en suis pas surpris. Je connais plusieurs des principaux investisseurs, ainsi que le président d'AmeriMed. Malgré ce que mon fils pense de moi, j'ai très bonne réputation dans les milieux d'affaires. On me respecte. Elle a dû me citer en sachant que mon nom appuierait sa candidature. Je vous l'ai dit, je n'ai jamais pensé que l'égoïsme – ou dans ce cas, l'égotisme – de Morgan disparaîtrait. Je suppose que ses liens avec moi lui sont apparus comme un atout.

– Mais ils ne vous ont jamais appelé. D'après ce que nous avons appris, elle a été choisie sans vérification de ses références personnelles, sinon celle de sa secrétaire. »

Il haussa les épaules.

« Je ne peux pas expliquer la conduite du comité de sélection.

Tout ce que je peux dire, c'est que Morgan devait penser que mon témoignage serait élogieux.

— Pourquoi ? demanda-t-elle en se rappelant la remarque de Dixon sur le caractère de Rodman.

— Elle me connaissait. Elle connaissait mes principes. Et j'ai sans doute appris au fil des années, mais je n'ai pas changé d'un iota depuis le jour où nous sommes entrés dans l'église. – Il s'assit près d'elle sur le canapé. – Vous êtes jeune. Mais croyez-moi... c'est difficile de conserver longtemps tant d'énergie dans le cœur. Ma colère s'est changée en chagrin, et la tristesse aussi a fini par disparaître. »

Il sortit un mouchoir de sa poche. Se détournant, il s'essuya les yeux. Il paraissait fragile, comme si la conversation l'avait vieilli.

Archer s'était couvert le visage de ses mains. Lucy voyait ses doigts appuyer sur ses paupières.

« Vous voyez quelqu'un qui aurait pu vouloir lui faire du mal ? » demanda-t-elle au bout d'un moment.

Rodman vida son verre.

« Je ne connais pas les détails de sa vie, donc je ne peux vous donner aucun nom, mais je ne serais pas surpris que vous trouviez beaucoup de monde. Comme je l'ai dit à Archer un nombre incalculable de fois, quand on vit comme elle sans se soucier des conséquences, on se fait des ennemis. C'était une femme blessante. Je suis sûr qu'elle essayait d'avoir le cœur sur la main, mais elle était quand même blessante. – Il croisa le regard de Lucy. – Si je devais faire votre travail, je chercherais une autre personne qu'elle aurait abandonnée derrière elle. Tout le monde n'est pas aussi charitable que moi. »

23 h 17

Devant le poêle à bois, Lucy s'était installée de façon qu'Archer, allongé à côté d'elle, puisse poser la tête sur ses genoux. Il lui caressait le pied gauche tandis qu'elle lui massait doucement le front. Elle avait l'impression que ses rides étaient plus profondes qu'auparavant, et quelques cheveux gris se mêlaient prématurément à ses boucles brunes. Quand il ferma les yeux, les veines de ses paupières prirent une teinte rouge à la lueur des flammes.

« Tu es sûr que tu ne veux pas que je te fasse quelque chose à manger ? » demanda-t-elle, bien qu'elle connût la réponse.

Il secoua la tête.

« Ton corps comme oreiller a beaucoup plus d'importance pour moi en ce moment, dit-il sans ouvrir les yeux.

— Tu as besoin de toute ta force.

— Pour quoi faire ? Diriger un bar ? Super, dit-il d'un ton sarcastique.

— Ecoute, Archer, ce n'est pas parce que ton père ne comprend pas ton travail, ou parce qu'il a choisi autre chose, que ça ne vaut pas le coup. »

Archer se retourna et se redressa sur les mains.

« Tu le crois sincèrement ?

— Oui. Et je ne crois pas que tu doives te sentir coupable. Tu travailles dur. Tu aimes ce que tu fais. Il n'y a rien de déshonorant là-dedans. Tout le monde ne peut pas apporter la paix dans le monde ou inventer le grille-pain ou trouver un moyen de guérir le cancer. Parfois, je me dis qu'on se porterait tous bien mieux si on s'attachait à la réalité positive au lieu de se concentrer sur nos défauts.

— Comment tu fais pour être si équilibrée ?

— Je ne le suis pas, sourit-elle. Mais je fais bien semblant. Mes parents me l'ont appris très tôt. »

Il s'assit sur ses talons et se pencha vers elle.

« Tu te rends compte que si tu n'avais pas tenu tête à mon père ce soir, il ne m'aurait peut-être jamais parlé de ma mère ? Toute ma vie je l'ai supplié de m'en parler, et tu en as appris plus en un après-midi que moi en trente ans.

— C'est parfois plus facile quand les questions ne viennent pas d'un très proche. »

Il ne répondit pas. Il l'embrassa, l'entoura de ses bras, l'attira contre lui et l'embrassa encore. Elle sentit sa langue et le goût de sa salive, encore parfumée du scotch qu'il avait bu des heures plus tôt.

« Merci, Lucy. Vraiment. J'aurais pu mourir sans jamais savoir. Et c'est grâce à toi, à ta ténacité, ton incapacité à te laisser mener en bateau. – Il sourit. – J'ai vu mon père aujourd'hui. Je l'ai écouté. Il paraissait vraiment humain. Je m'étais construit une telle forteresse contre lui, son intolérance, son arrogance, que je n'avais peut-être jamais essayé de le comprendre. C'était plus facile de penser que ma mère était partie parce qu'elle n'arrivait plus à le supporter, comme moi. J'avais envie de le rendre responsable. » Ses yeux s'agrandissaient à mesure qu'il s'animait. Il secoua le poing. « Tu as vu, il se rappelait *L'Histoire de Ferdinand*. Il était génial, ce taureau ! Quand il a dit ça, j'ai compris, merde, c'est mon père. Il est peut-être loin d'être parfait, mais c'est le seul parent que j'aie jamais eu. Et pour ça, pour m'avoir permis de comprendre ça, je t'aime encore plus. »

Elle se pencha vers lui et lui embrassa la joue. En riant, elle lui chuchota :

« Alors, comment est-ce que tu vas me prouver ta gratitude ? » Puis, voyant combien il était sérieux, elle ajouta : « Moi aussi je t'aime, et je ferai tout ce que je pourrai pour t'aider à sortir de ce cauchemar. »

Le téléphone les interrompit.

« J'y vais », annonça Lucy. Elle se leva, avec un élancement dans ses genoux engourdis, et décrocha le combiné sur la table de la cuisine.

« Salut, dit Jack. Ben et moi on a interrogé Sherrill Nichols, la femme de Tripp. On espérait le trouver aussi, mais apparemment il avait une réunion d'urgence à AmeriMed, donc il n'était pas là. Sherrill nous a dit qu'il était en voyage d'affaires le week-end dernier – un truc à Atlantic City. Elle n'a pas pu nous dire à quel hôtel il était descendu parce qu'il n'a appelé que de son portable. Il est parti samedi matin. Il était censé rentrer lundi, mais il est revenu avec un jour d'avance.

– Ce n'est pas possible, il était au Rabbit Club samedi soir. Il en est membre. Pourquoi le cacher à sa femme ?

— Nous lui avons demandé si elle savait qu'il était membre du Rabbit Club, et elle a dit "Oui, bien sûr." Un peu comme si elle en était fière. Alors tiens-toi bien : Ben et moi on a vérifié dans les grands hôtels du centre-ville. Et il avait réservé au Hyatt pour deux nuits, bien qu'il ne soit pas revenu le deuxième soir. Il n'a pas téléphoné et il a presque vidé le minibar. Il en a eu pour trois cents dollars de supplément. Il a reçu un message téléphonique de quelqu'un qui s'appelait Avery le samedi aux alentours de dix-sept heures.

— Il devait être au Rabbit Club à cette heure-là.

— Oui, mais attends, ça se corse. Une certaine Avery *Nichols* avait elle aussi une réservation confirmée pour le samedi soir, mais elle n'est pas venue. C'est la carte de crédit de Tripp qui a été débitée.

— Donc, c'est là qu'ils se retrouvaient ?

— Peut-être. Mais on ne peut pas prouver que quelqu'un ait passé la nuit avec lui dans sa chambre.

— Et si on supposait qu'il est plus facile de vider un minibar quand on n'est pas seul ?

— Hé, si ça marche pour toi, ça marche pour moi, rigola Jack. Ça serait intéressant de savoir ce que ce bon vieux Tripp peut dire là-dessus. A demain, bonne nuit, O'Malley. »

Elle raccrocha et retourna près du poêle. Archer s'était déshabillé. Il était allongé par terre, les yeux fixés sur le plafond. Les flammes jetaient des ombres sur son corps.

« Qu'est-ce que tu fais ? s'enquit-elle, sourcils levés, en se penchant sur lui.

— C'est toi qui voulais que je te prouve ma gratitude.

— Je n'en demandais pas tant. »

Elle s'agenouilla près de lui, lui caressa la cuisse et lui embrassa le nombril.

« Il va te falloir faire avec. »

28

Vendredi 23 mai
12 h 45

Ils avaient passé la matinée à revoir des documents et des rapports d'interrogatoires en vue de la confrontation avec Tripp Nichols. Lucy brûlait d'impatience. Jack s'arrêta à une station-service pour faire le plein. Ne tenant pas en place, elle entra dans le magasin adjacent et acheta des chewing-gums. En fourrant ses sept *cents* de monnaie dans sa poche arrière, elle sentit son téléphone portable et se rappela qu'elle ne l'avait pas allumé. Mais malgré le symbole lui indiquant qu'elle avait des messages, elle l'ignora, la une du journal du matin lui sautait aux feux : ELLERY DÉMISSIONNE. LE CENTRE WILDER CHERCHE TOUJOURS UN DIRECTEUR.

Elle prit un journal sur la pile, laissa tomber un billet d'un dollar sur le comptoir, et commença sa lecture. Malgré la longueur de l'article, il ne donnait que peu d'informations sur ce stupéfiant rebondissement. Ellery avait démissionné pour des raisons personnelles non spécifiées, disait-on. Et le médecin était injoignable : impossible d'obtenir un commentaire. Pour l'essentiel, les deux pages consacrées à l'événement retraçaient le développement du centre et sa recherche d'un directeur. Dixon Burlingame était brièvement cité : « *La décision du Dr Ellery nous attriste, mais nous savons que nous lui trouverons un remplaçant qualifié. Le centre ouvrira à la date prévue.* »

Lucy apporta le journal à la voiture. Elle le tendait à Jack quand son téléphone sonna. L'identificateur d'appel indiquait A. Baldwin.

« Je croyais que les flics répondaient toujours au téléphone, plaisanta Amanda. Ça fait plus d'une heure que j'essaie de vous joindre.

— Pourquoi ? Qu'est-ce qui se passe ?

— Si je vous le dis, j'espère que vous me tiendrez au courant de vos découvertes à venir.

— C'est du chantage ?

— Un marché, rien de plus – et qui vous sera profitable parce que je ne vois aucun policier surveiller les allées et venues du Dr Ellery.

— Qu'est-ce que vous voulez dire ?

— J'étais devant la maison d'Ellery à Haverford, j'essayais d'obtenir un scoop sur sa démission. Mais je n'ai trouvé personne qui veuille me parler ou même qui réponde à la porte. Et puis il y a une heure et demie à peu près, une Lincoln est arrivée. Ellery est sorti de la maison avec trois grosses valises et un ordinateur portable, et il est monté dedans. Mon caméraman et moi voulions le suivre, mais quand on est retournés à la camionnette, on avait un pneu à plat. Crevé au couteau, figurez-vous. Voilà à quoi on s'expose quand on se gare dans les quartiers chics. Bon, je ne pouvais pas vraiment demander à Ellery de nous attendre. Dieu sait où il allait, mais apparemment, il est parti pour quelque temps. »

12 h 59

Lucy évita de regarder le compteur de vitesse pendant que Jack traversait le centre-ville en direction de l'autoroute 76. D'une main, elle se tenait au tableau de bord, de l'autre, elle essayait de composer le numéro de Betty Graham. Le petit appareil métallique l'aidait à se concentrer. Elle pouvait ignorer le bouleversement autour d'elle, les voitures qui freinaient dans un hurlement de pneus, les coursiers à vélo qui essayaient frénétiquement de gagner le trottoir, et les piétons qui sautaient en arrière. Mais les minuscules boutons recouverts de leur protection transparente étaient pratiquement impossibles à viser tant la voiture tanguait. Ce n'est que quand Jack dut s'arrêter derrière un camion de livraison qu'elle put pianoter les chiffres, aussi vite que possible. Il frappait le volant.

« Qu'est-ce qu'ils font, tous ces cons ? Ils ne peuvent pas s'enlever du chemin ?

– Cabinet médical, annonça une voix.

– C'est le détective O'Malley, de la section criminelle. »

Jack klaxonna. Frustré, il tira sur le fil du mégaphone et ordonna à tous les véhicules de se garer sur le côté.

« Tout va bien ? s'enquit Betty.

– Dites-moi, le Dr Ellery quitte la ville ? »

Betty ne répondit pas immédiatement.

« Oui, en effet. Il m'a informée qu'il avait une urgence personnelle. Je dois annuler tous ses rendez-vous jusqu'à la fin du mois et dire à ses patients qu'il les recontactera dès son retour.

– Et il va où ?

– A Puerto Vallarta. C'est au Mexique.

– Vous savez avec quelle compagnie ?

– American Airlines. Son avion décolle dans moins d'une heure. Il a un siège côté couloir et a réservé un plateau-repas végétarien. J'ai confirmé moi-même. »

S'ils rattrapaient Ellery à temps, il regretterait d'avoir contrarié son employée.

Les tentatives de Lucy pour contacter le personnel de la porte d'embarquement furent moins fructueuses. Chaque fois que la voiture ralentissait, elle appuyait sur une touche suivant les indications automatisées, et entendait la voix synthétique et sucrée s'excuser : « Je suis désolée, je ne reconnais pas ce numéro. Au revoir. » Personne ne répondait au poste de la sécurité de l'aéroport, et le numéro d'urgence sonnait occupé.

Le cœur serré, elle se rendit compte que même si elle parvenait à joindre quelqu'un, elle n'était pas sûre de pouvoir convaincre les autorités de coopérer. Ils n'avaient pas de mandat d'arrêt. Ils n'avaient pas non plus de présomptions suffisantes pour l'empêcher d'embarquer. L'histoire de Dixon lui fournissait un alibi solide. L'arme appartenait à Ellery, mais aucune empreinte ne le reliait à ce revolver dont il avait déclaré le vol des mois auparavant.

« Ne t'inquiète pas des détails techniques, dit Jack. Si on peut le rattraper, on trouvera quelque chose pour l'empêcher de partir. Je ne veux pas qu'il sorte de cet Etat, et encore moins du pays. »

Elle était bien d'accord. Il y avait quelque chose de fondamentalement suspect dans sa démission et son départ subits.

Ils se garèrent et sortirent en courant, laissant la voiture dans une zone de stationnement interdit avec mise en fourrière.

Au pas de course, ils traversèrent le terminal A de l'aéroport international de Philadelphie. Bien que les agents de sécurité aient hésité à les laisser passer les portillons sans cartes d'embarquement, ils furent autorisés à entrer après avoir laissé armes, chaussures et insignes dans une corbeille. Ils continuèrent pieds nus, prirent un virage, parcoururent un couloir, dépassèrent un stand de livres, une pizzeria, une buvette et un présentoir de cartes postales, et virent enfin la porte 3. Alors ils s'arrêtèrent net. La porte d'embarquement était fermée. La zone d'attente était déserte. Et Dixon Burlingame s'avançait vers eux.

« Détectives, sourit-il. Vous avez décidé de prendre des vacances ? Vous voyagez léger.

— Où est Ellery ? demanda Lucy, bien que la réponse fût évidente pour tous.

— Il reviendra, mais dans longtemps. Mexico est magnifique en été... il y a moins de touristes.

— Comment avez-vous pu faire ça ? Comment avez-vous pu l'aider à partir ? » L'envie la démangeait d'effacer cette expression satisfaite de son visage.

« Mademoiselle O'Malley, mon principal devoir est de protéger ma compagnie et les institutions qu'elle soutient. Je sais parfaitement que vous n'avez pas assez d'éléments pour arrêter David, sinon vous l'auriez déjà fait. Je sais aussi qu'il n'est pas un assassin. J'étais avec lui au Rabbit Club – un fait que vous avez vérifié auprès de Mlle Barbadash. Je suis son alibi. Et je suis resté avec lui bien après le départ de Morgan avec Tripp. Mais l'incident à l'Union League et notre entrevue m'ont fait mesurer le pouvoir des suppositions, le tort que pouvait causer une simple allusion. Le Centre Wilder ne peut risquer le moindre scandale. Nous avions déjà écarté Ellery une fois pour cette raison. Ce travail est trop important. L'assassinat de Morgan a créé un climat de... suspicion. Il devait démissionner, et il voulait partir. Maintenant, si vous voulez bien m'excuser, je dois trouver un nouveau directeur. Apparemment nos réserves de candidats s'épuisent rapidement. »

Ils contemplèrent son dos et écoutèrent le bruit de ses chaussures élégantes sur le sol ciré du couloir. Il tourna à l'angle suivant et disparut tandis que les haut-parleurs annonçaient un vol pour Miami.

29

18 h 30

Jack engagea la voiture sur l'allée de gravier et effectua un dérapage de côté pour bloquer la sortie, au moins à toute personne se refusant à rouler sur les lavandes qui bordaient les deux côtés de l'allée. Devant la demeure massive de style Tudor, une Infiniti gris métallisé était prête à partir, moteur tournant au ralenti, mais on n'apercevait aucune trace du conducteur.

Comme ils approchaient, la porte d'entrée s'ouvrit et une femme d'un certain âge, au front large encadré de cheveux teints en blond, sortit. Malgré la lumière grise de cette fin d'après-midi, des lunettes noires lui cachaient les yeux. Elle portait un tailleur-pantalon noir orné d'un châle à motifs fuchsia, noirs et verts drapé sur une épaule. Entre ses doigts couverts de bagues, elle tenait une pochette matelassée. Quand elle leva les yeux et remarqua leur présence, elle eut un hoquet et fit un pas en arrière.

« Qui êtes-vous ? »

Lucy et Jack sortirent tous deux leur insigne.

« Police de Philadelphie, section criminelle. Madame Nichols ? »

Elle hocha la tête, visiblement stupéfaite que Jack ait mentionné son nom.

« Je suis Jack Harper. Nous avons parlé hier soir. Est-ce que nous pouvons voir votre mari ?

– Il est... il va... »

L'arrivée de Tripp Nichols rendit inutile toute indication supplémentaire. Son blazer bleu marine se tendait sur son ventre et les branches de ses lunettes à monture métallique s'enfonçaient dans la chair de ses tempes. Ses cheveux noirs frisottaient sur son crâne, et son nez était fortement couperosé.

« Qui me demande ?

– Cet homme... ces gens sont de la police.

– Nous devons vous poser quelques questions, ajouta Lucy.

– C'est impossible maintenant. Nous sommes attendus pour un cocktail suivi d'un dîner. Nous sommes déjà en retard. Et je n'ai rien à vous dire.

– Ça ne prendra qu'une minute.

– Mademoiselle, intervint Sherrill en fusillant Lucy du regard. Vous avez entendu mon mari. Vous devez partir.

– Dites-nous simplement pourquoi vous aviez prévu de passer le week-end dernier au Hyatt avec une lycéenne, et nous partons.

– Ce doit être une erreur. »

Sherrill décrivit un quart de tour pour faire face à son mari.

« De quoi parlent-ils ? Tu étais à Atlanta. »

Le rouge sur le visage de Tripp s'étendait jusqu'à son cou et disparaissait sous le col de sa chemise amidonnée.

« Comment osez-vous vous présenter chez moi et lancer de fausses accusations ? Sortez de ma propriété. Tout de suite !

– Quelle partie ne souhaitez-vous pas expliquer ? La chambre que vous aviez réservée au nom d'Avery Nichols ? demanda Lucy en insistant sur le nom de famille, ou le compte bancaire que vous avez ouvert pour elle ? D'où venaient ces deux cent cinquante mille dollars ?

– Pourrait-on m'expliquer ce qui se passe ? », demanda Sherrill.

Tripp entoura de son bras les épaules de sa femme, plus pour la maintenir debout que pour la réconforter. Ses yeux bruns paraissaient noirs.

« Je n'ai rien fait de mal, je n'ai enfreint aucune loi. Vous n'avez rien à faire ici. »

Sherrill se mit à pleurer. Elle n'ôta pas ses lunettes noires, mais on l'entendait sangloter. Elle se secoua pour se débarrasser du bras de Tripp, mais il resserra sa prise, visiblement déterminé à présenter un front uni aux détectives qui venaient menacer sa vie de famille. Elle ne renonça pas, lui donna un coup sur la main, puis se dégagea et s'éloigna de quelques pas. Elle s'arrêta près du capot de la voiture, bras croisés sur la poitrine.

« Je n'y crois pas. Ce n'est pas possible, répétait-elle.

— Vous ne voyez pas que vous bouleversez ma femme ? Appelez mon avocat. Je n'ai rien à vous dire.

— Non ! », gémit Sherrill d'une voix stridente. Sans s'approcher, elle lui cria : « Moi aussi je veux savoir. Tu n'appelleras pas ton avocat. Tu n'appelleras personne. Tu vas me dire... leur dire... tout de suite.

— Il n'y a rien à expliquer. Je... je n'étais pas... je ne suis pas... » Tripp ne put continuer. Il paraissait sur le point d'exploser. « Je n'ai pas de maîtresse. »

Lucy prit dans sa veste l'enveloppe que Gertrude lui avait donnée presque une semaine plus tôt. Elle déplia la lettre avec soin. Sherrill et Tripp l'observaient, pétrifiés. Lucy regarda l'homme, puis la lettre. Lentement, elle la lut, à haute voix. Quand elle eut fini, elle leur tendit le feuillet. Mais ni l'un ni l'autre ne voulut y toucher.

« Cette fille, Avery... Ce n'est qu'une enfant. C'est... Avery est ma fille. » Il baissa la tête.

La pochette décrivit une courbe dans l'air et vint le frapper à la joue. Il tenta de l'éviter et tomba en arrière. Sherrill se précipita vers lui. Debout, mains sur les hanches, elle demanda : « Quelle fille ?

— C'était... il y a longtemps.

— Combien de temps ? »

Il se tut.

« Dis-moi son âge ! »

Cet homme imposant paraissait terrifié. Sa bouche s'ouvrit.

« Avery a seize ans », dit Jack.

Sherrill se tut un moment, calculant. Elle serra les mâchoires et agita les mains en direction de Jack et Lucy.

« Devant la police ! C'est comme ça que tu m'apprends ta liaison ? Je veux que tu sortes de ma maison immédiatement.

— Sherrill, s'il te plaît, je peux tout expliquer.

— Ah oui, fit-elle d'un ton railleur. Vas-y. Je suis sûre que tu avais une très bonne raison de tromper ta femme et de lui voler son argent, en plus. »

Tripp sortit un mouchoir et épongea la sueur qui perlait sur son front. Puis il s'effondra sur l'escalier de briques et laissa pendre sa tête entre ses genoux.

« Que pouvez-vous nous dire sur Morgan Reese ? demanda Jack d'une voix neutre.

— Encore une ! » Puis l'expression de Sherrill changea, elle avait reconnu le nom. « C'est cette fameuse psychiatre ! Je t'ai vu avec elle à l'Exposition florale. Sous mon nez ! Maintenant je me rappelle. Vous aviez tous les deux l'air gêné quand je vous ai rejoints. J'aurais dû le savoir. Je n'aurais jamais dû te faire confiance. A quoi est-ce que je pensais ? Mon père me l'a toujours dit. "Les pommes ne tombent jamais loin de leur arbre." Pourquoi est-ce que je ne l'ai pas écouté ?

— Ce n'est pas ce que tu crois. »

Il regarda Lucy, ses yeux semblaient demander grâce, ou simplement la supplier de partir. Sa vie s'écroulait autour de lui, et il ne savait que dire ou que faire pour limiter les dégâts. « Je vais vous dire ce qui s'est passé. Je ne suis pas un assassin, si c'est ce que vous croyez.

— Oooh ! hurla Sherrill. Oh mon Dieu ! Quelqu'un, faites-le décamper d'ici !

— Laissez-moi un moment pour me reprendre », demanda-t-il en rajustant sa tenue. Il inspira profondément. « Je l'ai mérité, pas vrai ? »

Personne ne répondit.

Avachi sur les marches du perron, Tripp n'arrivait pas à reprendre contenance. Il se rappelait ce moment, ce moment terrible, quand il avait appris l'existence d'Avery, comme si tout cela s'était passé la veille, ou quelques secondes plus tôt. Ce moment le hantait. Au cours des deux derniers mois, il avait rêvé de solutions, avait fabriqué des excuses. Bien qu'il eût tenté désespérément de ne pas y croire, il avait su, en voyant l'expression de Morgan ce soir-là, qu'il ne survivrait pas à ce qu'il avait fait dix-sept ans plus tôt.

« Je n'ai appris l'existence d'Avery que récemment. Morgan ne m'en avait jamais parlé. Vous devez me croire. »

Sherrill avait l'air prête à lui cracher au visage.

« Nous ne sommes pas restés ensemble longtemps », mentit-il. Avoir eu une liaison était déjà grave. Sherrill n'avait pas besoin de savoir qu'il ne s'agissait pas d'une aventure d'un soir. « C'était à une convention. L'Association des psychiatres américains, je crois. J'ai perdu la tête. Je n'arrivais pas à croire que j'avais fait ça à ma femme, à ma famille. Je savais que je ne laisserais plus jamais une telle chose se produire. » Il voulut prendre la main de Sherrill, mais elle recula. « Toi et les enfants, vous avez toujours été tout pour moi. Je me suis conduit comme un imbécile, c'était plus que stupide. Tu ne peux pas savoir combien de fois je me suis traité de tous les noms.

– Dis-moi où tu étais le week-end dernier. »

Il ferma les yeux, se demandant comment s'expliquer. Il avait la ferme intention de mettre fin à toute relation entre eux après l'établissement du compte. La fille – qui qu'elle fût – serait protégée, peut-être pas pour toujours, mais un quart de million de dollars pouvait durer pas mal de temps, même dans la Main Line. Il avait soupçonné au début que Morgan lui avait donné le nom de la jeune fille pour le faire chanter. Elle savait parfaitement qu'il serait prêt à donner beaucoup pour protéger ce qu'il avait.

Mais Morgan n'en voulait pas à son argent. Elle tenait absolument à ce qu'ils se voient. Il n'aurait jamais dû accepter. Ce n'était pas parce qu'elle avait repris contact avec la fille qu'elle avait abandonnée qu'il devait en faire autant. Il n'était pas le père d'Avery, et n'avait pas l'intention de le devenir. Morgan voulait réparer les erreurs de son passé. Pas lui. Et pourtant, elle avait réussi à le convaincre.

Il n'aurait jamais dû répondre à ses appels. Elle était une sirène, et il n'avait pas la volonté d'Ulysse pour s'attacher au mât et résister à son chant. En entendant sa voix, il s'était rappelé bien trop clairement pourquoi il avait tout risqué autrefois pour l'avoir.

Il s'était montré stupide, en particulier au sujet de la lettre. Il n'avait pas eu le courage de la poster, mais en y repensant il aurait dû au moins la déchirer. Quand il avait constaté sa disparition, il était persuadé de l'avoir laissée quelque part au Rabbit Club. Par négligence il n'était pas retourné la récupérer plus tôt, mais personne n'y aurait prêté attention, elle n'était ni datée ni signée. Personne ne lui aurait trouvé de sens si la destinataire n'avait été retrouvée morte quelques semaines plus tard, à quelques mètres du club.

Et quand il avait appris la mort de Morgan, il avait paniqué. Peut-être que la lettre portait ses empreintes. Maintenant il savait pourquoi ses recherches de la semaine passée étaient restées vaines.

Distrait un instant, il fulmina : comment avait-elle osé ? Après tout, malgré son titre ronflant, Barbadash n'était qu'une domestique. Elle n'avait pas à fouiner dans les affaires des membres. Elle serait chassée, il y veillerait – sauf bien sûr s'il était d'abord expulsé du club, ce qui pourrait signifier sa mort sociale. La pensée de cette honte le ramena à l'instant présent – Sherrill, la police, la nécessité d'une explication. Vite.

« J'ai fini par accepter de dîner avec elles samedi soir pour faire la connaissance d'Avery. Il fallait que ce soit le week-end, parce que Avery est en pension et ne peut pas s'absenter en semaine. Et j'ai accepté de lui prendre une chambre à l'hôtel, aussi, pour qu'elle ait un endroit où dormir. J'ai pensé qu'elle ne pourrait pas rentrer chez elle. » Il se tourna vers les deux détectives. « J'ai dit à ma femme que je partais en voyage d'affaires. Vous vous en doutez, je devais justifier mon absence. »

Elle ne prenait jamais la peine de vérifier ses itinéraires, il aurait pu aller n'importe où. De plus un week-end paraissait plus plausible qu'une seule nuit. Ç'aurait pu être une convention sur plusieurs jours, une conférence professionnelle. Les laboratoires pharmaceutiques en organisaient sans arrêt. Elle ne paraissait jamais contrariée de ses voyages.

« Mais alors mon patron, Dixon Burlingame, a entendu dire que je ne viendrais pas au Rabbit et il a insisté pour me faire changer d'avis. Il avait invité David Ellery, un de ses vieux amis qui avait postulé pour le Centre Wilder. C'était un dîner de réconciliation, pour ainsi dire, et il voulait que je me joigne à eux. Je ne pouvais pas dire non. »

L'insistance de Dixon avait à coup sûr été une bénédiction, malgré les apparences. Son patron avait sauvé Tripp de lui-même, de sa faiblesse.

« Alors j'ai appelé Morgan le samedi après-midi pour lui dire que j'avais changé d'avis », mentit-il. Il n'avait pas eu le courage de l'affronter une fois de plus. Il leur avait tout bonnement posé un lapin.

« Où l'avez-vous appelée samedi ? », demanda Harper.

Ces flics en savaient-ils plus qu'ils ne le disaient ? Il détestait ce casse-tête. Il sentait la sueur lui couler dans le dos. Le coton de sa chemise sur mesure semblait lui coller à la peau. « Ah. En fait, maintenant que j'y pense, c'est elle qui m'a appelé. »

Inutile qu'ils sachent qu'elle l'avait appelé du restaurant, et seulement après plus d'une heure d'attente. *Où est-ce que tu es ? On t'attend, Avery et moi.*

« C'est à ce moment-là que je lui ai dit que je ne venais pas, que ce n'était pas possible, j'avais des obligations professionnelles. »

La pression du travail. Elle aurait dû comprendre ça, s'était-il dit. Elle avait consacré toute sa vie à sa carrière. Pratiquement chacun des choix de Morgan l'avait menée un peu plus haut, jusqu'au Centre Wilder.

« Avery n'était pas mon problème. Et puis... – Il toussa pour s'éclaircir la voix. – Elle est arrivée au Rabbit Club sans s'annoncer. » Il n'aurait pas dû lui dire où il était.

Il n'oublierait jamais cet instant, dans la salle de jeu, où il l'avait aperçue à la porte. A voir son attitude, son léger balancement sur ses talons aiguilles, elle devait être un peu ivre. Mais même à cette heure tardive, même dans son état, elle était belle, plus belle que sa femme ne pourrait jamais l'être, même en rêve.

Il ne voulait pas avouer, même pas à lui-même, pourquoi il avait réservé au Hyatt pour deux nuits, et avait prévu de passer plus longtemps que nécessaire hors de chez lui – avant l'annulation du dîner. Mais il espérait. Il espérait qu'elle apprécierait assez son geste, le fait qu'il eût accepté de rencontrer leur fille, pour qu'il puisse la persuader de passer encore une nuit avec lui, encore une fois, rien qu'une. Avery retournerait en pension, et tous deux pourraient fuir la réalité pendant vingt-quatre heures. Comme il s'était trompé.

Comment as-tu pu ? Comment as-tu osé lui faire ça ? Il l'avait entendue, pourtant tout ce qu'il se rappelait, c'était la dernière fois qu'ils avaient fait l'amour dix-sept ans auparavant. Elle lui entourait les hanches de ses jambes. Allongé contre elle, il sentait ses petits seins contre sa poitrine, se sentait en elle. Le souvenir l'excitait encore.

« Que se passe-t-il ? » avait demandé Dixon, sans cacher son mépris devant cette intrusion soudaine dans une soirée conviviale entre hommes. Qui pouvait le blâmer ? Il n'avait pas prévu de scène entre la directrice qu'il avait choisie avec tant de soin et l'un des vice-présidents de sa compagnie. Et en présence d'Ellery, il n'existait aucune chance pour que la suite reste confidentielle.

Au ton de Dixon, Tripp avait compris qu'il devait faire sortir Morgan. Lui et Dixon se connaissaient depuis longtemps, mais personne à AmeriMed n'était indispensable.

« Je lui ai demandé si on pouvait parler dehors et elle a accepté. »

Il avait essayé de lui prendre le bras, mais elle s'était dégagée. Ils avaient réussi à atteindre la terrasse avant qu'elle reprenne la parole. Il ne répéterait jamais cette conversation à personne.

« Avery est dans la voiture », avait-elle dit. A la faible lueur de la lune, il avait aperçu la Mercedes, moteur au ralenti, et une silhouette féminine derrière le volant. « Tu ne te rends pas compte de ce qu'on a fait ? Tu ne comprends pas combien c'est difficile pour notre fille ? Tu n'as même pas trouvé le courage de la rappeler aujourd'hui. Tu es un lâche. »

Puis Morgan l'avait regardé d'un œil froid. « C'est elle qui a voulu venir ici, pour voir ce qui avait plus d'importance à tes yeux que de faire la connaissance de ta fille, et maintenant elle sait. Elle a percé à jour tes faux-semblants, tes grands airs. Elle sait que son père est un menteur et un arriviste, et elle comprend qu'elle devra lutter toute sa vie contre sa propre biologie pour ne pas hériter d'un seul de tes traits de caractère.

— C'était ton idée, pas la mienne, avait-il protesté.

— Elle aime ses parents – ses parents adoptifs – et prétend n'avoir pas besoin de nous. Elle dit qu'aucun de nos choix n'a la moindre importance pour elle maintenant. Mais tu sais ce qu'elle voulait savoir ? Si nous nous aimions. » Morgan avait éclaté d'un rire méprisant. « J'ai eu la tentation de lui dire la vérité, mais je ne voulais pas qu'elle te haïsse. Quelle idiote je suis d'avoir cru pouvoir éviter ça.

— Ce n'est ni l'heure ni le lieu de discuter de tout ça.

— Oh, Tripp, le spécialiste du protocole. Bon, tu n'as plus à craindre d'entendre parler d'elle. C'était la dernière fois que tu nous faisais du mal. A elle comme à moi. »

Au souvenir de cette scène, dans toute son horreur, il renifla bruyamment et se tourna vers la femme détective. Tout ce qu'il voulait maintenant, c'était une once de compassion. Est-ce que personne ne comprenait combien tout cela avait été pénible pour lui ?

« Morgan a expliqué que cette idée de réunion était une erreur. J'ai parfaitement compris. Je pensais depuis le début que cette rencontre serait un désastre. Je suis monté dans ma voiture et je suis rentré directement au Hyatt. Elle était encore sur la terrasse du club quand je suis parti. Et bien vivante, je vous assure.

— Vous avez fait quoi en arrivant à l'hôtel ? demanda Harper.

— J'ai bu un verre et je me suis couché. »

Ces flics n'avaient pas besoin d'en savoir plus, ils n'avaient pas besoin de savoir que la nuit n'avait été qu'un cauchemar éveillé. Il avait acheté un quart de bourbon en chemin mais il avait quand même asséché le minibar. Puis il avait rampé jusqu'au lit et rabattu les couvertures sur sa tête. Voilà comment la soirée avait fini – dans une angoisse tellement brouillée par l'alcool qu'il se sentait au bord du coma. Il avait dormi d'un sommeil agité. Il s'était réveillé pris de nausées, s'était traîné jusqu'à la salle de bains pour vomir, et avait regardé un vieux film sur la Seconde Guerre mondiale à la télévision, à quatre heures du matin.

« Qu'est-ce qui s'est passé dimanche ? »

Il n'avait pas quitté sa chambre, n'était pas sorti de son lit. Il avait envisagé d'appeler Avery mais décidé de ne pas le faire. Parler à la jeune fille ne ferait que lui rappeler Morgan, une femme qu'il devait oublier s'il voulait conserver sa vie et sa santé mentale.

« En me levant, je me suis douché, j'ai fait ma valise et je suis rentré chez moi. Je n'ai appris la mort de Morgan qu'au journal télévisé du soir. Dixon m'a appelé plus tard dans la soirée et m'a confirmé ce que je savais déjà. »

Sherrill faisait les cent pas dans l'allée à une allure frénétique. Ses talons aiguilles tremblaient dans le gravier. Il contempla les mouvements maladroits de sa femme, la marque de sa culotte nettement visible à travers son pantalon. Soudain elle se retourna. Ses yeux n'étaient plus que des fentes.

« Espèce de cochon, fit-elle d'une voix basse et contrôlée. Tu n'es rien sans moi !

– Je suis désolé. » Tripp ne trouva rien d'autre à dire. Il se sentait totalement et profondément acculé. « Je ne vois pas ce que je peux dire d'autre. » Brusquement il rêva d'un terrain de golf en Caroline du Sud, où les trois-pièces coûtaient moins de cent mille dollars et où le soleil brillait trois cents jours par an. N'importe quoi pour fuir.

« C'est pathétique. J'aurais dû m'en douter, en voyant ce camping de caravanes que tu appelais ton chez-toi. » Ses lèvres s'incurvaient, elle parlait presque sans ouvrir la bouche. Il ne l'avait jamais vue si furieuse – ou si hideuse. « Ton père ne pouvait pas donner le moindre terrain, encore moins le vendre. Tu ne savais pas ce que c'était que les bonnes manières, les bonnes fréquentations. Ma famille, mon argent, je t'ai donné tout ce dont tu avais besoin. Tu n'aurais même pas de travail sans moi. AmeriMed n'emploie pas les va-nu-pieds, mais être mon mari te donnait de la distinction. Ne crois pas que quiconque dirait le contraire dans la Main Line. »

Elle poursuivit son discours, mais Tripp n'écoutait plus. Rien de ce qu'elle pouvait dire ou faire ne rendrait la situation meilleure ou pire. Il était ruiné. A cet instant, il eut envie d'être arrêté. Si les détectives l'emmenaient en prison, au moins il y serait à l'abri de la colère de sa femme.

« Et c'est comme ça que je suis récompensée ? C'est comme ça que tu me remercies ? Tu me rends malade. Je ne veux plus jamais te voir. »

Elle s'interrompit, probablement pour reprendre haleine. Elle se tourna vers Jack et Lucy et dit d'une voix plus douce :

« Si vous voulez bien m'excuser, je dois aller me décommander. Un peu tard, mais tout de même. »

Elle ouvrit la porte d'entrée et disparut dans la maison.

Les détectives se dirigèrent vers leur voiture. Tripp devrait bien, à un moment ou un autre, se lever des marches, rentrer, et faire son sac ou se réconcilier avec celle qui était sa femme depuis plus de vingt ans. De toute façon, il ne restait rien dans sa vie qui intéressât la police.

30

Samedi 24 mai
9 h 30

Jack sortit de l'autoroute 95 par la bretelle de Baltimore. Assise à côté de lui, Lucy tenait le mandat d'arrêt et l'écoutait fredonner en accompagnement du Charlie Daniels Band. Dans leur cas, le diable n'était pas allé jusqu'en Georgie. Owing Mills, dans le Maryland, suffisait.

Le ciel était clair et la circulation minimale. En sortant de la bretelle, ils se trouvèrent dans un paysage bucolique – prés vallonnés, clôtures ajourées et chevaux. Garrison Forest était un comté équestre, un cadre magnifique pour éduquer les jeunes filles bien élevées de la haute société du Sud. D'après son site Internet, la devise de l'école était *Esse quam videri* – être plutôt que paraître. Le programme rigoureux encourageait la réflexion indépendante, l'environnement inculquait des manières irréprochables, et le site avait l'air d'un country-club. Les élèves de cette école réservée aux filles bénéficiaient de toutes les commodités éducatives, sportives et artistiques imaginables.

Avery s'intégrait assez bien à cette population. Etait-il possible que cet exemple parfait de l'élite soit effectivement impliqué dans l'assassinat sauvage de sa propre mère ? Il ne fallait pas stéréotyper les criminels, mais la culpabilité de cette jeune fille paraissait réellement incongrue. Elle était le produit génétique de l'excellence intellectuelle et universitaire, elle avait grandi dans une famille riche et aimante, elle avait eu toutes les chances. Si Avery était coupable, que s'était-il passé ?

Lucy et Jack avaient décidé de ne pas prévenir la direction de leur arrivée. Ils ignoraient quelle contribution les Herbert avaient faite aux fonds de l'école et les risques de fuite étaient trop grands. Pourtant, quand ils pénétrèrent dans le campus, on aurait cru que chaque étudiante à peau claire et à cheveux blonds savait exactement ce qu'ils faisaient là. Tous les regards suivirent la voiture sur l'étroite route pavée qui reliait une multitude de bâtiments jusqu'au Meadowood Hall, grande bâtisse de briques qui abritait les élèves de troisième et seconde, ainsi que quelques premières et terminales. Jack coupa le moteur et ils se dirigèrent vers le perron.

La porte peinte en noir ouvrait sur une cage d'escalier. En levant la tête, Lucy compta trois étages. D'après le nombre de fenêtres à l'avant, la bâtisse contenait des dizaines de chambres. Il n'y avait ni interphone ni aucun moyen de découvrir où demeurait une étudiante en particulier.

Elle sortit, referma la porte et cligna les yeux, gênée par le soleil. Sous un arbre, une jeune fille en polo Lacoste jaune et jupe-culotte blanche lisait un roman d'Edith Wharton, un surligneur rose dans une main et une cigarette mentholée dans l'autre. A l'approche de Lucy, elle se hâta d'écraser son mégot dans le sol.

« Savez-vous où je pourrais trouver Avery Herbert ? », demanda Lucy.

La jeune fille regarda derrière Lucy, vers le perron de Meadowood Hall. Jack, avec ses lunettes noires d'aviateur, ressemblait plus à un garde du corps de président qu'à un détective des Homicides hors de sa juridiction. Elle haussa les épaules.

« Avery est partie hier.
— Ah bon ?
— Oui.
— Ça vous a étonnée ? »

La jeune fille haussa encore les épaules.

« Les cours se terminent dans moins d'une semaine. Elle a séché deux examens et elle a pris toutes ses affaires. J'ai entendu dire qu'elle ne reviendrait même pas l'année prochaine.

— Qui est venu la chercher ?

— Sa mère. »

Lucy réfléchit un moment.

« Elle partageait sa chambre avec une autre étudiante ?

— Oui. Margot Tyler.

— Vous pouvez me parler de leurs relations, elles étaient amies ? »

La jeune fille ne répondit pas tout de suite.

« Elles étaient amies cet automne, inséparables, en fait. Mais je suppose qu'elles ont fini par ne plus se supporter. Ça arrive souvent quand on partage une chambre, surtout pour les nouvelles. En y repensant, le conseil que m'a donné ma mère là-dessus est le seul qui m'ait jamais été utile. "Conduis-toi en camarade, pas en amie." On a besoin de distance. Ma compagne de chambre actuelle, on n'a rien en commun. Mais ça me convient très bien. »

Elle sourit. Lucy lui rendit son sourire en tentant de refréner son impatience devant les méandres de la conversation.

« De toute façon, ils ont eu un problème familial en janvier. Son frère s'est suicidé. — Elle fit une grimace. — Ça a dû être affreux. Ensuite l'administration a mis Avery dans une chambre individuelle. Elle avait besoin d'intimité.

— Vous savez où est Margot en ce moment ? »

La jeune fille haussa les épaules.

« Soit en train de passer un examen, soit en train de réviser, je pense. Vous devriez aller voir à la bibliothèque. »

Lucy regarda la pelouse autour d'elle dans l'espoir que Margot apparaîtrait miraculeusement, mais elle n'eut pas cette chance.

« Vous pourriez nous montrer sa chambre ? »

Elle haussa encore les épaules.

« Sûrement. Ça m'étonnerait qu'elle soit fermée à clef. »

Elle se leva et laissa tomber son livre dans l'herbe.

Lucy et Jack la suivirent à l'intérieur, montèrent une volée de marches et parcoururent la moitié d'un couloir. Là elle s'arrêta.

La porte, entrebâillée, était couverte d'autocollants bleu et jaune représentant des visages souriants, surmontés d'un autre qui disait : QUAND LA VIE EST DURE, LES DURS VONT FAIRE DU SHOPPING.

« C'est là », dit la jeune fille en ouvrant la porte en grand.

Lucy entra. La petite pièce rectangulaire avait trois fenêtres, qui donnaient toutes à l'arrière du bâtiment. Le maigre mobilier se composait d'un lit avec un matelas et un oreiller bosselé, d'une commode en noyer, d'un bureau et d'une chaise. Un crochet au-dessus de la commode indiquait sans doute l'emplacement d'un miroir. Les murs étaient nus. Dans un coin étaient posés un balai et une pelle.

« Elle avait beaucoup de choses – des tableaux très cools, des tonnes de CD et de vêtements. Ça m'étonne qu'elle ait réussi à tout emporter en une journée. »

Tous trois se turent un moment. Lucy gagna la fenêtre du milieu et regarda l'escalier de secours. Une voie de sortie commode après le couvre-feu.

« A quelle heure ferment les dortoirs ?

– A dix heures. Onze heures le week-end.

– Vous avez droit à combien de sorties ?

– Les premières et les terminales peuvent partir après les cours trois week-ends par semestre. Nous, on a tendance à rester là. C'est un vrai périple pour aller ailleurs qu'à Baltimore, et cette ville vieillit vite.

– Vous ne vous rappelleriez pas si Avery est restée à l'école le week-end dernier, par hasard ?

– Vous êtes flics ou quoi ? » Elle fronça le nez à cette idée, puis gloussa. « Vous n'avez pas l'air d'un flic, mais lui oui, sûrement. » Elle sourit à Jack. « En tout cas, pour répondre à votre question, Avery est rentrée chez elle. » Elle regarda sa montre. « Je dois y aller. Mon examen de littérature commence dans quarante minutes et j'ai encore trente pages à lire. Sauf bien sûr si vous savez comment finit *Chez les heureux du monde*. » Elle sourit à nouveau et sortit en faisant balancer sa queue de cheval.

Pendant que Jack fouillait le bureau, Lucy ouvrit les tiroirs de la commode. A part une seule chaussette et une épingle à nourrice, elle était vide. Restait le placard. Elle tourna la poignée, mais la porte était fermée à clef. Avery avait quitté l'école. Pourquoi n'avait-elle pas tout laissé ouvert pour l'équipe de nettoyage qui allait sans doute briquer les chambres pendant les vacances d'été ?

« Tu n'aurais pas de quoi crocheter une serrure ? » demanda-t-elle à voix basse.

Jack mit la main dans sa poche arrière et en sortit un petit outil pliant.

« Le roi du gadget », remarqua Lucy.

Jack s'agenouilla devant la porte, étudia le trou de serrure et choisit une tige de taille appropriée. Elle le regarda tâtonner un moment, puis appuyer jusqu'à ce que le mécanisme cède. Il ouvrit la porte. Elle eut un hoquet de surprise en découvrant un autel improvisé.

Un autoportrait de Foster était appuyé contre la paroi du fond. Le visage était plus large que dans son souvenir, il semblait envahir tout l'espace. Tournés de côté, les yeux tristes et sombres avaient un regard absent. Des cierges blancs, chacun posé sur une soucoupe de verre, formaient un demi-cercle autour d'une carte carrée qui portait, en une écriture familière, les mots suivants :

Ta mère requiert le plaisir de ta compagnie le dimanche 18 mai, à onze heures, au Liberty Bell. Réponse négative uniquement.

La même invitation que celle envoyée à Archer.

Avery était censée rencontrer son père le samedi soir et son demi-frère le dimanche. Aucune de ces réunions de famille n'avait eu lieu. Il était compréhensible qu'elle eût préféré abandonner ces souvenirs. Elle aurait assez de mal à oublier ce qui s'était passé sans emporter avec elle de quoi se le rappeler.

Jack sortit de sa poche un petit appareil photo et prit quelques clichés de l'autel. Puis Lucy plaça invitation, cierges et soucoupes dans des sachets, que Jack étiqueta. Ils travaillaient machinalement. Ils n'avaient rien à dire.

Quand ils en eurent fini, Jack rompit le silence.

« Allons trouver Mlle Tyler. J'ai envie d'en savoir plus sur Avery. »

Le soleil entrait à flots par les immenses fenêtres en arche de la grande salle de lecture. Des étudiantes anxieuses étaient installées devant de longues tables rectangulaires, ingurgitant avec frénésie toutes les données qu'elles pouvaient avaler en espagnol, chimie, histoire américaine ou littérature anglaise dans les dernières heures avant l'examen. Elles avaient toutes l'air fatiguées et négligées. La plupart portaient des pantalons larges en éponge et des tee-shirts, d'autres avaient retiré leurs chaussures et glissé les pieds sous elles. Malgré la présence au-dessus de la porte d'une énorme pancarte proclamant IL EST INTERDIT DE MANGER OU DE BOIRE DANS LA BIBLIOTHE-QUE, des sachets de fruits secs, des emballages de bonbons, des bouteilles de Coca light et de boissons aux fruits jonchaient les tables.

Lucy était entrée seule dans la pièce pour éviter d'attirer l'attention. On lui avait donné une description minimale – un peu ronde, cheveux noirs, joli teint – mais l'endroit était plus grand qu'elle n'avait imaginé et elle craignait que Jack s'impatiente. Elle s'arrêta au bureau de la responsable et l'interrogea. Levant à peine la tête, la bibliothécaire lui précisa :

« Elle doit être assise près d'une des deux sorties de secours. »

En parcourant la salle du regard, Lucy éprouva un étrange sentiment de déjà-vu. Elle se rappelait si bien ses propres années de lycée, les longues journées d'études stimulées par la caféine. La seule différence entre ces jeunes filles et elle, c'était que lorsqu'elle levait le nez à la bibliothèque, ou éprouvait le besoin d'étirer ses muscles raidis, elle contemplait par la fenêtre les camions qui passaient sur Washington Street ou observait les taches d'humidité au plafond. Pas de champs vallonnés, pas de bâtiments recouverts de lierre, pas de lustres en cristal pour se distraire.

Une fille correspondant à la description qu'on lui avait donnée était assise à la dernière table du fond, à gauche. En effet, un néon rouge soulignait le panneau de sortie juste au-dessus de sa tête. La bibliothécaire avait vu juste. L'école devait être exceptionnelle – ou simplement trop petite – si le personnel enseignant connaissait les petites particularités de chaque élève. Mais aussi les parents devaient payer très cher, pour obtenir exactement ce degré d'attention.

Penchée sur sa table, Margot lisait un exemplaire usé de *Les Grandes espérances* de Dickens, le nez à quelques centimètres de la page. Un cahier ouvert laissait voir ses notes et de nombreux gribouillis dans la marge.

Lucy se pencha vers elle et se présenta à voix basse.

Margot sursauta mais ne se leva pas. Une expression de pure terreur se peignit sur son visage en forme de cœur.

« Mon équipier et moi avons besoin de vous parler quelques instants. Il n'y en a pas pour longtemps, je vous le promets », dit Lucy.

De mauvaise grâce, l'étudiante corna sa page et tenta de tirer son tee-shirt court jusqu'à la ceinture de son blue-jean. N'y parvenant pas, elle saisit les passants sur ses hanches et tenta de remonter son pantalon. Malgré ses efforts, les bourrelets de son ventre d'un blanc laiteux restèrent visibles. Sans regarder autour d'elle, elle suivit Lucy à l'extérieur de la salle de lecture, dans le hall.

A la grande surprise de Lucy, Jack était entré. Penché sur un présentoir vitré, il examinait les lettres manuscrites d'un célèbre opposant à l'esclavage. Il leva les yeux à l'ouverture des portes et s'approcha.

« Qu'est-ce que j'ai fait ? », demanda Margot.

Ils se trouvaient dans une zone où il était possible de parler normalement, mais elle continuait à chuchoter.

« Vous n'avez rien fait. Nous voudrions vous parler de votre ancienne compagne de chambre.

– Avery ? »

Lucy hocha la tête.

« Vous lui avez parlé depuis qu'elle a quitté l'école ? »

Margot secoua ses cheveux.

« Vous savez pourquoi elle est partie ?

– Non.

– Nous croyons savoir que vous vous entendiez moins bien

depuis quelque temps. Est-ce pour cela qu'elle a pris une chambre individuelle ? »

Margot se mordit la lèvre. Elle semblait retenir ses larmes.

« Je suis sûre que j'y étais pour quelque chose.

— Pourquoi ça ? interrogea gentiment Lucy.

— Quand on est arrivées, on faisait tout ensemble, on s'entendait vraiment super bien. Mais au cours de l'automne, j'ai pris un peu de poids, et elle s'est mise à me critiquer. Vous savez, on dit qu'on prend cinq kilos en entrant au lycée. Sauf que moi, j'en ai pris plutôt dix et je n'étais plus en troisième. – Elle s'essuya le nez. – Je ne comprends pas pourquoi ça gênait tant Avery. Peut-être qu'elle pensait que je donnais une mauvaise image d'elle. Elle disait que ça montrait un manque de volonté. Mais grossir, ce n'est pas contagieux.

— Vous avez continué à partager une chambre tout l'automne et tout le mois de janvier.

— Oui, c'est bien ça. Ses parents ont demandé son transfert après le suicide de son frère, mais elle n'a déménagé qu'en février. Il n'y avait pas de chambre disponible. Je crois que ses parents ont payé quelqu'un pour qu'elle puisse en avoir une.

— Elle vous a paru comment après la mort de son frère ?

— Ils étaient hyper-proches. Il l'appelait tout le temps. Ça me tapait sur les nerfs, franchement, parce que, on prévoyait quelque chose, comme écouter de la musique ou aller faire du cheval, et alors il appelait et elle restait des heures au téléphone. Il avait l'air d'avoir tout le temps un problème. Je suppose qu'il en avait beaucoup ou alors... ou alors... enfin bref, ça a été un coup très dur pour Avery.

— Est-ce qu'elle vous en a parlé ?

— Pas vraiment. Mais elle m'a dit qu'il lui avait écrit une lettre, où il expliquait un peu pourquoi il avait fait ça. Quand elle l'a reçue, son père l'avait déjà mise au courant.

— Vous avez vu la lettre ?

— Non. Elle ne me l'a pas montrée. Mais elle a beaucoup pleuré. »

Un instant, Lucy se demanda pourquoi cette lettre n'était pas restée sur l'autel qu'Avery avait installé dans son placard. Peut-être que ses mots d'adieu étaient trop importants pour qu'elle les abandonne.

« Avant la mort de son frère, vous avez remarqué des troubles émotionnels chez Avery – est-ce qu'elle était par exemple de mauvaise humeur, ou déprimée, quelque chose comme ça ? »

Margot réfléchit un instant.

« C'est difficile pour moi, vous comprenez, parce qu'on était vraiment amies. Alors j'ai l'impression de la dénoncer. Je ne sais pas très bien ce qu'elle voudrait garder secret.

— Ces informations pourraient se révéler extrêmement importantes, intervint Jack d'une voix neutre. Et Avery elle-même pourrait avoir de gros ennuis. Vous pouvez nous parler maintenant, ou alors nous pouvons vous emmener au commissariat pour que vous discutiez avec les policiers d'ici. »

Lucy sentait son impatience, mais elle craignait que houspiller Margot ne les aide pas.

« Avery vous a laissé tomber. Qu'est-ce que vous lui devez ? »

Elle se rappelait encore les vexations infligées par ses camarades et savait que la vengeance pouvait être un bon moteur.

Margot se pencha un peu, mit sa hanche droite en avant, et enroula une mèche de cheveux autour de son index.

« Vous devez avoir raison. Et puis, elle n'était pas vraiment un modèle de gentillesse, si vous voyez ce que je veux dire. Comprenez-moi bien. Elle savait déployer son charme si elle voulait. Mais quand elle s'énervait, elle avait un caractère de cochon. Elle pouvait vraiment disjoncter.

— Vous pouvez nous donner un exemple ?

— Eh bien, une fois, elle a jeté un livre par la fenêtre – la fenêtre était fermée – elle a brisé la vitre. Et une autre fois elle a cassé un miroir avec sa brosse à cheveux. C'était terrifiant à voir.

— Vous vous souvenez de ce qui a déclenché ces incidents ? quelque chose de précis ?

— Le livre, c'était à cause d'un garçon. Ça s'est passé juste après Thanksgiving. Ils avaient rendez-vous à une fête qui se passait à l'école et elle était en retard à cause d'un coup de fil de Foster –

c'était son frère – et quand elle est arrivée au gymnase, il dansait un slow avec une autre fille. J'ai essayé de lui dire qu'il ne valait pas le coup, mais elle m'a dit : "Tu ne connais rien aux garçons !" – Margot baissa la tête. – Là-dessus, elle avait sans doute raison. »

Lucy résista à l'envie de dire quelques paroles réconfortantes ou de poser la main sur le bras potelé de la jeune fille. Qui pouvait oublier les souffrances de l'adolescence ?

« Et l'histoire du miroir ?

– C'était après la mort de son frère. Je ne connais pas les détails, mais j'ai cru comprendre qu'ils venaient tout juste de découvrir pendant les vacances de Noël qu'ils avaient été adoptés. Je n'y croyais pas, enfin, on n'apprend pas brusquement à seize ans qu'on a été adopté ? Ça n'avait pas de sens, surtout qu'Avery était hyper-proche de ses parents. Sa mère lui envoyait tout le temps des colis et des lettres. Son père a même pris un mercredi de congé pour assister à un cross-country. Elle avait vraiment de la chance.

– Mais elle a cassé un miroir ?

– Oui. Je suis entrée dans la chambre, elle pleurait, elle délirait plus ou moins sur sa mère qui l'avait abandonnée et qui aurait mieux fait de se faire avorter si elle ne voulait pas ses gosses. Je ne comprenais pas ce qui se passait. Avery faisait les cent pas dans notre chambre, c'était un exploit vu tout ce qui traînait par terre. Et puis brusquement elle est allée se planter devant le miroir et elle s'est regardée fixement. Tout était silencieux et soudain elle s'est mise à hurler : "Je te déteste, je te déteste." Et elle a commencé à donner des coups de brosse dans le miroir. Il s'est cassé, elle avait la main en sang. »

Margot se tut. Ses yeux d'un bleu limpide croisèrent ceux de Lucy. De toute évidence elle avait été horrifiée sur le moment, et elle revivait cette horreur.

« Je voulais l'emmener à l'infirmerie, mais elle n'a pas voulu. Par contre sa mère est arrivée une ou deux heures plus tard. Mme Herbert lui a bandé la main, elle a rangé la chambre et elle a même accroché un nouveau miroir – bien plus beau que celui qu'Avery avait cassé. Après, on aurait dit qu'il ne s'était rien passé », ajouta-t-elle comme si le nettoyage miraculeux avait été tout aussi traumatisant pour elle.

« Ça devait être pénible à voir », dit Lucy machinalement. Elle devait apaiser la jeune fille mais son esprit s'envolait loin du Maryland, elle se rappelait sa conversation avec le Dr Ladd après l'autopsie. Elle avait proposé une théorie. Pouvait-il s'agir de deux personnes ? Elle entendit à nouveau les paroles du légiste. « S'ils étaient deux, je parie ma retraite qu'ils sont liés. » La voiture endommagée, la batte de base-ball, les détails de la scène du crime commençaient à prendre un sens. Ce n'était pas une série de coïncidences.

Mais était-il possible qu'un seul des meurtriers ait eu l'intention de tuer ? Peut-être avait-elle raison en fin de compte.

« Peu de temps après ça, elle a eu sa propre chambre », marmonna Margot.

Mais Jack et Lucy se dirigeaient déjà vers la porte.

15 h 05

« Votre assassin est une femme, c'est certain. »

Franck ne faisait que confirmer ce que Lucy savait déjà.

« On a analysé ce poil. C'est du raton laveur. Il n'y a pas d'ADN identifiable à la racine, alors qu'on en aurait trouvé si un animal vivant l'avait perdu dans la voiture. Surtout, le poil a été teint et, la dernière fois que j'ai vérifié, les salons de coiffure ne s'occupaient pas des animaux. Un manteau de fourrure, ou une veste – peut-être même un col.

– Autre chose ?

– L'alcool utilisé pour nettoyer le volant était de l'eau de Cologne. La composition chimique correspond à un truc qui s'appelle Verbenas de Provence, fabriqué par une compagnie anglaise, on le trouve dans très peu de boutiques et il coûte cinquante dollars le flacon. En plus, notre assassin a gaspillé au moins deux cents dollars de parfum pour effacer les empreintes.

– C'était du Jo Malone ?
– Je ne t'aurais pas prise pour une spécialiste en parfums.
– Je pourrais te surprendre. »

Lucy sortit de son sac à dos les sachets de plastique contenant les objets récupérés à la pension d'Avery. Elle les tendit à Franck.

« Qu'est-ce que c'est ? demanda-t-il.
– J'ai confisqué un autel. Tu peux relever les empreintes ? »

Franck hocha la tête.

« Tout de suite. Où est-ce que vous allez, tous les deux ?
– A Gladwyne », répondit Lucy. Puis en se tournant vers Jack elle ajouta : « Et je crois qu'on a intérêt à se dépêcher. »

La bonne des Herbert parut terrifiée quand elle ouvrit la porte à Jack, Lucy, et aux policiers et techniciens venus fouiller la maison, comme les y autorisait leur mandat.

« Madame pas là », répéta-t-elle à Jack qui lui montrait le mandat avant de passer devant elle.

Ils se rassemblèrent tous dans le grand vestibule, et Jack donna ses instructions. Les coupe-vent bleu marine se dispersèrent tandis que Lucy restait auprès de la bonne en attendant l'arrivée de l'interprète. La petite femme était visiblement secouée. « *Esta bien* » dit Lucy avec douceur, cherchant désespérément quelques mots d'espagnol dans ses souvenirs du lycée.

« *No tiene remedio* », répondit la femme désemparée.

Au bout de quelques instants, Jack revint du débarras avec un sac à provisions marqué VETEMENTS A DONNER. Il en sortit une veste en raton laveur.

« Elle ne devait pas vouloir la mettre à la poubelle. »

Sur ces mots, il fourra la veste dans un sac en plastique transparent sur lequel il inscrivit le numéro d'inventaire approprié.

Un policier latino qui faisait office d'interprète venait d'arriver quand Ben DeForrest apparut dans le vestibule. Il avait été envoyé fouiller l'écurie et les champs environnants. Bien qu'il disposât d'une radio, ils n'avaient reçu aucun appel de sa part au cours des trente dernières minutes passées sur la propriété. Il se tenait dans l'entrée, penché en avant, mains appuyées sur les cuisses.

« Il faut que vous voyiez ça », dit-il d'une voix excitée mais un peu essoufflée.

Jack et Lucy laissèrent la bonne sous la garde de l'interprète et s'empressèrent de suivre Ben. Ils traversèrent l'allée et obliquèrent à gauche derrière la maison, par une cour pavée. La pelouse soignée s'arrêtait net, laissant place à un grand champ.

L'écurie, très vaste, était en bois peint. La porte était ouverte. Avançant dans l'obscurité ils distinguèrent un fenil au-dessus d'eux et trois boxes sur le côté droit. Sur chacune des portes était fixée une plaque avec un nom. Dans un coffre noir ouvert contre un mur s'entassaient deux licous usés, plusieurs mors, deux selles et une quantité de brosses. L'odeur des chevaux – foin, avoine et crottin – restait forte malgré le départ des animaux.

« Par là », dit Ben. Il ouvrit la porte du box marqué Jumpstart. « Ici. » Il désigna du doigt un endroit où la paille avait été repoussée.

Lucy fit un pas en avant, se pencha, puis tomba à genoux devant une batte de base-ball. Sur un côté était inscrit en lettres noires LOUISVILLE SLUGGER. L'extrémité était couverte d'écailles de peinture bordeaux métallisée.

« On a pris les empreintes. Elles sont bien nettes. Je les ai envoyées à Franck par email. Et je n'ai sans doute pas besoin de vous dire qu'elles correspondent à celles d'Avery. »

Dans la maison, Angelica, la bonne, disait le peu qu'elle savait. Samedi dernier, on lui avait accordé un congé.

« Mme Herbert reçoit moins qu'avant, et elle ne sort presque jamais. J'ai dormi chez ma sœur, expliqua-t-elle en espagnol. Le lendemain matin, j'ai remarqué que la voiture avait été déplacée, mais quand j'ai vu qu'Avery était là, je me suis dit qu'elle était allée... »

Elle se tut, mais sa bouche resta ouverte et ses yeux s'écarquillèrent de terreur.

Lucy se retourna. Faith Herbert se tenait sur le seuil de la cuisine. On apercevait Avery derrière elle. La jeune fille était grande, mince, et plus belle en réalité que sur les photographies. « Est-ce que quelqu'un pourrait m'expliquer ce qui se passe ici ?

— Votre fille est en état d'arrestation. »

Lucy prit les menottes dans sa poche et passa devant Faith. Elle s'arrêta à quelques centimètres d'Avery. De si près, elle croyait voir le léger frémissement de son tee-shirt provoqué par l'emballement de cœur. En lui saisissant le poignet, elle sentit la peau glacée de la jeune fille. Le claquement des menottes parut faire écho pendant qu'elle les ajustait.

« Avery Herbert, vous êtes en état d'arrestation pour le meurtre de Morgan Reese...

— C'est une erreur. » Elle entendit la voix de Faith derrière elle. « Vous ne savez pas ce que vous faites. »

Avery ne bougeait pas. En dehors d'une unique larme coulant sur sa joue, rien n'indiquait qu'elle comprenait ce qui se passait ou ce que lui disait Lucy. Son expression absente donnait à ses traits délicats une apparence sinistre. Lucy lui fit faire demi-tour et se dirigea avec elle vers la porte. Elle sentait la présence de Jack à ses côtés, mais ne détournait pas les yeux du dos mince à moins de trente centimètres d'elle. L'immense maison était enveloppée de silence.

« C'est moi qui ai assassiné le Dr Reese. »

Les mots sonnaient clair, pourtant Lucy se demanda si elle rêvait. Mais Faith répéta ses aveux.

Avery se retourna vers la cuisine.

« Maman, ne fais pas ça.

— Je ne fais que dire la vérité. Ma fille n'est pas responsable de ce crime. Je lui ai tiré dans la poitrine... exactement comme avait fait mon fils. »

Ses yeux rouges s'emplissaient de larmes. Avery regarda Lucy.

« Vous voyez bien ce qu'elle essaie de faire, non ? Laissez-la.

— Tais-toi, Avery, ordonna Faith, je t'interdis de dire un mot de plus à la police.

— Arrête, maman, j'ai besoin de toi, implora Avery. Qu'est-ce que tu fais ?

— Je l'ai tuée. »

Faith ouvrit son sac et Jack leva aussitôt son arme.

« Je n'ai rien là-dedans qui puisse blesser quelqu'un, détective », dit-elle poliment en lui tendant le sac pour qu'il vérifie. Elle plongea la main dedans puis lui montra dans sa paume deux balles inutilisées.

« Vous constaterez qu'elles sont du même type que celle dont je me suis servie pour tuer le Dr Reese.

– Maman, je t'en prie », cria Avery. Elle s'effondra, mais l'un des policiers près d'elle la saisit sous les aisselles. « Tu essayais de m'aider, c'est tout.

– Relâchez ma fille. Elle est jeune. Elle n'a rien fait de mal. C'est moi que vous cherchez. »

Jack lui passa les menottes et l'informa de ses droits. Elle paraissait étrangement maîtresse d'elle-même. Avery pleurait doucement, toujours soutenue par le policier.

Quand Jack la fit passer devant Lucy et Avery, Faith sourit :

« Je t'aime, ma petite fille chérie. Tu es ma joie, ma seule joie. Je ne regrette rien. »

31

Samedi 9 août 14 h 14

Bill Herbert s'assit près de sa fille sur le canapé recouvert de satin. Il parcourut la pièce du regard et parut découragé par le cadre – un trois-pièces sur Lawrence Court où il avait emménagé au mois de mars. Avec son mobilier minimal et ses murs nus, l'appartement semblait un lieu de transit. De toute évidence, il n'avait jamais envisagé que sa fille adolescente vienne y vivre elle aussi.

Il avait perdu du poids et ses pommettes saillaient de façon spectaculaire. Ses tempes paraissaient plus grises que lorsque Lucy l'avait vu au mois de mai, et ses lunettes étaient en équilibre précaire sur son nez fin. Sur une table basse devant lui étaient posés un pichet de limonade, plusieurs verres dépareillés, et ce qui paraissait être des cookies en tas sur une assiette.

Lucy et Archer étaient assis en face dans de petits fauteuils à cadre d'acajou, au tissu bien tendu. Archer gigota un moment, mal à l'aise, puis se tourna de côté, appuyé sur une hanche, jambes tendues devant lui et croisées aux chevilles. Ils étaient là depuis près de dix minutes, mais la conversation n'avait pas dépassé le stade des présentations sommaires.

Bill se pencha en avant et remua maladroitement le contenu du pichet, en heurtant plusieurs fois les parois de verre avec sa cuiller en bois. « Limonade ? » proposa-t-il. L'hospitalité avait toujours été du ressort de Faith Herbert, et il semblait se demander comment il devait s'y prendre pour mettre ses invités à l'aise.

Archer refusa en secouant la tête, Bill s'appuya au dossier du canapé, l'air déçu.

Lucy était désolée pour les deux hommes.

« Non merci, dit-elle, j'ai bu de l'eau juste avant de venir. » Dans ces circonstances difficiles, on ne pouvait demander à Archer de montrer des manières irréprochables. Elle tendit la main et la posa sur la sienne, en signe de solidarité.

Il avait organisé tout seul cette entrevue avec sa demi-sœur, sans lui en parler. Il ne lui avait demandé de l'accompagner que lorsqu'une date avait été fixée. « Comme ma petite amie, et non comme officier de police, avait-il supplié. L'enquête est terminée. »

Elle n'avait pas voulu lui expliquer qu'une enquête n'était jamais vraiment terminée, qu'il restait toujours des zones d'ombre, des angles à explorer. Par nécessité, on fermait des dossiers pour passer à d'autres. Des procès avaient lieu, des sentences étaient prononcées. C'était ainsi que ce système surchargé fonctionnait. Pourtant la plupart des détectives se rappelaient des dossiers vieux d'une dizaine d'années, jusqu'aux plus infimes détails, et étaient ravis d'apprendre quelque nouvel élément, même après que le coupable eut été mis sous les verrous.

Mais cette explication n'avait pas sa place. Aucune considération professionnelle ne l'empêchait de l'accompagner, et elle avait accepté. Le procès d'Avery avait été rondement mené, une fois que l'affaire avait été transférée au tribunal pour enfants, où elle avait plaidé coupable pour mise en danger de la vie d'autrui, un délit du second degré. En abattant sauvagement une batte de base-ball sur le toit et le capot de la Mercedes, elle avait fait courir à Morgan un grave danger. Il s'agissait d'une accusation relativement mineure, mais le dossier du procureur pour homicide était vraiment mince. Son propre médecin légiste aurait dû témoigner que le genre d'hématome sous-dural qu'Avery avait infligé à Morgan se soigne, et s'avouer incapable d'estimer les éventuelles séquelles permanentes. Traiter Avery avec indulgence les aiderait aussi à atteindre leur but principal : poursuivre Faith Herbert pour meurtre. L'Etat avait besoin d'Avery comme témoin clé. Dans sa négociation, son avocate avait offert son témoignage.

Le psychiatre spécialisé dans les troubles comportementaux de l'adolescence, désigné par le tribunal, témoigna en faveur d'Avery lors de la dernière audience. Avery souffrait de crises d'angoisse aiguës provoquées par la mort de son frère bien-aimé, et aggravées par la séparation de ses parents et la découverte soudaine de sa mère biologique. Bien qu'elle eût déjà souffert de troubles liés à l'anxiété auparavant, sa détresse émotionnelle extrême et sa confusion augmentée par l'absorption d'alcool l'avaient rendue violente. Son agressivité n'était que passagère. Elle avait frappé et détruit la voiture parce qu'elle était terrifiée. Quand le Dr Reese avait tenté de l'arrêter – de la calmer – elle avait reçu un coup à la tête. Mais Avery n'avait pas prémédité les dommages qui en avaient résulté.

Le juge, un vieil homme compatissant qui s'était penché de sa place pour tendre son mouchoir à Avery quand ses émotions l'avaient submergée pendant son témoignage, la plaça en liberté surveillée. Dans son exposé, il souligna les épreuves solitaires d'une jumelle soudain privée de son jumeau, et dont la vie avait été totalement bouleversée en quelques mois à peine. Durant sa période de probation, elle devrait vivre sous la surveillance étroite de son père, en coordination avec le psychiatre désigné par la cour, et effectuer deux cent cinquante heures de travail d'intérêt général. Quand elle atteindrait ses dix-huit ans, à condition qu'elle n'ait pas entre-temps d'autres problèmes avec le système judiciaire, elle pourrait retrouver une vie normale, quoi que cela pût signifier dans de telles circonstances.

Bien que son cas fût officiellement résolu, Archer avait négocié cette entrevue avec l'avocate de sa demi-sœur. Celle-ci avait fixé des règles très strictes. Comme Avery devait encore témoigner au procès de sa mère, il ne serait pas question de la soirée du 17 mai ni de Faith Herbert. Bill devait être présent et s'assurer que ces conditions étaient dûment remplies.

Assise à moins d'un mètre d'un frère qu'elle n'avait jamais rencontré, Avery dévisageait Archer. Ses lèvres minces tremblaient légèrement, mais elle ne dit rien. Son père lui entoura les épaules de son bras et l'attira vers lui, mais elle parut résister, alors il enleva son bras et posa les mains sur ses genoux.

« Je crois... je voulais... », commença Archer. Il s'interrompit un instant, les yeux au sol, pour rassembler ses idées. « J'ai cru comprendre que Morgan voulait qu'on se voie. Le dimanche qui... tu sais, l'invitation qu'elle nous avait envoyée à tous les deux... Le Liberty Bell. »

Avery hocha la tête, mais de façon presque imperceptible.

« On se voit maintenant. »

Il haussa les épaules.

« C'était peut-être idiot, encore une de mes impulsions stupides. Mais l'idée même de ton existence, l'idée d'avoir une sœur, ça me paraissait inconcevable, alors j'ai pensé... enfin, c'était si déconcertant.

— Pour Avery aussi, ajouta Bill.

— Oui, oui, j'imagine. Et quand j'ai découvert que Foster était ton frère, mon frère... j'aimais vraiment ses œuvres. Il avait énormément de talent. »

Les yeux d'Avery s'emplirent de larmes.

« Rien ne l'avait rendu plus heureux que cette exposition, ton exposition. Parfois je voudrais qu'elle n'ait jamais eu lieu. Tout aurait peut-être tourné autrement.

— Je regrette simplement de ne pas avoir su alors ce que je sais maintenant, dit Archer.

— Moi aussi. »

Un instant, les coins de ses lèvres se relevèrent et elle sourit. Ce fut très bref mais son visage en fut transformé. La vacuité du détachement disparut. Machinalement, elle remuait ses doigts osseux, les uns après les autres, comme si elle faisait des gammes sur son bras.

« Comment va ta mère ? demanda Archer.

— Vous n'êtes pas censé parler d'elle, protesta Bill.

– C'est vrai, renchérit Lucy, en serrant un peu plus la main d'Archer.

– Je suis désolé. J'avais oublié.

– Mais ça va. Je suis contente que tu aies demandé de ses nouvelles. Elle est courageuse, je n'aurais jamais pu l'être autant. Elle me dit qu'elle va bien, mais elle me protège, comme elle l'a toujours fait, elle ne veut pas que je m'inquiète, alors que c'est ma faute. »

Archer hocha la tête.

« Son procès devrait commencer en octobre. »

Avery se laissa aller contre le dossier du canapé.

Pendant un moment, personne ne parla. L'allusion à Faith semblait avoir étouffé le peu de progrès qu'avait fait la conversation. Le regard de Lucy allait et venait entre Archer et Avery. Ils se ressemblaient de façon inouïe dans leurs attitudes, ainsi que dans les traits de leur visage. Il était évident que Morgan avait des gènes très forts.

Brusquement, Archer replia les jambes et se pencha en avant, tout agité :

« C'est vraiment difficile, je suis désolé. On est tous incroyablement crispés. On est face à face, surveillés par ton père et par le flic qui a mené l'enquête, et on est là à cause d'une femme qui se trouve être notre mère mais que nous ne connaissions ni l'un ni l'autre. Je ne sais pas très bien ce que j'espérais quand j'ai organisé cette rencontre. Je me disais qu'on devrait se voir après... après tout ce qui s'est passé.

– Ou alors tu voulais respecter ses vœux, suggéra Avery. Enfin, les vœux de Morgan.

– Comme si ce qu'elle voulait avait de l'importance », fit-il d'un ton amer.

Avery haussa les épaules, se leva et se dirigea vers la fenêtre. Elle tourna la poignée et ouvrit la partie inférieure, laissant pénétrer un éclat de rire et les voix de deux enfants qui criaient en gloussant dans la rue. « Papa, attrape-moi, papa ! – Prête ou pas, j'arrive ! », annonça une voix.

« Elle voulait qu'on comprenne, c'est pour ça qu'elle voulait qu'on se rencontre. » Avery était toujours face à la fenêtre. « Je crois qu'elle se disait que si on se connaissait, on en viendrait à accepter les choix qu'elle avait faits. Genre, Vous comprenez, ça n'a rien de personnel, regardez, j'ai abandonné tous mes enfants.

— Ça console de ne pas être seul dans son cas », remarqua Archer.

Son commentaire poussa Avery à se retourner.

« Ah bon ? Mais je sais qu'elle ne voulait pas qu'on pense du mal d'elle. Elle m'a suppliée plusieurs fois de ne pas la détester. » Elle baissa la voix. « Le problème, c'est que je ne pouvais pas m'en empêcher.

— Avery, intervint Bill, craignant qu'elle ne s'aventure encore en terrain glissant.

— Ça va, papa. Il ne peut plus rien m'arriver maintenant », dit-elle sans le moindre soupçon de bravade. Sa voix était triste, résignée. « Ce qui comptait le plus pour moi, ma famille, a été détruite. Et c'est ma faute.

— Le suicide de Foster, la séparation entre ta mère et moi, ça n'a rien à voir avec toi, dit Bill, comme s'il avait déjà répété cette phrase un millier de fois.

— Et Marissa ? »

Bill sursauta en entendant le nom de sa maîtresse.

« Elle est partie parce que je suis venue.

— Ça n'a rien à voir avec toi ou ce qui... s'est passé. C'était seulement une question de place », protesta Bill d'un ton peu convaincant. Il se tourna vers ses invités. « Cet appartement est un peu petit, comme vous voyez. Mais dès qu'on aura vendu la maison de Gladwyne, nous chercherons quelque chose de plus grand pour nous tous. »

Lucy avait envie de demander qui était inclus dans ce « nous tous » mais elle refréna sa curiosité. Il était sans doute impossible de répondre à cette question avant la conclusion du procès de Faith.

« Morgan m'a raconté qu'elle avait essayé de se tuer une fois, dit Avery d'un ton détaché, en ignorant les efforts de son père pour la réconforter. Elle m'a montré les cicatrices sur ses poignets, comme si j'avais besoin d'une preuve. Je pense que c'était sa façon de me faire comprendre que ses choix avaient été difficiles pour elle, ou au moins qu'ils avaient eu des conséquences. Et ensuite elle a voulu parler de Foster, de sa dépression, elle voulait savoir si j'en souffrais moi aussi. Elle prétendait qu'elle suivait un traitement contre l'anxiété. C'était comme si elle voulait s'identifier à lui, à moi, à nos problèmes. Mais tout ça, ça m'a fait comprendre une chose. Etre mère, ce n'est pas un métier. C'est ce qu'on est, ou alors ce n'est rien. C'est sensé ce que je dis ? »

L'image de Mme O'Malley traversa l'esprit de Lucy : leur conversation sur la parabole du roi Salomon, l'histoire de Michael et de l'eau bouillante. *Je n'étais pas une héroïne, j'étais une mère.* C'étaient ses paroles exactes.

« Regardez ce qu'a fait ma mère – ma vraie mère. Accoucher ou non n'a rien à voir avec sa façon de s'occuper de moi. Elle donnerait sa vie – littéralement – pour moi. Je sais que j'ai beaucoup de chance d'avoir eu des parents qui m'ont désirée, qui me protègent, ou en tout cas qui essaient. »

Lucy se recroquevilla intérieurement. Connaissant les sentiments d'Archer envers sa propre famille, elle savait que les paroles d'Avery le blesseraient. Bill et Faith Herbert avaient fait tout leur possible pour surmonter une vérité biologique, mais elle n'était pas sûre du tout qu'Archer attribuerait à son père les mêmes mérites ; il n'avait pas fait grand-chose, peut-être même rien du tout, pour compenser l'absence de sa mère. Alors qu'elle-même, sur beaucoup de plans, considérait que ses parents n'avaient rien d'extraordinaire. Elle n'avait jamais envisagé d'autres possibilités ou pensé qu'elles puissent être si destructrices.

« J'aurais dû profiter de ce que j'avais, reprit Avery. C'était mon problème. Ça paraît idiot, mais c'est ce que je ressens maintenant. Je n'aurais jamais dû chercher à en savoir plus. Le peu qu'on nous avait dit avait détruit mon frère. J'aurais dû laisser tomber Morgan et sa proposition. Je n'étais pas obligée de répondre. Elle aurait renoncé, elle serait retournée dans son monde, elle aurait disparu. Mais je me disais que la vérité biologique était la clef qui expliquerait le mystère de mon frère et de sa maladie mentale. Je me trompais. Aucune grande vérité sur notre sang ne pouvait le ramener ou me compléter. »

Toute couleur avait disparu du visage de Bill. Il se couvrit la bouche du poing et regarda par terre.

Avery s'approcha du canapé et posa les mains sur le dossier. Elle se pencha en direction d'Archer.

« Mais je dois te présenter des excuses. A cause de ce que j'ai fait, elle a disparu, que tu aies eu envie de la connaître ou pas. Et je le regrette sincèrement, plus que tu ne peux l'imaginer. Tu aurais dû avoir la possibilité de choisir toi-même.

– Je l'avais fait, marmotta Archer.

– Mais tu avais prévu de la retrouver – de nous retrouver – le dimanche. En tout cas tu ne lui avais pas dit que tu ne viendrais pas. Je suis allée au Liberty Bell à onze heures, en me demandant si tu viendrais ou si tu étais déjà au courant. » Elle inclina légèrement la tête vers Lucy. « Je t'ai pris ta chance. Et je dois vivre avec ça. »

Elle parut s'écrouler contre son père, et posa la tête sur son épaule. Malgré la maturité de ses paroles, elle paraissait fragile, jeune et perdue, ainsi blottie sous son aile.

Personne ne parla. Après un assez long moment, Archer se pencha en avant et se servit un verre de limonade. Il but longuement.

« Avery paiera sa dette à la société, dit Bill sans grande conviction. Elle va faire un travail d'intérêt général. Longtemps.

– Qu'est-ce que tu as décidé avec le service des libertés surveillées ? demanda Lucy.

– Je vais aider des enfants – des petits – handicapés moteurs. Ils marchent avec des béquilles ou des prothèses orthopédiques. Il y a une adorable petite fille qui est paralysée. Et je vais les aider à apprendre à monter à cheval, dans un centre où les chevaux ont été entraînés avec beaucoup de soin. Ils sont incroyables. Ils sentent ce dont les enfants ont besoin. Ils ont l'air vraiment heureux de prêter leurs propres jambes, leur propre mouvement.

– Ça a l'air très motivant.

– Oui, je crois que ça l'est... ou que ça le sera. Je veux pouvoir leur donner à la fois un sentiment de liberté et de sécurité. Et de l'espoir. »

Ses yeux étincelaient à cette perspective.

« Je devrais peut-être m'inscrire aussi, dit Archer sans lever les yeux.

— On devrait tous », conclut Lucy.

Lucy et Archer descendirent à pied Lawrence Court et obliquèrent dans Pine Street. La brume s'était dissipée et le soleil du soir leur éclairait le visage. Les adieux avaient été embarrassés, ni Avery ni Archer n'avait proposé de se revoir. Archer n'avait pas ouvert la bouche depuis qu'ils avaient quitté l'appartement, mais au bout d'un moment il entoura de son bras les épaules de Lucy. Leur différence de taille rendait leur démarche claudicante, elle fit de son mieux pour allonger le pas.

Bien qu'il n'y eût aucune voiture en vue, ils s'arrêtèrent à un feu rouge.

« Tu es en colère ? » demanda Lucy. Elle avait envie de lui poser cette question depuis l'arrestation d'Avery.

« Qu'est-ce que tu veux dire ?

— Je pensais à ce qu'avait dit Avery, sur le fait qu'elle t'avait enlevé la possibilité de réfléchir à tes relations avec ta mère. »

Il haussa les épaules.

« Je ne sais pas ce que je ressens. J'ai trouvé son discours bizarre. Je n'ai jamais pensé qu'un enfant pouvait choisir ses parents. Tu as ceux chez qui tu es née, non ? Même dans son cas, ce n'est pas comme si elle avait pu interroger les candidats à l'adoption.

— Il paraît qu'on choisit ses amis, mais pas sa famille.

— Pourtant beaucoup le font. De plus en plus de gens que je connais rompent les ponts avec leur famille parce qu'elles sont trop compliquées, trop blessantes ou simplement trop affreuses. Ils se marient et ils repartent de zéro.

— Oui, et leurs enfants ne voudront pas entendre parler d'eux, sourit Lucy. C'est une loi de la nature, ça s'appelle la famille. »

Archer approuva d'un éclat de rire. Le feu passa au vert et ils s'engagèrent sur la chaussée. Il regardait fixement le trottoir d'en face.

« Pendant des années, j'en ai tellement voulu à ma mère de ce qu'elle m'avait fait – et de ce qu'elle avait fait à mon père, aussi – que j'aurais presque pu imaginer le faire moi-même. Cette souffrance, ce sentiment d'abandon et de trahison, ça pourrait rendre violent presque n'importe qui.

— Il y a une différence. Tu n'étais pas violent. Tu ne l'es toujours pas. »

Il eut un haussement d'épaules sceptique.

« Et en même temps, oui, je suis furieux contre Avery. Je me sens victime de son acte. Qu'elle ait eu l'intention de tuer, ou quel que soit le terme légal, ça n'a aucune importance, parce que le résultat est le même. La conduite de Morgan envers nous ne justifie pas ce qu'Avery lui a fait. Rien ne peut justifier ça. Même moi j'ai assez de bon sens pour le comprendre. Donc je suppose que la réponse à ta question est que j'oscille entre compréhension et colère. Et à ce stade, je ne peux pas prédire quel côté je choisirai.

— Tu ne choisiras peut-être jamais. En tout cas c'est ce que je découvre de plus en plus. Le mieux que tu puisses faire, c'est de vivre avec cette ambiguïté. Ce n'est pas dans ma nature, mais j'espère pour ton bien que c'est dans la tienne. »

Elle lui prit la main et ils poursuivirent leur chemin, leurs bras se balançant à l'unisson.

32

Octobre

La salle fut pleine à craquer pendant tout le procès. Tous les matins, Faith était installée au banc des accusés avec ses avocats, dans une tenue impeccable. Seuls les cernes de plus en plus sombres sous ses yeux trahissaient son anxiété. Tous les jours elle cherchait sa fille dans le public, sans savoir que celle-ci avait passé l'essentiel du procès dans une cellule plusieurs étages au-dessous de la salle où elle-même affrontait le juge.

Avery avait été incarcérée pour outrage à magistrat au tout début de la procédure, ayant refusé de témoigner contre sa mère. Le procureur avait même envisagé de demander au juge l'annulation de l'accord passé avec elle.

Ned Sparkman qui, assisté de deux autres avocats, assurait la défense de Faith, n'avait pas parlé de cet incident à sa cliente. Il craignait qu'elle se sente obligée de venir témoigner elle-même pour défendre sa fille, peut-être à son propre détriment. Mais qu'elle eût senti les ennuis d'Avery ou tînt simplement à parler aux jurés, Faith était venue à la barre des témoins, elle avait juré sur la Bible et raconté son histoire.

L'après-midi suivant son témoignage, le juge Wickham annula

l'accusation d'outrage à magistrat et fit libérer Avery. A l'audience, il expliqua qu'il avait trouvé l'accord passé avec elle répréhensible. « Malgré ses conditions généralement favorables, aucun avocat de la défense compétent n'aurait dû accepter un marché qui exigeait de cette jeune fille qu'elle aide l'Etat à poursuivre sa mère. » Santoros, devant la vigueur des termes employés, renonça à faire appel. L'avocate d'Avery quitta le tribunal sans même serrer la main de sa cliente.

Assise au premier rang, fascinée, Lucy écouta les paroles de Faith, heure après heure, pendant toute la dernière journée du procès. La voix de Faith était douce, et par moments elle semblait perdue dans ses pensées, oublieuse des sept hommes et cinq femmes qui étaient là pour la juger.

« Une de mes amies m'a raconté un jour qu'elle était soulagée quand son fils repartait en pension. Elle n'aimait pas l'avoir à la maison. Elle avait besoin de temps libre. Et je me rappelle avoir pensé : Est-ce que c'est elle qui est folle, ou moi ? Est-ce qu'elle ne comprend pas que le miracle de l'enfance passe vite ? Il n'existe rien de plus précieux. » Faith sortit son mouchoir et s'essuya les yeux. « Et c'est ce que le Dr Reese m'avait donné. Elle m'avait donné la maternité. Et ensuite elle a voulu me la reprendre. »

Elle décrivit en détail tout ce qui s'était passé. En recevant la lettre de Morgan, Bill avait insisté pour qu'ils en fassent part à Avery. Au début, leur fille avait paru intéressée, curieuse peut-être, prête à laisser cette femme s'expliquer. A la grande déception de Faith, Avery avait voulu aller en ville pour voir le bureau de Morgan et déjeuner avec elle. Apparemment, c'est ce jour-là qu'elle avait confié à Morgan son chagrin d'abandonner la maison de son enfance. Ses parents divorçaient, sa mère n'avait pas les moyens de garder cette grande demeure. Alors Morgan l'acheta secrètement.

« Elle voulait tout ce qui était à moi, expliqua Faith. Y compris ma maison. J'ai du mal à expliquer combien c'était terrifiant de voir tout ce que j'aimais, mais surtout ma fille, m'être enlevé. Je n'ai pas fait d'études supérieures, je n'ai pas de métier. Aucun journal ne parle de ma réussite. Mon mari avait déjà trouvé le succès et l'ambition plus attirants qu'une expérience partagée ou le soin que je prenais de lui. J'avais peur de ne pas être à la hauteur aux yeux de ma fille, d'être la mère inférieure. »

Après quelques rencontres et un échange de coups de fil, Morgan avait promis à Avery qu'elle ferait aussi la connaissance de son père biologique. Il était difficile d'imaginer ce qu'éprouvait Avery en voyant son histoire s'ouvrir.

« Elle paraissait excitée, ou du moins intriguée. Qui ne le serait pas, dans de telles circonstances ? Bill avait fait démarrer la relation, je n'avais qu'à m'effacer et regarder. Il n'aurait pas été juste de ma part de lui dire combien j'étais blessée. »

Mais ensuite, Morgan lui avait fait un cadeau . l'autoportrait encadré de Foster, un des douze dessins au fusain qu'il avait réalisés peu avant sa mort. La réaction d'Avery changea. Elle raconta à Faith ce qui s'était passé, les révélations qu'elle avait faites. Elle s'était excusée de s'être confiée à une étrangère. « Je ne voulais pas te trahir, maman. » C'était tout ce que Faith avait besoin d'entendre. *Maman*, le mot magique. Et c'est à ce moment qu'Avery lui avait montré la lettre.

Ma très chère Avery,
Tu m'as toujours compris sans que j'aie jamais besoin de m'expliquer, mais je sais que ce dernier geste sera pour toi pénible et douloureux, sinon incompréhensible. Je ne me suis jamais senti à ma place, sauf avec toi. Je ne peux pas te demander de rester à la maison, de vivre avec moi, mais tu me rendais la vie supportable, ce qui a rendu notre inévitable séparation insupportable. Je n'appartiens pas à cette famille. Toute ma vie je me suis senti désorienté, déconnecté est peut-être un terme plus juste, mais quand papa et maman nous ont parlé de l'adoption, ce sentiment s'est renforcé. Je n'étais pas censé être là. Je ne sais même pas qui je suis.
Je voulais utiliser le revolver de mon psychiatre. Il en a un dans son bureau. Il me l'a dit comme s'il en était fier. Tu sauras, toi, qui a dit que l'orgueil précède la chute. De nous deux, c'est toi le cerveau, moi je ne me rappelle pas. Mais je le voulais, ce revolver. Peut-être que si je m'en servais, il arrêterait de trouver des excuses à tout le monde. Peut-être qu'il critiquerait plutôt sa stupide théra-

pie. Mais je n'en ai jamais eu la possibilité parce qu'il me guettait comme un faucon, comme s'il savait exactement ce que j'envisageais de faire.

Je n'ai pas le choix, je dois le faire, je n'ai pas trouvé d'autre moyen de me débarrasser de ce que je ne peux pas supporter. Cette femme – notre mère – qui qu'elle soit, nous a abandonnés, et depuis ce temps-là je suis à la dérive. Je dirais qu'elle n'aurait pas dû nous donner naissance, sauf que maintenant le monde est embelli par ta présence, mais sinon je la hais. Je déteste ce qu'elle a fait. Si jamais tu la rencontres, si jamais elle vient te chercher, n'oublie pas de lui dire toute la souffrance qu'elle a causée.

La lettre était signée « Ton frère qui t'aime, Foster. »

Faith ne savait pas qu'Avery avait quitté la pension ce fameux week-end, avant de recevoir un coup de téléphone aux alentours de vingt-deux heures. Avery avait des problèmes. Elle était hystérique, presque incompréhensible.

Faith en tint Morgan pour responsable. C'était la faute de Morgan, de son insensibilité, si Avery se retrouvait dans une situation si chaotique. Morgan ne savait pas être une mère. Elle avait laissé la petite boire du vin au restaurant, bien qu'elle n'ait pas l'âge légal. Elle ne comprenait pas qu'être une mère et être une amie étaient deux choses différentes. Elle avait laissé Avery prendre le volant bien qu'elle n'eût pas terminé ses leçons de conduite. C'était irresponsable, plus qu'irresponsable au regard du tourbillon d'émotions qu'avait apportées la soirée. Elle se souciait plus de s'attirer les bonnes grâces d'Avery que de maintenir les limites nécessaires.

Quand Tripp Nichols leur fit faux bond au restaurant, Avery demanda à aller là où il était – pour voir le club qui était si important pour lui qu'il les avait laissé tomber. En le voyant, en les voyant tous les deux, Avery avait craqué. Aucun d'eux ne s'était vraiment soucié de l'adolescente impressionnable.

L'accident de voiture n'était pas prémédité. Les pensées d'Avery étaient confuses. Elle avait appuyé sur l'accélérateur et la voiture avait foncé dans un arbre. Mais personne n'était blessé. La batte de base-ball était sur la banquette arrière, et elle s'en était servie pour libérer sa colère. Elle était jeune, peut-être ivre, et anéantie par tout ce qui s'était produit, exactement comme l'avait dit le psychiatre désigné par le tribunal. Elle avait perdu son frère à cause de cette femme. Sa propre famille tombait en morceaux. Qui pourrait lui reprocher d'avoir perdu son sang-froid ? Le coup porté à Morgan était un accident. Elle n'avait pas voulu lui faire de mal. Morgan s'était interposée entre une jeune fille égarée qui brandissait une batte de base-ball, et une voiture. Elle était peut-être inconsciente, mais elle respirait quand Faith était arrivée.

« Elle était bien vivante », dit Faith avec assurance.

C'était Faith qui avait tiré, qui avait mis en scène le suicide, qui avait nettoyé les lieux du crime, qui avait ramené sa fille à la maison.

« J'avais besoin de la protéger. Je voulais la protéger. Je regardais ma fille se faire torturer. Et moi aussi j'étais torturée. J'ai voulu faire croire à un suicide parce que... c'est un résultat que j'ai vu. C'est une mort que je connais. »

Au cours de ses heures de témoignage elle n'expliqua jamais comment elle avait eu accès au revolver de David Ellery. La seule explication plausible était qu'Avery, ayant appris son existence par la lettre de Foster, l'avait pris lors d'une visite au bureau de Reese et l'avait emporté avec elle ce soir-là, dans l'intention de s'en servir. Mais Faith ne reconnut jamais ce degré de préméditation de la part de sa fille, et se contenta de répéter vaguement – commettant peut-être un parjure – qu'elle l'avait depuis quelque temps. Même lors du contre-interrogatoire, elle ne céda pas d'un pouce, et Santoros n'insista pas. Elle possédait des balles identiques à celle qui avait tué Morgan, elle s'en était procuré d'autres au cas où la première n'accomplirait pas son œuvre. Il avait une empreinte et une correspondance sanguine. Il avait la veste. Il avait ses aveux. Il avait ses preuves.

« Etre mère est toute ma vie. C'est tout ce que j'ai jamais voulu être. C'est ce que je suis. C'est ce que j'ai toujours été. Morgan Reese a essayé de me prendre ça deux fois. Elle n'a réussi qu'une fois. »

Le jury était sorti et la cour s'était retirée. Le fonctionnaire de service avait commandé des sandwiches pour que les jurés puissent manger avant les délibérations. Faith s'en était remise à la pitié de douze citoyens, il ne restait plus qu'à attendre.

Le ciel était gris et bas sur les marches du tribunal. Lucy et Jack se demandaient s'ils devaient retourner à la Maison ronde. Santoros les préviendrait certainement dès que le jury aurait décidé d'un verdict. Ils avaient sans doute du travail, une autre enquête à commencer, ou une piste à suivre sur un dossier déjà ouvert. Mais il était difficile de se concentrer sur autre chose. Les tourments de Faith, sa sincérité, paieraient-ils ? La charge serait-elle requalifiée en meurtre sans préméditation ou même en homicide involontaire ? La décision n'appartenait plus au procureur, elle dépendait du cœur des jurés.

« Lucy ? »

La voix familière la fit sursauter. Rodman Haverill se tenait en bas des marches. Il portait un imperméable et une casquette de toile, la première impression de Lucy fut qu'il tentait de se déguiser en exhibitionniste. Elle faillit éclater de rire.

« Puis-je vous parler ? », demanda-t-il.

Lucy regarda Jack.

« Je t'attends à l'intérieur, dit-il en se tournant vers la porte du bâtiment. N'éteins pas ton beeper. »

Elle se hâta de descendre.

« Le verdict n'a pas encore été prononcé », dit-elle immédiatement, supposant qu'il venait aux nouvelles. Evidemment, il avait lu dans le journal qu'aujourd'hui, le jury entendrait les recommandations du juge Wickham et commencerait ses délibérations. L'article de la veille dans l'*Inquirer* reprenait presque mot pour mot les conclusions vibrantes des deux parties.

Il secoua la tête.

« Ce n'est pas pour ça que je suis venu. »

Lucy se tut, attendant ses explications.

« Je vous ai sous-estimée, et je voulais vous présenter mes excuses. J'apprécie tout ce que vous avez fait. »

Elle sourit.

« C'est mon travail, monsieur.

– Trouver l'assassin de Morgan était peut-être votre travail.

Venir en aide à des familles brisées, c'est autre chose. Nous supporter, Archer et moi, n'entrait certainement pas dans vos attributions. Et vous l'avez fait d'excellente grâce. J'ai peut-être mis un peu trop longtemps, mais je me suis quand même rendu compte que l'influence des O'Malley pourrait être bénéfique au clan Haverill. »

Son sourire lui déformait le visage, comme si cette expression ne lui était pas familière.

« Mais je suis aussi venu pour Archer. Nous sommes allés chez mon avocat ce matin. Il voulait venir vous voir lui-même, mais un problème quelconque, une histoire de climatisation, je crois, exigeait sa présence immédiate. J'ai essayé de le convaincre de renoncer mais... bon, vous apprécierez certainement plus que moi ce genre de choses. – Il écarta ses doutes d'un revers de main. – Alors je suis venu à sa place. »

Il ôta sa casquette et la fourra dans sa poche.

« Je vais aller droit au but. A cause de son rôle dans la mort de Morgan, la petite Herbert ne peut pas bénéficier de l'assurance-vie. Archer ne veut pas de cet argent – ni sa part ni la totalité qu'il reçoit maintenant, étant donné les circonstances. » Il s'interrompit un moment, et leurs regards se croisèrent. « Il a peut-être eu tort, mais il m'a parlé de votre frère, ou plutôt, du chagrin que vous cause sa disparition. Archer veut créer une fondation commémorative, une fondation qui prendrait en charge les traitements psychiatriques de garçons adolescents. Elle garantirait qu'au moins quelques-uns des millions de jeunes perturbés ne se voient pas refuser l'accès aux soins pour des questions d'argent. »

Lucy sentit son cœur s'emballer. Foster Herbert avait reçu tous les soins que l'argent pouvait offrir, mais d'autres n'avaient pas cette possibilité. A eux seuls, les intérêts sur dix millions de dollars pourraient aider des milliers d'adolescents. Cela ne changerait peut-être pas la moindre statistique, mais elle voulait y croire.

« Franchement, c'est aussi le genre de chose qui aurait fait plaisir à sa mère. Comme vous savez, elle a laissé ses biens à la faculté de médecine. L'argent servira à des bourses pour poursuivre les recherches auxquelles elle avait consacré sa vie – ou devrais-je dire, pour lesquelles elle avait renoncé à tant de choses dans sa vie. »

Sa voix s'adoucit. « Archer se proposait d'appeler sa fondation la Fondation Aidan. Il voulait vous faire la surprise, mais je trouve cela inconvenant. J'ai pensé qu'il était impératif que vous ayez votre mot à dire. Toutes les familles ne sont pas assez courageuses pour exposer leurs secrets. »

Une fondation en l'honneur de son frère, quelque chose dont ses parents et leur communauté ne pourraient payer le premier sou, mais qui tenterait d'épargner à d'autres ce qu'avaient enduré les O'Malley.

« C'est un geste remarquable, dit-elle, submergée. Pour une fois je ne sais pas quoi dire. Aidan serait très heureux. J'aurais aimé qu'il connaisse Archer, et vous aussi. Merci. Merci à tous les deux.

– Non, c'est à nous de vous remercier. »

Il lui ouvrit les bras et elle s'avança vers lui. En l'étreignant, elle le sentit se détendre peu à peu.

REMERCIEMENTS

Ce livre n'aurait pu être écrit sans Jane Pepper, qui m'a fait partager sa profonde connaissance de Philadelphie. Pour son aide, son énergie, ses encouragements et son hospitalité, je lui suis profondément redevable. Je remercie le lieutenant Joseph Maum, de la police criminelle de Philadelphie, qui m'a consacré beaucoup de temps et m'a fait profiter de ses compétences. Il a donné vie à l'univers de Lucy. Je lui serai éternellement reconnaissante pour sa patience et ses conseils.

Je remercie Jamie Raab et toute l'équipe de Warner Books pour leur soutien. Toute ma gratitude à Jamie et à Frances Jalet-Miller pour leur sagacité éditoriale, leurs questions pertinentes, et leur travail acharné sur mon manuscrit. Merci à Leni Grossman pour sa correction soigneuse, et à Ben Greenberg pour son aide sur chaque détail. Comme toujours, merci à Tina Andreadis et Miriam Parker pour leurs efforts publicitaires en ma faveur.

Merci à Pamela Nelson et Levy Home Entertainment pour avoir cru en mon travail.

Je remercie Jennifer Cayea, Abigail Koons, Katherine Hynn et Katherine Merrill, pour leur travail acharné, leur dévouement et leur gentillesse. Merci à toute l'équipe de Nicholas Ellison Inc. et Sandford J. Greenburger pour leur patience et leur dévouement. Les mots me manquent pour dire ma reconnaissance envers Nick Ellison, équipe de secours à lui tout seul, pour tout ce qu'il fait et tout ce qu'il est.

Ma gratitude est profonde envers mes chères amies, qui me remontent le moral, me dispensent leurs indispensables conseils et me démontrent encore et encore le vrai sens du mot loyauté. Je remercie Missy Smith, Amy Kellogg et Aliki Nichogiannopoulou pour leur écoute, leurs attentions, compliments et compassion. Pour leur aide et leurs encouragements si nécessaires, en particulier pendant mes voyages, merci à Virginia Nivola, Jane Broce, Juliana Hallowell et Sally Witty.

Pour m'avoir introduite dans sa communauté inspirée, m'avoir fourni un point d'ancrage spirituel et offert sa sagesse inestimable, je remercie le Révérend Lynn Harrington. Merci à Anne Testa pour son enthousiasme et ses encouragements, à Susan et Craig Hupper pour leur amitié et leurs attentions. J'ai beaucoup de chance d'appartenir à la paroisse de St. John.

Enfin, je suis infiniment redevable à mon extraordinaire famille. Je remercie Natalie Geary pour m'avoir montré ce qu'est le vrai courage et pour la constance de son aide, de son affection, et de ses compétences pédiatriques. Je remercie ma mère, Diana Michener, pour ses conseils et sa compréhension, je les remercie elle et Jim Dine pour leur amour, leurs encouragements et l'inspiration qu'ils me donnent. Je remercie Daphne Geary, Ted Geary, Jack et Dolly Geary, Wing et Evan Pepper, pour leur soutien. Et je remercie Harris Walker de donner un sens à la vie. Etre sa mère est mon plus grand bonheur.

DU MÊME AUTEUR

Aux Éditions Albin Michel

MAUVAISE FORTUNE, 2002.
LA SPLENDEUR DU PÉCHÉ, 2004.

Composition Nord Compo
Impression Firmin-Didot, mars 2006
Éditions Albin Michel
22, rue Huyghens, 75014 Paris
www.albin-michel.fr
ISBN : 2-226-17234-3
N° d'édition : 24239 – N° d'impression : 78635
Dépôt légal : avril 2006
Imprimé en France